CARAMBAIA

24

Lev Tolstói
Sófia Tolstaia

Tolstói & Tolstaia

Sonata Kreutzer
Lev Tolstói

De quem é a culpa?
Canção sem palavras
Sófia Tolstaia

Tradução
Irineu Franco Perpetuo

Ensaios
Lev Tolstói
Mário Luiz Frungillo
Irineu Franco Perpetuo

Lev
Tolstói

Sonata Kreutzer

Eu, porém, vos digo: todo aquele que olhar para uma mulher com o desejo de possuí-la já cometeu adultério com ela no coração.

MATEUS 5: 28

Os discípulos disseram-lhe: Se a situação do homem com a mulher é assim, é melhor não se casar. Ele respondeu: Nem todos são capazes de entender isso, mas só aqueles a quem é concedido. De fato, existem homens incapazes de se casar, porque nasceram assim; outros, porque os homens assim o fizeram; outros ainda, por causa do Reino dos Céus se fizeram incapazes do casamento. Quem puder entender, entenda.

MATEUS 19: 10-12[1]

---

1 *Santo e Divino Evangelho conforme o Rito Bizantino*. São Paulo: Eparquia Greco-Melquita Católica do Brasil, 1997. [TODAS AS NOTAS SÃO DO TRADUTOR, EXCETO QUANDO SINALIZADAS DE MODO DIFERENTE.]

1

Era começo de primavera. Viajávamos havia dois dias. No vagão, entravam e saíam pessoas que percorriam distâncias curtas, mas três, assim como eu, estavam ali desde que o trem partira: uma dama que não era bela nem jovem, fumante, de cara estafada, casaco meio masculino e gorrinho; um conhecido dela, um homem falante de 40 anos, com pertences novos e arrumados; e ainda um senhor de pequena estatura, que se mantinha à parte, de movimentos bruscos, ainda não velho, mas cabelos visível e prematuramente grisalhos e cacheados, e um brilho raro nos olhos, que corriam com rapidez de um objeto a outro. Trajava um casaco velho de alfaiataria cara, com colarinho de pele de carneiro e chapéu alto de pele de carneiro. Sob o casaco, quando ele o desabotoava, viam-se uma *poddiovka*[2] e uma camisa russa bordada. A peculiaridade desse senhor consistia ainda em que ele esporadicamente emitia sons estranhos, similares a um pigarro ou uma risada começada e interrompida.

Esse senhor, por todo o tempo da viagem, esquivou-se zelosamente de relacionar-se e travar conhecimento com os passageiros. Ao vizinho falador, respondia curto e grosso, ou lia, ou, olhando pela janela, fumava, ou, tirando uma provisão de seu velho alforje, tomava chá ou petiscava.

Tive a impressão de que ele se incomodava com a própria solidão, e algumas vezes quis começar a falar com ele, mas a cada vez que nossos olhos se encontravam, o que ocorria com frequência, pois estávamos um diante do outro, de viés, ele se virava e se concentrava no livro, ou olhava pela janela.

Na hora da parada, ao anoitecer do segundo dia, esse senhor nervoso saiu à estação atrás de água quente e preparou

2 Casaco pregueado na cintura.

chá. Já o senhor com os pertences novos e arrumados, um advogado, como fiquei sabendo a seguir, com sua vizinha, a dama fumante de casaco meio masculino, foram tomar chá na estação.

Durante a ausência do senhor e da dama do vagão, entraram algumas pessoas novas, dentre as quais um velho alto, barbeado e enrugado, pelo visto um mercador, de peliça de marta e quepe de feltro, com uma aba imensa. O mercador sentou-se na frente do lugar da dama e do advogado e imediatamente entabulou conversa com um jovem, pela aparência um caixeiro, que entrara no vagão também nessa estação.

Eu estava sentado de viés e, como o trem estava parado, nos instantes em que ninguém passava eu podia ouvir fragmentos de sua conversa. O mercador declarou a princípio que estava indo para sua propriedade, que ficava a apenas uma estação de distância; depois, como sempre, se puseram a falar a princípio dos preços, dos negócios; falaram, como sempre, de como estavam os negócios agora em Moscou, depois se puseram a falar da feira de Níjni Nóvgorod. O caixeiro começou a contar da farra que um mercador rico que ambos conheciam fez na feira, mas o velho não o deixou concluir, e se pôs a contar de farras do passado, em Kunávino, das quais ele participara. Pelo visto, orgulhava-se de sua participação nelas, e, com alegria visível, contava como, junto com esse conhecido, bêbados, tinham aprontado em Kunávino uma coisa tal que era preciso contá-la aos sussurros, de modo que o caixeiro gargalhou para todo o vagão, e o velho também se riu, arreganhando dois dentes amarelos.

Não esperando ouvir nada de interessante, levantei-me para passear pela plataforma até a partida do trem. Na porta, encontrei o advogado e a dama no meio de uma conversa animada.

– Não vai dar tempo – disse-me o advogado sociável –, agora é o segundo sinal.

E, de fato, não consegui chegar até o fim dos vagões antes de soar o segundo sinal. Quando regressei, a conversa animada entre a dama e o advogado continuava. O velho mercador estava sentado diante deles, olhando para a frente de forma severa e, de vez em quando, ruminando com os dentes, em desaprovação.

– Depois ela declarou direto ao marido – dizia o advogado, rindo, na hora em que passei a seu lado – que não podia nem queria viver com ele, já que...

E continuou a contar algo que não pude discernir. Atrás de mim, passaram outros passageiros, um condutor atravessou, um operário de cooperativa entrou correndo, e fez-se por muito tempo um barulho que impedia de se ouvir a conversa. Quando tudo sossegou e voltei a escutar a voz do advogado, a fala, pelo visto, já passara do caso particular para considerações gerais.

O advogado dizia que a questão do divórcio ocupava agora a opinião pública na Europa e que entre nós surgiam casos semelhantes com frequência cada vez maior. Ao perceber que a única voz que se ouvia era a sua, o advogado interrompeu o discurso e se dirigiu ao velho:

– Antigamente não tinha disso, não é verdade? – disse, sorrindo afável.

O velho quis responder algo, mas nessa hora o trem arrancou, e o velho, tirando o quepe, começou a se benzer e recitar, aos sussurros, uma prece. O advogado, desviando os olhos para o lado, aguardou respeitosamente. Depois de terminar sua prece e o sinal da cruz triplo, o velho enterrou o quepe na cabeça, endireitou-se no lugar e começou a falar.

– Antes também tinha, meu senhor, só que menos – disse. – Nos tempos de hoje, não há como não ter. Pois as pessoas se tornaram demasiado instruídas.

O trem, avançando cada vez mais rápido, troava nas junções, e ficou difícil de ouvir, mas estava interessante, e então me sentei mais perto. Meu vizinho, o senhor nervoso de olhos brilhantes, pelo visto, também se interessara e, sem se erguer do lugar, aguçava o ouvido.

– Mas o que há de mau na instrução? – disse a dama, sorrindo de forma quase imperceptível. – Por acaso seria melhor se casar como antigamente, quando noivo e noiva nem sequer se viam? – prosseguiu, seguindo o costume de muitas damas de responder, não às palavras de seu interlocutor, mas àquelas que pensava que ele dissera. – Não sabiam se amariam, se podiam amar, casavam com quem calhava, por toda a vida, e se atormentavam; em sua opinião, isso é melhor? – disse, visivelmente dirigindo o discurso a mim e ao advogado, e menos do que todos ao velho com o qual falava.

– Pois se tornaram demasiado instruídas – repetiu o mercador, fitando a dama com desprezo e deixando sua pergunta sem resposta.

– Seria desejável saber como o senhor explica a ligação entre instrução e desacordo no matrimônio – disse o advogado, sorrindo de modo quase imperceptível.

O mercador quis dizer algo, mas a dama interrompeu-o.

– Não, esse tempo já passou – disse. Mas o advogado deteve-a.

– Não, permita a ele que exprima sua ideia.

– A estupidez vem da instrução – disse o velho, resoluto.

– Casam aqueles que não se amam, e depois se espantam por viverem em desacordo – apressou-se a dizer a dama, olhando para o advogado, para mim e até para o caixeiro, que, tendo se levantado do lugar e apoiado no encosto, auscultava a conversa, sorrindo. – Afinal, só os animais podem ser acasalados como o dono quer, mas as pessoas têm suas inclinações, afetos – ela disse, visivelmente querendo melindrar o mercador.

– Está dizendo isso à toa, senhora – disse o velho –, animal é gado, mas ao homem foi dada a lei.

– Mas como viver com uma pessoa quando não há amor? – a dama continuava apressando-se em manifestar seus juízos que, provavelmente, lhe pareciam muito novos.

– Antes não mexiam com isso – disse o velho, com tom imponente –, só agora é que apareceu. De modo que agora a mulher diz: "Vou abandonar você". Os mujiques também estão assim, e a mesma moda apareceu. "Aqui estão suas camisas e calças, e eu me vou com Vanka, o cabelo dele é mais cacheado que o seu." E o que se pode dizer? A primeira coisa que a mulher deve ter é medo.

O caixeiro olhou para o advogado, para a dama e para mim, visivelmente segurando o sorriso e prestes a ridicularizar ou aprovar a fala do mercador, dependendo de como ela fosse recebida.

– Mas que medo? – disse a dama.

– Este: temer seu ma-a-rido! O medo é este.

– Ora, meu caro, esse tempo passou – disse a dama, até com alguma raiva.

– Não, senhora, esse tempo não pode passar. Como Eva, mulher, foi criada a partir da costela do homem, assim permanecerá até o fim dos tempos – disse o velho, sacudindo a cabeça de forma tão severa e triunfante que o caixeiro subitamente decidiu que a vitória estava do lado do mercador, e riu alto.

– São vocês, homens, que raciocinam assim – disse a dama, sem se render e olhando para nós –, concederam liberdade a si próprios e querem manter a mulher em uma torre. A si próprios, decerto, permitem tudo.

– Permissão ninguém dá, mas acontece que o homem em casa não acrescenta nada, e a mulher é um vaso frágil – continuou insistindo o mercador.

O tom insistente do mercador, pelo visto, vencia os

ouvintes, e a dama até sentia-se deprimida, mas ainda não se rendia.

– Sim, mas acho que o senhor concorda que a mulher é um ser humano, e tem sentimentos, assim como o homem. Pois então o que lhe cabe fazer, se não ama o marido?

– Não ama! – repetiu o mercador, ameaçador, movendo sobrancelhas e lábios. – Com certeza amará!

Esse argumento inesperado agradou especialmente ao caixeiro, e ele emitiu um som de aprovação.

– Mas não, não amará – disse a dama –, e, se não há amor, não é possível coagir.

– Bem, e se a mulher trai o marido, e daí? – disse o advogado.

– Isso não se admite – disse o velho –, é preciso ficar atento a isso.

– E quando acontece, e daí? Afinal, ocorre.

– Ocorre com os outros, não com alguém como nós – disse o velho.

Ficaram todos calados. O caixeiro remexeu-se, avançou ainda mais e, visivelmente sem querer ficar para trás dos outros, começou:

– Sim, senhores, também houve um escândalo com um jovem dos nossos. Também é bastante difícil de julgar. Também lhe coube uma mulher que se transviou. E ela foi aprontar. E o rapaz é sério e evoluído. No começo, foi com o contador. Ele também quis convencê-la por bem. Ela não sossegou. Fez todo tipo de sujeira. Começou a roubar o dinheiro dele. E ele bateu nela. E daí, só piorou. Até que ela ficou de namorico, com o perdão da palavra, com um pagão, com um judeu. O que cabia a ele fazer? Abandonou-a por completo. De modo que ele vive como solteiro, e ela na vadiagem.

– Porque ele é um imbecil – disse o velho. – Se ele não a tivesse deixado solta, mas a domasse de verdade, decerto ela estaria vivendo com ele. No começo, é preciso não dar liberdade. Não confie no cavalo no campo nem na mulher em casa.

Nesse momento, o condutor veio pedir as passagens para a próxima estação. O velho entregou sua passagem.

– Sim, senhor, o sexo feminino deve ser domado de antemão, senão tudo desmorona.

– Ora, mas como o senhor mesmo estava contando agora há pouco como os homens casados se divertem na feira de Kunávino? – eu disse, sem aguentar.

– É um artigo especial – disse o mercador, e mergulhou no silêncio.

Quando soou o apito, o mercador levantou-se, pegou o alforje debaixo do banco, agasalhou-se e, erguendo o quepe, saiu para a plataforma.

2

Assim que o velho saiu, desencadeou-se uma conversa de várias vozes.

– O papai é do Velho Testamento – disse o caixeiro.

– O *Domostrói*[3] vivo – disse a dama. – Que conceito selvagem da mulher e do casamento!

– Sim, senhora, estamos distantes do ponto de vista europeu do casamento – disse o advogado.

– O principal que essas pessoas não entendem – disse a dama – é que casamento sem amor não é casamento, que só o amor consagra o casamento, e que casamento verdadeiro é só aquele consagrado pelo amor.

O caixeiro ouvia e ria, querendo lembrar o máximo possível da conversa inteligente para utilizá-la depois.

No meio do discurso da dama, atrás de mim ouviu-se um som como que de um riso interrompido ou soluço e, ao olhar, vimos meu vizinho, o senhor grisalho e solitário de olhos brilhantes que, durante a conversa, que visivelmente o interessava, sem ninguém perceber se aproximara de nós. De pé, com as mãos no encosto do assento estava visivelmente muito agitado: seu rosto estava vermelho e o músculo da face tremia.

– Mas que amor é esse... amor... amor... que consagra o casamento? – disse, aos solavancos.

Ao ver o estado de alvoroço do interlocutor, a dama esforçou-se por responder-lhe da forma mais branda e ponderada possível.

– O amor verdadeiro... Existindo esse amor entre homem e mulher, o casamento é possível – disse a dama.

– Sim, senhora, mas o que entender como amor ver-

---

3 Código de costumes que regia a vida privada na Rússia no século XVI e preconizava a plena submissão da mulher ao marido.

dadeiro? – disse o senhor de olhos brilhantes, sorrindo desajeitado e acanhando-se.

– Todo mundo sabe o que é o amor – disse a dama, visivelmente desejando interromper a conversa com ele.

– Mas eu não sei – disse o senhor. – É preciso definir o que a senhora entende...

– Como? Muito simples – disse a dama, mas ficou pensativa. – O amor? O amor é a preferência exclusiva por um ou uma, acima de todos os demais – disse ela.

– Preferência por quanto tempo? Um mês? Dois dias, meia hora? – proferiu o senhor grisalho, e riu.

– Não, perdão, o senhor, evidentemente, não está falando disso.

– Não, senhora, estou falando da mesma coisa.

– Ela diz – interveio o advogado, apontando para a dama – que o casamento deve decorrer, em primeiro lugar, do afeto, do amor, se quiser, e se isso de fato existe, apenas nesse caso o casamento representa algo, por assim dizer, sagrado. Depois, que todo casamento em cuja base não estejam alicerçados os afetos naturais... o amor, se quiser... não tem nenhuma obrigação moral. Entendi direito? – dirigiu-se à dama.

Com um movimento de cabeça, a dama manifestou aprovação ao esclarecimento de suas ideias.

– Por conseguinte... – o advogado continuou o discurso, mas o senhor nervoso, agora com uma chama ardente nos olhos, visivelmente se continha com dificuldade e, sem deixar o advogado terminar de falar, começou:

– Não, estou falando da mesma coisa, da preferência por um ou uma acima de todos os outros, mas apenas pergunto: preferência por quanto tempo?

– Por quanto tempo? Por muito tempo, às vezes pela vida inteira – disse a dama, dando de ombros.

– Mas isso só acontece nos romances; na vida, nunca. Na

vida, essa preferência por um acima dos outros acontece por um ano, o que é muito raro, até por meses, ou semanas, dias, horas – ele disse, evidentemente sabendo que espantava a todos com suas opiniões, e satisfeito com isso.

– Ah, o que está dizendo? Claro que não. Não, permita-me – todos nós três nos pusemos a falar a uma só voz. Até o caixeiro emitiu um som de reprovação.

– Sim, senhores, eu sei – o senhor grisalho gritou mais alto do que nós –, vocês estão falando do que se considera existir, e eu estou falando do que existe. Qualquer homem experimenta o que vocês chamam de amor por qualquer mulher bonita.

– Ah, o que o senhor está dizendo é horrível; não existe entre as pessoas o sentimento que se chama amor, e que dura não por meses e anos, mas para a vida inteira?

– Não, não existe. Até se admitirmos que um homem prefira determinada mulher por toda a vida, a mulher, com todas as probabilidades, prefere um outro, e assim sempre foi e é no mundo – disse ele, pegando uma pequena *papirossa*[4] e se pondo a fumar.

– Mas pode existir também a reciprocidade – disse o advogado.

– Não, senhor, não pode – retrucou –, assim como, em uma carga de ervilha, não é possível que dois grãos determinados fiquem lado a lado. Além disso, aí não há só a improbabilidade, aí, provavelmente, há a saciedade. Amar uma mulher ou um homem a vida inteira equivale a dizer que uma vela arderá a vida inteira – disse, inalando com avidez.

– Mas o senhor está sempre falando do amor carnal. Por acaso não admite um amor baseado na unidade de ideais, na afinidade espiritual? – disse a dama.

– Afinidade espiritual! Unidade de ideais! – ele repetiu,

4 Cigarro de boquilha de cartão.

emitindo seu som. – Mas, nesse caso, não há por que dormir junto (perdoe pela grosseria). Se não, em consequência de unidade de ideais, as pessoas vão se deitar juntas – disse, e riu nervoso.

– Mas permita-me – disse o advogado –, os fatos contradizem o que o senhor está dizendo. Vemos que existem matrimônios, que toda a humanidade, ou a maioria dela, vive uma vida conjugal, e muitos têm uma vida conjugal prolongada e honrada.

O senhor grisalho voltou a rir.

– Ora vocês dizem que o casamento está baseado no amor, mas, quando eu manifesto dúvida na existência de um amor além do sensual, vocês me provam a existência do amor pela existência dos casamentos. Mas o casamento, em nossa época, é só um engano!

– Não, senhor, permita-me – disse o advogado –, só estou dizendo que casamentos existiram e existem.

– Existem. Mas por que existem? Existiram e existem para aquelas pessoas que veem no casamento algo misterioso, um mistério que é uma obrigação diante de Deus. Para estes, eles existem, mas para nós, não. Entre nós, as pessoas se casam sem ver no casamento nada além da copulação, e resulta ou em engano, ou em violência. Quando é engano, é mais fácil de suportar. Marido e mulher apenas enganam as pessoas como monogâmicos, mas vivem na poliginia e poliandria. É detestável, mas ainda funciona; porém, quando, como ocorre com maior frequência, marido e esposa assumiram a obrigação exterior de viverem juntos a vida inteira, e a partir do segundo mês já odeiam um ao outro, querem se separar e mesmo assim continuam juntos, então resulta naquele inferno terrível, e por causa disso se tornam bêbados, dão tiros, matam e envenenam a si mesmos, ou um ao outro – ele falava cada vez mais rápido, sem deixar ninguém proferir uma só palavra, e inflamava-se cada vez mais. Todos se calaram. Ficou desconfortável.

– Sim, sem dúvida, ocorrem episódios críticos na vida conjugal – disse o advogado, desejando interromper a conversa indecorosamente acalorada.

– Pelo que vejo, o senhor reconheceu quem eu sou? – disse o senhor grisalho, em voz baixa, parecendo calmo.

– Não, não tenho o prazer.

– O prazer é pequeno. Sou Pózdnychev, com quem ocorreu o episódio crítico ao qual o senhor alude, o episódio em que ele matou a esposa – disse, fitando rapidamente cada um de nós.

Ninguém encontrou o que dizer, e todos ficaram calados.

– Ora, tanto faz – disse, emitindo seu som. – Aliás, desculpem-me! Ah!... Não vou constrangê-los.

– Nada disso, por favor... – disse o advogado, sem saber o que aquele "por favor" significava.

Mas Pózdnychev, sem ouvi-lo, rapidamente se virou e foi para seu lugar. O senhor e a dama cochicharam. Sentei-me ao lado de Pózdnychev e fiquei calado, sem saber o que dizer. Estava escuro para ler, por isso fechei os olhos e fingi querer dormir. Assim fomos, em silêncio, até a estação seguinte.

Na estação, aquele senhor e a dama passaram para outro vagão, algo sobre o que tinham deliberado antes com o condutor. O caixeiro se ajeitou no banco e dormiu. Pózdnychev continuava fumando, e tomou o chá fervido ainda na outra estação.

Quando abri os olhos e fitei-o, ele de repente se dirigiu a mim, com determinação e irritação:

– Talvez lhe seja desagradável sentar-se comigo, sabendo quem eu sou? Então eu saio.

– Oh, não, por favor.

– Ora, não quer? Só que é forte. – Serviu-me chá. – Eles falam... E todos mentem... – ele disse.

– Está falando de quê? – perguntei.

– Sempre da mesma coisa: desse amor deles e do que é. O senhor não quer dormir?

– Não quero em absoluto.

– Então quer que eu lhe conte como fui levado por esse amor ao que aconteceu comigo?

– Sim, se não for doloroso para o senhor.

– Não, doloroso para mim é calar. Tome o chá. Ou é forte demais?

O chá, de fato, era como uma cerveja, mas tomei todo o copo. Naquele instante passou o condutor. Ele o acompanhou em silêncio, com os olhos raivosos, e só começou quando o outro saiu.

3

– Bem, então lhe conto... Mas o senhor quer mesmo?

Respondi que queria muito. Ele se calou, esfregou o rosto com as mãos e começou:

– Se for contar, preciso contar tudo desde o começo: preciso contar como e por que me casei, e como eu era antes das bodas.

Antes das bodas, eu vivia como vivem todos, ou seja, em nosso círculo. Sou proprietário de terras, bacharel, e fui decano da nobreza. Vivia antes das bodas como vivem todos, ou seja, de forma depravada, e, como todas as pessoas de nosso círculo, vivendo de forma depravada, estava seguro de que vivia da forma necessária. A meu respeito, achava que eu era agradável, um homem plenamente moral. Eu não era um sedutor, não tinha gostos antinaturais, não fazia disso o principal objetivo de minha vida, como faziam muitos de meus coetâneos, mas me entregava à depravação de maneira moderada e decorosa, pela saúde. Evitava as mulheres às quais poderia me ligar pelo nascimento de uma criança ou afeição por mim. Aliás, pode ser que tenha havido filhos e afeições, mas fiz de conta que não houve. E eu não apenas considerava isso moral, como me orgulhava.

Ele se deteve, emitiu aquele som característico, como fazia sempre que lhe ocorria, pelo visto, uma nova ideia.

– Pois nisso está a principal torpeza – gritou. – Pois a depravação não está em algo físico, pois nenhuma hediondez física é depravação; mas a depravação, a verdadeira depravação está justamente em se libertar de relações morais com a mulher com a qual você entra em contato físico. E essa libertação eu estabeleci como mérito. Lembro-me de como me atormentei certa vez ao não conseguir pagar uma mulher que, provavelmente me amando, se entregou a mim. Só me tranquilizei quando lhe mandei dinheiro, demonstrando assim que não me considerava moralmente ligado a ela em nada. Não balance a cabeça como se concordasse comigo – gritou para mim, de repente. – Pois eu conheço essa coisa. Todos vocês, e o senhor também, o senhor, na melhor das hipóteses, caso não seja uma rara exceção, o senhor tem os mesmos pontos de vista que eu tive. Ora, tanto faz, o senhor vai me perdoar – prosseguiu –, mas a questão é que isso é horrível, horrível, horrível!

– O que é horrível? – perguntei.

– Esse sorvedouro de erros em que vivemos quanto às mulheres e às relações com elas. Sim, senhor, não posso falar com tranquilidade disso, e não porque me aconteceu aquele episódio, nas palavras daquele senhor, mas porque, desde que me aconteceu esse episódio, meus olhos se abriram, e passei a ver tudo sob uma luz absolutamente diferente. Tudo do avesso, tudo do avesso!...

Ele acendeu a *papirossa* e, com os cotovelos nos joelhos, começou a falar.

Na escuridão, eu não via seu rosto, apenas ouvia, detrás do tinido do vagão, sua voz persuasiva e agradável.

4

– Sim, senhor, só depois de padecer como padeci, só graças a isso eu entendi onde está a raiz de tudo, entendi o que devia ser, e por isso vi todo o horror que existe.

Assim, tenha a bondade de ver como e quando começou o que me levou ao meu episódio. Começou quando eu tinha 16 anos incompletos. Começou quando eu ainda estava no ginásio, e meu irmão mais velho era estudante do primeiro ano da faculdade. Eu ainda não conhecera mulher, mas, como todas as crianças infelizes de nosso círculo, já não era um menino ingênuo: já fora pervertido pelos meninos havia dois anos; a mulher, não uma específica, mas a mulher como algo doce, a mulher, qualquer mulher, a nudez da mulher já me atormentava. Minhas solidões eram impuras. Eu me atormentava, como se atormentam 99% de nossos meninos. Eu me horrorizava, sofria, sofria e caía. Já era depravado na imaginação e na realidade, mas o último passo ainda não fora dado por mim. Eu me arruinara sozinho, mas ainda não pusera as mãos em outro ser humano. Mas eis que um camarada de meu irmão, estudante, brincalhão, o assim chamado bom sujeito, ou seja, o maior imprestável, que nos ensinara a beber e jogar cartas, convenceu-nos, após um pileque, a ir para lá. Nós fomos. Meu irmão também era inocente ainda, e caiu na mesma noite. E eu, um menino de 15 anos, profanei a mim mesmo e cometi a profanação de uma mulher, sem entender em absoluto o que estava fazendo. Pois eu nunca ouvira de nenhum dos mais velhos que o que eu fazia era ruim. E mesmo agora ninguém ouve. É verdade que isso está nos mandamentos, mas os mandamentos só são necessários para responder ao exame do padre, e mesmo assim nem tão necessários, longe de serem tanto quanto o mandamento do emprego do *ut* nas orações condicionais.

De modo que, das pessoas mais velhas cuja opinião eu respeitava, não ouvi de ninguém que aquilo fosse ruim. Pelo contrário, ouvi das pessoas que respeitava que aquilo era bom. Ouvi que meus conflitos e sofrimentos se apaziguariam depois daquilo, ouvi isso e li, ouvi dos mais velhos que seria bom para a saúde; já dos camaradas, ouvi que naquilo havia algum mérito, bravura. De modo que, em geral, além do bem, não se via nada. Perigo de doenças? Mas isso, afinal, é previsto. Um governo solícito preocupa-se com isso. Ele acompanha a correção da atividade das casas de tolerância, e garante a depravação dos colegiais. E os médicos acompanham isso, sendo pagos para tanto. Assim tem de ser. Eles asseguram que a depravação é benéfica à saúde, e instituem uma depravação correta, cuidadosa. Conheço mães que se ocupam nesse sentido da saúde dos filhos. E a ciência também os manda às casas de tolerância.

– Por que a ciência? – eu disse.

– E o que são os médicos? Os sacerdotes da ciência. Quem deprava os jovens, assegurando-lhes que aquilo é necessário para a saúde? Eles. E depois, com horrível solenidade, tratam a sífilis.

– Mas por que não tratar a sífilis?

– Porque se 1% dos esforços despendidos no tratamento da sífilis fossem despendidos na erradicação da depravação, não haveria faz tempo nem sombra de sífilis. Contudo, os esforços não são empregados na erradicação da depravação, mas em seu incentivo, em garantir a segurança da depravação. Bem, mas a questão não é essa. A questão é que comigo, como em 90%, se não mais, e não apenas de nossa classe, mas de todas, até dos camponeses, sucedeu aquela coisa horrível de eu ter caído não por estar sujeito à sedução natural dos encantos de determinada mulher. Não, nenhuma mulher me seduziu, eu caí porque algumas pessoas no meio em que vivo consideravam uma queda o expediente mais legítimo e benéfico à saúde, enquanto outros a viam como a diversão mais natural e não apenas desculpável, mas até inocente para um jovem. Eu também não entendia que aí houvesse uma queda, simplesmente comecei a me entregar àquilo em parte por prazer, em parte pelas exigências que são próprias, como me foi incutido, de uma certa idade; comecei a me entregar a essa depravação como comecei a beber, fumar. E mesmo assim, nessa primeira queda houve algo de peculiar e tocante. Eu me lembro que, de imediato, lá mesmo, sem sair do quarto, fiquei triste, triste, de modo que tive vontade de chorar, chorar pela ruína de minha inocência, pela ruína eterna de minha relação para com a mulher. Sim, senhor, a relação natural e simples com a mulher estava arruinada para sempre. Desde então, relação pura com uma mulher não houve nem pôde haver. Tornei-me aquilo que chamam de devasso. E um devasso é um estado físico, similar ao estado de morfinomaníaco, bêbado, fumante. Como um morfinomaníaco, bêbado, fumante não é mais uma pessoa normal, o homem que conheceu algumas mulheres para seu prazer não é mais normal, mas um homem estragado para sempre – um devasso. Como é possível reconhecer no mesmo instante, pela cara, um bêbado e um morfinomaníaco, é exatamente assim com o devasso. Um devasso pode se conter, lutar; mas relações simples, claras, fraternais com uma mulher ele nunca poderá ter. Pois, pelo seu jeito de olhar ao examinar uma jovem, imediatamente é possível reconhecer o devasso. E eu me tornei um devasso e fiquei assim, e foi isso que me arruinou.

5

– Sim, isso mesmo, senhor. Depois aquilo continuou, continuou, houve todo tipo de desvio. Meu Deus! Quando recordo todas as minhas torpezas com relação a isso, o horror me toma! Lembro-me assim de mim, de quem os camaradas riam pela assim chamada inocência. E quando você ouve falar da juventude dourada, dos oficiais, dos parisienses! E todos esses senhores e eu, depravados de 30 anos, que tínhamos na alma centenas das condutas mais variadas e horríveis direcionadas às mulheres, quando nós, depravados de 30 anos, entrávamos, bem asseados, lavados, barbeados, perfumados, de roupa limpa, fraque ou uniforme, em uma sala de visitas ou em um baile, éramos um emblema de pureza, um encanto!

Pois pense no que deveria ser e no que de fato é. Deveria ser que, em sociedade, quando um senhor desses se aproxima de minha irmã ou filha, eu, conhecendo sua vida, deveria aproximar-me dele, chamá-lo de lado e dizer, em voz baixa: "Meu querido, afinal eu sei como você vive, como passa a noite e com quem. Não há lugar para você aqui. Aqui há moças puras, inocentes. Saia". Assim deveria ser; mas o que acontece é que, quando um senhor desses aparece e dança com minha irmã ou filha, enganando-a, regozijamo-nos se ele for rico e com conexões. Se calhar, depois de Rigolboche[5], ele se ocupará também de minha filha. Ainda que tenham restado alguns traços dos velhos hábitos que não são saudáveis, não importa. Hoje cura-se bem. Sendo assim, conheço algumas moças da alta roda que foram dadas em casamento em êxtase pelos

5 A dançarina e cantora francesa Marguerite Badel (1842-1920) apresentava-se sob esse nome. Posteriormente, o apelido tornou-se uma designação para determinado tipo de intérprete.

pais a sifilíticos. Oh! Oh, torpeza! Mas chegará o tempo em que será denunciada essa torpeza e mentira!

Ele emitiu algumas vezes seus sons estranhos e lançou-se ao chá. O chá estava terrivelmente forte, e não havia água para diluí-lo. Eu sentia que os dois copos que tomara tinham me deixado particularmente agitado. O chá também devia ter efeito sobre ele, pois se tornava cada vez mais desperto. Sua voz tornava-se cada vez mais cantante e expressiva. Mudava sem parar de pose, ora tirava o chapéu, ora punha-o, e seu rosto alterou-se de modo estranho na penumbra em que estávamos sentados.

– Bem, eis como vivi até os 30 anos, sem por um minuto abandonar a intenção de me casar e formar a mais elevada e pura vida doméstica e, com esse objetivo, examinava as moças condizentes com ele – prosseguiu. – Eu me conspurcava no pus da devassidão e, ao mesmo tempo, observava as moças que seriam dignas de mim por sua pureza. Desaprovei muitas delas justo por serem insuficientemente puras para mim; afinal, encontrei aquela que considerei digna de mim. Era uma das duas filhas de um proprietário de terras de Penza, outrora muito rico, porém arruinado.

Certa feita, depois de passearmos de bote, e à noite, à luz do luar, voltando para casa, eu me sentar a seu lado e contemplar sua figura harmoniosa, envolta em jérsei, e seus cachos, decidi de repente que era ela. Pareceu-me naquela noite que ela entendia tudo, tudo que eu sentia e pensava, e que eu sentia e pensava as coisas mais elevadas. Na realidade, aconteceu apenas que a jérsei caía-lhe especialmente bem, assim como os cachos, e, depois do dia passado em sua proximidade, tive vontade de proximidade ainda maior.

Uma coisa espantosa é como é plena a ilusão de que beleza é bondade. Uma mulher bonita fala uma estupidez, você escuta e não vê estupidez, vê sabedoria. Ela diz, pratica indecências, e você vê algo de gracioso. E quando ela não diz nem uma estupidez nem pratica uma indecência, mas é bonita, você então se convence de que ela é uma maravilha de inteligência e moral.

Voltei para casa em êxtase e decidi que ela estava acima da perfeição moral e que, por isso, era digna de ser minha esposa e, no dia seguinte, fiz a proposta.

Que grande embrulhada! Dos milhares de homens que se casam, não apenas no nosso meio, mas, infelizmente, também no povo, é difícil que exista um que não tenha sido casado umas dez vezes, quando não cem ou mil, antes do matrimônio, como Don Juan. (É verdade que agora existem, eu ouço e observo, jovens puros, sensíveis e que sabem que o tema não é uma piada, mas uma coisa grandiosa. Que Deus os ajude! Mas, na minha época, não havia sequer um desses em 10 mil.) E todos sabem e fingem que não sabem. Em todos os romances são descritos em detalhes os sentimentos dos heróis, os diques, os arbustos pelos quais eles passam; porém, ao descrever seu grande amor por alguma moça, não se escreve nada do que aconteceu com ele, com o herói interessante, antes disso: nenhuma palavra sobre as casas que frequentou, as arrumadeiras, as cozinheiras, as mulheres dos outros. Se há romances indecorosos, eles não são entregues às mãos daquelas que precisariam saber disso em primeiro lugar – as moças. Primeiro fingimos às moças que a dissipação que enche metade da vida de nossas cidades, e até aldeias, não existe em absoluto. Depois, acostumamo-nos tanto a esse fingimento que, por fim, como ingleses, começamos a acreditar com sinceridade que somos pessoas morais e vivemos em um mundo moral. Já as moças, essas, pobres, acreditam nisso totalmente a sério. Assim acreditava também minha infeliz esposa. Lembro-me de como, já noivo, mostrei-lhe meu diário, pelo qual ela poderia saber pelo menos um pouco de meu passado, principalmente pela última ligação que eu tivera, da qual ela podia ficar sabendo por outros, e que eu, por algum motivo, sentia a necessidade de lhe contar. Lembro-me de seu pânico, desespero e desconcerto quando ela ficou sabendo e entendeu. Vi que ela então quis me abandonar. E por que não me abandonou?!

Ele emitiu seu som, calou-se e tomou mais uns goles de chá.

6

– Não, aliás, assim é melhor, assim é melhor! – gritou. – Bem feito para mim! Mas a questão não é essa. Eu queria dizer que as enganadas aí, afinal, são apenas as infelizes moças. Já as mães sabem, especialmente as mães, educadas por seus maridos, sabem disso às maravilhas. E fingindo acreditar na pureza dos homens, na realidade agem de forma completamente distinta. Elas sabem com que vara fisgar homens para si e para suas filhas.

Pois nós, homens, apenas não sabemos, e não sabemos porque não queremos saber, já as mulheres sabem muito bem que o amor, como o chamamos, mais elevado, poético, depende não de qualidades morais, mas de proximidade física e, ademais, do penteado, da cor, do corte do vestido. Indague a uma coquete experiente, que estabeleceu para si a tarefa de cativar um homem, o que ela preferiria arriscar: na presença daquele que deseja fascinar, ser desmascarada na mentira, crueldade, até libertinagem, ou mostrar-se diante dele de vestido mal costurado e feio – qualquer uma sempre preferirá o primeiro. Ela sabe que nosso semelhante sempre mente sobre os sentimentos elevados – ele precisa apenas do corpo, por isso perdoa qualquer baixeza, mas jamais uma roupa monstruosa, sem gosto, de mau tom. Uma coquete tem plena consciência disso, mas qualquer moça inocente sabe disso inconscientemente, como sabem os animais.

Por isso esses torpes jérseis, esses enchimentos no traseiro, esses ombros, braços, peitos nus, ou quase. As mulheres, em especial as que passaram pela escola masculina, sabem muito bem que as conversas sobre temas elevados são conversas, mas que os homens precisam mesmo é do corpo, e de tudo que o expõe à luz mais atraente; e é isso mesmo que fazem. Pois se apenas pusermos de lado nosso hábito dessa hediondez, que se tornou uma segunda natureza para nós, e formos encarar a vida de nossas classes superiores como ela é, com toda a sua sem-vergonhice, percebemos que se trata de uma rematada casa de tolerância. Não concorda? Permita-me, vou lhe provar – ele disse, interrompendo-me. – O senhor diz que as mulheres de nossa sociedade vivem com interesses diferentes das mulheres das casas de tolerância, e eu digo que não, e vou provar. Se as pessoas são diferentes nos objetivos da vida, no conteúdo interno da vida essa diferença impreterivelmente se refletirá no exterior, e o exterior será diferente. Mas olhe para elas, para as infelizes desprezadas, e para as fidalgas da mais alta sociedade: os mesmos trajes, os mesmos moldes, os mesmos perfumes, a mesma nudez de braços, ombros, peitos e aperto no traseiro saliente, a mesma paixão por pedrinhas, por coisas caras e brilhantes, os mesmos divertimentos, dança e música, canto. Aquelas lançam mão de todos os meios, assim como estas. Nenhuma diferença. Definindo com severidade, é preciso apenas dizer que as prostitutas de curto prazo normalmente são desprezadas, e as prostitutas de longo prazo, respeitadas.

7

– Sim, então esse jérsei, esses cachos e enchimentos me apanharam. Apanhar-me foi fácil, pois fui educado nas condições em que os jovens, como pepinos na estufa, são apressados para o amor. Pois nosso alimento excessivo e excitante, junto com uma completa ociosidade física, não são nada além de um aguçamento sistemático da luxúria. O senhor pode ou não se espantar, mas é isso. Pois eu mesmo, até os últimos tempos, não via nada disso. Mas agora vi. Por isso me aflige que ninguém o saiba, e digam estupidezes tamanhas, como as daquela fidalga.

Sim, na última primavera, perto de mim, uns mujiques estavam trabalhando no aterro de uma ferrovia. A alimentação habitual do camponês é pão, *kvas*[6], cebola; com isso ele é vivaz, disposto, saudável, executa o trabalho leve do campo. Quando ele vai para a ferrovia, sua boia é mingau e 1 libra[7] de carne. Mas, em compensação, ele gasta essa carne em um trabalho de dezesseis horas, com um carrinho de mão de 30 *puds*[8]. Para ele, é isso mesmo. Mas e nós, que comemos 2 libras de carne, incluindo caça e todo tipo de quitutes e bebidas alcoólicas – onde isso vai dar? Em excessos sensuais. E, se for dar lá, e a válvula de segurança estiver aberta, tudo corre bem; mas feche a válvula, como fechei temporariamente, e no mesmo instante se recebe uma excitação que, passando pelo prisma de nossa vida artificial, se manifesta na mais pura água da paixão, às vezes até platônica. E eu me apaixonei, como todos se apaixonam. E houve de tudo, de forma evidente: êxtases, comoção e poesia. Mas, na realidade, esse meu amor era

6 Refresco fermentado de pão de centeio.

7 A libra russa equivale a 409,5 gramas.

8 Antiga medida russa de peso, equivalente a 16,3 quilos.

produto, de um lado, da atividade da mãe da moça e dos alfaiates; de outro, da abundância da comida consumida por mim em uma vida ociosa. Se não houvesse, de um lado, passeios de bote, se não houvesse alfaiates com cintas etc., e minha esposa estivesse vestida com um roupão desajeitado e ficasse em casa, e eu, por outro lado, vivesse em condições humanas normais, consumindo quanta comida fosse necessária para o trabalho, e minha válvula de segurança estivesse aberta – e ela, por acaso, estava fechada nessa época –, eu não teria me apaixonado, e não teria havido nada disso.

8

– Bem, daí tudo foi conveniente: meu estado, o vestido bonito e o êxito no passeio de bote. Vinte vezes não houve êxito, mas nessa ocasião, sim. Como numa cilada. Não estou brincando. Pois agora os matrimônios são armados como ciladas. Pois isso é natural? A garota amadureceu, é preciso casá-la. Parece simples quando a moça não é um monstro e há homens querendo se casar. Assim se fazia antigamente. A garota chegava à idade, os pais arranjavam o casamento. Assim se fazia e se faz em toda a humanidade: entre os chineses, indianos, maometanos, entre nós, no povo; assim se faz no gênero humano, pelo menos em 99% dele. Apenas 1% ou menos, nós, os dissolutos, achamos isso ruim, e inventamos algo novo. Mas o que é o novo? O novo é que as garotas ficam sentadas e os homens, como em um bazar, vêm e escolhem. E as garotas esperam e pensam, mas não ousam dizer: "Querido, eu! Não, eu. Ela não, eu; veja que ombros eu tenho, e todo o resto, então?". E nós, homens, perambulamos, damos uma olhada e ficamos muito satisfeitos. "Eu sei e não vou cair", dizemos. Perambulam, examinam, ficam muito satisfeitos por tudo ter sido organizado para eles. Você olha, não toma cuidado – pimba, já era!

– Mas como então fazer? – eu disse. – Por acaso é a mulher que deve fazer a proposta?

– Pois não sei como; só que, se é para se ter igualdade, que seja assim mesmo. Se achavam casamento arranjado humilhante, isso é mil vezes pior. Lá os direitos e as chances são iguais, mas aqui a mulher é ou uma escrava no bazar, ou a isca em uma cilada. Diga a alguma mãe ou à própria moça a verdade, que ela está apenas ocupada em agarrar um noivo. Deus, que ofensa! Mas, afinal, todas apenas fazem isso, e não têm mais nada a fazer. E o horrível é às vezes ver ocupadas com isso pobres moças novinhas, completamente inocentes. E, de novo, se isso fosse feito de maneira franca, mas tudo é engano. "Ah, a origem das espécies, como é interessante! Ah, Liza interessa-se muito por pintura! Ah, o senhor estará na exposição? Como é instrutivo! E a troica, e o espetáculo, e a sinfonia? Ah, que divertido! Minha Liza é louca por música. Por que o senhor não compartilha essas convicções? E de barco!..." E a ideia é uma só: "Leve, leve-me, leve minha Liza! Não, a mim! Ora, pelo menos prove!...". Oh, torpeza! Mentira! – concluiu e, depois de tomar o último chá, pôs-se a arrumar as xícaras e a louça.

9

– Pois o senhor sabe – começou, botando em um alforje o chá e o açúcar – que a dominação das mulheres de que o mundo padece decorre toda disso.

– Que dominação das mulheres? – eu disse. – A verdade é que a maioria dos direitos está do lado dos homens.

– Sim, sim, é isso, isso mesmo – ele me interrompeu. – É isso mesmo que quero lhe dizer, isso explica o fenômeno extraordinário de que, de um lado, é absolutamente correto falar que a mulher foi levada ao mais baixo grau de humilhação e, de outro lado, que ela domina. Exatamente como os judeus que, com seu poder monetário, se desforram da opressão, é isso que acontece com as mulheres. "Ah, vocês querem que sejamos apenas negociantes. Bem, nós, negociantes, controlaremos vocês", dizem os judeus. "Ah, vocês querem que nós sejamos apenas objeto de sensualidade, bem, nós, como objeto de sensualidade, escravizaremos vocês", dizem as mulheres. A ausência de direitos das mulheres não está em não poder votar ou ser juíza – ocupar-se dessas coisas não constitui direito nenhum –, mas, nas relações entre os sexos, em não ser igual ao homem, não ter o direito de desfrutar do homem e abster-se dele segundo seu desejo, segundo seu desejo escolher o homem, e não ser escolhida. O senhor diz que isso é monstruoso. Está bem. Então que tampouco o homem tivesse esses direitos. Agora a mulher está privada de um direito que o homem possui. E, para vingar esse direito, ela age sobre a sensualidade do homem, através da sensualidade submete-o, de modo que ele escolhe apenas formalmente, mas, de fato, quem escolhe é ela. E, uma vez que se assenhora desse meio, ela o emprega mal e obtém um poder terrível sobre as pessoas.

– Mas onde está esse poder especial? – perguntei.

– Onde está o poder? Ora, em toda parte, em tudo. Percorra as lojas de qualquer cidade grande. Lá há milhões, é impossível calcular o trabalho humano depositado lá, mas veja se em 90% dessas lojas há algo para utilização masculina. Todo luxo da vida é exigido e mantido pelas mulheres. Conte todas as fábricas. Uma parte imensa delas trabalha em enfeites inúteis, carruagens, móveis, brinquedos para mulheres. Milhões de pessoas, gerações de escravos padecem nesse trabalho forçado das fábricas apenas para o capricho das mulheres. As mulheres, como imperatrizes, mantêm 90% da humanidade prisioneira na escravidão e no trabalho pesado. E tudo porque as humilharam, privaram-nas de direitos iguais aos dos homens. E elas se vingam agindo sobre nossa sensualidade, prendendo-nos em sua rede. Sim, tudo decorre disso. As mulheres fizeram de si tamanho instrumento de ação sobre a sensualidade que o homem não pode dirigir-se tranquilamente à mulher. Basta o homem se aproximar da mulher para tombar entorpecido e aturdido. Antes eu sempre ficava sem jeito, amedrontado, quando via uma dama enfeitada, de vestido de baile, mas agora fico de fato aterrorizado, vejo mesmo algo perigoso para as pessoas e contra a lei, e tenho vontade de chamar um policial, de gritar por socorro contra o perigo, exigir que recolham, afastem o objeto perigoso.

Sim, o senhor ri! – ele gritou. – Mas isso não é nenhuma piada. Estou certo de que chegará a hora, talvez muito rápido, em que as pessoas compreendam e fiquem espantadas que tenha podido existir uma sociedade na qual se permitem tanto comportamentos que rompem a tranquilidade social como os enfeites do corpo que provocam diretamente a sensualidade, e tudo isso é permitido às mulheres em nossa sociedade. Pois isso é equivalente a armar todo tipo de cilada nos passeios, nos caminhos – é pior! Por que o jogo de azar é proibido, e mulheres com trajes de prostituta, que provocam a sensualidade, não são proibidas? São mil vezes mais perigosas!

10

– Pois bem, também me apanharam. Eu era aquilo que se chama de apaixonado. Eu não apenas a considerava o cume da perfeição; eu, na época de meu noivado, considerava-me também o cume da perfeição. Pois não há ser imprestável que, procurando, não ache imprestáveis em algum aspecto piores do que ele e, por isso, consegue encontrar motivos para se orgulhar e ficar satisfeito consigo mesmo. Eu também: não me casei por dinheiro – a cobiça não era uma questão, diferentemente da maioria de meus conhecidos, que se casaram por dinheiro ou conexões –, eu era rico; ela, pobre. Isso é uma coisa. Outra de que me orgulhava era que as pessoas se casavam com a intenção de continuar a viver na mesma poliginia em que viviam antes das bodas; já eu tinha a firme intenção de me manter monogâmico após o matrimônio, e não havia limites ao meu orgulho por isso. Sim, eu era um porco horrível, e imaginava ser um anjo.

A época em que fui noivo prolongou-se por pouco tempo. Agora não consigo me lembrar dessa época de noivado sem sentir vergonha! Que indecência! Pois se subentende um amor espiritual, e não sensual. Ora, se o amor é espiritual, um contato espiritual, então esse contato espiritual deve se manifestar em palavras, conversas, palestras. Não houve nada disso. Falar era, quando ficávamos a sós, terrivelmente difícil. Era um trabalho de Sísifo. Basta você inventar o que dizer, diz, e novamente precisa se calar, inventar de novo. Não havia do que falar. Tudo que era possível falar da vida que nos esperava, a organização, os planos, tinha sido dito, e o que mais? Pois, se fôssemos animais, saberíamos que não nos cabia falar; mas naquela situação, pelo contrário, falar era necessário, e não havia assunto, pois o que nos ocupava não era algo que se decida com conversas. Além disso, havia ainda o costume hediondo de bombons, a glutonaria rude de doces, e todos esses preparativos torpes para o matrimônio: conversas sobre o apartamento, o dormitório, as camas, roupões, robes, roupa de baixo, toalete. Pois o senhor compreende que, se for se casar segundo o *Domostrói*, como dizia aquele velho, os colchões de penugem, o dote, a cama, tudo isso são apenas detalhes que acompanham o mistério. Mas, cá entre nós – quando, de cada dez que se casam, mal existe um que não só crê no mistério, mas crê até que naquilo que está fazendo há alguma obrigação, quando, de cem homens, mal existe um que não tenha sido casado antes e, de cinquenta, um que não esteja se preparando de antemão para trair a esposa em qualquer ocasião oportuna, quando a maioria encara a ida à igreja como uma condição especial para a posse de uma certa mulher –, pense que significado terrível adquirem, diante disso, todos esses detalhes. O resultado é que toda a questão se resume a isso. O resultado é uma espécie de venda. Vendem uma moça inocente a um depravado, e rodeiam essa venda de determinadas formalidades.

11

– Então todos se casam, como eu me casei, e começou a decantada lua de mel. Só o nome já é vil! – resmungou, com raiva. – Uma vez, em Paris, percorri todos os espetáculos e fui ver, seguindo uma tabuleta, uma mulher barbada e um cachorro aquático. Deu-se que não era nada mais do que um homem em um vestido feminino decotado e um cachorro metido em uma pele de morsa, nadando em uma banheira com água. Tudo era muito pouco interessante; mas, quando eu estava saindo, o exibidor me acompanhou com polidez e, dirigindo-se ao público na entrada, apontando para mim, disse: "Perguntem a este senhor, vale a pena assistir? Venham, venham, 1 franco por pessoa!". Fiquei com vergonha de dizer que não valia a pena assistir, e o exibidor provavelmente contava com isso. Isso talvez também aconteça com quem experimentou toda a torpeza da lua de mel, e não desaponta os outros. Também não desapontei ninguém, mas agora não vejo por que não falar a verdade. Até considero indispensável dizer a verdade a esse respeito. É desconfortável, vergonhoso, asqueroso, penoso e, principalmente, tedioso, impossível de tão tedioso! É algo do tipo que experimentei quando aprendi a fumar, quando tinha ânsia de vômito e a saliva escorria, mas eu engolia e fazia de conta que era muito agradável. O prazer do fumo, exatamente como este, se houver, virá mais tarde: é preciso que os cônjuges eduquem-se para esse vício para que obtenham prazer dele.

– Como vício? – eu disse. – Pois o senhor está falando da mais natural característica humana.

– Natural? – ele disse. – Natural? Não, digo-lhe o contrário, que cheguei à convicção de que isso é anti... natural. Sim, absolutamente antinatural. Pergunte a uma criança, a uma moça não depravada. Minha irmã, muito jovem, casou-se com um homem duas vezes mais velho, e depravado. Lembro-me de como ficamos espantados na noite de núpcias quando ela, pálida e em lágrimas, fugiu dele e, sacudindo o corpo inteiro, dizia que de jeito nenhum, de jeito nenhum, que não podia nem dizer o que ele queria dela.

O senhor diz: natural! Comer é natural. E comer é, desde o começo, alegre, leve, agradável, e não vergonhoso; já aqui se trata de algo torpe, vergonhoso e doloroso. Não, isso é antinatural! E tenho certeza de que uma moça imaculada sempre odiará isso.

– Como então – eu disse –, como então o gênero humano irá continuar?

– Pois como não irá perecer o gênero humano? – ele disse, raivoso e irônico, como se aguardasse essa réplica conhecida e inconscienciosa. – Pregue a abstinência da procriação em nome de que os lordes ingleses sempre possam se empanturrar – isso é possível. Pregue a abstinência da procriação em nome de que haja mais prazeres – isso é possível; mas vá apenas gaguejar que devem se abster da procriação em nome da moral – meu pai, que gritaria; o gênero humano vai se interromper porque uma ou outra dezena quer deixar de ser porca. Aliás, desculpe-me. Essa luz está me incomodando, posso apagar? – disse, apontando para o lampião.

Eu disse que, para mim, dava na mesma, e então ele apressadamente, como tudo que fazia, ergueu-se no assento e fechou a cortina de lã do lampião.

– Mesmo assim – eu disse –, se todos reconhecessem isso como uma lei, o gênero humano se interromperia.

Ele não respondeu de imediato.

– O senhor indaga como o gênero humano irá continuar? – ele disse, voltando a se sentar na minha frente, abrindo as pernas amplamente e apoiando os cotovelos nelas. – Para que haveria de continuar, esse gênero humano? – ele disse.

– Como assim, para quê? Do contrário não existiríamos.

– E para que devemos existir?

– Como para quê? Pois para viver.

– E viver para quê? Se não há quaisquer objetivos, se a vida nos foi dada pela vida, não há por que viver. E, se for assim, Schopenhauer, Hartmann e todos os budistas estão absolutamente certos. Ora, e se há objetivo na vida, está claro que a vida deve interromper-se quando o objetivo é atingido. E esse é o resultado – dizia, com agitação visível, evidentemente valorizando muito sua ideia. – E esse é o resultado. Observe: se o objetivo da humanidade é o bem, a bondade, o amor, como quiser; se o objetivo da humanidade é o que está dito nas profecias, que todas as pessoas vão se juntar em um único amor, que as lanças serão transformadas em foices, e assim por diante, o que atrapalha a obtenção desse objetivo? As paixões atrapalham. Das paixões, a mais forte, má e obstinada é o amor, o amor sexual, carnal, e, por isso, se forem aniquiladas as paixões, até mesmo a última, a mais forte delas, o amor carnal, a profecia será cumprida, as pessoas vão se juntar em uma unidade, o objetivo da humanidade será alcançado, e ela não terá por que viver. Enquanto a humanidade viver, diante dela haverá um ideal e, obviamente, não é o ideal dos coelhos ou porcos, de se multiplicarem o máximo possível, nem dos macacos ou parisienses, de desfrutarem com o máximo de refinamento possível dos prazeres da paixão sexual, mas um ideal de bondade, que se atinge pela abstinência e pureza. As pessoas sempre aspiraram e aspiram a ele. E veja qual é o resultado.

O resultado é que o amor carnal é a válvula de segurança. A geração viva não atingiu agora o objetivo da humanidade, e não o atingiu só porque nela há paixão, e a mais forte delas – a sexual. Havendo paixão sexual, há uma nova geração, ou seja, há também a possibilidade de obtenção do objetivo na geração seguinte. Esta também não o atingiu, novamente vem uma seguinte, e assim até que seja atingido o resultado, que seja cumprida a profecia, que as pessoas se juntem em uma unidade. Se não, qual seria o resultado? Vamos admitir que Deus criou as pessoas para a obtenção de determinado objetivo, e as fez ou mortais, sem paixão sexual, ou eternas. Se elas fossem mortais, mas sem paixão sexual, qual seria o resultado? Que elas viveriam e, não tendo atingido o objetivo, morreriam; e, para atingir o objetivo, Deus teria que criar novas pessoas. E, se elas fossem eternas, suponhamos (embora seja mais difícil às mesmas pessoas, e não às novas gerações, corrigirem os erros e aproximarem-se da perfeição) que, depois de muitos milhares de anos, elas atingissem os objetivos, então para que elas serviriam? O melhor é exatamente do jeito que é... Mas pode ser que não lhe agrade essa forma de expressão, e talvez o senhor seja um evolucionista. Mesmo assim, o resultado é igual. A mais elevada espécie animal é a humana, que, para se manter na luta com os outros animais, deve se fechar em uma unidade, como um enxame de abelhas, em vez de procriar ao infinito; deve, assim como as abelhas, formar assexuados, ou seja, mais uma vez deve aspirar à abstinência, e de jeito nenhum à excitação da luxúria, para a qual está direcionado todo o regime de nossa vida. – Fez uma pausa. – O gênero humano vai se interromper? Mas será que alguém, encare o mundo como for, pode duvidar disso? Pois isso é tão indubitável quanto a morte. Pois, por todas as doutrinas da Igreja, virá o fim do mundo, e por todas as doutrinas científicas a mesma coisa é inescapável. Então, qual a estranheza de que, segundo a doutrina moral, o resultado seja o mesmo?

Ele ficou calado por muito tempo depois disso, tomou mais chá, terminou de fumar a *papirossa* e, tirando outras do saco, guardou-as em sua cigarreira velha e manchada.

– Entendo sua ideia – eu disse –, os *shakers*[9] afirmam algo semelhante.

– Sim, sim, e eles têm razão – ele disse. – A paixão sexual, seja como estiver apresentada, é um mal, um mal terrível, contra o qual é preciso lutar, e não incentivar, como fazem entre nós. As palavras do Evangelho, de que olhar para uma mulher com desejo já é cometer adultério com ela, não se referem apenas à mulher do próximo, mas justa e principalmente à própria esposa.

9 Seita religiosa de princípios igualitários e praticante do celibato, criada na Inglaterra, no século XVIII, e organizada nos Estados Unidos.

– Já em nosso mundo é exatamente o contrário: se o homem ainda pensava em abstinência, sendo solteiro, ao se casar todo mundo considera que agora a abstinência já não é necessária. Pois todas essas viagens depois das núpcias, a solidão para a qual os jovens partem com a permissão dos pais, não são nada além de uma permissão para a depravação. Mas uma lei moral se desforra quando é transgredida. Por mais que eu tentasse usufruir de uma lua de mel, nada dava certo. Todo tempo era asqueroso, vergonhoso e tedioso. E logo ficou de modo aflitivo, ainda mais pesado. Isso começou muito rápido. Aparentemente, por volta do terceiro ou quarto dia surpreendi minha esposa entediada, pus-me a perguntar por quê, pus-me a abraçá-la – o que, em minha opinião, era tudo que ela podia querer –, e ela afastou meu braço e começou a chorar. Por quê? Ela não soube dizer. Mas estava triste, pesarosa. É provável que seus nervos extenuados tivessem lhe sugerido a verdade sobre a repugnância de nossas relações; mas ela não soube dizer. Pus-me a interrogá-la, ela disse algo, que ficava triste sem a mãe. Pareceu-me que não era verdade. Pus-me a tranquilizá-la, calando-me a respeito da mãe. Eu não entendia que estava simplesmente pesado para ela, e a mãe era apenas um pretexto. Mas no mesmo instante ela se ofendeu por eu me calar sobre sua mãe, como se não acreditasse nela. Ela me disse que via que eu não a amava. Recriminei-a pelo capricho, e de repente seu rosto alterou-se por completo, em vez de tristeza manifestou-se irritação, e ela, com as palavras mais venenosas, começou a me recriminar por egoísmo e crueldade. Olhei para ela. Todo o seu rosto demonstrava a mais plena frieza e hostilidade, quase ódio de mim. Lembro-me de que fiquei horrorizado ao ver isso. “Como? O quê?”, pensei.

"Amor é união de almas, e, em vez disso, veja o quê! Mas não pode ser, mas essa não é ela!" Procurei acalmá-la, mas me deparei com um muro tão irrefreável de hostilidade fria, venenosa, que não consegui olhar, pois a irritação se apossava também de mim, e dissemos um ao outro uma série de coisas desagradáveis. A impressão dessa primeira briga foi horrível. Chamei de briga, mas não foi uma briga, foi apenas a revelação do precipício que na realidade havia entre nós. O apaixonamento esgotara-se com a satisfação da sensualidade, e ficamos um na frente do outro em nossa relação real de um para com o outro, ou seja, dois egoístas completamente alheios um ao outro, que queriam receber o máximo de prazer possível um do outro. Chamei de briga o que ocorreu entre nós; mas não foi uma briga, foi apenas uma consequência da interrupção da sensualidade, revelando nossas reais relações de um para com o outro. Eu não entendia que aquela relação fria e hostil era nossa relação normal, não o entendia porque essa relação hostil, de início, voltou a se esconder muito rápido detrás de uma sensualidade destilada, ou seja, do apaixonamento.

E eu achei que tínhamos brigado e feito as pazes, e que já não haveria mais aquilo. Mas, ainda nesse primeiro mês de lua de mel, muito rápido voltou a haver um período de saciedade, voltamos a parar de sermos necessários um ao outro, e ocorreu de novo uma briga. Essa segunda briga espantou-me ainda mais do que a primeira. Ou seja, a primeira não fora um acaso, aquilo tivera de ser assim e assim seria, eu pensei. A segunda briga espantou-me mais porque surgira devido ao pretexto mais impossível. Algo por dinheiro, que eu nunca poupei e não poderia poupar de jeito nenhum, com relação à minha esposa. Lembro-me apenas de que ela distorceu a coisa de um jeito, que cada observação minha se revelava uma manifestação de meu desejo de dominá-la através do dinheiro, sobre o qual eu teria afirmado meu direito exclusivo, algo impossível, estúpido, vil, que não era próprio nem de mim nem dela. Irritei-me, passei a recriminá-la por indelicadeza, ela a mim – e brigamos de novo. Em suas palavras e expressão do rosto e olhos eu via novamente a mesma coisa que antes tanto me espantara, uma hostilidade cruel, fria. Com meu irmão, com amigos, com meu pai, lembro-me de que briguei, mas nunca entre nós houvera essa raiva peculiar, venenosa, que então houve. Mas passou algum tempo, e de novo esse ódio mútuo ocultou-se sob o apaixonamento, ou seja, a sensualidade, e eu ainda me consolei com a ideia de que aquelas duas brigas eram erros possíveis de corrigir. Mas então veio uma terceira, uma quarta briga, e então entendi que não era um acaso, mas era como devia ser, que seria assim, e horrorizei-me com o que me aguardava. Ademais, atormentava-me a ideia horrível de que apenas eu vivia tão mal com a esposa, diferente do que esperara, quando então nos outros matrimônios isso não ocorria. Eu então ainda não sabia que essa é a sorte geral, mas que todos pensavam, assim como eu, que era sua infelicidade exclusiva, ocultavam essa infelicidade exclusiva, vergonhosa, não apenas dos outros, mas também de si mesmos, sem admiti-lo para si próprios.

Essa situação começou nos primeiros dias e prolongou-se por todo o tempo, e sempre se fortalecia e exacerbava. No fundo da alma eu, desde as primeiras semanas, senti que *fora apanhado*, que o resultado não era o que eu esperava, que o casamento não apenas não era uma felicidade, como era algo muito pesado, mas eu, como todos, não queria admitir isso mesmo (não admitiria nem agora, não fosse o fim), e ocultava-o não apenas dos outros, como de mim. Agora me surpreendo por não ter visto minha real situação. Já era possível vê-la porque as brigas começavam por pretextos tais que depois, quando já tinham acabado, era impossível se lembrar por quê. A razão não conseguia forjar pretextos suficientes para a hostilidade que constantemente existia. No entanto, ainda mais espantosa era a insuficiência dos pretextos para apaziguamento. Às vezes havia palavras, explicações, até lágrimas, mas, às vezes... Oh! Agora dá asco só de lembrar – depois das palavras mais cruéis de um para o outro, olhares em silêncio, sorrisos, beijos, abraços... Puxa, que torpeza! Como pude não ver então toda a repugnância disso?

13

Entraram dois passageiros e começaram a se acomodar em um banco distante. Ele se calou enquanto os outros se ajeitavam, mas, assim que eles silenciaram, prosseguiu, sem perder o fio da meada de seus pensamentos nem por um minuto.

– Pois o mais sórdido – começou – é que se supõe, na teoria, que o amor é algo ideal, elevado, mas, na prática, o amor é algo torpe, porco, do qual até falar e lembrar é torpe e vergonhoso. Pois não por acaso a natureza fez com que fosse torpe e vergonhoso. E, se é torpe e vergonhoso, assim é que deve ser entendido. Mas daí, pelo contrário, as pessoas fazem de conta que o torpe e vergonhoso é maravilhoso e elevado. Quais foram os primeiros sinais de meu amor? O fato de que me entreguei a excessos animais, não apenas sem me envergonhar deles como, por algum motivo, me orgulhando da possibilidade desses excessos físicos, sem nem ao menos pensar na vida espiritual dela, nem sequer em sua vida física. Espantou-me de onde vinha nossa exasperação de um para com o outro, mas a coisa era absolutamente clara: a exasperação não era nada além do protesto da natureza humana contra a animal, que a esmagava.

Espantei-me com nosso ódio um pelo outro. Mas isso nem podia ser diferente. Esse ódio não era nada além do ódio mútuo dos cúmplices de um crime – pela instigação e pela participação no crime. Como não seria crime quando ela, pobre, engravidou já no primeiro mês, e nossa ligação porca continuou? O senhor acha que estou me afastando da narração? De jeito nenhum. Continuo a lhe contar de que modo matei minha esposa. No julgamento, perguntaram-me com que e como matei minha esposa. Tolos! Acham que eu a matei então com uma faca, em 5 de outubro. Eu não a matei naquele dia, mas muito antes. Exatamente como eles matam hoje, todos, todos...

– Mas com o quê? – perguntei.

– O espantoso é que ninguém quer saber o que é tão claro e evidente, o que deviam saber e pregar os médicos, mas eles se calam a esse respeito. Pois a questão é horrivelmente simples. Homem e mulher foram criados como animais, de modo que, após o amor carnal, se inicia a gravidez, depois a amamentação, de modo que o amor carnal é nocivo para ela e para o bebê. Mulheres e homens são em número igual. O que decorre disso? Parece evidente. E não é necessária grande sabedoria para extrair daí a dedução que extraem os animais, ou seja, a abstinência. Mas não. A ciência chegou a ponto de encontrar uns leucócitos que correm no sangue, e todo tipo de estupidez desnecessária, mas não conseguiu entender isso. Pelo menos, não se ouve que ela fale disso.

E eis que, para as mulheres, há apenas duas saídas: uma é se transformar em um monstro, aniquilar ou ficar aniquilando em si, na medida das necessidades, a capacidade de ser mulher, ou seja, mãe, para que o homem possa deliciar-se tranquila e constantemente; ou a outra saída, que nem é saída, mas uma simples, grosseira e direta infração das leis da natureza, que se consuma em todas as ditas famílias honradas. E justamente que a mulher, contrariando sua natureza, deve ser ao mesmo tempo gestante, ama de leite e amante, deve ser aquilo a que não se rebaixa nenhum animal. As forças não podem bastar. Disso, em nossa classe, decorrem a histeria, os nervos e, entre o povo, as transtornadas. Note, entre as moças, as puras, não há transtornadas, só entre as mulheres, e entre as mulheres que vivem com os maridos. Assim como entre nós. Exatamente como na Europa. Todos os hospitais de histéricos estão cheios de mulheres que infringiram a lei da natureza. As transtornadas e pacientes de Charcot são completamente inválidas, mas de mulheres semi-inválidas o mundo está cheio. Basta apenas pensar na obra grandiosa que se consuma em uma mulher quando ela carrega seu fruto ou amamenta um bebê recém-nascido. Cresce aquilo que continuará e nos substituirá. E essa coisa sagrada é infringida – com o quê? Dá medo até de pensar! E falam de liberdade, de direitos das mulheres. É como se os canibais alimentassem os prisioneiros para ser comidos e, ao mesmo tempo, assegurassem que se preocupam com seus direitos e liberdades.

Tudo aquilo era novo, e me surpreendeu.

– Como então? Se for assim – eu disse –, o resultado é que se pode amar a esposa uma vez a cada dois anos, e ao homem...

– Ao homem é indispensável – ele atalhou. – Novamente, os gentis sacerdotes da ciência asseguraram a todos. Eu ordenaria que esses feiticeiros cumprissem o que é, na opinião deles, o dever indispensável das mulheres para com os homens; o que eles diriam então? Incuta em uma pessoa que lhe é indispensável a vodca, o tabaco, o ópio, e tudo isso será indispensável. Resulta que Deus não entendeu o que era necessário e, porque não perguntou aos feiticeiros, organizou mal. Tenha a bondade de ver, a coisa não fecha. É necessário e indispensável ao homem, segundo eles decidiram, satisfazer sua luxúria, mas daí a procriação e a amamentação das crianças se intrometeram, atrapalhando a satisfação dessas necessidades. O que fazer? É preciso se dirigir aos feiticeiros, eles darão um jeito. E eles inventaram. Oh, quando desentronarão esses feiticeiros com seus enganos? Está na hora! Já se chegou ao ponto em que pessoas enlouquecem e se matam, e tudo por causa disso. E como ser diferente? Os animais parecem saber que a prole dá continuidade à sua espécie, e cumprem determinada lei com relação a isso. Só o ser humano não sabe disso e não quer saber. E está preocupado apenas em obter a maior satisfação possível. E este é quem? O rei da natureza, o homem. Pois repare que os animais se unem apenas quando podem produzir uma prole, mas o sórdido rei da natureza – sempre, basta lhe aprazer. E, ainda por cima, eleva essa ocupação simiesca a pérola da criação, o amor. E em nome desse amor, ou seja, dessa obscenidade, arruína – o quê? – metade do gênero humano. Todas as mulheres, que deveriam ser auxiliares no avanço da humanidade para a verdade e o bem, o homem, em nome de sua satisfação, transforma não em auxiliares, mas em inimigas. Veja, quem freia por toda parte o avanço da humanidade? As mulheres. E por que elas são assim? Apenas por causa disso. Sim, senhor; sim, senhor – repetiu algumas vezes e começou a se mexer, pegar *papirossas* e fumar, visivelmente desejando acalmar-se um pouco.

14

– Veja como vivi parecendo um porco – prosseguiu, novamente com o tom de antes. – O pior de tudo foi que, vivendo essa vida nojenta, imaginei que, como não era seduzido por outras mulheres, vivia por isso uma vida familiar honrada, que era um homem de moral, sem culpa de nada; e, se ocorriam brigas entre nós, a culpa era dela, de seu caráter.

A culpada não era, obviamente, ela. Ela era como todas, como a maioria. Fora educada como exige a situação das mulheres em nossa sociedade e, portanto, como são educadas todas as mulheres nas classes abastadas, e como elas não podem deixar de ser educadas. Falam sobre uma nova educação feminina. São tudo palavras vazias: a educação das mulheres é exatamente como deveria ser diante do ponto de vista geral sobre a mulher, o real, não o fingido.

E a educação da mulher sempre corresponderá ao ponto de vista do homem sobre ela. Pois todos nós sabemos como o homem encara a mulher: *Wein, Weiber und Gesang*[10], como os poetas dizem em seus versos. Tome toda a poesia, toda a pintura, escultura, começando pelos versos de amor e as Vênus e Frineias nuas, e verá que a mulher é um instrumento de prazer; é assim na Trubá e na Gratchovka[11], e no baile da corte. E note a astúcia do diabo: ora, é prazer, é satisfação, então que fique sabido que é um prazer, que a mulher é uma iguaria doce. Não, no princípio os cavaleiros asseguravam que endeusavam a mulher (endeusavam, mas mesmo assim a encaravam

10 "Vinho, mulheres e canto". Em alemão no original. Título levemente alterado de uma célebre valsa (1869) de Johann Strauss Filho (*Wein, Weib und Gesang*, ou seja, vinho, mulher [no singular] e canto).
11 Referência aos bordéis localizados na praça Trúbnaia e na rua Trúbnaia (anteriormente Dratchovka, ou Gratchovka), em Moscou.

como um instrumento de prazer). Já agora asseguram que respeitam a mulher. Uns liberam seus lugares para elas, pegam seus lenços do chão; outros reconhecem seu direito a ocupar todos os postos de serviço, à participação no governo etc. Fazem tudo isso, mas o ponto de vista sobre elas continua o mesmo. É um instrumento de prazer. Seu corpo é um meio de prazer. E elas sabem disso. Igual à escravidão. Pois a escravidão não é nada além do desfrute de alguns do trabalho forçado de muitos. E para que não haja escravidão é necessário que as pessoas não queiram desfrutar do trabalho forçado dos outros, que o considerem um pecado ou uma vergonha. E, enquanto isso, dão de abolir a forma externa da escravidão, arranjam um jeito que não é mais possível realizar compras de escravos, e imaginam e asseguram-se de que não há mais escravidão, e não veem, nem querem ver, que a escravidão continua a existir, pois as pessoas continuam gostando e considerando bom e justo desfrutar do trabalho dos outros. E basta considerarem-no bom que sempre se encontrarão pessoas mais fortes ou mais astutas do que as outras, que ousarão fazê-lo. O mesmo com a emancipação da mulher. Pois a escravidão da mulher reside apenas em que as pessoas desejam e consideram muito bom desfrutarem dela como instrumento de prazer. Bem, daí libertam a mulher, dão-lhe todos os direitos, iguais aos dos homens, mas continuam a encará-la como um instrumento de prazer, assim a educam na infância e na opinião pública. E ela é sempre a mesma escrava menosprezada, depravada, e o homem é sempre o mesmo senhor de escravos depravado.

Libertam as mulheres nos cursos e nas câmaras, mas a encaram como um objeto de prazer. Ensinem-na, como ela é ensinada entre nós, a encarar a si mesma assim, e ela sempre permanecerá uma criatura inferior. Ou, com a ajuda dos torpes médicos, ela irá impedir o nascimento do fruto, ou seja, será uma plena prostituta, rebaixando-se não ao nível de animal, mas ao nível de coisa, ou ela será o que é na maioria dos casos – uma doente de alma, histérica, infeliz, como elas são, sem possibilidade de evolução espiritual.

Colégios e cursos superiores não podem alterar isso. Apenas a mudança do ponto de vista do homem sobre a mulher e da mulher sobre si mesma pode alterar isso. As coisas só vão mudar quando a mulher considerar a condição de virgem a mais elevada, e não, como agora, o estado mais elevado da pessoa como uma vergonha, uma ignomínia. Enquanto não for assim, o ideal de qualquer moça, seja qual for sua educação, será, de qualquer forma, atrair o maior número de homens possível, quanto mais machos puder, para assim ter possibilidade de escolha.

O fato de que uma conhece mais matemática e a outra sabe tocar harpa não muda nada. A mulher é feliz e obtém tudo que pode querer quando cativa um homem. E, por isso, a principal tarefa da mulher é saber cativá-lo. Assim foi e será. Assim é na vida de solteira, em nosso mundo, e assim continua na vida de casada. Na vida de solteira, isso é necessário para a escolha; na de casada, para a dominação do marido.

A única coisa que interrompe isso, ainda que por um tempo, são os filhos, e mesmo assim apenas quando a mulher não é um monstro, ou seja, quando é ela quem amamenta. Mas daí, novamente, aparecem os médicos.

Minha esposa, que queria amamentar e amamentou os seguintes de seus cinco filhos, ficou mal de saúde com o primeiro bebê. Esses médicos, que cinicamente a despiram e apalparam-na por toda parte, pelo que eu deveria ser-lhes grato e pagar-lhes em dinheiro, esses gentis médicos acharam que ela não devia amamentar, e ela, nos primeiros tempos, foi privada do único meio que poderia impedi-la do coquetismo. Quem amamentou foi uma ama de leite, ou seja, nós nos aproveitamos da pobreza, necessidade e ignorância de uma mulher, tiramo-la de seu bebê para o nosso e, por isso, vestimo-la de *kokóchnik*[12] com galões. Mas a questão não é essa. A questão é que bem na época de sua libertação da gravidez e da amamentação, surgiu-lhe, com força especial, esse coquetismo feminino antes adormecido. E, em mim, correspondendo a isso, com força igualmente especial, surgiram as tormentas do ciúme, que me dilaceraram sem cessar por todo o tempo de vida de casado, como não têm como não dilacerar todos os cônjuges que vivem com suas esposas como eu vivia, ou seja, de forma imoral.

12 Antigo chapéu adornado russo.

15

– Por todo o tempo de minha vida de casado, nunca parei de experimentar as dilacerações do ciúme. Mas houve períodos em que padeci disso de forma especialmente cortante. E um desses períodos foi quando, depois do primeiro bebê, os médicos proibiram-na de amamentar. Fiquei enciumado sobretudo nessa época, em primeiro lugar porque minha esposa experimentava aquela intranquilidade própria às mães, que deve ter sido provocada pelo rompimento sem motivo do curso correto da vida; em segundo lugar porque, ao ver com que facilidade ela deixava de lado a obrigação moral de mãe, concluí com exatidão, ainda que inconsciente, que com a mesma facilidade ela deixaria de lado também a obrigação conjugal, ainda mais que estava completamente saudável e, apesar da proibição dos gentis médicos, amamentou ela mesma os filhos seguintes, e o fez de forma maravilhosa.

– Contudo, o senhor não gosta dos médicos – eu disse, reparando na expressão particularmente raivosa de sua voz a cada vez que apenas os mencionava.

– A questão aí não é gosto ou falta de gosto. Eles arruinaram a minha vida, como arruinaram e arruínam a vida de milhares, centenas de milhares de pessoas, e eu não tenho como não ligar consequência e causa. Entendo que tenham vontade de ganhar dinheiro, como os advogados e outros, e de bom grado lhes daria metade de meus rendimentos, e qualquer um que entendesse o que eles fazem também lhes daria metade de suas posses apenas se eles não se intrometessem em sua vida familiar, se nunca chegassem perto. Não reuni dados, mas conheço dezenas de casos – são uma penca – em que eles mataram ou o bebê no ventre materno, assegurando que a mãe não podia parir, e depois a mãe pariu de modo maravilhoso, ou mataram a mãe, sob pretexto de alguma operação. Pois ninguém considera isso assassinato, como não se considerava assassinato a Inquisição, pois se supunha que era pelo bem da humanidade. Não há como contar os crimes cometidos por eles. Mas todos esses crimes não são nada em comparação com a corrupção moral do materialismo que eles introduzem no mundo, sobretudo entre as mulheres. Nem estou falando que, se for apenas seguir suas indicações, devido ao contágio, por toda parte, em tudo, as pessoas não deveriam caminhar para a união, mas para o isolamento: todos devem, segundo sua doutrina, ficar sentados, separados, e não tirar da boca o nebulizador de ácido fênico (aliás, descobriram que isso também não funciona). Mas isso não é nada. O principal veneno é a depravação das pessoas, das mulheres em especial.

Hoje já não é possível dizer: "Você vive mal, viva melhor" – não é possível dizer isso nem a si mesmo nem a outra pessoa. E, se você vive mal, a causa é a anormalidade das funções nervosas etc. E tem-se que recorrer aos médicos, e eles prescrevem remédios da farmácia a 35 copeques, e você toma. Você fica ainda pior, então tome mais remédio e mais médico. Coisa esplêndida!

Mas a questão não é essa. Eu só disse que ela amamentava maravilhosamente, e que só de ela engravidar e amamentar me salvava das torturas do ciúme. Se não fosse por isso, tudo teria acontecido antes. Os filhos salvaram a mim e a ela. Em oito anos, ela deu à luz cinco filhos. E amamentou todos eles.

– Onde eles estão agora, seus filhos? – perguntei.

– Meus filhos? – ele perguntou de volta, assustado.

– Desculpe-me, talvez seja duro para o senhor lembrar...

– Não, tudo bem. Minha cunhada e seu irmão pegaram meus filhos. Não me deixaram ficar com eles. Entreguei-lhes meu patrimônio, mas eles não os deram a mim. Pois sou como um louco. Agora estou vindo da casa deles. Eu os vi, mas não vão entregá-los a mim. Senão, eu os educaria para que não fossem iguais aos pais. Mas é preciso que sejam iguais. Ora, o que fazer?! Entendo que não me entregarão meus filhos, não confiam em mim. E eu nem sei se teria forças para educá-los. Acho que não. Sou uma ruína, um mutilado. Só tenho uma coisa. Eu sei. Sim, sei com certeza o que todos ainda hão de saber, não logo.

Sim, meus filhos estão vivos, crescendo tão selvagens como todos ao seu redor. Eu os vi, vi três vezes. Não posso fazer nada por eles. Nada. Agora vou para minha casa no Sul. Lá tenho uma casinha e um jardinzinho.

Sim, as pessoas não hão de saber logo o que eu sei. Se há muito ferro e metais no sol e nas estrelas, é possível saber logo; mas aquilo que denuncia nossa porcaria é difícil, terrivelmente difícil...

O senhor pelo menos me escuta, e sou grato.

16

– Bem, o senhor mencionou filhos. Novamente, que mentira medonha corre sobre filhos. Os filhos são uma bênção de Deus, os filhos são uma alegria. Pois tudo isso é mentira. Outrora tudo isso era verdade, mas agora não há nada semelhante. Os filhos são um tormento, e nada mais. A maioria das mães sente-o de forma direta, e às vezes, por descuido, dizem-no de forma igualmente direta. Pergunte à maioria das mães de nosso círculo de gente abastada, e elas lhe dirão que, por medo de que os filhos possam adoecer e morrer, elas não querem ter filhos, e, se já pariram, não querem amamentar para não se apegar e não sofrer. O prazer que o bebê lhes propicia, seu encanto, aquelas mãozinhas, pezinhos, todo o seu corpinho, a satisfação propiciada pelo bebê é menor do que o sofrimento que elas experimentam – já nem falo da doença ou perda do bebê, mas do mero medo da possibilidade de doença e morte. Sopesando vantagens e desvantagens, revela-se que é desvantajoso e, portanto, indesejável ter filhos. Elas dizem isso de forma direta, ousada, imaginando que esses sentimentos decorrem do amor pelas crianças, um sentimento bom e louvável, do qual se orgulham. Não reparam que, com tal raciocínio, rejeitam diretamente o amor e confirmam apenas seu egoísmo. Para elas, a satisfação com os encantos do bebê é menor do que o sofrimento de temer por ele, e, portanto, aquele bebê que elas amarão não é necessário. Não sacrificam a si mesmas pelo ser amado, e sim o ser que deveria ser amado por elas.

Claro que isso não é amor, mas egoísmo. Mas nenhuma mão se ergue para condenar as mães de famílias abastadas por esse egoísmo, quando você se lembra de tudo que elas padecem pela saúde dos filhos, novamente graças aos médicos em nossa vida senhorial. Só de me lembrar, mesmo agora, da vida e do estado de minha esposa no começo, quando havia três, quatro filhos, e ela foi absorvida por eles – o horror me toma. De forma alguma aquilo poderia ser considerado vida. Era algo como um perigo eterno, sua salvação, o perigo voltando a se apresentar, novamente esforços desesperados e novamente a salvação – um estado constante, como em um navio naufragando. Às vezes, parecia-me que era de propósito, que ela simulava preocupação com os filhos para me subjugar. Isso era sedutor, simplesmente resolvia todas as questões em favor dela. Parecia-me, às vezes, que tudo que ela fazia e dizia nesses casos era feito e dito de propósito. Mas não, ela se atormentava e se remoía de forma terrível e constante pelos filhos, por sua saúde e pelas doenças. Era uma tortura para ela, e para mim também. E ela não tinha como não se atormentar. Pois a atração pelos filhos, a exigência animal de amamentar, de mimar, de defendê-los existia, como existe na maioria das mulheres, mas não havia o que há nos animais – ausência de imaginação e raciocínio. A galinha não teme pelo que pode ocorrer com seu pintinho, não conhece todas as doenças que podem acometê-lo, não conhece todos os meios que as pessoas imaginam que possam salvá-los da doença e da morte. E os filhos, para ela, a galinha, não são um tormento. Ela faz por seus pintinhos o que lhe é próprio e alegre fazer; os filhos, para ela, são uma alegria. E, quando o pintinho começa a adoecer, suas preocupações são muito definidas: ela o aquece, alimenta-o. E, ao fazê-lo, sabe que está fazendo tudo que é necessário. Se o pintinho falece, ela não se pergunta por que ele morreu, para onde ele foi, ela cacareja, depois para e continua a viver como antes. Mas, para nossas mulheres infelizes, e para minha esposa, não era assim. Sem falar das doenças – como curá-las –, mas a respeito de como educar, como criar, ela ouvia e lia de todos os lados, de forma infindável, regras variadas, que estavam sempre se alterando. Alimentar assim, com isso; não, assim não, com isso não, mas com aquilo; vestir, dar de beber, banhar, botar para dormir, passear, o ar – acerca disso tudo nós, mas acima de tudo ela, ficávamos conhecendo regras novas a cada semana. Como se crianças tivessem começado a nascer apenas no dia anterior. E, se os bebês não eram alimentados direito, se não eram lavados direito, se não se fazia tudo isso na hora certa e o bebê adoecia, dava-se que a culpada era ela, que não fizera o que devia ser feito.

Isso enquanto estavam com saúde. E já era um tormento. Mas, se adoeciam, era o fim. O perfeito inferno. Pressupõe-se que a doença pode ser curada, e que há uma ciência e pessoas, os médicos, que sabem como fazê-lo. Não todos, mas os melhores sabem. Daí o bebê adoece, e é preciso conseguir esse médico, o melhor, que sabe curar, e então o bebê é salvo; mas, se não se tem acesso a esse médico, ou se você não mora no lugar em que esse médico mora, o bebê perece. E essa fé não é exclusiva da minha mulher, é a fé de todas as mulheres de seu círculo, e de todos os lados ela só escuta isto: duas crianças de Iekaterina Semiónovna morreram porque não chamaram a tempo Ivan Zakhárytch, e Ivan Zakhárytch salvou a filha mais velha de Mária Ivánovna; e, na casa dos Petrov, separaram-se e foram para diferentes hotéis a tempo, por conselho do médico, e ficaram vivos, mas, se não tivessem se separado, as crianças teriam morrido. Uns pais que tinham um bebê fraco foram, por conselho do médico, para o Sul – e salvaram o bebê. Como então não se atormentar e não se alvoroçar a vida inteira quando a vida do filho, ao qual a mãe está ligada de forma animal, depende de ela ficar sabendo a tempo o que Ivan Zakhárytch dirá a esse respeito? E o que Ivan Zakhárytch dirá ninguém sabe, ele menos do que todos, pois ele sabe muito bem que não sabe nada e não pode ajudar ninguém, e apenas tergiversa como dá, só para que não parem de acreditar que ele sabe alguma coisa. Pois se ela fosse um completo animal, não se atormentaria tanto; e, se ela fosse completamente humana, teria fé em Deus, e diria e pensaria o que dizem as camponesas crentes: "Deus deu, Deus tirou, de Deus não se escapa". Ela pensaria que a vida e a morte de seus filhos, como de todas as pessoas, estão fora do poder da gente, estão apenas sob o poder de Deus, e então não se atormentaria porque estava em seu poder prevenir a doença e a morte dos filhos, e ela não o fez. Então, para ela, a situação era a seguinte: tinham-lhe sido dadas as criaturas mais fracas, frágeis, sujeitas às desgraças mais incontáveis. Com essas criaturas, sentia uma ligação apaixonada, animal. Além disso, essas criaturas tinham lhe sido confiadas, mas os meios de sua conservação eram ocultos de nós e revelados a gente absolutamente estranha, cujos serviços e conselhos podiam ser adquiridos apenas por muito dinheiro, e mesmo assim nem sempre.

Toda a vida com os filhos, para minha esposa e, portanto, também para mim, não era uma alegria, mas um tormento. Como não se atormentar? E ela se atormentava constantemente. Acontecia de acabarmos de nos acalmar de alguma cena de ciúmes, ou simplesmente de uma discussão, e pensarmos em viver, ler e refletir; bastava começarmos a nos dedicar a alguma coisa e de repente recebia-se a notícia de que Vássia estava vomitando, ou Macha estava sangrando, ou Andriucha tinha um exantema, e, naturalmente, não havia mais vida. Para onde correr, atrás de quais médicos, isolar como? E começavam clisteres, temperaturas, poções, médicos. Mal dava tempo de uma coisa acabar e começava algo diferente. Não havia vida doméstica regular, firme. Mas havia, como lhe disse, uma salvação constante de perigos imaginários e reais. Como é agora na maioria das famílias. Em minha família, isso era particularmente pronunciado. Minha esposa era amorosa com os filhos e crédula.

De modo que a presença das crianças não apenas não melhorava nossa vida, como a envenenava. Além disso, os filhos eram um novo pretexto para discórdia entre nós. Desde que houve filhos, quanto mais eles cresciam, justamente com maior frequência eles eram objetos de discórdia. Não apenas objetos de discórdia: os filhos eram instrumentos de luta; era como se nos batêssemos por meio dos filhos. Cada um de nós tinha sua criança favorita – um instrumento de luta. Eu lutava mais através de Vássia, e ela, de Liza. Além disso, quando os filhos começaram a crescer e formaram suas personalidades, deu-se que se tornaram aliados que cada um de nós atraía para seu lado. Eles sofriam terrivelmente com isso, pobrezinhos, mas nós, em nossa guerra constante, não queríamos pensar neles. A menina era minha aliada; já o menino mais velho, parecido com ela, seu favorito, frequentemente era-me odioso.

17

– Bem, senhor, assim vivíamos. As relações tornavam-se cada vez mais hostis. E, por fim, chegaram a um ponto em que já não era a divergência a produzir hostilidade, mas a hostilidade a produzir divergência: dissesse ela o que dissesse, eu não estava de acordo de antemão, e exatamente o mesmo se passava com ela.

No quarto ano, de ambas as partes, estava decidido, como que por si mesmo, que não podíamos nos entender, concordar um com o outro. Paramos, por fim, de tentar chegar a um acordo. Nas coisas mais simples, sobretudo quanto aos filhos, ficávamos invariavelmente cada um com sua opinião. Lembro-me agora de que as opiniões que eu defendia não me eram em absoluto tão caras que eu não pudesse desistir delas; mas ela era da opinião contrária, e ceder significava ceder a ela. E isso eu não podia. Ela também. Provavelmente ela sempre se considerava em absoluto certa contra mim, e eu, a meus próprios olhos, era um santo diante dela. A dois, estávamos praticamente condenados ao silêncio, ou a conversas que estou certo de que animais podem entabular: "Que horas são? Está na hora de dormir. Qual é o almoço de hoje? Para onde vamos? O que diz o jornal? Vou mandar buscar o médico. Macha está com dor de garganta". Bastava sair um tiquinho desse pequeno círculo impossivelmente estreito de conversa para que a irritação estourasse. Começavam rixas e expressões de ódio por causa do café, da toalha, da caleche, de uma mão de uíste – todos assuntos que não podiam ter a mínima importância nem para um nem para outro. Em mim, pelo menos, com frequência fervia um terrível ódio por ela! Eu via às vezes como ela vertia o chá, balançava o pé ou levava a colherinha à boca, fungando ao sorver o líquido, e odiava-a justo por isso, como se fosse a pior das condutas. Não reparava então que esses períodos de raiva surgiam em mim de forma absolutamente exata e regular, correspondendo aos períodos do que chamávamos de amor. Período de amor – período de raiva; período enérgico de amor – período prolongado de raiva; aparição mais fraca do amor – período breve de raiva. Não entendíamos então que esse amor e a raiva eram o mesmo sentimento animal, apenas com fins diferentes. Viver assim seria horrível se compreendêssemos nossa situação; mas não compreendíamos, e não víamos. Nisto estão a salvação e a punição do homem: em que, quando vive incorretamente, pode se obnubilar para não ver o funesto de sua situação. Assim também fizemos nós. Ela tentava se esquecer com uma ocupação tensa e sempre apressada com a casa, a mobília, os trajes seus e das crianças, a educação, a saúde dos filhos. Já eu tinha minha própria embriaguez – a embriaguez do serviço, da caça, das cartas. Ambos estávamos constantemente ocupados. Ambos sentíamos que, quanto mais estivéssemos ocupados, mais maldosos podíamos ser um com o outro. "É bom para você fazer caretas", eu pensava sobre ela, "você me atazanou com cenas a noite inteira, e tenho uma reunião." "Você está bem", ela não apenas pensava, como dizia, "mas eu passei a noite inteira sem dormir, com o bebê."

Assim vivíamos, em bruma constante, sem ver a situação em que nos encontrávamos. E se não tivesse acontecido o que aconteceu, eu teria vivido assim até a velhice, e teria pensado, ao morrer, que vivera uma vida boa, não especialmente boa, porém não ruim, uma vida igual à de todos; eu não entenderia o abismo de desgraça e a mentira ignóbil em que me debatia.

E nós éramos dois condenados que se odiavam, atados pela mesma cadeia, envenenando a vida um do outro e tentando não ver isso. Eu então ainda não sabia que 99%

dos cônjuges vivem no mesmo inferno que eu vivia, e que comigo não poderia ser diferente. Então eu ainda não sabia disso nem a respeito dos outros nem de mim mesmo.

São espantosas as coincidências da vida certa, e mesmo da errada! Assim que a vida dos pais se torna insuportável para ambos, as condições urbanas viram indispensáveis para a educação dos filhos. E então surge a exigência de mudança para a cidade.

Ele se calou e, por duas vezes, emitiu seus sons estranhos, que agora já eram absolutamente similares a soluços reprimidos. Aproximamo-nos da estação.

– Que horas são? – perguntou.

Olhei, eram duas horas.

– Não está cansado? – perguntou.

– Não, mas o senhor está.

– Estou sufocado. Permita-me, vou sair para tomar água.

E, cambaleando, atravessou o vagão. Fiquei sozinho, repassando tudo que ele me dissera, e estava tão pensativo que nem reparei quando ele regressou pela outra porta.

18

– Sim, sempre me deixo arrebatar – começou. – Refleti muito, encaro muita coisa de forma diferente, e tenho vontade de dizer tudo isso. Bem, e passamos a viver na cidade. A cidade é um lugar melhor de viver para as pessoas infelizes. Na cidade, a pessoa pode viver cem anos e não perceber que morreu e apodreceu há tempos. Não tem tempo de examinar a si mesma, está sempre ocupada. Os negócios, as relações sociais, a saúde, a arte, a saúde dos filhos, a educação deles. Ora é preciso receber esses e aqueles, visitar esses e aqueles; ora é preciso examinar isso, ouvir esse ou aquele. Pois, na cidade, em algum dado momento há uma, e logo duas, três celebridades que não se pode deixar passar de jeito nenhum. Ora é preciso tratar de si, disso ou daquilo, ora cuidar do professor, do instrutor, da governanta, e a vida é vazia, bem vazia. Bem, assim vivíamos, e sentíamos menos a dor da coabitação. Além disso, no começo tivemos uma ocupação maravilhosa – estabelecer-nos em uma nova cidade, em um novo apartamento –, e ainda a ocupação das viagens da cidade à aldeia, e da aldeia à cidade.

Passamos um inverno e, no inverno seguinte, sucedeu mais um evento que ninguém notou, uma circunstância aparentemente insignificante, mas da qual decorreu tudo que aconteceu. Minha mulher estava mal de saúde, e os calhordas mandaram que não tivesse mais filhos, e ensinaram-lhe o método. Para mim, aquilo era repugnante. Lutei contra isso, mas ela, com obstinação leviana, insistiu, e eu me submeti; a última justificativa daquela vida de porcos, os filhos, fora retirada, e a vida ficou ainda mais abjeta.

Para o mujique, para o operário, os filhos são necessários; ainda que seja difícil alimentá-los, eles são necessários e, por isso, suas relações conjugais têm justificativa. Mas, para nós, gente que tem filhos, mais filhos não são necessários, são uma preocupação extra, uma despesa, são co-herdeiros, um peso. E já não temos nenhuma justificativa para nossa vida de porcos. Ou nos livramos artificialmente dos filhos, ou encaramos os filhos como uma desgraça, a consequência de um descuido, o que é ainda mais abjeto. Não há justificativa. Mas caímos tanto moralmente que nem vemos necessidade de justificativa. A maioria do mundo instruído de hoje entrega-se a essa depravação sem o menor remorso.

Não há por que ter remorso, pois, em nosso meio, não há nenhuma consciência, além, se for possível dar esse nome, da consciência da opinião pública e do código penal. Nisso, nem uma nem outro são infringidos: não há por que se envergonhar diante da sociedade, *todos* fazem isso: tanto Mária Pávlovna quanto Ivan Zakhárytch. Por que criar indigentes ou privar-se da possibilidade de vida social? Também não há por que se envergonhar do código penal ou temê-lo. São moças hediondas e soldados que jogam crianças nos diques e poços; esses, bem entendido, devem ser levados à cadeia, mas entre nós tudo se faz de modo oportuno e limpo.

Assim vivemos por mais dois anos. O método dos calhordas, pelo visto, começara a funcionar; ela encorpara fisicamente e embelezara, como o último verão da beleza. Ela o sentia, e se ocupava de si mesma. Fizera-se nela uma beleza provocante, que perturbava as pessoas. Tinha toda a força de uma mulher de 30 anos que não engravida, bem alimentada e enérgica. Seu aspecto causava inquietude. Quando passava entre os homens, atraía seus olhares. Era como um cavalo parado, engordado e atrelado do qual tinham tirado o freio. Não havia quaisquer freios, como não há em 99% das mulheres. E eu o sentia, e tinha medo.

19

Levantou-se de repente, e voltou a se acomodar bem junto à janela.

– Desculpe-me – proferiu e, cravando os olhos na janela, ficou em silêncio por cerca de três minutos. Depois deu um suspiro profundo e voltou a se sentar à minha frente. Seu rosto se alterou completamente, os olhos ficaram pesarosos, e um quase sorriso estranho franzia-lhe os lábios. – Cansei-me um pouco, mas vou contar. Ainda há muito tempo, ainda não alvoreceu. Sim, senhor – começou novamente, acendendo a *papirossa*. – Ela encorpara desde que cessara de parir, e aquela doença, o eterno sofrimento pelos filhos, começou a passar; não é que tenha passado, mas ela parecia recobrar-se de uma bebedeira, voltar a si e ver que havia todo um mundo de Deus com suas alegrias, do qual se esquecera, mas no qual não sabia viver, um mundo de Deus que ela não entendia em absoluto. "Não posso deixar passar! O tempo vai embora, não volta!" Assim imagino que ela pensava, ou melhor, sentia, e nem tinha como pensar e sentir de outra forma: educaram-na para achar que, no mundo, existe apenas uma coisa digna de atenção – o amor. Ela se casara, recebera algo desse amor, mas não apenas estava longe do que lhe fora prometido, do que esperara, como houvera muitas decepções, sofrimentos e um tormento inesperado: os filhos! Esse tormento a extenuara. Mas eis que, graças aos obsequiosos médicos, ela ficara sabendo que era possível prescindir de filhos. Ficara contente, experimentara aquilo e voltara a viver para a única coisa que conhecia: o amor. Mas o amor com um marido abespinhado pelo ciúme e toda raiva já não era o mesmo. Passou a imaginar um outro amor, purinho, novinho, pelo menos é o que eu acho. E eis que se pôs a olhar ao redor, como se esperasse por algo. Eu via o que estava ocorrendo e não tinha como não ficar alarmado. A torto e a direito passou a acontecer que ela, como sempre, falando comigo através de outros, ou seja, falando com outrem, mas dirigindo o discurso a mim, manifestava com ousadia, sem pensar absolutamente que uma hora atrás dissera o oposto, exprimia meio a sério que a preocupação materna era um engano, que não valia a pena dar a vida pelos filhos quando havia juventude e era possível gozar a vida. Ocupava-se menos dos filhos, sem aquele desespero de antes, mas cada vez mais se ocupava de si mesma, de sua aparência, embora dissimulasse, e de seus prazeres, e até de seu aperfeiçoamento. Voltou com arrebatamento ao piano, que antes fora completamente abandonado. Tudo começou por aí.

Virou de novo para a janela os olhos que fitavam cansados, mas imediatamente prosseguiu, fazendo um esforço visível:

– Sim, senhor, apareceu aquele homem. – Ele titubeou, e emitiu duas vezes seu som peculiar.

Eu via que lhe era penoso nomear aquele homem, recordar, falar dele. Mas ele fez um esforço e, como se superasse um obstáculo que o atrapalhava, prosseguiu, resoluto:

– Era um lixo de homenzinho, a meu ver, em minha avaliação. E não por causa do significado que ele teve em minha vida, mas porque de fato era assim. Aliás, o fato de ele ser ruim serviu apenas como comprovação do quão fora de si ela estava. Se não fosse ele, seria outro, isso tinha que acontecer. – Voltou a se calar. – Sim, senhor, era um músico, um violinista; não um músico profissional, mas um semiprofissional, um homem semimundano.

Seu pai era um proprietário de terras, vizinho de meu pai. Ele, o pai, arruinara-se, e os filhos – três meninos – todos se empregaram; apenas um, esse caçula, foi entregue à madrinha, em Paris. Lá o matricularam no conservatório, pois tinha talento para a música, e saiu de lá como violinista, tocando em concertos. Era um homem... – Visivelmente querendo dizer algo de mau a seu respeito, conteve-se e disse, rapidamente: – Bem, não sei como ele vivia lá, só sei que, naquele ano, apareceu na Rússia, e apareceu em minha casa.

Olhos úmidos e amendoados, lábios vermelhos sorridentes, bigodinhos com pomada, penteado da última moda, rosto bonitinho e vulgar, aquilo que as mulheres chamam de nada mau, de compleição frágil, embora não feioso, com um traseiro particularmente desenvolvido, como o das mulheres, como é, segundo dizem, o dos hotentotes. Dizem que eles também são musicais. Insinuando o máximo de familiaridade possível, porém sensível e sempre pronto para se deter à menor resistência, observando a dignidade externa e com um matiz parisiense especial nas botinas com botões, nas cores berrantes da gravata e outras coisas que os estrangeiros adquirem em Paris, e que, por sua peculiaridade, seu ineditismo, sempre têm efeito sobre as mulheres. Nos modos, uma alegria afetada, externa. Sabe, um jeito de falar de tudo por alusões e fragmentos, como se você soubesse de tudo, entendesse e pudesse completar.

E eis que ele, com sua música, foi a causa de tudo. Pois, no julgamento, apresentou-se a causa como se tudo tivesse ocorrido por ciúme. Não era nada disso, ou seja, não é que não fosse nada disso, mas é que não transcorreu assim. No julgamento, foi decidido que eu era um marido traído e que matara em defesa da honra profanada (assim é que eles chamam). E por isso me absolveram. No julgamento, tentei esclarecer o sentido da coisa, mas eles entenderam que eu queria reabilitar a honra de minha esposa.

As relações dela com esse músico, tenham sido quais forem, para mim não têm significado, nem para ela. Tem significado o que eu lhe contei, ou seja, minha porcaria. Tudo ocorreu porque entre nós havia esse sorvedouro terrível de que lhe falei, essa tensão terrível de ódio mútuo, diante do qual o primeiro pretexto era suficiente para que se produzisse uma briga. As brigas entre nós, nos últimos tempos, haviam se tornado terríveis, e eram particularmente espantosas, sendo também sucedidas por uma paixão animal tensa.

Se ele não tivesse surgido, outro apareceria. Se o ciúme não fosse o pretexto, teria havido outro. Insisto que todos os maridos que vivem como eu vivia devem ou cair na devassidão, ou se separarem, ou matarem a si mesmos ou a suas esposas, como eu fiz. Se isso não aconteceu a determinada pessoa, é uma exceção especialmente rara. Pois antes de acabar como acabei estive algumas vezes à beira do suicídio, e ela também se envenenou.

20

– Sim, houve isso, e aconteceu pouco tempo antes.

Vivíamos uma espécie de armistício, e não havia quaisquer motivos para rompê-lo; de repente, começa uma conversa sobre um cachorro que recebeu uma medalha em uma exposição, digo eu. Ela diz: “Não foi medalha, foi uma menção honrosa”. Começa a discussão. Começam saltos de um tema a outro, recriminações: “Ora, mas isso é sabido há tempos, é sempre assim: você disse...”. “Não, eu não disse.” “Ou seja, estou mentindo!...” Você sente que logo logo vai começar aquela briga terrível na qual você tem vontade de matar a si mesmo ou a ela. Você sabe que está começando agora, teme-a como o fogo e, portanto, gostaria de se conter, mas a raiva se apodera de todo o seu ser. Ela está na mesma situação, até pior: deturpa de propósito cada palavra sua, conferindo-lhe um significado mentiroso; cada palavra dela está impregnada de veneno; ela só alfineta onde sabe que me dói mais. A briga prossegue e se agiganta. Eu grito: “Cale-se!” – ou algo do gênero. Ela escapa do quarto, corre para o das crianças. Tento contê-la para terminar de falar e demonstrar, e agarro-a pelo braço. Ela finge que está com dor, e grita: “Crianças, seu pai está batendo em mim!”. Eu grito: “Não minta!”. “Pois não é a primeira vez!”, ela grita, ou algo parecido. As crianças lançam-se em sua direção. Ela as acalma. Eu grito: “Não finja!”. Ela diz: “Para você, tudo é fingimento; você vai matar um homem e dizer que ele está mentindo. Agora eu o entendi. É isso que você quer!”. “Oh, morra!”, eu grito. Lembro-me de como essas palavras terríveis me horrorizaram. Não esperava de jeito nenhum que pudesse dizer palavras tão terríveis, rudes, e espanto-me de elas terem podido sair de mim. Grito essas palavras terríveis e corro para o gabinete, sento-me e fumo. Ouço que ela sai para a antessala e prepara-se para partir. Pergunto para onde vai. Ela não responde. "Ora, o diabo que a carregue", digo para mim mesmo, retornando ao gabinete; volto a me deitar e fumo. Milhares de planos para vingar-me e livrar-me dela, e para consertar isso, e fazer de conta que nada ocorreu, passam-me pela cabeça. Penso nisso tudo e fumo, fumo, fumo. Penso em fugir dela, esconder-me, partir para a América. Chego a pensar em como me livrar dela, e como isso seria maravilhoso, como me unir a outra mulher, maravilhosa, completamente nova. Livro-me com a morte dela, ou com o divórcio, e invento como fazê-lo. Vejo que me confundo, que não penso direito, o necessário, mas, para não me dar conta de que não penso direito, fumo. E a vida na casa segue. A governanta vem, pergunta: "Onde está madame? Quando ela volta?". Um lacaio pergunta se deve servir o chá. Vou para a sala de jantar; as crianças, especialmente a mais velha, Liza, que já entende, fitam-me de modo interrogativo e desaprovador. Ela continua fora. Passa a tarde inteira, ela não vem, e dois sentimentos se mesclam em minha alma: raiva dela por atormentar a mim e todas as crianças com sua ausência, que terminará assim que ela vier, e medo de que ela não venha e faça algo contra si mesma. Eu iria atrás dela. Mas onde buscá-la? Na casa da irmã? É estúpido ir perguntar. Que fique com Deus; se quer atormentar alguém, que atormente a si mesma. Pois é isso que ela espera. E, da próxima vez, será ainda pior. Mas e se ela não estiver na casa da irmã, e fizer ou já tiver feito algo pior contra si mesma?... Onze, meia-noite, uma hora. Não vou para o dormitório, seria estúpido me deitar sozinho e esperar, então não me deito. Quero me ocupar de algo, escrever cartas, ler; não consigo fazer nada. Sento-me sozinho no gabinete, atormento-me, enfureço-me e aguço o ouvido. Três, quatro horas – ainda nada dela. Ao amanhecer, adormeço. Acordo – ela não está.

Tudo na casa segue como dantes, mas todos estão perplexos, e todos me fitam com um ar interrogativo e cheio de reprovação, supondo que tudo isso está acontecendo por minha causa. E, em mim, sempre o mesmo conflito – raiva por ela me atormentar, e preocupação com ela.

Por volta das onze, chega sua irmã, como embaixadora. E começa a mesma coisa de sempre: "Ela está em um estado horrível. Mas o que é isso!". "Pois não aconteceu nada." Falo como o temperamento dela é impossível, e digo que não fiz nada.

– Mas isso não pode ficar assim – diz a irmã.

– É tudo coisa dela, não minha – eu digo. – Não darei o primeiro passo. Se for para nos separar, vamos nos separar.

A cunhada parte sem proferir uma palavra. Eu disse, ousadamente, ao falar com ela, que não daria o primeiro passo, mas, assim que ela saiu e eu entrei e vi as crianças, lastimáveis, assustadas, já estava pronto para dar o primeiro passo. E o teria feito de bom grado, mas não sabia como. Volto a caminhar, fumar, tomo vodca e vinho no almoço, e chego ao que desejava inconscientemente; não vejo a estupidez, a vulgaridade de minha situação.

Por volta das três, ela chega. Ao me encontrar, não diz nada. Imagino que ela tenha se resignado, começo a dizer que fui provocado por suas reprimendas. Com a mesma cara severa e terrivelmente extenuada, ela diz que não veio para se explicar, mas para levar as crianças, pois não podemos viver juntos. Começo a dizer que o culpado não sou eu, que ela me deixou fora de mim. Ela me encara severa, solene, e depois diz:

– Não fale mais, vai se arrepender.

Digo que não posso suportar a comédia. Então ela grita algo que não compreendo, e corre para seu quarto. Atrás dela, ressoa a chave: ela se trancou. Bato, não há resposta, afasto-me com raiva. Meia hora depois, Liza vem correndo, em lágrimas.

– O que foi? Aconteceu alguma coisa?

– Não escuto a mamãe.

Voltamos ao quarto. Puxo a porta com todas as forças. O ferrolho está mal fechado, e ambas as metades se abrem. Aproximo-me da cama. Ela jaz, desajeitada, de saia e botas longas, sem sentidos. Na mesinha, há um frasco vazio de ópio. Reanimo-a. Mais lágrimas e, por fim, a reconciliação. E não é reconciliação: na alma de cada um, a mesma velha raiva de um pelo outro, com o acréscimo de irritação pela dor causada por essa briga, e que cada um põe na conta do outro. Mas é preciso terminar isso de alguma forma, e a vida segue como dantes. Assim, essas brigas ficavam incessantemente piores, ora uma vez por semana, ora uma vez por mês, ora todo dia. E sempre a mesma coisa. Certa vez, cheguei a tirar o passaporte para o estrangeiro – a briga se prolongou por dois dias –, mas depois, novamente uma meia explicação, uma meia reconciliação, e eu fiquei.

21

– Assim estavam nossas relações quando apareceu esse homem. Chegou a Moscou esse homem – seu sobrenome é Trukhatchévski – e apareceu em minha casa. Foi de manhã. Recebi-o. Tratáramo-nos outrora por "você". No meio das frases, entre "você" e "senhor", ele tentava aferrar-se a "você", mas logo dei o tom da conversa com "senhor", e ele se submeteu de imediato. Ele me desagradou muito à primeira vista. Mas, coisa estranha, uma força estranha, fatal, levava-me a não o repelir, não o afastar, mas, pelo contrário, aproximá-lo. Pois teria sido muito mais simples falar-lhe com frieza, despedir-me, não o fazer conhecer minha esposa. Mas não, eu, como que de propósito, pus-me a falar de seu jeito de tocar, disse que tinham me falado que ele largara o violino. Ele disse que, pelo contrário, agora tocava mais do que antes. Ele se pôs a recordar que eu dantes tocava. Eu disse que não tocava mais, mas que minha esposa tocava bem.

Coisa espantosa! Minhas relações com ele, desde o primeiro dia, a primeira hora de meu encontro com ele, eram como só poderiam ser depois do que aconteceu. Havia algo de tenso em minhas relações com ele; eu reparava em cada palavra, em cada expressão dita por ele ou por mim, e atribuía importância a ela.

Apresentei-o à minha esposa. Imediatamente se entabulou uma conversa sobre música, e ele se pôs à disposição para tocar com ela. Minha esposa, como sempre naqueles últimos tempos, estava muito elegante e atraente, de uma beleza perturbadora. Ele visivelmente a agradara à primeira vista. Além disso, ela estava contente por ter a satisfação de tocar com um violino, algo de que gostava muito, de modo que até contratara um violinista do teatro, e essa alegria se manifestava em seu rosto. Mas, ao me ver, ela entendeu de imediato meu sentimento e alterou sua expressão, e começou esse jogo de engano mútuo. Eu ria com agrado, fazendo de conta que sentia muito prazer. Ele, ao examinar minha esposa do jeito que todos os devassos examinam mulheres bonitas, fazia de conta que lhe interessava apenas o tema da conversa, exatamente aquilo que já não lhe interessava em absoluto. Ela se esforçava em se mostrar indiferente, mas minha expressão de sorriso falso, que ela conhecia, e o olhar lascivo dele visivelmente a excitavam. Eu via que, desde o primeiro encontro, os olhos dela brilhavam de forma especial e, talvez em consequência de meus ciúmes, entre eles de imediato se estabeleceu algo como uma corrente elétrica, provocando uma igualdade de expressões, olhares e sorrisos. Ela corava, ele também corava; ela sorria, ele sorria. Falaram de música, de Paris, de todo tipo de ninharia. Ele se levantou para sair e, sorrindo, ficou de pé, com o chapéu na coxa trêmula, olhando ora para ela, ora para mim, como se esperasse para ver o que faríamos. Lembro-me com exatidão desse minuto porque, nesse minuto, eu podia não o chamar, e então nada teria ocorrido. Mas eu olhei para ele, para ela. “E não ache que estou com ciúme de você”, disse a ela, mentalmente, “ou que estou com medo de você”, disse a ele, mentalmente, e convidei-o para voltar uma noite com o violino, para tocar com minha esposa. Ela me fitou com espanto, suspirou e, como se estivesse assustada, recusou, dizendo que não tocava bem o suficiente. Essa recusa irritou-me ainda mais, e insisti ainda mais. Lembro-me do sentimento estranho com que olhei para a nuca dele, para seu pescoço branco, que contrastava com os cabelos negros, penteados dos dois lados, quando, com seu passo saltitante, de passarinho, ele foi embora de nossa casa. Eu não tinha como não admitir para mim mesmo que a presença daquele homem me atormentava. “Depende de mim”, pensei, “providenciar para nunca mais vê-lo.” Mas fazer isso significava admitir que eu o temia. Não, não o temo! Aquilo seria humilhante demais, disse a mim mesmo. E ali mesmo, na antessala, sabendo que minha esposa me ouvia, insisti para que ele viesse com o violino naquela mesma noite. Ele prometeu que viria e saiu.

À noite, ele veio com o violino, e os dois tocaram. Mas demorou muito tempo para engrenar, não havia as partituras de que eles precisavam, e minha esposa não conseguia tocar as que havia sem preparação prévia. Eu gostava muito de música e participei do processo, arrumei a estante dele, virei páginas. E eles tocaram alguma coisa, umas canções sem palavras e uma sonatazinha de Mozart. Ele tocava magnificamente, e tinha, no mais alto grau, o que se chama tom. Além disso, um gosto fino, nobre, que não correspondia em absoluto ao seu caráter.

Ele era, obviamente, muito mais forte do que minha esposa, ajudava-a e, ao mesmo tempo, elogiava polidamente seu jeito de tocar. Ele se portava muito bem. Minha esposa parecia interessada apenas na música, e estava muito simples e natural. E eu, embora fingisse interesse na música, a noite inteira não parei de me atormentar de ciúmes.

Desde o primeiro minuto em que os olhos dele se encontraram com os de minha esposa, vi que a fera alojada em ambos, por cima de todas as convenções sociais e mundanas, perguntava: “É possível?”, e ela mesma respondia: “Oh, sim, muito”. Eu via que ele não esperava de jeito nenhum encontrar em minha esposa – uma dama de Moscou – uma mulher tão atraente, e estava muito contente com isso. Pois dúvida de que ela estava de acordo, ele não tinha nenhuma. Toda a questão era que o marido insuportável apenas não atrapalhasse. Se eu fosse puro, não entenderia isso, mas eu, como a maioria, pensara assim sobre as mulheres quando não era casado e, por isso, lia a alma dele como um livro. Atormentava-me sobretudo ver, sem dúvida, que por mim ela não tinha outro sentimento além de irritação constante, apenas de vez em quando interrompida pela sensualidade habitual, mas que aquele homem, por sua elegância externa, novidade e, sobretudo, pelo talento grande e indubitável para a música, pela proximidade causada por tocarem em conjunto, pela influência causada pela música, em especial pelo violino, nas naturezas impressionáveis, que aquele homem devia não apenas agradar, mas de modo indiscutível, sem a menor hesitação, triunfar, esmagar, envolvê-la, amarrá-la com uma corda, fazer com ela o que quisesse. Eu não tinha como não ver isso, e sofria horrivelmente. Mas, apesar disso, ou talvez em consequência disso, uma força, contra minha vontade, levava-me a ser não apenas especialmente polido, como carinhoso com ele. Se fazia isso para minha esposa ou para ele, para mostrar que não o temia, ou para mim mesmo, para me enganar, eu não sei, só sei que, desde meu primeiro contato com ele, não tive como não ser simples. Para não me entregar ao desejo de matá-lo ali mesmo, eu devia acarinhá-lo. Servi-lhe vinho caro à ceia, deleitei-me com seu jeito de tocar, falei com ele com um sorriso especialmente afetuoso e convidei-o, no domingo seguinte, a jantar e tocar mais com minha esposa. Disse que chamaria alguns de meus conhecidos, amantes de música, para ouvirem-no. E assim terminou nossa noite.

Pózdnychev mudou de posição, bastante agitado, e emitiu seu som peculiar.

– Coisa estranha, o efeito da presença desse homem sobre mim – começou de novo, fazendo um esforço visível para ficar tranquilo. – Voltando de uma exposição para casa, dois ou três dias depois disso, entro na antessala e de repente sinto algo pesado como uma pedra despencando em meu coração, e não consigo me dar conta do que é. Foi porque, ao cruzar a antessala, reparei em algo que me fazia recordar dele. Só no gabinete dei-me conta do que era, e voltei à antessala para verificar. Sim, não me enganei: era o capote dele. Sabe, um capote da moda. (Tudo que se referia a ele, embora não me desse conta, eu observava com atenção extraordinária!) Pergunto e é isso mesmo, ele está lá. Passo para o salão não pela sala de visitas, mas pela sala de aulas. Liza, minha filha, está sentada com um livrinho, e a babá, com a menor junto à mesa, girava uma tampinha. A porta do salão está fechada, e ouço, vindo de lá, um *arpeggio* regular e a voz dele e dela. Aguço o ouvido, mas não consigo discernir. Evidentemente, os sons do piano são propositados, para abafarem suas palavras, talvez beijos. Meu Deus! O que então se ergueu dentro de mim! Basta apenas me lembrar da fera que na ocasião habitava em mim e o horror me toma. Meu coração de repente palpitou, parou e depois bateu como um martelo. O sentimento principal, como sempre, em qualquer raiva, era de pena de mim mesmo. "Na frente das crianças, na frente da babá!", penso. Eu devia estar medonho, pois Liza me fitou com olhos amedrontados. "Que devo fazer?", perguntei a mim mesmo. "Entrar? Não posso, sabe Deus o que vou fazer." Mas tampouco posso ir embora. A babá fitou-me como se entendesse minha situação. "Mas não há como não entrar", disse a mim mesmo, e rapidamente abri a porta. Ele estava sentado ao teclado, tocava esse *arpeggio* com seus grandes dedos brancos curvados para cima. Ela estava em pé, a um lado do piano, debruçada sobre uma partitura aberta. Ela foi a primeira a me ver ou ouvir, e olhou para mim. Se havia se assustado e fingiu que não, ou realmente não se assustara, ela não estremeceu, não se mexeu, apenas corou, e isso depois.

– Como estou contente por você ter chegado! Nós decidimos o que tocar no domingo – ela disse, em um tom com o qual não teria me falado se estivéssemos a sós. Isso, e o fato de ela ter dito "nós" para se referir a si mesma e a ele, me revoltou. Cumprimentei-o em silêncio.

Ele me apertou a mão e imediatamente, com um sorriso que logo me pareceu zombeteiro, começou a me explicar que trouxera as partituras para os preparativos do domingo, e que entre eles havia desacordo sobre o que tocar: algo mais difícil e clássico, uma sonata de Beethoven com violino, ou pecinhas pequenas? Tudo era tão natural e simples que não havia motivo para aborrecimento, mas, em vez disso, eu estava certo de que tudo aquilo não era verdade, de que eles estavam mancomunados para me enganar.

Uma das relações mais aflitivas para um ciumento (e todos são ciumentos em nossa vida social) são determinadas condições mundanas, nas quais se admite a maior e mais perigosa proximidade entre homem e mulher. Você se torna objeto de escárnio das pessoas se for impedir a proximidade nos bailes, a proximidade entre o médico e sua paciente, a proximidade em ocupações artísticas, a pintura e, em particular, a música. As pessoas se ocupam, em dupla, da mais nobre das artes, a música: para isso, é necessária certa proximidade, e essa proximidade não possui nada de censurável, e só um marido estúpido, ciumento, pode ver aí algo de indesejável. Todavia, todos sabem que exatamente através dessas mesmas ocupações, em especial da música, é que ocorre a maior parte dos adultérios em nossa sociedade. Eu, evidentemente, embaracei-os com o embaraço que se manifestou em mim; fiquei muito tempo sem conseguir dizer nada. Eu era como uma garrafa virada, da qual a água não sai porque está cheia demais. Queria xingá-lo, expulsá-lo, mas sentia que de novo deveria ser amável e carinhoso com ele. Assim fiz. Fiz de conta que aprovava tudo e, mais uma vez seguindo aquele estranho sentimento que me forçava a tratá-lo com carinho tanto maior quanto mais aflitiva me era sua presença, disse-lhe que me fiava em seu gosto, e aconselhei-a a fazer o mesmo. Eu ainda fiquei tanto tempo quanto era necessário para atenuar a impressão desagradável que causei ao entrar no aposento com cara assustada, calado; ele logo saiu, fingindo que agora tinham decidido o que tocar no dia seguinte. Eu estava plenamente convicto de que, em comparação com o que os ocupava, a questão de o que tocar era-lhes absolutamente indiferente.

Com especial cortesia, acompanhei-o até a antessala (como não acompanhar um homem que veio para acabar com a tranquilidade e arruinar a felicidade da família inteira?!). Apertei com carinho especial sua mão branca, macia.

22

– Por todo esse dia eu não falei com ela, não podia. Sua proximidade me causava tamanho ódio por ela que eu temia por mim. No almoço, na presença das crianças, ela me perguntou quando eu partiria. Na semana seguinte, eu precisava ir a um congresso no distrito. Ela perguntou se eu precisava de algo para a viagem. Eu não disse nada, continuei à mesa em silêncio, e no mesmo silêncio fui para o gabinete. Nos últimos tempos, ela nunca ia ao meu gabinete, especialmente naquela hora. Deitei-me no gabinete, furioso. De repente, o som familiar de seus passos. E, de repente, passou-me pela cabeça a ideia terrível, hedionda, de que ela, como a esposa de Urias[13], queria ocultar o pecado já consumado, e, por isso, vinha até mim tão fora de hora. "Será que ela está vindo até mim?", pensei, ouvindo seus passos se aproximarem. "Se vier até mim, quer dizer que estou certo." E em minha alma ergueu-se uma raiva inexprimível por ela. Passos próximos, mais próximos. Será que ela não vai passar direto, até o salão? Não, a porta rangeu, à porta sua figura alta, bela e, no rosto, nos olhos, um acanhamento e um servilismo que ela queria ocultar, mas que eu via, e cujo significado sabia. Quase me asfixiei, de tanto que segurei a respiração, e, continuando a olhar para ela, peguei uma *papirossinha* e me pus a fumar.

– Ora, o que é isso, vim lhe fazer companhia, e você começa a fumar – e ela se sentou no sofá, a meu lado, encostando-se em mim.

Afastei-me para não ser tocado por ela.

– Vejo que você está insatisfeito por eu querer tocar no domingo – ela disse.

– Não estou insatisfeito de jeito nenhum – eu disse.

---

13 Segundo a Bíblia, Davi possuiu a esposa de Urias em sua ausência.

– Por acaso eu não vejo?

– Ora, parabenizo-a por ver. Já eu não vejo nada além de você se comportar como uma cocote...

– Mas se você quiser me xingar como um cocheiro, vou embora.

– Vá embora; apenas saiba que, se a honra da família não lhe é cara, o que me é caro não é você (o diabo que a carregue), mas a honra da família.

– Mas o que foi, o quê?

– Suma daqui, pelo amor de Deus, suma!

Se estava fingindo que não entendia de que eu falava, ou se de fato não entendia, ela apenas se ofendeu e se zangou. Levantou-se mas não foi embora, e ficou parada no meio do aposento.

– Você decididamente ficou impossível – ela começou. – É um caráter com o qual um anjo não conseguiria conviver – e, como sempre, esforçando-se para me ferir do jeito mais doído possível, mencionou minha conduta com sua irmã (foi um caso em que fiquei fora de mim e disse grosserias à irmã; ela sabia que isso me atormentava, e me alfinetava justo nesse ponto). – Depois disso, nada vindo de você me surpreende – ela disse.

"Sim, ofender, humilhar, cobrir de vergonha e pôr a culpa em mim", eu disse a mim mesmo, e de repente fui tomado por uma raiva terrível dela, como ainda não havia jamais experimentado.

Pela primeira vez, tive vontade de manifestar fisicamente essa raiva. Ergui-me de um salto e avancei para ela; mas, no mesmo minuto em que saltei, lembro-me de que reconheci minha raiva e me perguntei se era bom entregar-me a esse sentimento, e de imediato respondi a mim mesmo que era bom, que aquilo a assustaria, e imediatamente, em vez de me opor a essa raiva, pus-me a atiçá-la, e fiquei feliz por esse sentimento se inflamar cada vez mais em mim.

– Suma, ou eu te mato! – gritei, aproximando-se dela e tomando-a pelo braço. Conscientemente aumentei o tom de raiva de minha voz ao dizer isso. E eu devia estar medonho, pois ela ficou tão intimidada que nem teve forças para sair, e apenas disse:

– Vássia, o que você tem, o que há com você?

– Vá embora! – berrei, ainda mais alto. – Só você consegue me levar à fúria. Não respondo por mim mesmo!

Ao dar vazão à minha fúria, embriaguei-me com ela, e tinha vontade de fazer algo mais extraordinário, que demonstrasse o alto grau dessa minha fúria. Queria terrivelmente bater nela, matá-la, mas sabia que não podia e, para mesmo assim dar vazão à fúria, peguei um mata-borrão na mesa, gritei mais uma vez "Vá embora!" e lancei-o ao chão, a seu lado. Mirei muito bem ao lado. Então ela se dirigiu para fora do aposento, mas parou na porta. E daí, enquanto ela ainda estava vendo (fiz para que ela visse), pus-me a pegar coisas da mesa, candelabros, o tinteiro, e jogá-las no chão, continuando a gritar:

– Vá embora! Suma! Não respondo por mim mesmo!

Ela saiu – e parei imediatamente.

Uma hora depois, a babá veio até mim e disse que minha esposa estava histérica. Eu fui até ela; ela soluçava, ria, não conseguia dizer nada, e tremia de corpo inteiro. Não estava fingindo, estava doente de verdade.

Ao amanhecer, ela sossegou, e fizemos as pazes sob a influência do sentimento que chamávamos de amor.

De manhã, quando, depois de fazermos as pazes, admiti que tinha ciúmes dela com Trukhatchévski, ela não ficou nem um pouco embaraçada, e riu da forma mais natural, de tão estranha que lhe parecia, em suas palavras, a possibilidade de atração por um homem daqueles.

– Por acaso, para uma mulher direita, é possível obter de um homem desses outra satisfação além da proporcionada pela música? Mas, se você quiser, estou pronta para nunca mais vê-lo. Mesmo no domingo, embora já tenhamos convidado todos. Escrevo-lhe que estou mal de saúde, e acabou. A única coisa que me repugna é que alguém possa pensar, principalmente ele, que ele é perigoso. E sou orgulhosa demais para permitir que se pense isso.

E ela não mentia, ela acreditava no que dizia; esperava, com tais palavras, despertar em si desprezo por ele, e com elas se defender dele, mas não conseguiu. Tudo estava direcionado contra ela, especialmente essa maldita música. Assim tudo acabou e, no domingo, as visitas se reuniram, e eles tocaram juntos de novo.

23

– Acho supérfluo dizer que eu era muito vaidoso: se você não for vaidoso na vida cotidiana, não há para que viver. Bem, no domingo também me ocupei com gosto da organização do jantar e do serão com música. Eu mesmo comprei as coisas para o jantar e chamei os convidados.

Lá pelas seis horas, os convidados se reuniram, e ele também apareceu, de fraque e abotoaduras de diamante de mau gosto. Ele se portava com desenvoltura, respondia a todos apressadamente, com um sorriso de concordância e entendimento, sabe, com aquela expressão peculiar de que tudo que você fizer ou disser é exatamente o que ele esperava. Tudo que nele havia de indecoroso eu agora notava com especial satisfação, pois tudo isso devia me tranquilizar e demonstrar que ele estava em um grau muito abaixo de minha esposa, ao qual, como ela dizia, ela não poderia se rebaixar. Agora eu já não me permitia sentir ciúmes. Em primeiro lugar, já padecera desse tormento, e precisava descansar; em segundo lugar, queria acreditar nos protestos de minha esposa, e acreditei. Mas, embora não tivesse ciúmes, mesmo assim não era natural com ele e com ela durante o jantar e a primeira metade do serão, enquanto a música não começava. Ainda estava sempre de olho nos movimentos e olhares de ambos.

Foi um jantar como outro qualquer, aborrecido, artificial. A música começou bem cedo. Ah, como me lembro de todos os detalhes dessa noite; lembro-me de como ele trouxe o violino, abriu a caixa, tirou o invólucro que fora bordado por uma dama, pegou e começou a afiná-lo. Lembro-me de como minha esposa sentou-se com ar de indiferença fingida, sob a qual eu via que ela ocultava um grande acanhamento – acanhamento devido sobretudo à sua destreza –, sentou-se com ar fingido ao teclado, e começaram os lás habituais do piano, o *pizzicato* do violino, a arrumação das partituras. Lembro-me depois de como olharam um para o outro, fitaram os espectadores e depois disseram algo um ao outro, e começaram. Ele tocou o primeiro acorde. Seu rosto fez-se sério, severo, simpático e, aguçando o ouvido para seus sons, beliscou as cordas com dedos cuidadosos, e o piano respondeu. E começou...

Ele se deteve e emitiu seus sons algumas vezes seguidas. Quis começar a falar, mas resfolegou pelo nariz e voltou a se deter.

– Eles tocaram a *Sonata Kreutzer*, de Beethoven. O senhor conhece o primeiro *presto*? Conhece?! – ele gritou. – Uh!... Essa sonata é uma coisa terrível. Exatamente esse movimento. E, no geral, a música é uma coisa terrível. O que é isso? Eu não entendo. O que é a música? O que ela faz? E por que ela faz o que faz? Dizem que a música age de modo a elevar a alma – absurdo, mentira! Ela age, age terrivelmente, digo por mim mesmo, mas não é em absoluto de modo a elevar a alma. Ela não age para elevar nem rebaixar a alma, mas para excitá-la. Como lhe dizer? A música me obriga a me esquecer de mim, de meu estado real, ela me transporta a um outro estado, que não é o meu: sob influência da música, parece-me sentir o que, na verdade, não sinto, entender o que não entendo, poder o que não posso. Explico isso pelo fato de que a música age como o bocejo, como o riso: não tenho vontade de dormir, mas bocejo ao olhar para quem boceja, não tenho motivo para rir, mas rio ao ouvir que riem.

Ela, a música, de uma vez, imediatamente me transporta para o estado de espírito em que se encontrava aquele que escreveu a música. Fundo-me espiritualmente a ele e, junto com ele, sou transportado de um estado a outro, mas, por que o faço, não sei. Pois aquele que escreveu, digamos, a *Sonata Kreutzer* – Beethoven –, ele afinal sabia por que se encontrava nesse estado – esse estado levou-o a determinadas condutas; portanto, para ele, esse estado tinha um sentido, mas para mim não tem nenhum. E por isso a música só excita, não conclui. Bem, tocam uma marcha militar, os soldados marcham, e a música chega lá; tocaram uma dança, eu dancei, a música chegou lá; bem, cantaram uma missa, eu comunguei, a música também chegou lá, porém aí é só irritação, mas o que se deve fazer com essa excitação – não há o que fazer. E por isso a música é tão terrível, às vezes tem um efeito tão horrível. Na China, a música é assunto de Estado. E assim deve ser. Por acaso é possível admitir que qualquer um hipnotize outra pessoa, ou muitas, e depois faça com elas o que quiser? E, principalmente, que esse hipnotizador seja o primeiro homem sem moral que aparecer?

E esse meio terrível cai nas mãos de qualquer um. Por exemplo, que seja essa *Sonata Kreutzer*, primeiro *presto*. Por acaso é possível tocar esse *presto* na sala de visitas, entre damas decotadas? Tocar e depois se ocupar dos afazeres, depois tomar sorvete e falar da última fofoca? Essas obras só podem ser tocadas em determinadas circunstâncias, importantes, significativas, e quando for requerido adotar determinadas condutas importantes, correspondentes a essa música. Tocar e fazer aquilo para o qual essa música dispôs. Esse despertar de energia, de sentimentos que não correspondem nem ao lugar nem à hora, que não se manifestam em nada, não tem como não agir de forma ruinosa. Sobre mim, pelo menos, essa obra agiu de forma terrível; era como se me abrissem sentimentos que me pareciam absolutamente novos, novas possibilidades, que eu não conhecia até então. "É isso, não tem nem um pouco a ver com o que eu antes pensava e vivia, assim é que é", pareciam me falar na alma. O que era essa novidade da qual eu ficara sabendo, eu não conseguia dar-me conta, mas a consciência desse novo estado era muito afortunada. Todas as pessoas, dentre as quais minha esposa e ele, apresentavam-se sob uma luz completamente outra.

Depois desse *presto*, eles tocaram um *andante* lindo, porém corriqueiro, nada novo, com variações vulgares, e um final absolutamente fraco. Depois ainda tocaram, a pedido dos convidados, a *Elegia* de Ernst[14], e várias outras pecinhas. Tudo isso era bonito, mas não produziu em mim nem 1% da impressão produzida pela primeira obra. Tudo isso ocorreu já no fundo da impressão produzida pela primeira. Estive leve, alegre por toda a noite. Nunca vira minha esposa igual àquela noite. Aqueles olhos brilhantes, aquela severidade, a importância da expressão ao tocar, e aquele esvaimento completo, o sorriso débil, penoso e beatífico depois de terminarem. Vi isso tudo, mas não lhe atribuí nenhum outro significado além de ela experimentar o mesmo que eu, por lhe terem sido revelados, assim como a mim, algo como novas recordações, sentimentos não experimentados. O serão terminou com êxito, e todos se retiraram.

Sabendo que eu devia partir para um congresso em dois dias, Trukhatchévski, à despedida, disse que esperava repetir a satisfação daquela noite em sua próxima vinda. Disso, pude concluir que ele não considerava possível estar em minha casa sem mim, e isso me agradou. Deu-se que, como eu não voltaria antes da partida dele, não mais nos veríamos.

Pela primeira vez, apertei-lhe a mão com real satisfação e agradeci-lhe pelo prazer. Ele igualmente se despediu por completo de minha esposa. E sua despedida pareceu-me a mais natural e decorosa. Tudo estava maravilhoso. Minha esposa e eu estávamos muito satisfeitos com o serão.

---

14 Heinrich Wilhelm Ernst (1814-1865), violinista e compositor alemão.

24

– Dois dias depois, parti para o distrito, despedindo-me de minha esposa no melhor e mais tranquilo dos humores. No distrito, sempre havia um monte de afazeres, e uma vida absolutamente particular, um mundinho particular. Por dois dias, passei dez horas na repartição. No dia seguinte, levaram-me, na repartição, uma carta de minha esposa. Li-a imediatamente. Escrevia sobre as crianças, o tio, a babazinha, as compras e, entre outras, como se fosse a coisa mais corriqueira, que Trukhatchévski fora em casa, levara as partituras prometidas e prometera tocar de novo, porém ela se recusara. Eu não me lembrava de ele ter prometido levar partituras: parecia-me que ele então se despedira por completo, e, por isso, tive uma surpresa desagradável. Mas havia tantos afazeres que eu não tinha tempo para pensar, e apenas à noite, voltando ao apartamento, reli a carta. Além do fato de que Trukhatchévski estivera mais uma vez sem mim, todo o tom da carta parecia-me forçado. A fera hidrófoba do ciúme pôs-se a rosnar em seu cubículo e queria sair, mas eu temia essa fera e tranquei-a rapidamente. "Que sentimento torpe, esse ciúme!", disse a mim mesmo. "O que pode ser mais natural do que o que ela escreveu?"

E deitei-me na cama, e pus-me a pensar nos assuntos do dia seguinte. Sempre levava muito tempo para adormecer durante esses congressos, em um lugar novo, mas então dormi bem rápido. E, sabe, acontece, de repente, um choquezinho elétrico, e você acorda. Acordei assim, e acordei pensando nela, em meu amor carnal por ela, em Trukhatchévski, e que entre ela e ele tudo fora consumado. O horror e a raiva confrangeram-me o coração. Mas comecei a me chamar à razão. "Que absurdo", disse a mim mesmo, "não há nenhuma base, não há nem houve nada.

E como posso rebaixar tanto a ela e a mim, supondo tais horrores. Algo do tipo de um violinista de aluguel, conhecido como um lixo de homem, e de repente uma mulher honrada, uma mãe de família respeitada, *minha* esposa! Que disparate!", eu imaginava, de um lado. "Mas como não seria?", imaginava, de outro. Como poderia não ser a coisa mais simples e compreensível, em nome da qual eu me casara com ela, a mesma em nome da qual eu vivera com ela, a única coisa dela de que eu precisava e, por isso, de que precisavam também os outros, e esse músico. Era um homem solteiro, saudável (lembro-me de como ele mastigara a cartilagem de uma costeleta e abarcara avidamente o copo de vinho com os lábios vermelhos), bem nutrido, roliço e não apenas desregrado como, pelo visto, com a regra de desfrutar dos prazeres que se apresentavam. E, entre eles, a ligação da música, a mais refinada luxúria dos sentimentos. O que poderia detê-lo? Nada. Tudo, pelo contrário, o atraía. Ela? Mas quem é ela? Ela é um mistério, e continua sendo. Eu não a conheço. Conheço-a apenas como animal. E um animal não pode, não deve deter nada.

Só então me lembrei da cara deles naquela noite quando, depois da *Sonata Kreutzer*, tocaram uma pecinha apaixonada, não me lembro de quem, uma peça obscena de tão sensual. "Como pude partir?", disse a mim mesmo, lembrando-me da cara dos dois. "Por acaso não estava claro que, entre eles, tudo se consumou naquela noite? E por acaso não era evidente que já naquela noite não apenas não havia quaisquer barreiras entre eles, mas que ambos, principalmente ela, experimentaram alguma vergonha depois do que lhes acontecera?" Lembro-me de como ela sorrira de modo débil, penoso e beatífico, enxugando o suor do rosto vermelho, quando me aproximei do piano. Já então evitavam olhar um para o outro, e apenas à ceia, quando ele lhe serviu água, eles se entreolharam, com um sorriso quase imperceptível. Com horror, lembrava-me agora desse olhar e do sorriso quase imperceptível que eu interceptara. "Sim, está tudo consumado" – dizia-me uma voz, e no mesmo instante a outra voz dizia algo completamente diferente. "Foi algo que deu em você, não pode ser" – dizia essa outra voz. Apavorava-me ficar deitado no escuro, acendi um fósforo e fiquei com medo naquele quartinho pequeno, com papel de parede amarelo. Acendi uma *papirossinha* e, como sempre acontece quando você fica girando no mesmo círculo de contradições insolúveis, fumei, e eu fumava uma *papirossinha* atrás da outra, para me obnubilar e não ver as contradições. Passei a noite inteira sem dormir e, às cinco horas, decidindo que não podia mais ficar naquela tensão e partiria naquele mesmo instante, levantei-me, acordei o vigia que estava a meu serviço e mandei-o atrás de um cavalo. À reunião, mandei um bilhete dizendo que, por necessidade extrema, fora chamado a Moscou; por isso pedia que um membro me substituísse. Às oito horas, montei no tarantasse e parti.

25

O condutor entrou e, reparando que nossa vela terminara de arder, apagou-a, sem trazer uma nova. Lá fora começava a clarear. Pózdnychev calara-se, respirando pesadamente por todo o tempo em que o condutor esteve no vagão. Só prosseguiu seu relato quando o condutor saiu e, na penumbra do vagão, ouvia-se apenas o estalido das janelas do trem a avançar e o ronco regular do caixeiro. À meia-luz da alvorada, eu já não o via em absoluto. Ouvia-se apenas sua voz, cada vez mais alvoroçada, sofrida.

– Eu tinha que percorrer 35 verstas a cavalo, e oito horas de estrada de ferro. Foi maravilhoso ir a cavalo. Um tempo congelado de outono, com sol ardente. Sabe, é a época em que as rodas deixam marcas na estrada untuosa. As estradas eram lisas, a luz intensa, e o ar, tonificante. Era bom ir de tarantasse. Quando amanheceu e parti, fiquei mais aliviado. Olhando para os cavalos, para os campos, para quem encontrava, esquecia aonde ia. Às vezes tinha a impressão de que estava simplesmente indo, e de que nada do que me chamara, nada daquilo existia. E era-me especialmente alegre esquecer-me assim. Já quando me lembrava de para onde ia, dizia para mim mesmo: “Quando chegar você verá, não pense”. No meio do caminho, ainda por cima, ocorreu um incidente que me reteve na estrada, e distraiu-me ainda mais: o tarantasse quebrara, e era preciso consertá-lo. Essa avaria teve grande importância, porque fez com que eu chegasse a Moscou não às cinco horas, como calculava, mas à meia-noite, e, em casa, à uma, pois não consegui pegar o trem expresso, e tive que ir no comum. Buscar uma telega, o reparo, o pagamento, o chá na estalagem, conversas com o zelador, tudo isso me distraiu ainda mais. Ao crepúsculo, tudo estava pronto, e voltei a partir, e à noite era ainda melhor viajar do que de dia. Era lua nova, fazia pouco frio, a estrada ainda estava maravilhosa, os cavalos, o cocheiro alegre, e eu ia e me deleitava, quase sem pensar em absoluto no que me aguardava, ou deleitava-me de forma especial justamente por saber o que me aguardava, e despedia-me das alegrias da vida. Mas esse meu estado tranquilo, a possibilidade de me entregar a esse sentimento terminou com a viagem a cavalo. Assim que entrei no vagão, começou algo completamente diferente. Essa jornada de oito horas no vagão foi para mim algo horrível, de que não me esquecerei por toda a vida. Seja porque, ao entrar no vagão, eu já tenha ficado com a sensação vívida de ter chegado, ou pelo fato de a ferrovia causar esse efeito tão estimulante nas pessoas, a partir do momento em que me acomodei não consegui mais dominar minha imaginação, e ela, sem parar, com intensidade extraordinária, começou a desenhar todos os quadros que me atiçavam o ciúme, um atrás do outro e um mais cínico do que o outro, e todos sobre a mesma coisa, sobre o que ocorrera lá, sem mim, como ela me traíra. Eu ardia de indignação, raiva e um sentimento especial de embriaguez com a própria humilhação contemplando esses quadros, e não podia me afastar deles; não podia não olhar para eles, não podia apagá-los, não podia não os convocar. Além disso, quanto mais contemplava esses quadros imaginários, mais acreditava que fossem reais. A intensidade com que esses quadros me surgiam parecia servir de prova de que o que eu imaginava era real. Algum diabo, contra minha vontade, inventava e soprava-me as considerações mais horríveis. Recordei-me de uma conversa antiga com o irmão de Trukhatchévski, e, com êxtase, dilacerei meu coração com essa conversa, relacionando-a a Trukhatchévski e minha esposa.

Isso acontecera havia muito tempo, mas eu recordei. O irmão de Trukhatchévski, lembro-me, certa vez, à pergunta se frequentava lupanares, disse que um homem honrado não vai a um lugar em que se pode adoecer, é sujo e sórdido, quando sempre se pode encontrar uma mulher honrada. E eis que ele, seu irmão, encontrou minha esposa. "É verdade que ela já não está na primeira juventude, não tem um dente do lado e está um pouco gorda" – eu pensava, por ele –, "mas o que fazer?, é preciso aproveitar o que existe." "Sim, ele está lhe fazendo um favor ao tomá-la como amante", eu dizia para mim mesmo. "Ademais, ela é segura." "Não, é impossível! O que estou pensando?", eu dizia a mim mesmo, horrorizando-me. "Não tem nada disso, nada. Não há nenhuma base para supor algo do gênero. Por acaso ela não me disse que acha humilhante para ela até a ideia de que eu posso ter ciúmes dele? Sim, mas ela mente, mente sempre!", gritei, e recomecei... Só havia dois passageiros em nosso vagão, uma velha com o marido, ambos muito taciturnos, e eles saíram em uma estação, e fiquei sozinho. Estava como uma fera na jaula: ora, de um salto, aproximava-me da janela, ora, cambaleando, começava a caminhar, tentava acelerar o vagão; mas o vagão, com todos os seus bancos e janelas, continuava a saltitar do mesmo jeito, como o nosso...

E Pózdnychev ergueu-se de um pulo, deu alguns passos e voltou a se sentar.

– Oh, tenho medo, tenho medo dos vagões das ferrovias, o horror me toma. Sim, é horrível! – prosseguiu. – Dizia a mim mesmo: "Vou pensar em outra coisa. Bem, suponhamos, no dono da estalagem em que tomei chá". Pois bem, aos olhos da imaginação surge o zelador de barba comprida e seu neto, um menino da mesma idade do meu Vássia. Meu Vássia! Ele está vendo como o músico beija sua mãe. O que se passa em sua pobre alma? E ela com isso? Ela ama... E a mesma coisa volta a se erguer. Não, não... Bem, vou pensar na inspeção do hospital. Sim, como ontem um paciente queixava-se do médico. E o médico tinha bigodes como os de Trukhatchévski. E que descarado... Ambos me enganaram ao dizer que ele estava indo embora. E recomeçava. Tudo em que eu pensava tinha ligação com ele. Eu sofria horrivelmente. O principal sofrimento estava na ignorância, nas dúvidas, na duplicidade, em não saber se devia amá-la ou odiá-la. Os sofrimentos eram tão fortes que me lembro de me ter ocorrido a ideia, que muito me agradou, de sair no meio do caminho, deitar-me nos trilhos, debaixo do vagão, e terminar com tudo isso. Então, pelo menos, não haveria mais hesitação, dúvida. Só o que me impedia de fazê-lo era a pena de mim mesmo, que logo provocava ódio súbito a ela. Já por ele havia um sentimento estranho de ódio e reconhecimento de minha própria humilhação e de sua vitória, mas, por ela, era um ódio terrível. "Não posso me liquidar e deixá-la; é preciso que ela sofra pelo menos um pouco, que pelo menos entenda que eu sofri", dizia a mim mesmo. Eu saía em todas as estações para me distrair. No bufê de uma estação, vi que bebiam, e imediatamente tomei vodca. Ao meu lado, havia um judeu, de pé, que também bebia. Ele puxou conversa e eu, para não ficar sozinho em meu vagão, fui com ele para seu vagão de terceira classe, sujo, esfumaçado e salpicado de cascas de sementes. Lá, sentei-me ao seu lado, e ele tagarelou bastante e contou anedotas. Eu ouvia-o, mas não podia entender o que ele dizia, pois continuava a pensar em meus assuntos. Ele reparou nisso e passou a exigir atenção; então me levantei e voltei para meu vagão. "É preciso ponderar", dizia a mim mesmo, "se é verdade o que penso, e se há base para me atormentar". Sentei-me, querendo ponderar com serenidade, mas de imediato, em vez de ponderação tranquila, recomeçava o mesmo: em vez de raciocínios, quadros e imaginações. "Quantas vezes atormentei-me tanto", eu dizia a mim mesmo (recordava-me de acessos anteriores similares de ciúmes), "e depois não deu em nada. Agora também, pode ser, e é até provável, que eu a encontre dormindo tranquila; ela vai acordar, ficar contente comigo e, por suas palavras, pelo olhar, sentirei que não aconteceu nada, e tudo isso é um absurdo. Oh, como seria bom!". "Oh, não, isso aconteceu com demasiada frequência, mas agora não mais ocorrerá", dizia-me uma outra voz, e recomeçava. Sim, aí é que estava o suplício! Não é para um hospital de sifilíticos que eu levaria um jovem, para remover-lhe a vontade de mulheres, mas para minha alma, para encarar os diabos que a dilaceravam! Pois o mais horrível era que eu reconhecia em mim um direito pleno e indubitável sobre o corpo dela, como se fosse meu corpo, e junto com isso sentia que não podia dominar aquele corpo, que ele não era meu e ela podia dispor dele como quisesse, e queria dispor dele não como eu queria. E eu não podia fazer nada com ele nem com ela. Como Vanka, o Despenseiro, ao pé da forca, ele cantará uma cançãozinha sobre como beijara lábios açucarados, e assim por diante.[15] E sairá por cima. E com ela posso fazer ainda menos. Se ainda não fez, mas quer, e eu sei que quer, é ainda pior: melhor que ela tenha feito, para que eu saiba, para que não haja desconhecimento. Eu não podia dizer o que queria. Eu queria que ela não desejasse o que devia desejar. Era a plena loucura!

15 Canção popular russa sobre um príncipe que descobre que a mulher o trai com o despenseiro.

26

– Na penúltima estação, quando o condutor veio recolher as passagens, eu, reunindo minhas coisas, saí à plataforma, e a consciência de que a solução estava próxima, logo ali, aumentou ainda mais minha agitação. Fiquei com frio, e meu maxilar passou a tremer tão forte que os dentes batiam. Saí maquinalmente da estação com a multidão, chamei um cocheiro, montei e parti. Eu ia, fitando os raros transeuntes, os zeladores, as sombras projetadas pelas lanternas e minha caleche ora à frente, ora atrás, sem pensar em nada. Depois de percorrer meia versta, fiquei com frio nos pés, e pensei que, no vagão, tinha tirado as meias de lã e as enfiado na bolsa. Onde estava a bolsa? Ali? Ali. E onde estava a cesta? Lembro-me de que me esqueci completamente da bagagem, mas, ao me lembrar e encontrar o recibo, decidi que não valia a pena voltar por causa dela, e segui adiante.

Por mais que me esforce agora, não consigo de jeito nenhum me lembrar de meu estado de então: o que eu pensava? O que queria? Não sei de nada. Lembro-me apenas que tinha a consciência de que se preparava algo de terrível e muito importante em minha vida. Se esse fato importante decorreu de eu pensar isso, ou de eu pressenti-lo, não sei. Também pode ser que, depois do que ocorreu, todos os minutos antecedentes, em minha memória, tenham recebido um matiz sombrio. Passava da meia-noite. Uns cocheiros estavam junto ao alpendre, esperando passageiros junto às janelas iluminadas (as janelas de nosso apartamento estavam iluminadas, no salão e na sala de visitas). Sem me dar conta de por que ainda havia luz tão tarde em nossas janelas, no mesmo estado de expectativa de algo terrível, subi a escada e toquei a sineta. Um lacaio, o bondoso, esforçado e muito estúpido Iegor, abriu. A primeira coisa que se lançou à minha vista, na antessala, em um cabide, ao lado de outras roupas, foi o capote dele. Deveria ter me espantado, mas não me espantei, esperava exatamente isso. "Então é isso" – disse a mim mesmo. Quando perguntei a Iegor quem estava lá e ele me deu o nome de Trukhatchévski, perguntei se havia mais alguém. Ele disse:

– Ninguém, senhor.

Lembro-me de como ele me respondeu com um tom de quem parecia querer alegrar-me e dispersar a dúvida de que houvesse mais alguém. "Ninguém, senhor. É isso, é isso", como que dizia a mim mesmo.

– E as crianças?

– Graças a Deus estão bem de saúde. Dormem há tempos, senhor.

Eu não conseguia respirar, nem conseguia deter o tremor de meu maxilar. "Sim, ou seja, não é como eu pensava: antes eu pensava que havia uma desgraça, e verificava-se que tudo estava bem, como dantes. Mas agora não está como dantes, e agora tudo que eu imaginava e pensava que estava apenas imaginando está acontecendo na realidade. É tudo aquilo..."

Quase me pus a soluçar, mas no mesmo instante o diabo me soprou: "Chore, seja sentimental, eles vão se separar tranquilamente, não haverá provas, e você irá duvidar e se atormentar para sempre". E de súbito a suscetibilidade para comigo mesmo desapareceu, e surgiu um sentimento estranho – o senhor não vai acreditar –, um sentimento de alegria por acabar então meu tormento, por eu então poder castigá-la, poder livrar-me dela, poder dar vazão à minha ira. E dei vazão à minha ira – transformei-me numa fera, numa fera má e ardilosa.

– Não precisa, não precisa – disse a Iegor, que queria ir à sala de visitas –, faça o seguinte: vá, chame um cocheiro e parta; aqui está o recibo, apanhe minhas coisas. Rápido.

Ele foi pelo corredor atrás de seu casaco. Temendo que ele os assustasse, conduzi-o a seu quartinho e esperei que se vestisse. Na sala de visitas, detrás de outro aposento, ouviam-se conversas e barulho de facas e pratos. Estavam comendo, e não ouviram a sineta. "Apenas não saiam agora" – pensei. Iegor vestiu seu casaco de astracã e saiu. Deixei-o passar, fechei a porta atrás dele e me arrepiei ao sentir que ficara sozinho, e que agora precisava agir. Como – ainda não sabia. Sabia apenas que agora estava tudo acabado, que não podia haver dúvida de sua inocência, e que agora eu a castigaria e terminaria minhas relações com ela.

Antes eu ainda tinha hesitações, dizia a mim mesmo: "Mas pode não ser verdade, pode ser que eu esteja errado" – agora não havia mais isso. Tudo estava irreversivelmente decidido. Escondida de mim, sozinha com ele, à noite! Isso já era um esquecimento completo de tudo. Ou ainda pior: era de propósito aquela ousadia, aquele atrevimento no crime, para que esse atrevimento servisse de sinal de sua inocência. Tudo estava claro. Não havia dúvida. Só temia uma coisa: que eles fugissem, que inventassem um novo engodo e me privassem da prova evidente e da possibilidade de castigá-los. Assim, para surpreendê-los logo, fui na ponta dos pés até o salão, onde eles estavam, passando não pela sala de visitas, mas pelo corredor e o quarto das crianças.

No primeiro quarto das crianças, os meninos estavam dormindo. No segundo, a babá remexeu-se, quis acordar, e eu imaginei o que ela pensaria ao saber de tudo, e, a essa ideia, fui tomado por tamanha pena de mim que não consegui conter as lágrimas e, para não despertar as crianças, saí correndo na ponta dos pés pelo corredor, para meu gabinete, desabei no sofá e me pus a soluçar.

"Sou um homem honrado, sou filho de meus pais, sonhei a vida inteira com a felicidade da vida em família, sou um homem que nunca a traiu... E vejam! Um homem de cinco filhos, e ela me trai com um músico, porque ele tem lábios vermelhos! Não, isso não é gente! É uma cadela, uma cadela torpe! Ao lado do quarto das crianças, pelas quais ela fingiu amor a vida inteira. E escrever-me o que me escreveu! E atirar-se ao pescoço dele de forma tão descarada? E o que eu sei? Pode ter sido assim o tempo todo. Pode ser que há tempos tenha tido com lacaios os filhos que são considerados meus. E amanhã eu chegaria, e ela, com seu penteado, sua cinta e seus movimentos graciosos e preguiçosos (eu via sempre seu rosto atraente e odioso) iria me receber, e essa fera do ciúme permaneceria para sempre em meu coração, e o dilaceraria. O que a babá ou Iegor vão pensar? E a pobre Lízotchka[16]?! Ela já entendeu algo. E essa torpeza! E essa mentira! E essa sensualidade animal, que tanto conheço" – dizia para mim mesmo.

Quis erguer-me, mas não podia. O coração batia tanto que eu não conseguia parar em pé. Sim, morrerei de um ataque. Ela vai me matar. É disso que ela precisa. E então, que ela me mate? Ora, não, isso seria demasiado vantajoso para ela, e não vou lhe proporcionar essa satisfação. Sim, fico sentado, e lá eles comem e riem, e... Sim, embora ela já não fosse de primeiro frescor, ele não a menosprezou: de qualquer forma, ela não era feia, e o principal, pelo menos, é que era segura para a preciosa saúde dele. "E por que eu não a estrangulei então?" – disse a mim mesmo, recordando o minuto, havia uma semana, quando a enxotei do gabinete e depois quebrei as coisas. Lembrava-me vivamente do estado em que então me encontrava; não apenas me lembrava, como sentia a mesma necessidade de bater, destruir, que sentira então. Recordo-me de como queria agir, e quaisquer considerações além das necessárias para a ação sumiram-me da cabeça. Ingressei naquele

16 Diminutivo de Elizavieta, até aqui chamada de Liza (a filha do casal).

estado da fera ou do homem sob influência de excitação física durante o perigo, quando o homem age de forma precisa, sem pressa, porém sem perder nem um minuto, e tudo apenas com um objetivo determinado.

27

– A primeira coisa que fiz foi tirar as botas e, ficando de meias, aproximei-me da parede do sofá, onde estavam penduradas espingardas e punhais, e peguei um punhal curvo de damasco, que eu jamais utilizara e era terrivelmente afiado. Tirei-o da bainha. A bainha, lembro-me, caiu atrás do sofá, e lembro-me de que disse a mim mesmo: "Mais tarde preciso encontrá-la, senão vai se perder". Depois tirei o casaco, com o qual estava o tempo todo, e, pé ante pé, só de meias, fui para lá.

Aproximando-me de mansinho, abri a porta de repente. Lembro-me da expressão do rosto de ambos. Lembro-me dessa expressão porque ela me propiciou uma alegria aflitiva. Era uma expressão de horror. Disso é que eu precisava. Nunca me esquecerei da expressão de horror desesperado que surgiu no rosto de ambos no primeiro segundo em que me avistaram. Ele estava, aparentemente, sentado à mesa, porém, ao me ver ou ouvir, ergueu-se de um salto e parou de costas para o armário. Em seu rosto havia uma indiscutível expressão de grande horror. No rosto dela havia a mesma expressão de horror, mas mesclada a outro sentimento. Se só houvesse aquela, talvez não tivesse ocorrido o que ocorreu; mas em sua expressão havia, pelo menos pareceu-me no primeiro momento, ainda desgosto, insatisfação por terem perturbado seu enlevo amoroso e sua felicidade com ele. Era como se ela não precisasse de nada além de que não a impedissem de ser feliz agora. Uma e outra expressão mantiveram-se no rosto deles apenas por um instante. A expressão de horror no rosto de Trukhatchévski imediatamente foi substituída por uma expressão de interrogação: é possível mentir ou não? Se é possível, preciso começar. Se não, começará outra coisa. Mas o quê? Ele me fitou de forma interrogativa. No rosto dela, a expressão de enfado e desgosto foi substituída, ao olhar para Trukhatchévski, em minha impressão, por preocupação com ele.

Por um instante fiquei parado à porta, segurando o punhal nas costas. Nesse mesmo instante, ele sorriu e, com um ridículo tom de indiferença, começou:

– Estávamos fazendo música...

– Eu não esperava – ela começou, ao mesmo tempo, sujeitando-se ao tom que ele assumira.

Mas nem um nem outro terminou de falar: a mesma fúria que eu experimentara havia uma semana me tomara. Mais uma vez experimentei essa necessidade de destruição, violência e o êxtase da fúria, e entreguei-me a ela.

Ambos não terminaram de falar... Começou a outra coisa que ele temia, que rompia de súbito tudo que eles diziam. Lancei-me contra ela, sempre escondendo o punhal, para que ele não me impedisse de golpeá-la no flanco, sob o peito. Eu escolhera esse lugar desde o início. No minuto em que me atirei contra ela, ele viu e, coisa que nunca esperei dele, segurou-me pelo braço e gritou:

– Volte a si, o que tem?! Socorro!

Desvencilhei o braço e atirei-me contra ele, em silêncio. Seus olhos encontraram os meus, ele de repente ficou pálido como um lençol, até os lábios, seus olhos cintilavam de forma especial e, coisa que nunca esperei, ele esgueirou-se por debaixo do piano e correu em direção à porta. Tentei atirar-me em sua direção, mas em meu braço esquerdo apareceu um peso. Era ela. Tentei me soltar. Ela pôs todo o seu peso em mim, e não me soltava. Essa intromissão inesperada, o peso e o contato dela, que me repugnava, inflamaram-me ainda mais. Sentia que estava em plena fúria, devia estar terrível, e alegrava-me com isso. Sacudi o braço esquerdo com toda a força, e o cotovelo foi dar direto em sua cara. Ela gritou e soltou meu braço. Eu quis correr atrás dele, mas me lembrei de que seria ridículo correr de meias atrás do amante da esposa, e eu não queria ser ridículo, queria ser terrível. Apesar da fúria colossal em que me encontrava, lembrava-me o tempo todo da impressão que eu produzia nos outros, e essa impressão até me guiava em parte. Voltei-me para ela. Ela caíra no canapé e, botando a mão no olho que eu machucara, fitava-me. Em seu rosto havia medo e ódio por mim, pelo inimigo, como um rato quando se ergue a ratoeira em que caiu. Eu, pelo menos, não vi nela nada além desse medo e ódio. Eram o mesmo medo e ódio por mim que deviam ter causado o amor por outro. Mas talvez eu ainda tivesse me contido e não fizesse o que fiz se ela ficasse calada. Mas ela de repente começou a falar e agarrar minha mão com o punhal.

– Volte a si! O que você tem? O que há com você? Não há nada, nada, nada... Juro!

Eu ainda teria me demorado, mas essas últimas palavras, pelas quais concluí o contrário, ou seja, que havia tudo, chamavam uma resposta. E a resposta devia ser correspondente ao estado de espírito ao qual levara a mim mesmo, que ia sempre *crescendo*, e devia continuar se elevando. A fúria também tem suas leis.

– Não minta, calhorda! – berrei e, com a mão esquerda, agarrei-a pelo braço, mas ela se soltou. Então eu, mesmo sem largar o punhal, agarrei-a pela garganta com a mão esquerda, derrubei-a de costas e comecei a esganá-la. Que pescoço duro... Ela agarrou com ambas as mãos as minhas, arrancando-as do pescoço, e, como se eu esperasse por isso, golpeei-a com todas as forças com o punhal, no flanco esquerdo, abaixo da costela.

Quando as pessoas dizem que, em um acesso de fúria, não se lembram do que fazem, é um disparate, uma mentira. Eu me lembrava de tudo, e nem por um segundo deixei de lembrar. Quanto maior a força com que atiçava os vapores de minha fúria, maior o ardor com que brilhava em mim a luz da consciência, graças à qual eu não tinha como não ver tudo que fazia. A cada segundo eu sabia o que fazia. Não posso dizer que soubesse com antecedência o que faria, mas, no segundo em que fazia, até, aparentemente, um pouco antes, eu sabia o que fazia, como que para possibilitar meu arrependimento, para que eu pudesse dizer a mim mesmo que podia parar. Eu sabia que golpearia abaixo da costela, e que o punhal entraria. No minuto em que fazia isso, eu sabia que estava fazendo algo horrível, algo que nunca fizera e que teria consequências horríveis. Mas a consciência disso reluziu como um relâmpago, e à consciência imediatamente se seguiu o ato. E o ato era reconhecido com uma intensidade extraordinária. Senti e lembro-me da resistência momentânea do espartilho e algo mais, e depois, a penetração da faca em algo macio. Ela agarrou o punhal com as mãos, cortou-as, mas não o segurou. Muito tempo depois, na cadeia, após a reviravolta moral que se realizara em mim, pensei nesse minuto, recordei o que podia, e considerei. Lembro-me por um instante, apenas por um instante precedente ao ato, da consciência terrível de que eu estava matando e matara uma mulher, uma mulher indefesa, minha esposa. Lembro-me do horror dessa consciência, e depois concluí e até me lembro vagamente de que, depois de cravar o punhal, logo o retirei, querendo remediar o que fizera, e me detive. Fiquei imóvel por um segundo, esperando o que aconteceria, se daria para remediar. Ela se ergueu de um salto, gritando:

– Babá! Ele me matou!

A babá, que ouvira o barulho, estava na porta. Eu continuava em pé, esperando e não acreditando. Mas daí, debaixo de seu espartilho, o sangue começou a jorrar. Só então entendi que não havia como remediar, e imediatamente decidi que não era necessário, que eu quisera aquilo mesmo e que era aquilo mesmo que devia ter sido feito. Eu esperava enquanto ela caía e a babá, com o grito "Meu pai!" – correu até ela, e só então joguei fora o punhal e saí do aposento.

"Não devo me alvoroçar, preciso saber o que faço" – disse a mim mesmo, sem olhar para ela nem para a babá. A babá gritava, chamava a criada. Percorri o corredor e, depois de enviar a criada até lá, fui para meu aposento. "O que preciso fazer agora?" – perguntei a mim mesmo, e logo entendi o quê. Entrando em meu gabinete, fui direto até a parede, tirei o revólver de lá, examinei-o – estava carregado – e o depositei na mesa. Depois peguei a bainha atrás do sofá e me sentei nele.

Fiquei bastante tempo sentado assim. Não pensava em nada, não me lembrava de nada. Ouvi que andavam atarefados por lá. Ouvi que alguém chegou, depois mais alguém. Depois ouvi e vi Iegor trazendo para o gabinete minha cesta que ele apanhara. Como se alguém precisasse disso!

– Você ouviu o que aconteceu? – eu disse. – Diga ao zelador para dar a conhecer à polícia.

Ele não disse nada, e saiu. Levantei-me, fechei a porta e, pegando uma *papirossinha* e um fósforo, pus-me a fumar. Não terminei de fumar a *papirossinha*, pois o sono me pegou e me derrubou. Dormi, possivelmente, duas horas. Lembro-me de que sonhei que estava bem com ela, tínhamos brigado, mas fizemos as pazes, alguma coisa atrapalhava um pouco, mas estávamos bem. Uma batida na porta despertou-me. "É a polícia – pensei, ao acordar. – Pois eu a matei, ao que parece. Mas talvez tenha sido ela, e não houve nada." Bateram mais uma vez à porta. Não respondi nada, enquanto decidia a questão: aquilo acontecera ou não? Sim, acontecera. Lembrei-me da resistência do espartilho e da penetração da faca, e um calafrio percorreu-me a espinha. "Sim, acontecera. Sim, agora preciso fazer o mesmo comigo" – pensei. Mas eu o dizia e sabia que não me mataria. Contudo, levantei-me e peguei novamente o revólver. Mas que coisa estranha: lembro-me de como antes estivera muitas vezes perto do suicídio, de como até nesse dia, na ferrovia, aquilo me parecera fácil, fácil porque eu pensava em como a chocaria com isso. Agora não podia de jeito nenhum não apenas me matar, como nem sequer pensar nisso. "Por que vou fazer isso?" – perguntei a mim mesmo, e não houve resposta. Bateram de novo à porta. "Sim, antes preciso saber quem está batendo. Ainda vai dar tempo." Baixei o revólver e cobri-o com um jornal. Aproximei-me da porta e corri o ferrolho. Era a irmã de minha esposa, uma viúva bondosa, estúpida.

– Vássia! O que é isso? – ela disse, e suas lágrimas sempre prontas jorraram.

– O que deseja? – perguntei, grosseiro. Via que não tinha motivo para ser grosseiro com ela, mas não conseguia inventar outro tom.

– Vássia, ela vai morrer! Ivan Fiódorovitch disse – Ivan Fiódorovitch era seu médico e conselheiro.

– Mas ele está aqui? – perguntei, e toda a raiva que eu sentia por minha esposa voltou a se erguer. – Pois e então?

– Vássia, vá até ela. Ah, como isso é horrível – ela disse.

"Ir até ela?" – perguntei a mim mesmo. E imediatamente respondi que precisava ir até ela, que provavelmente sempre se faz assim: quando um marido, como eu, mata a esposa, é preciso sem falta ir até ela. "Se é assim que se faz, tenho de ir – disse a mim mesmo. – E, se precisar, sempre terei tempo" – pensei, a respeito de minha intenção de me dar um tiro, e fui atrás dela. "Agora haverá frases, caretas, mas não me entregarei a elas" – disse a mim mesmo.

– Espere – eu disse à irmã dela, é estúpido ir sem botas, deixe-me calçar pelo menos os chinelos.

28

– E que coisa espantosa! Novamente, quando saí de meu aposento e passei pelos cômodos habituais, me surgiu mais uma vez a esperança de que nada tivesse acontecido, mas o cheiro dessas nojeiras medicinais – iodofórmio, fenol – me surpreendeu. Não, acontecera tudo. Passando pelo corredor, pelo quarto das crianças, avistei Lízonka[17]. Ela me fitava com olhos assustados. Pareceu-me até que ali estavam todos os cinco filhos, e todos olhavam para mim. Aproximei-me da porta, e a camareira abriu-me de dentro e saiu. A primeira coisa que se atirou à minha vista foi seu vestido cinza-claro na cadeira, todo negro de sangue. Em nossa cama de casal, do meu lado – ao qual o acesso era mais fácil –, ela estava deitada, de joelhos erguidos. Jazia muito inclinada, apenas em cima dos travesseiros, de blusa desabotoada. Algo fora aplicado no lugar da ferida. No quarto havia um cheiro pesado de iodofórmio. O que mais me espantou, antes de tudo, foi seu rosto inchado, azulado, com edemas em parte do nariz e debaixo do olho. Era consequência de minha cotovelada, quando ela quis me conter. Beleza não havia alguma, e ela me parecia ter algo de repulsivo. Parei na soleira.

– Vá, vá até ela – disse-me a irmã.

"Sim, certamente ela quer se arrepender" – pensei. "Perdoá-la? Sim, ela vai morrer, e é possível perdoá-la" – pensei, esforçando-me em ser magnânimo. Cheguei bem perto. Ela ergueu para mim, com dificuldade, os olhos, um dos quais estava ferido e, com dificuldade, com hesitação, proferiu:

– Conseguiu o que queria, matou... – E em seu rosto, por trás do sofrimento físico e até da proximidade da morte, manifestou-se aquele velho e conhecido ódio animal e

17 Diminutivo de Elizavieta.

frio. – Os filhos... mesmo assim... a você... não entrego... Ela (sua irmã) vai levar...

O principal para mim, sua culpa, traição, ela parecia considerar que não valia a pena mencionar.

– Sim, admire o que fez – ela disse, olhando para a porta, e soluçou. Na porta, sua irmã estava com as crianças. – Sim, veja o que fez.

Olhei para as crianças, para o rosto dela, derreado e com equimoses, e pela primeira vez esqueci-me de mim, de meus direitos, de meu orgulho, pela primeira vez vi nela um ser humano. E como me pareceu insignificante tudo que me ofendera – todo o meu ciúme –, e tão grave o que eu fizera, que quis colar meu rosto à sua mão e dizer "Perdão!" – mas não ousei.

Ela ficou calada, de olhos fechados, visivelmente sem forças para falar mais. Depois seu rosto desfigurado estremeceu e se franziu. Ela me afastou debilmente.

– Para que tudo isso aconteceu? Para quê?

– Perdoe-me – eu disse.

– Perdão? Tudo isso é um absurdo!... Se apenas eu não morresse!... – ela gritou, levantou-se, e cravou febrilmente os olhos cintilantes em mim. – Sim, você conseguiu o que queria!... Odeio!... Ai! Ah! – gritou, visivelmente em delírio, assustada com algo. – Ora, mate, mate, não tenho medo... Só que todos, todos, ele também. Partiu, partiu!

O delírio prolongou-se por todo o tempo. Ela não reconhecia ninguém. Naquele mesmo dia, ao meio-dia, ela morreu. Antes disso, às oito horas, levaram-me à delegacia, e de lá para a cadeia. E lá, onde passei onze meses esperando o julgamento, ponderei sobre mim e meu passado, e entendi-o. Comecei a entendê-lo no terceiro dia. No terceiro dia, levaram-me para lá...

Ele quis dizer algo e, sem forças de conter os soluços, deteve-se. Depois de reunir forças, prosseguiu:

– Só comecei a entender quando a vi no caixão... – Soltou um soluço, mas imediatamente prosseguiu, apressado: – Só quando vi seu rosto morto entendi tudo que eu fizera. Entendi que eu, eu a matara, que por minha causa ocorrera que ela, que fora viva, móvel, quente, agora se transformara em imóvel, de cera, fria, e que não era possível remediar isso nunca, em nenhum lugar, de nenhum jeito. Quem não passou por isso não pode entender... Uh! Uh! Uh!... – ele gritou, algumas vezes, e sossegou.

Ficamos bastante tempo em silêncio. Ele soluçou e estremeceu em silêncio na minha frente.

– Ora, perdão...

Ele se afastou de mim e deitou-se no banco, cobrindo-se com uma manta. Na estação em que eu precisava sair – isso foi às oito da manhã –, aproximei-me dele, para me despedir. Dormisse ou fingisse, o fato é que não se moveu. Toquei-o com a mão. Ele se descobriu, e ficou evidente que não dormia.

– Adeus – eu disse, oferecendo-lhe a mão.

Ele me deu a mão e sorriu de forma imperceptível, porém tão lastimável que tive vontade de chorar.

– Sim, perdão – ele repetiu a palavra com que concluíra toda a sua narrativa.

Sófia Tolstaia

De quem é a culpa?

A respeito da *Sonata Kreutzer* de Lev Tolstói

Primeira parte

1

Era um dia esplêndido, claro, jubiloso. Uma verdadeira festa do florescer do verão. Como eram belos e alegres o céu claro e azul, os raios quentes do sol, os pássaros ruidosos, numerosos e variados nas árvores frondosas e nos arbustos floridos! E, ao longe, um lago azul e profundo refletia com muito brilho o céu e a vegetação rutilante, viçosa, rica de suas margens.

Um ar igualmente festivo, florido e luminoso tinham duas moças que vinham correndo, por uma vereda, do lago para uma grande casa branca de pedra. Ambas estavam descalças, molhadas, de cabelos desgrenhados, com os sapatos na mão, a toalha nos ombros. Os pezinhos desacostumados, imaculados e pequenos pisavam, de forma tímida e ligeira, a erva orvalhada, e as moças riam alto.

– Cuidado, alguém pode ver – uma delas disse.

– Mas e daí, por acaso isso é vergonhoso? – perguntou a outra, escancarando os olhos de espanto. – Afinal, todas as camponesas andam descalças.

– Mas pinica os pés, e dói ao andar.

– Tudo bem, corra, assim é mais fácil!

E a moça magricela disparou para a casa com tamanha velocidade que, quando, ofegante, vermelha e alvoroçada, se viu na varanda, de repente, depois de olhar ao redor, recobrar os sentidos e ficar dolorosamente envergonhada, plantou-se feito um poste.

– O que você tem, Anna? – perguntou a mãe, severa e surpresa, ao examinar da cabeça aos pés a filha embaraçada.

– Natacha[1] e eu estávamos nos banhando, e... e... experimentamos andar descalças. Não sabíamos... – disse Anna, escondendo os pés.

Ela fitou de soslaio a mão masculina que lhe era estendida detrás da mesa de chá por um visitante, depois os olhos de quem a estendera e, sorrindo, culpada, ofereceu-lhe a sua.

– E também não sabia que o senhor tinha vindo. Olá, príncipe... Já volto.

E a moça sumiu. Atrás dela, sem parar, passou a outra, como um relâmpago.

Quem estendera a mão a Anna era um velho conhecido de sua mãe, o príncipe Prózorski, de 35 anos, que de vez em quando saía de sua propriedade distante para visitar a família Ílmenev. Conhecia as crianças desde o dia de seu nascimento, amava o modo de vida absolutamente simples, alegre, de toda a casa e muitas vezes se deleitava com o crescimento das meninas.

Quando as moças desapareceram pela porta, uma atrás da outra, ele ainda continuou a sorrir longamente. Havia tempos não lhe acontecia de estar com os Ílmenev e, como ocorre com frequência, nesse lapso de tempo que

---

1 Diminutivo de Natália.

passara no exterior, algo sucedera às meninas. Tinham deixado de ser crianças e de repente ingressaram na idade de mulheres.

Sem se dar conta, o príncipe sentia-o vagamente, e em sua cabeça repetiu-se a impressão dos esbeltos pés descalços, dos cabelos negros e desgrenhados na cabecinha jogada para trás de Anna, e sua figura forte, rápida, sob o largo vestido matinal branco.

– Meu Deus, como é bom estar aqui! – disse o príncipe, olhando para a porta pela qual as moças tinham saído e sentindo em si uma elevação de espírito jovial, tonificante. – Que alegre, que luminoso! Ah, a juventude! – acrescentou, suspirando. – Nossa juventude foi embora, Olga Pávlovna, mas nada impede de nos deleitarmos com ela.

– Bem, se a juventude fosse para sempre, nós nem a valorizaríamos... O senhor acha que elas notam, ou valorizam? De jeito nenhum – sentenciou Olga Pávlovna, tranquila.

Depois de conversar mais um pouco, ela se desculpou com o príncipe, dizendo que tinha de percorrer a propriedade, mas que se reuniriam para o almoço.

– Aqui estão os jornais, príncipe, leia, há um artigo interessante sobre as desordens na França.

Olga Pávlovna saiu, e ambas as irmãs voltaram logo. Tinham botado vestidos escuros, de uma simplicidade severa, ajeitaram-se e haviam assumido um ar de gravidade particularmente afetada.

– Pena que se trocaram – disse o príncipe. – Tornaram-se fidalgas decorosas, mas antes estavam mais belas e mais naturais.

– Mas isso é mais decoroso – disse Natacha, servindo-se de café.

– É tudo preconceito – observou Anna, brevemente –, o decoroso é aquilo a que nos acostumamos – acrescentou, pondo-se a bicar com rapidez, uma por uma, como um pássaro, bagas de um pratinho.

– Estão se divertindo? – perguntou o príncipe.

– Terrivelmente! – respondeu Anna. – Natacha e eu nos ocupamos muito bem. Agora estou lendo filosofia e escrevendo uma novela. Natacha diz que é boa: toda noite leio para ela o que escrevi de manhã.

– E que tipo de filosofia está lendo?

– Agora Dmítri Iványtch deu-me Büchner e Feuerbach. Ele diz que é necessário para o início de meu desenvolvimento. E tudo ficou tão claro para mim! Entendo que é possível virar materialista depois de provas tão claras.

– E quantos anos a senhorita tem?

– Logo farei 18.

– Largue Büchner e Feuerbach, não estrague sua alma luminosa. A senhorita não pode entendê-los, e só vai se embaralhar.

– Com a leitura de filosofia? Jamais! Pelo contrário, decifro a mim mesma e minhas dúvidas. Também li os artigos do senhor, mas eles são difíceis, ainda não consigo entender bem.

– E sua novela é sobre o quê?

– Sobre *como* se deve amar. O senhor não vai entender. Mas Natacha entende esplendidamente.

– Não é difícil de entender, mas Anna é muito sentimental. Sonha com um amor que deve ser tão puro e ideal que é quase uma oração – disse Natacha.

– E como conciliar isso com o materialismo, Anna Aleksándrovna? Pronto, a senhorita caiu...

– Ah, essa é a borboleta que Micha estava procurando para a coleção – Anna gritou, de forma repentina e inesperada, e saltitou com os pés rápidos e fortes na balaustrada do balcão, tentando capturar uma borboleta grande e preta.

O príncipe ruborizou-se à vista de toda aquela figura

graciosa de Anna, que deslizava à sua frente enquanto ela baixava do peitoril do balcão com a borboleta na mão.

– Vamos fazer um passeio longo, bem longo, e levamos Micha – propôs Natacha.

Todos concordaram; foram buscar chapéus, chamaram o pequeno Micha e resolveram ir à aldeia vizinha, atrás da ama de leite de Micha.

A estrada passava pelo campo, estava empoeirado e quente; todos andavam preguiçosamente, e a conversa não deslanchava. Anna ia à frente de todos, o príncipe alcançou-a e, rindo, disse:

– Como tudo é luminoso e simples em sua vida! Por mais que se esforce a pensar nelas, para a senhorita não há questões, nem pode haver. A senhorita mesma, com sua juventude, luminosidade e fé na vida, a senhorita mesma é a resposta a todas as dúvidas. Deus, como a invejo!

– Não, não inveje. Sou toda dúvidas e... tão atrasada – acrescentou, triste. – Quando entendi que tudo que existe no mundo é apenas movimento e relação de átomos, comecei a duvidar da existência de Deus. Dmítri Ivánovitch – o senhor o conhece, o estudante de Sosnovka que nos visita – diz que Deus é uma fantasia, não existe nenhuma vontade divina, que tudo é lei da natureza. Pois são apenas palavras de um incréu. Pode ser que ele esteja certo, mas ainda não consigo entender tudo. Às vezes tenho tanta vontade de rezar – mas para quem?

– Não dê ouvidos a ninguém. Dmítri Ivánovitch confunde-a, e isso não é bom – disse o príncipe, contemplando a transparência da pele nas têmporas de Anna, detrás da qual palpitavam finas veias azuis.

Anna corou.

– Que ele me confunde, é verdade. Mas ele tenta tanto me desenvolver! Micha, Micha, para onde está indo? – Anna gritou de repente.

Mas já era tarde. Micha, que tinham deixado para trás, não passou pela ponte, como todos, mas fizera um rodeio, pelo meio do pântano, e se atolara até os joelhos. O príncipe estendeu-lhe a bengala e puxou-o. Mas Micha já estava todo ensopado. Natacha, que recolhia ao longe flores para secagem, veio correndo e começou a enxugar o menino com grama e lenços, ralhando com ele com voz zangada. Anna riu. Mas seguir adiante era impensável, deviam regressar à casa.

À tarde, veio também Dmítri Ivánovitch, vizinho de propriedade, um estudante loiro, pálido, de óculos e maneiras desenvoltas. Sem se constranger com a presença de ninguém, Dmítri Ivánovitch não se afastou de Anna a tarde inteira. Sentaram-se a dois no pequeno alpendre do terraço, lendo um livro, e Dmítri Ivánovitch, parando o tempo todo, explicava com ardor a Anna o sistema de Darwin.

A contragosto, o príncipe foi deixado em companhia de Olga Pávlovna, que aparecera para o chá, olhando de esgar para Anna e seu interlocutor, já que Natacha não estava de bom humor e, por algum motivo, conversava com ele de má vontade.

Ele foi embora tarde, dizendo que, na volta de Petersburgo à aldeia, passaria sem falta na casa dos Ílmenev. À despedida, olhou para Dmítri Ivánovitch com raiva e, como que por descuido, não lhe deu a mão.

"Sim, ele tem a juventude a seu favor", pensou o príncipe; e, ao sair da casa dos Ílmenev e contemplar o céu escuro e estrelado, o lago ensombrecido e o bosque misterioso em suas margens, pareceu-lhe que tudo no mundo de repente se apagara, que toda a felicidade ficara em algum lugar, para trás, afundara naquela noite misteriosa, e se horrorizou.

"Essa menina, que há tão pouco tempo ainda era um bebê, que eu carreguei nos braços, e eu... não, é impossível!" Ficou sem fôlego.

"Não pode ser! O que é isso? De novo, e pela enésima vez a mesma coisa! Mas não é a mesma coisa, é algo novo!" E Anna mais uma vez se apresentou à sua frente, e ele despiu mentalmente na imaginação suas pernas esbeltas e todo o seu talhe maleável, forte, virginal.

"E os olhos! Negros como a noite, e luminosos, verazes... E que tipo de ser ela é? Algo absolutamente especial. Mas quando *isso* aconteceu? Por que de repente parece-me que não posso viver sem esses olhos luminosos, sem esse olhar puro, alegre e gentil?... Sim, ainda há tão pouco tempo eu olhava para essas meninas de forma tão tranquila e contente... E agora? De repente vi que ela é mulher, que não existe nada além dela, e que devo, sim, não posso fazer outra coisa senão possuir essa criança..."

O sangue afluiu à cabeça do príncipe. Ele fechou os olhos, para recordar Anna com maior clareza: a caleche ia balançando pela estrada vicinal, e o trote embalava o príncipe, fortalecendo-lhe o sentimento de languidez e a necessidade de prazer naquela maravilhosa noite de verão...

2

No dia seguinte, no aposento espaçoso e iluminado do andar superior, ambas as irmãs estavam sentadas à mesa. Natacha costurava, e Anna lia para ela sua novela com agitação na voz. A grande janela italiana estava escancarada, o ar era ruidoso e irrequieto: no lago, rãs coaxavam, no jardim, rouxinóis cantavam, na aldeia ouvia-se o canto de vozes masculinas. Na leitura, a voz de Anna tremia de leve.

"No pequeno aposento, pobremente decorado, uma jovem mulher estava sentada, costurando com zelo algo grande e branco. Olhava pela janela de vez em quando e suspirava, auscultando, por detrás do canto de um passarinho que pairava acima dela, os passos da rua. A jovem mulher casara-se havia pouco, e aguardava o marido voltar das aulas. Ambos eram pobres, ambos trabalhavam, porém..."

– E esses são seus ideais, Anna? Oh, não se engane! Pois não dá para viver só de flores e passarinhos, ainda mais na pobreza! Existe também a prosa da vida: doenças, cozinha, defeitos, brigas... A respeito disso, na vida e na novela, você se cala de forma deliberada.

– Nada disso deve existir, ou seja, não devo me deter nisso. Deve-se viver apenas a vida espiritual, e todo o resto é um *et cetera*. Sinto que posso me alçar a tamanha elevação espiritual que nunca vou querer sequer comer. Pois um pedaço de pão não é suficiente para a vida? É? Bem, irão dá-lo. Sabe, Natacha, às vezes tenho a impressão, ao correr, de que logo logo, mais um pouquinho, basta firmar os pés mais forte no chão e vou sair voando. Pois a alma também é assim, sim, ainda mais a alma, ela sempre deve estar pronta para sair voando, para lá, para o infinito... Sei e sinto que é assim! E como ninguém entende isso?

– E como viver, na Terra, uma vida que não é terrena? – perguntou Natacha. – Ontem você ainda dizia que é preciso se casar, sem falta. Bem, no casamento, com filhos e preocupações, você não vai viver do pão dado, e não vai sair voando para lugar nenhum.

Anna ficou pensativa.

– Bem, se for encarar o casamento como todos vocês, é melhor não se casar de jeito nenhum. Antes de tudo, é preciso amor, e que ele seja superior a tudo que é terreno, que seja ideal... Não consigo contar, apenas sinto...

– Bem, chega, Anna. Agora vamos para baixo. Dmítri Ivánovitch também chegou. Anna, você o ama?

– Não sei. Gosto de conversar com ele, e quando, à noite, lhe dou a mão, e ele a aperta, como de hábito, e a mão está suada... de repente fico com tanto nojo! Mas acho que ele entende tudo que é real, é instruído e inteligente, e tem seus ideais.

As irmãs desceram. No balcão, não havia ninguém além de Dmítri Ivánovitch e do preceptor de Micha. Falavam do regulamento universitário e tomavam chá. Anna perguntou a Dmítri Ivánovitch se ele lhe trouxera algo de bom para ler.

– E o que a senhorita chama de bom? – perguntou, e sacou do bolso versos de Tiúttchev[2]. – Isso é o que levo no bolso, por acaso.

Anna abriu o volume e começou a examiná-lo.

– Eu conheço este livro. E como amo seus versos! "Lágrimas humanas" – leu. – Sei de cor. "Correm invisíveis, inesgotáveis." Sim, são as lágrimas mais dolorosas, ainda devo verter muitas dessas lágrimas na vida.

– Mas sempre me pareceu que justamente a senhorita não deve vertê-las. É tão luminosa, alegre. Só que é sonhadora demais, Anna Aleksándrovna. Não dá para viver assim.

---

2 Fiódor Tiúttchev (1803-1873), definido por Dostoiévski como "nosso poderoso poeta russo, um dos mais notáveis e originais continuadores da era de Púchkin".

– Como então é possível, para o senhor?

– É preciso viver segundo interesses mais sociais e terrenos, viver participando dos assuntos de toda a humanidade, e não se dedicar à própria fraqueza interior.

– E o que é necessário para isso?

– Em todo caso, não ficar nas nuvens, mas agir. Tente, Anna Aleksándrovna, viver de forma mais razoável, sem superstições e, principalmente, sem falsidade religiosa chorosa.

– Posso até tentar – disse Anna, triste. – Mas que expressão é esta, "falsidade religiosa chorosa"? Por acaso o senhor não tem religião? Por acaso é possível viver sem ela? Diga, o senhor acredita em Deus?

Dmítri Ivánovitch deu um sorriso zombeteiro e condescendente.

– Por que gosta tanto da palavra "Deus"?

– Não a palavra, mas a ideia de divindade é indispensável para mim. E não vou lhe ceder a ideia, está ouvindo? – Anna de repente pôs-se a falar com ardor. – Se Deus não existe, não existo também, não existe nada, nada... Não existe vida!...

Anna ruborizou-se, seus olhos brilharam, sua voz tremia, lacrimosa, ela se afastou e se calou. Dmítri Ivánovitch quis novamente dar um sorriso irônico, porém, ao olhar para Anna, ficou desconfortável e baixou os olhos.

A noite chegou. A lua saíra havia tempos e iluminava a clareira perto do lago, não longe da casa. Os contornos da vegetação escura das árvores que cercavam a clareira delineavam-se ainda mais escuros contra o fundo do céu claro. Essa luz por trás da escuridão atraía muito, e, quando todos já tinham ido dormir, Anna ficou muito tempo no terraço, sempre olhando para aquela clareira, e todo o caos de ideias que a ocupavam nos últimos tempos, em consequência da leitura dos livros de filosofia e das conversas com Dmítri Ivánovitch, parecia esclarecer-se pacificamente e afastar-se dela.

Um rumor no jardim fê-la estremecer. Dmítri Ivánovitch aparecera no jardim. Ele vinha do anexo em que morava o preceptor de Micha, preparava-se para ir para casa pelo jardim, porém, ao avistar Anna, foi até o terraço e aproximou-se dela. Ela ficou enfastiada por ele ter perturbado seu humor e, em silêncio, sem olhar para ele, continuava a contemplar a clareira rodeada e as profundezas do lago, adiante.

– Que ar inspirado, o seu, ao falar de Deus, Anna Aleksándrovna.

Anna permaneceu em silêncio, zangada.

– Anna Aleksándrovna, quanto fogo e energia a senhorita tem! A senhorita poderia sair-se uma mulher ativa, maravilhosa, se confiasse em um homem desenvolvido, se se entregasse à sua influência, se amasse...

Dmítri acercou-se de forma sorrateira de Anna e, tomando-lhe a mão, beijou-a inesperadamente.

Ele não esperava de jeito nenhum o que sucedeu com Anna. Aquela garota fina, meiga, transformou-se em fúria. Seus olhos negros despejaram tamanha torrente de raios furiosos em Dmítri Ivánovitch que ele ficou petrificado. Ela arrancou a mão, virou sua palma para cima, com asco, enxugou-a no vestido e pôs-se a gritar:

– Como ousa! Ai, que nojo! Eu o o-de-i-o!

Vergonha, desespero, raiva pela perturbação de seu estado de espírito de prece e contemplação, asco e orgulho – tudo isso se ergueu dentro dela. Precipitou-se a correr direto para o quarto da mãe e jogou-se no canapé, soluçando alto.

Olga Pávlovna, que já se preparava para dormir, assustou-se terrivelmente.

– O que aconteceu? O que você tem?

– Mamãe, ele ousou! Dmítri Ivánovitch, no terraço, beijou agora minha mão. Que nojo!

Anna pegou um frasco de água-de-colônia no toalete e, ainda em soluços, começou a lavar o beijo de Dmítri Ivánovitch.

– Mas onde você o viu?

– Ele... não, eu estava no terraço, olhando para a lua, ele veio, me senti contrariada, ele disse algo, e eu queria ficar sozinha, e ele inesperadamente agarrou minha mão e a beijou. – Anna estremeceu e voltou a passar a mão fina no vestido.

– Ora, bem feito. Que modos são esses de uma garota, sozinha, ficar no terraço quando a casa inteira dorme – resmungou Olga Pávlovna. – Ora, acalme-se – prosseguiu, com voz mais suave –, vou escrever um bilhete a Dmítri Ivánovitch pedindo que interrompa suas visitas.

– Por favor, mamãe!

– Está bem, está bem, vá dormir. Eu também não gostava nem um pouco de suas conversas com ele. Adeus, sua irmã já se deitou há tempos.

Anna demorou a se acalmar. Quando subiu, ficou sentada por um longo tempo, em silêncio, apaziguando seu coração alvoroçado, e por fim pegou o diário e começou a escrever:

"Sim, esse amor foi um erro, um engano da imaginação. Mas o que desejo, com o que estou insatisfeita? Por que minha alma se dilacera tanto? Seria a juventude pedindo vida, e não há vida real, ou minha pena de todos os infelizes? E os felizes são todos egoístas. De onde vem a felicidade das pessoas? Do destino?... Mas o que é o destino? A lei da natureza, o movimento do universo, a vontade de Deus. De Deus, sim, sem dúvida. É bom orar a Deus! E se a oração for apenas um brinquedo para os amargos? Mas eu não posso quebrá-la. Não posso admitir que tudo no mundo é apenas movimento de átomos, que sou boa e má só porque faz tempo bom ou ruim, que as pessoas são morais porque o movimento do sangue é mais lento, e elas são desapaixonadas, que determinada combinação de partículas materiais produz reviravoltas nas pessoas e seus destinos... Meu Deus, que caos em minha cabeça! Como tudo é enigmático no mundo, como eu sou lastimável, atrasada, impotente e confusa... Meu Deus, socorra-me, ilumine-me!..."

Anna jogou o diário na mesa, ficou de joelhos e rezou longamente. Não o fazia havia tempos. Esse estado de oração acomete as pessoas ou nos minutos de grande pesar ou nos minutos de grande crescimento moral. Assim foi com Anna.

Quando se ergueu, extenuada e alquebrada, sentiu que algo se consumara nela, e que agora tudo seria diferente.

Deitou-se na cama e, desatando as fitas cor-de-rosa da cortina branca de musselina, deixou-a cair ao seu redor.

Tudo se aquietou: nenhum som se ouvia detrás da janela. O céu pálido de verão fitava triste, de um lado iluminado pela lua, que acabara de se pôr, e, do outro, pelo sol, que ainda não nascera.

Anna tremia nervosamente, olhando pela janela, e adormeceu em um sono inquieto.

3

Sem que Anna percebesse, chegou um período absolutamente novo de sua vida de moça. Era como se ela sacudisse de si qualquer busca, dúvida, todas as questões e grilhões mentais com os quais complicava a vida. A juventude reclamou seus direitos. Despreocupada, alegre, Anna começou a fitar o mundo de Deus nos olhos, com uma lucidez tão ousada, como se tivesse descoberto nele novos contornos felizes, que antes lhe estavam ocultos.

– Natacha, agora vou ser mais organizada – disse certa vez à irmã, reunindo seu material de desenho. – Enquanto não estiver escuro demais, por todo o outono pintarei com tinta a óleo, todo dia, sem falta. Depois do almoço, vou passear, ler e escrever o diário. Quando começarem suas aulas na escola, vou ajudar.

– Bem, nisso já não acredito. Conheço sua ajuda: você aparece por cinco minutos, tagarela, lê algo de inútil – e é só.

– Ah, Natacha, para você, só a aritmética é necessária. E, para mim, o desenvolvimento moral é ainda mais necessário.

– Bem, não somos nós que o faremos em algumas semanas. Pois até a partida para Moscou não conseguiremos ensinar na escola por mais do que dois meses. Que Deus permita começar a alfabetização, e não dá nem para pensar em desenvolvimento moral.

– E se ficarmos aqui o inverno inteiro?

– Só falta essa! É impossível. Mamãe se entedia, e Micha será matriculado no colégio.

– E quando a escola começa? – perguntou Anna.

– Amanhã à tarde vêm as garotas crescidas, prometi ler para elas. E na segunda-feira abro a escola. Só preciso começar, acertar tudo; daí entrego para a professora.

– Bem, já vou indo, senão vai ficar tarde. – E Anna, pegando uma tela pequena, a caixa de tintas e um guarda-sol, saiu para o jardim e se dirigiu ao lago. Depois de escolher um lugar em que já reparara havia tempos como extraordinariamente pitoresco, cravou o guarda-sol no chão e lançou-se ao trabalho. Pintava de forma fácil, divertida: a faixa de céu azul entre os ramos hirsutos das árvores saíra tão bem que a própria Anna admirou-se de seu quadro. Passava nervosamente a mão da paleta para a tela, e estava tão arrebatada por seu trabalho que nem percebeu quando se aproximou dela, por trás, o príncipe Prózorski, que, de regresso de São Petersburgo, mais uma vez viera visitar a família Ílmenev.

– Veja onde a encontrei – ele disse a Anna, cumprimentando-a. – Uh, mas como a senhorita pinta bem! Mas veja como é talentosa, e eu nem sabia.

– Verdade? Pretendo trabalhar muito. E, se *o senhor* diz isso, ainda mais. Pois o senhor entende de tudo – acrescentou Anna, fitando com confiança e ternura os olhos do príncipe, ao qual se habituara a tratar assim desde a infância, sem jamais reconhecer por quê. Provavelmente porque todos em casa, a começar pela velha babá, Olga Pávlovna, Micha, todos estavam acostumados ao amor do príncipe, visitante havia tanto tempo conhecido e habitual da família Ílmenev. Ele conhecia Olga Pávlovna desde a infância, tinham sido vizinhos. E quando Olga Pávlovna se casou e recebeu como dote a mesma propriedade em que vivera na infância, o príncipe continuou a visitá-la de vez em quando. Depois ela enviuvou e passou muito tempo sem se decidir a regressar à sua propriedade. O príncipe não a viu por alguns anos, e encontrou-se com ela quando as meninas já tinham crescido, e Olga Pávlovna, envelhecido.

O príncipe Prózorski era mais refinadamente elegante que propriamente belo. A educação vasta e os grandes recursos abriam-lhe portas por toda parte. Viajara muito, tivera uma juventude tempestuosa, alegre, cansara-se de tudo e instalara-se no campo, ocupando-se de filosofia e imaginando-se um pensador profundo. Essa era sua fraqueza. Escrevia artigos, e a muitos parecia que ele era de fato bastante inteligente. Apenas as pessoas sensíveis e muito versadas viam que, na realidade, a filosofia do príncipe era bastante lastimável e ridícula. Escrevia e publicava nas revistas artigos que não tinham nada de original, e que apresentavam uma mistura de ideias velhas, ultrapassadas, de toda uma série de pensadores dos antigos e novos tempos. A mistura era feita com tamanha habilidade que a maioria do público lia até com algum assombro, e esse pequeno sucesso contentava infinitamente o príncipe.

Mas não era isso que levava Anna a tratar o príncipe com confiança e ternura. Ela gostava da afabilidade compassiva que lhe era peculiar, elaborada com grande êxito em sociedade, com a qual o príncipe tratava todas as mulheres, assim atraindo a todas. Natacha e Anna também se entregaram a esse fascínio, e as visitas do príncipe eram uma festa para a família inteira. Ele sabia, como elas diziam, brincando, *suscitar* questões interessantes, entabular as conversas mais atraentes; sabia ajudar Olga Pávlovna em seu jogo de paciência no momento certo, ensinava Micha a fazer coleções de borboletas e besouros, gracejava com a velha babá e dava gorjetas generosas "para o chá" aos criados.

– Esteve em casa, príncipe? – perguntou Anna.

– Estive, vi todos e procurava pela senhorita. Indicaram-me que viesse para cá. Pois a casa, sem a senhorita, é como uma lanterna sem chama, toda escura e tediosa.

– O senhor pensa mesmo assim? Mas o que há em mim?... – ela perguntou, ruborizando-se toda. Parecia-lhe uma felicidade muito inesperada que aquele príncipe atraente, amado por todos, falasse assim dela, uma menina insignificante, que ele conhecera ainda criança. E lembrou-se da menina má, travessa, preguiçosa e sem tato que fora. Lembrou-se também de como o príncipe costumava detê-la de forma cuidadosa e delicada nos casos em que, com a vivacidade e determinação que lhe eram peculiares, ela dizia ou fazia algo extremado. Anna sempre pensara que ele a desprezava e aprovava Natacha, e de repente, hoje, ele elogiava seu quadro e dizia que ficava entediado sem ela. Uma felicidade inesperada, absolutamente sem controle, apossou-se de seu coração.

Anna continuou a pintar. Não conseguia tirar os olhos de uma maravilhosa bétula chorosa, curvada na direção do lago, cujo tronco branco saíra artificial na tela, mas era espantosamente belo contra o fundo das folhas multicoloridas, que já assumiam um ar outonal. Mas ela sentia em si o olhar do príncipe, sua mão tremia e seu coração batia com força.

– Chega, não posso mais – ela disse. "O que eu tenho, por que estou tão agitada? Com certeza, porque ele me elogiou", pensou Anna. Começou a escurecer, refrescou. Anna fechou o guarda-sol, recolheu as coisas, que o príncipe no mesmo instante lhe tirou das mãos, e ambos foram para a casa.

O príncipe ia atrás e, com ar de especialista em mulheres, admirava-lhe o passo ligeiro e forte, que sempre significava um organismo internamente saudável, admirava a disposição espantosa da pequena cabeça sobre o pescoço fino e redondo, do qual cada curva era pitoresca e graciosa, e o talhe delgado, envolto em uma fita. O vento soprava para trás suas fitas e o vestido, que lhe grudava nas pernas sem parar; os finos cabelos negros, com matizes dourados quase imperceptíveis, conferiam a seu rosto e pescoço ainda mais ternura e brancura.

Quando Anna, aproximando-se da casa, olhou para o príncipe, o olhar dele embaraçou-a. "O que ele tem?", pensou. "Pouco antes me elogiou de modo tão carinhoso, e agora na expressão de seus olhos há algo de estranho, até feroz..."

Sim, por quê? Mas sua culpa era apenas que seu talhe, seus cabelos, sua juventude, seu vestido bem costurado e suas pernas esbeltas, tudo que era ignorado por sua inocência infantil, agitava sedutoramente aquele solteirão vivido,[3] que sentia na menina um tipo raro de mulher que, sob aquela forma inocente, meio infantil, ocultava todas as qualidades de uma ardente, complexa, artística e apaixonada natureza feminina. E, embora na alma dessa menina, em contraposição à sua natureza, inconscientemente, mas com firmeza, tivessem sido incutidos os mais elevados ideais de religiosidade e castidade, o príncipe não valorizava nem via estas últimas qualidades, mas sentia as primeiras com todo o seu ser e, por isso, devorava-a com um olhar quase feroz, que tanto embaraçava e assustava Anna.

---

3 "Na realidade, aconteceu apenas que a jérsei caía-lhe especialmente bem, assim como os cachos." Tolstói, *Sonata Kreutzer*, p. 30. [N. A.]

Aqui e adiante, nas notas de rodapé indicadas com N. A., são apresentadas citações da *Sonata Kreutzer*, de Lev Tolstói, que encontram eco no texto de Sófia Tolstaia. Esses trechos, escritos originalmente à mão por Sófia, fazem parte da edição utilizada como base para esta tradução (Gossudárstvenny Muziei L. N. Tolstogo/ Izdátelski Dom Porog: Moscou, 2010).

4

Embora o príncipe devesse ir para casa, e até falasse que estava com pressa de ver a mãe, não tinha forças para partir e, em vez disso, passou a frequentar diariamente os Ílmenev. Inventou que tinha negócios na cidade mais próxima do distrito, e pediu permissão a Olga Pávlovna para vir descansar dos negócios em sua casa encantadora. Todos estavam contentes com o amável hóspede, e o príncipe passou a frequentá-las todo dia. Sentia perfeitamente que não havia volta para ele. Sua paixão por Anna fortalecia-se a cada dia e dominava-o a ponto de ele não dormir à noite, atormentando-se com dúvidas e temendo acima de tudo encontrar, em vez de amor, espanto da parte dela quando lhe fizesse a proposta.

Morava em um quarto sujo de um hotel do distrito, entediava-se, penava, escrevia a Anna cartas que enfiava no bolso, mas não se decidia a nada. Assim passaram duas semanas.

Enquanto isso, Anna continuava a viver sua vida leve, alegre, ocupada à sua maneira. O que pode ser mais feliz que esse ócio livre de moça, do qual as garotas inteligentes e sensatas sabem desfrutar de forma tão boa e variada, e que as anormais desperdiçam desgastando os nervos.

Anna ocupava-se de pintura, cultivava com os jardineiros e criadas as plantas e árvores raras que encomendava e queria aclimatar, escrevia o diário, ensinava música a Micha e estudava fugas difíceis de Bach. Além disso, com o livro médico de Florínski em mãos, ia com frequência aos doentes da aldeia, aplicando toda a sua atenção e forças para compensar sua ignorância e inexperiência em matéria de cura.

O dia era todo preenchido de forma útil e contente, e a presença constante do príncipe, e a consciência vaga de que ele se deleitava com ela, conferiam a Anna ainda mais energia e interesse em tudo. Os dias em que este, envergonhando-se por fazê-lo diariamente, não ia à casa dos Ílmenev, pareciam a ela incompletos, tediosos, e era como se toda a coisa perdesse o sentido. Esperava para informá-lo de tudo que ocorrera em sua ausência, introduzia-o com ardor em seus interesses, iludindo-se com sua simpatia, com sua admiração simples e dissimulada por ela, sem reconhecer que era tudo dirigido apenas à sua aparência e juventude.

Natacha abrira a escola e as leituras vespertinas para as moças camponesas. Entregava-se por inteiro a essa atividade, abafando alguma inveja da irmã pela preferência por ela do príncipe, que ela amava, como todos. Espantava-a a admiração do príncipe pela vida e as ocupações de Anna, que ela encarava com algum desprezo e considerava inúteis.

Era domingo, no pequeno anexo destacado como escola, e a uma mesa simples de madeira estavam sentadas doze moças camponesas. Algumas liam sílaba por sílaba, com seriedade e atenção, metendo os dedos no livro, outras copiavam com esforço e beleza as letras, e sussurravam as palavras escritas. A alta e bela Liubacha estava sentada ao lado de Natacha e lia com desenvoltura uma narrativa do cotidiano camponês. O grande aposento iluminado era aconchegante e aprazível, mas todas pareciam fatigadas e entediadas. Natacha empenhava-se, cheia de zelo, mas não sabia incutir vida em sua ocupação.

A porta abriu-se em silêncio, e entrou Anna. Ela passou cautelosamente para o cantinho, sentou-se e se pôs a escutar. O príncipe não estivera o dia inteiro, e Anna sentia saudades dele, sem se decidir a admitir isso. Na mesa, jazia o Evangelho; ela o pegou e começou a adivinhação, fazendo diversas perguntas a si mesma.

Ao ler as respostas imaginárias, foi simplesmente arrebatada pela leitura do livro sacro, que oferece a solução das mais complexas dúvidas da vida.

De repente, teve vontade de conhecer o grau de desenvolvimento espiritual em que se encontravam as moças. Subitamente se lembrou de o príncipe ter contado o que os camponeses falavam da Santíssima Trindade, e perguntou:

– Garotas, quem forma a Santíssima Trindade?

– O Senhor Deus, Nossa Senhora e São Nicolau – respondeu Liubacha, com desenvoltura.

– Que está dizendo? – interrompeu-a a calma e séria Marfa. – A Trindade é: Deus Pai, Deus Filho e a Mãe de Deus.

– E o Espírito Santo – corrigiu Natacha, severa.

– E o Evangelho, vocês leram? – perguntou Anna.

– Ouvimos na igreja. E Natália Aleksándrovna leu para nós, ano passado, durante a Paixão, os sofrimentos de Cristo.

– Bem, e eu lerei para vocês a doutrina de Cristo.

Anna encontrou suas passagens favoritas e começou a ler as Bem-Aventuranças e o Sermão da Montanha. Sua voz sonora e nítida, com sua sensibilidade inata, conferiam expressividade especial ao que mais toca os corações humanos. Quando terminou o capítulo, pôs-se a explicá-lo. Todas as garotas rodearam-na, algumas entendiam mal, porém a animação religiosa de Anna comunicou-se às ouvintes ingênuas.

– Mais, mais – pediam.

Então Anna leu-lhes a negação de Pedro, a oração no Jardim das Oliveiras e a traição de Judas. Trouxe imagens, explanou, emocionou-se. Muitas das moças choraram. Pensativa, Marfa tomou de mansinho a mão de Anna e a segurou na sua; a ardente e desenvolta Liubacha agarrou o pescoço fino de Anna e beijou-a sonoramente nos lábios.

Nessa hora, soou no terraço de entrada da casa principal o barulho de um veículo se aproximando. Anna levantou-se de um pulo, e a alegria refletiu-se em seu rosto.

– É o príncipe – disse Natacha. – Pois vá, você só nos atrapalhou. Achei que ele não viria. Mas o que você tem? – perguntou Natacha, ao ver o alvoroço da irmã.

– *Je crains d'aimer le prince*[4] – proferiu Anna, rápido, botando a mão no peito, como se quisesse deter a batida do coração, e saiu correndo do aposento.

Acalorada, rápida e ligeira, ela entrou correndo na antessala espaçosa em que o príncipe tirava o casaco e, quando ele a fitou, ficou espantado com a beleza daquela menina de olhar inspirado pela emoção recém-experimentada, de olhos negros e ardentes, que o encaravam com alegria e ternura, e pela primeira vez o príncipe sentiu que ela estava contente com ele, ou seja, que o amor era possível também por parte dela. Mas, ao mesmo tempo, sentia, sem querer, que aquela consciência maravilhosa que ele tão bem e em todos os aspectos conhecera nos últimos tempos, com demandas poéticas, puras da vida, com estado de espírito religioso e ideais elevados, se espatifariam contra seu amor egoísta, carnal, contra sua existência caduca.

"Tanto faz, não há como ser diferente, que assim seja", soprava-lhe a voz que sempre fala desse modo às pessoas acostumadas a se lembrarem apenas de si e valorizarem sua felicidade e seus prazeres. "Minha, minha...", alegrava-se intimamente o príncipe, beijando a mão de Anna.

Naquela noite, deveria se consumar tudo o que ele tanto desejava. Sentia isso, e Anna também. Havia uma certa tensão desconfortável, aguardava-se a resolução daquilo que pesava sobre ambos nos últimos tempos.

---

4 "Receio amar o príncipe". Em francês no original.

Tomaram chá na sala de jantar; depois todos se separaram. Micha foi dormir cedo. Natacha sentou-se para corrigir os cadernos das alunas, Olga Pávlovna acomodou-se em seu lugar de costume, no sofá, no canto da sala de visitas, jogando paciência e fazendo uma das inúmeras mantas destinadas a diversos parentes e amigos.

O príncipe propôs que Anna tocasse algo, e foi para o salão, atrás dela.

– Não tenho vontade de tocar – ela disse –, estou muito cansada hoje.

– Tanto faz, alguma coisa, por favor. – O príncipe estava muito agitado, e queria ganhar algum tempo. – Prelúdios de Chopin, a senhorita os toca tão bem. Ninguém soube botar em música todos os sentimentos humanos mais finos melhor do que Chopin.

Anna começou a tocar de forma quase mecânica. A agitação do príncipe contagiou-a. O príncipe se encostou na parede e inclinou para trás a bela cabeça. Nele visivelmente se produzia um trabalho interno terrível, mas por fim decidiu-se e pôs-se a falar baixo, detendo-se a cada instante:

– Anna, preciso falar com a senhorita. Preparei-me há tempos, mas é tão difícil! – O príncipe se calou. – Já lhe passou alguma vez pela cabeça que o velho amigo de sua família poderia vê-la de forma diferente de uma menina gentil, amável?... – A voz do príncipe entrecortou-se. Anna estremeceu. – E sentir – prosseguiu, após a interrupção – que sem essa menina não há nada para ele, nem vida, nem felicidade... nada.

Anna tremia toda, seus dedos finos e enregelados cessaram de obedecer-lhe, e o prelúdio de Chopin interrompeu-se.

– Toque, toque – implorou o príncipe.

Anna continuou a dedilhar as teclas, em um volume baixo e nervosamente, e sob seus dedos a triste melodia de Chopin pôs-se a cantar outra vez.

– É o seguinte, Anna: não exijo mais nada da senhorita, apenas a amo como ninguém jamais amou no mundo. Talvez para a senhorita seja engraçado ver seu velho amigo aos seus pés infantis. Mas para mim não é nada engraçado! Atormentei-me todo esse tempo e, apesar disso, peço-lhe uma coisa: se não puder me amar quando for minha esposa, não me diga nada, largue-me. Melhor viver esse sofrimento agora do que quando for minha esposa.

O príncipe se calou. Estava pálido, e seus lábios tremiam de leve. Sim, aquilo era amor, amor, em nada parecido com as intrigas casuais a que o príncipe estava habituado. Nesse amor, sentia o purgatório em que esqueceria toda a impureza de seus pecados prévios. E o príncipe contentava-se e, ao mesmo tempo, aterrorizava-se com isso.

Anna parou de tocar, fitou o príncipe por um minuto, pensativa, mas de repente ergueu-se, decidida, aprumou-se e chegou perto dele.

– Sim, vou amá-lo quando for sua esposa – respondeu, de forma simples e breve, estendendo a mão ao príncipe e fitando-o de modo ingênuo e carinhoso, diretamente nos olhos, e o príncipe entendeu que mentir ela não podia, não sabia, e que aquela menina sincera manteria sua palavra com a mesma firmeza que a dera naquele minuto.

O príncipe tomou-lhe as mãos e começou a beijá-las.

– Verdade? Verdade? – repetia. Ela não retirou as mãos, e fitava seus beijos apaixonados com tranquilidade e alegria, porém seu rosto não manifestava nem sombra de agitação em resposta à paixão incontida do outro.

Quando, à noite, após esse evento importante, ela se deitou em seu leito virginal, imaginou toda a sua vida futura. Não havia dúvida nem medo de que ela pudesse ser por algum motivo infeliz com aquele amigo costumeiro, bom, compassivo, que a amava tanto, tão inteligente, instruído, bonito e elegante. Alegrava-se por ele entrar em sua vida, e preparava-se tão ardentemente para lhe entregar tudo de si, para ajudá-lo em todas as suas atividades, que com certeza seriam nobres, úteis e lindas de todos os pontos de vista, que adormeceu com um sorriso tranquilo de felicidade no rosto.

5

Na manhã seguinte, Anna comunicou à mãe e à irmã a proposta do príncipe. Todas esperavam por isso e reagiram como devido. Olga Pávlovna alvoroçou-se com o enxoval e preparou-se sem demora para ir a Moscou providenciá-lo. Declarou a Anna que em cinco dias iria levá-la também para experimentar tudo que deveria ser confeccionado. Anna tentou se opor, pedindo que fosse poupada daquela tortura. Mas Olga Pávlovna ficou tão agitada que foi preciso ceder e prometer resignar-se.

O príncipe passava dias inteiros perto de Anna. Estava terrivelmente alvoroçado o tempo todo e apressava as bodas, dizendo que não precisava de nenhum enxoval. Quando ficava a sós com Anna, sua agitação chegava a ponto de não encontrar de que conversar, beijava-lhe as mãos em silêncio e frequentemente nem sequer escutava o que ela dizia.[5] Anna tentou contar-lhe algumas vezes, como fazia antes, seus interesses pessoais, de como era difícil ensinar música a Micha, pois ele não tinha ouvido, de como curara uma garota ensurdecida ou como de repente compreendera e amara Shakespeare – mas ele tratava tudo com indiferença, e só se ocupava de uma coisa: ela o amava, e as bodas seriam logo?[6]

Amigos, parentes e vizinhos vieram parabenizar Anna, e ela aceitou os parabéns com orgulho e felicidade, sem duvidar por um minuto sequer de que sua felicidade seria ilimitada.

---

5 "Agora não consigo me lembrar dessa época de noivado sem sentir vergonha." Tolstói, *Sonata Kreutzer*, p. 41. [N. A.]

6 "Falar era, quando ficávamos a sós, terrivelmente difícil. Era um trabalho de Sísifo." Tolstói, *Sonata Kreutzer*, p. 41. [N. A.]

Apenas uma vez recebeu um golpe casual, porém irreparável, que envenenou seu estado de felicidade.

Veio parabenizar Anna uma vizinha, uma velha fazendeira, que por algum motivo não gostava do príncipe. Falando com Olga Pávlovna, comunicou-lhe misteriosamente, com expressões vulgares, na presença de Anna, que o príncipe era um mulherengo, e cochichou algo a esse respeito no ouvido de Olga Pávlovna, que ficou embaraçada, mas fez um gesto com a mão e disse: "Ora, são todos iguais antes do casamento".

Anna, que nunca pensara que o príncipe pudera amar alguém antes dos 35 anos, ficou terrivelmente embaraçada, e lágrimas assomaram-lhe à garganta.[7] Partiu para seu quarto e ficou por um longo tempo sentada junto à janela, em silêncio, tentando se acalmar.

O príncipe entrou e se inclinou para ela de mansinho. Ela se virou e, tomando-o pela mão, colocou-o sentado a seu lado.

– Por que está tão séria hoje, Anna, o que tem? – perguntou o príncipe.

– Preciso muito falar com o senhor. Diga-me a verdade, príncipe, mas a verdade real. Amou muitas antes de mim? Quantas?

Ouviam-se lágrimas em sua voz.

– Por que pergunta, Anna? Só faz atormentar a si mesma e a mim. Naturalmente, não pude ingressar na vida conjugal com a pureza que desejaria. Pois já sou muito velho, Anna, e não tenho forças para consertar o passado – acrescentou, como se lamentasse –, posso apenas garantir o futuro. Mas de que antes não havia amor, eu lhe asseguro, *assim* eu nunca amei. É algo de novo, inesperado,

---

7 "Quando, de cem homens, mal existe um que não tenha sido casado antes." Tolstói, *Sonata Kreutzer*, p. 42. [N. A.]

maravilhoso. É algo do qual eu não tinha noção, e com o que não ousava sonhar.

Ela o observava com atenção, como se perguntasse se era verdade, e estremeceu.

O príncipe captou esse tremor, entendeu-o e chegou mais perto dela. Ela se afastou um pouco, para trás, mas o príncipe tomou-lhe a mão e se pôs a beijá-la com paixão.

– A senhorita me ama, Anna, sim?

– Sim, sim – ela respondeu, em voz baixa.

O príncipe inclinou-se mais perto de seu rosto, com cuidado, e pela primeira vez beijou-lhe os lábios.

Anna não se moveu, ficou muda. A agitação de uma paixão ainda inaudita percorreu-lhe todo o corpo, lançando-a por inteiro em um ardor. Diante de sua imaginação atribulada, desfilou toda a série das diversas mulheres que ele amara... De repente, teve vontade de encerrá-lo em seus braços e gritar: "Não ouse amar ninguém além de mim!". Sua cabeça girava, ela se sacudia, como se estivesse com febre, e não entendia o que tinha.

Mas o príncipe entendia o que se passava com ela e, sorrindo, desvencilhou-se de seus bracinhos magros e trêmulos, e se afastou dela.

Anna ficou sentada por alguns segundos, de cabeça baixa, e disse, severa e tranquila:

– Agora saia, eu vou logo.

Quando desceu à sala de jantar para almoçar, sentou-se à mesa, preguiçosa e triste, e não tocou em nada. Depois do almoço, foram todos à chácara vizinha. Anna evitou falar com o príncipe a tarde inteira. Correu para a brenha do bosque, colheu flores tardias, que tinham desabrochado novamente, suspirou ar fresco. "Como aqui é leve e bom!", pensou, sem querer. "Mas tenho um peso na alma! Devo esquecer, esquecer logo!"

Dois dias depois, a mãe levou Anna para Moscou, para

que experimentasse o enxoval. Alheada de tudo, concedeu que fizessem com ela tudo que quisessem. Nem os vestidos, nem as coisas bonitas, nem os presentes do noivo interessavam-na. A mãe ficou efetivamente inquieta porque sua filha estava séria, pálida e não comia nada. Anna estava muito impaciente em Moscou e tinha pressa de voltar para casa. A presença do príncipe tornara-se indispensável, só com ele se animava um pouco. Mas trocaram de papéis. Agora ele estava falante, meigo e carinhoso com ela, como se a protegesse e tentasse acalmar-lhe os nervos. Já ela ficava calada a seu lado, ouvia os relatos de suas viagens, da vida em diversos países para os quais fora e em que morara, a serviço ou por prazer, e sua voz tinha um efeito tranquilizador sobre ela, submetendo-a por inteiro ao amado. Às vezes, vermelha e alvoroçada, exigia dele narrativas de seus envolvimentos anteriores. Ele evitava dar-lhe respostas, vendo como essas questões agitavam-na, apartando-se com palavras meigas e lugares-comuns. Mas ela voltava à mesma coisa. Essas conversas provocavam nela o sentimento que ocorre quando, após a primeira dor nas têmporas ou nos dentes, acertam forte no lugar dolorido, e é como se essa nova dor acalmasse a antiga e permitisse momentaneamente esquecê-la.

Assim estava Anna, e não conseguiu se livrar dessa dor por todo o tempo de seu noivado.

6

Por fim, marcaram o dia das bodas. Depois, Anna se lembraria de todo esse dia como de um sonho. Reuniram-se parentes do príncipe e dela; diversas amigas vestiram-na; Natacha e Olga Pávlovna choraram, prendendo-lhe flores e o véu. Esvoaçavam padrinhos, de flor branca na lapela. Depois trouxeram muitos, muitos veículos, de três, quatro cavalos; as montarias estavam enfeitadas com fitas multicoloridas, os cocheiros estavam ataviados. Trouxeram também sua carruagem, onde enfiaram Micha de japona branca de marinheiro, com um ícone na mão, e onde ela se acomodou com a madrinha de batismo, uma tia de Olga Pávlovna, velha dama de honra que viera de São Petersburgo expressamente para suas bodas.

Na igreja havia muita gente; passaram como relâmpagos diante de seus olhos Liubacha, Marfa e todas as caras familiares da aldeia. Já a cerimônia de casamento tocou-a pouco, ela estava rígida demais, como que petrificada.

Em casa, no salão grande, as mesas estavam postas, enfeitadas de flores e frutas; havia uns lacaios desconhecidos.

Quando, antes do matrimônio, a mãe abençoou Anna, ela de repente despertou por um minuto e entendeu que algo se rompia em sua vida; algo com que vivera desde o dia do nascimento terminava hoje, agora mesmo, e de repente o soluço subiu-lhe à garganta, ela se lançou ao pescoço da mãe e, aos prantos, repetia: "Adeus, mamãe, adeus. A casa era tão boa para mim! Mamãe, obrigada por tudo!... Não chore, meu Deus, não chore, por favor! Não está contente?... Sim?...".

Por fim, tudo acabou. Trouxeram uma grande carruagem real nova, prenderam os baús, um lacaio do príncipe subiu na boleia, e Anna, trajando um vestido de viagem, teve de se acomodar no veículo, acompanhada do marido.

Mais uma vez ouviu o grito de pesar da mãe, ouviu como levaram Micha, que berrava; a portinhola bateu e a carruagem avançou.

Era setembro. Caía uma chuva miúda; os seis maravilhosos cavalos do príncipe, que ele mandara trazer de sua propriedade, chapinhavam ruidosamente nas poças da larga estrada vicinal; as lanternas acesas refletiam-se na água suja, estava úmido e escuro. Depois da casa intensamente iluminada, cheia de convidados e rostos costumeiros, gentis, aquela passagem para as trevas da noite e o silêncio da natureza triste do campo eram particularmente abruptos. Anna sentou-se no canto da carruagem e chorou baixo.

– Fico triste, minha querida, por nosso casamento ter lhe causado tanto pesar – disse o príncipe, tomando Anna pela mão e beijando-a.

– Mas o senhor não pensou que eu poderia ficar com pena de deixar todos eles?

– Por que *senhor*? Você não me ama, continuo sendo um estranho para você, minha querida?

– Depois vou me acostumar a chamá-lo de *você*, mas agora ainda é muito artificial!

– Mas você me ama, diga... – repetia o príncipe, inclinando-se para Anna no escuro da carruagem e beijando-lhe de modo apaixonado as faces macias e enregeladas.

– Acho que amo o senhor – respondeu Anna, submissa, e voltou a se lembrar da mãe, das lágrimas de Micha, de seu quarto com Natacha e, com toda a poesia da vida de donzela, lembrou-se também de que, dentro de algumas horas, já estaria em outra casa, e para sempre.

De repente, sentiu que o príncipe abraçou-a com cuidado, puxou-a para si; ela via bem de perto seu rosto alvoroçado de forma artificial, sentiu sua respiração quente e entrecortada, com cheiro de tabaco e perfume. Assustada e submissa, Anna jogou a cabeça para trás, fechou os olhos e comprimiu-se no cantinho da carruagem. O príncipe, abraçando-a, beijou-a com paixão.

"Sim, é tudo como tem de ser, tudo assim", ela pensou, "mamãe disse que devo ser submissa e não me espantar com nada... Pois, que seja... Mas... Meu Deus, que medo, e... que vergonha, que vergonha...".

A carruagem continuou a marchar. Até a propriedade do príncipe eram 60 verstas. No meio do caminho, havia sido enviada uma muda de cavalos, e tiveram de parar em um anexo vazio, preparado de antemão, de uma quinta desabitada. Quando abriram a portinhola da carruagem, Anna saltou rápido e, pisando em uma poça, correu para o terraço desconhecido e a porta aberta do quarto espaçoso e iluminado. Largando a capa, sentou-se no sofá, de pernas encolhidas e toda trêmula, contemplando a mesa posta com o samovar, a lareira ardendo, e todo o mobiliário estranho.

– Por que você está tão assustada? Faça o chá, queridinha – disse o príncipe, beijando-a.

– Sim, agora mesmo – respondeu Anna, como que saindo do torpor e erguendo a cabeça pudicamente baixa.

"E por que de repente fiquei tão alheia e desconfortável com ele?", pensou Anna.

"Como é chato e pesado, porém, ela ter tanto medo de tudo", pensou o príncipe. "Como será daqui para a frente? Pois é o começo da decantada, enaltecida lua de mel! Será que não conseguirei nada dela além dessa submissão assustada e triste?"[8]

E não conseguiu nada. Fora cometida uma violência com uma criança; aquela menina não estava pronta para

---

8 "E começou a decantada lua de mel. Só o nome já é vil!" Tolstói, *Sonata Kreutzer*, p. 43. [N. A.]

o casamento; momentaneamente despertada pelo ciúme, a paixão feminina voltava a adormecer, oprimida pela vergonha e pelo protesto contra o amor carnal do príncipe. Restaram cansaço, abatimento, vergonha e medo. Anna via a insatisfação do marido, não sabia como ajudar, ficava submissa – mas era só.

Seguir adiante era impossível, e o príncipe não se decidia. A chuva torrencial, a escuridão, o mau tempo, tudo isso deteve os jovens, e tiveram de pernoitar na casa alheia.

7

Na manhã seguinte, os jovens chegaram à rica herdade que pertencia ao príncipe. Uma velha, a mãe do príncipe, recebeu-os com um ícone, pão e sal.[9] Meiga e bem-educada, a velha princesa agradou a Anna de imediato. Sentia nela um carinhoso apoio feminino na vida futura naquela casa, e ficou aliviada.

Anna percorreu toda a casa antiga, luxuosa, lindamente organizada e belamente mobiliada, conheceu a criadagem, perguntou onde era seu quarto, e começou a desembalar os objetos e se organizar em sua nova moradia. Com o gosto artístico que lhe era peculiar, decorou o quarto de forma tão bela e original, com as diversas coisas que trouxera e as que lhe foram presenteadas pelo príncipe, que este ficou espantado ao ver. Havia brinquedos de moça, livros, retratos, estudos, um cavalete com uma paisagem inacabada e vasos com flores outonais e folhas multicoloridas.

Mas quem estava naquele quarto elegante já não era a Anna de antes. Não conseguia empreender nada: nem pinturas, nem livros, nem sequer os passeios pelos maravilhosos jardins e bosques de sua nova residência alegravam-na. Sentia-se alquebrada, triste e doente.

"Por que essa modorra?", perguntava-se, com frequência. "Pois eu me casei por amor, antes conversávamos muito, e bem, e agora tenho medo dele e não sei de que conversar."

O príncipe acompanhava o estado de Anna com perplexidade e algum enfado, e via que, de tudo que sua imaginação viciada desenhara quando ele pensara na lua de mel com uma esposa bonitinha de 18 anos, não saíra nada além de tédio; tédio, desilusão e o estado aflitivo da jovem

9 Sinais de boas-vindas na Rússia.

esposa. Não pensou nenhuma vez que teria sido necessário educar aquele lado da vida amorosa que estava acostumado a encontrar de forma tão variada nas centenas de mulheres de toda sorte com as quais lhe acontecera de se relacionar na vida.[10]

Não entendia que aquilo que agora o incomodava consistia no encanto dela, e assegurava sua tranquilidade sobre a pureza e fidelidade dela no futuro. Não entendia que a paixão despertada por ele, embora tardia, permaneceria só dele; que o pudor que ela sentia pelo marido evoluiria em pudor ainda maior direcionado aos outros, e asseguraria para sempre sua honra e tranquilidade.

Enquanto isso, Anna acostumava-se cada vez mais à sua situação e se apegava ao marido. Tentou entrar, o quanto possível, na vida e nos interesses do príncipe, e ajudá-lo. Ia com ele, a pé ou de carro, pela propriedade, lia seus artigos e os copiava, para correções; à noite, o príncipe ou Anna liam em voz alta, no quarto da velha princesa, novos livros e revistas.

Às vezes, Anna ficava de humor infantil, brincalhão, divertia a velha princesa, corria, pulava e buscava uma saída para a exigência de movimento e alegria juvenil, mas não a encontrava em seu ambiente monótono.

O príncipe era um bom gestor e amava com paixão esse ofício. O matrimônio afastara-o por um tempo das preocupações com a administração, mas agora, em compensação, ele apressava-se no encalço do tempo perdido. Trabalhava-se por toda parte. No bosque, multidões de mujiques limpavam os ramos secos; o dia inteiro ouviam-se, de todos os lados da floresta, golpes de machado, vozes a gritar. No jardim, terminavam de plantar, e levavam para a estufa

---

10 "É preciso que os cônjuges eduquem-se para esse vício para que obtenham prazer dele." Tolstói, *Sonata Kreutzer*, p. 43. [N. A.]

árvores e plantas cultivadas. Na eira coberta, a debulhadeira a vapor funcionava intensamente. O próprio príncipe encontrava-se o dia inteiro na plantação do bosque jovem, era sua ocupação favorita. Dava as ordens em pessoa, media a distância entre os buracos, apressava as diaristas.

– Veja, ponha a erva no fundo do buraco, assim, revolva e esmague a terra – dizia a uma camponesa. – Pare, não faça assim, está enterrando as raízes fundo demais – dizia a outra.

Quarenta diaristas, mulheres e garotas, erguiam fileiras de árvores jovens; o dia curto já estava acabando, e era hora de liberá-las.

Anna, que esperava o príncipe para o jantar, não aguentou e foi atrás dele. Ele avistou de longe sua figura fina, envolta em algo branco, e deu um sorriso de contentamento.

– Veio atrás de mim, Anna? Desculpe, atrasei-me para o jantar. Estamos acabando. Está na hora de liberar o pessoal.

– Não posso ajudar? – perguntou Anna, chegando mais perto e tentando entender o que restava de trabalho.

– Claro que pode. Vigie para que estejam bem plantadas as árvores postas nos buracos, senão amanhã o vento vai enrijecê-las.

– Eu mesma vou plantar.

Anna tirou a capa, pendurou-a em uma árvore, amarrou em cruz no peito, com as pontas para trás, o lenço branco de lã, e se pôs a plantar árvores.

O príncipe deleitou-se com seus movimentos hábeis, belos, deu um suspiro feliz e foi para a outra ponta da plantação.

Anna ia de buraco em buraco, trabalhando alegre e conversando com as camponesas que ainda não conhecia. Uma delas chegou perto de Anna e, fitando-a direto nos olhos, disse, ousada e insolente:

– Bem, princesinha, Vossa Excelência, pararam de me chamar para ser diarista na casa senhorial. Ontem, quem lavou as janelas foi Avdótia, que não sabe fazer nada. Antes era sempre eu que ia. Para tudo é preciso ter jeito.

– Eu, na verdade, não sei – respondeu Anna –, para mim, tanto faz, quem decide isso é a governanta, Pelagueia Fiódorovna, fale com ela.

– Que novinha – prosseguiu Arina, cruzando os braços e examinando Anna, que ficou desconfortável.

– Volte ao trabalho, não há tempo para conversa – disse Anna, fria.

A camponesa afastou-se e pôs-se a plantar. Uma outra, que trabalhava ao lado de Anna, chamou-a para si e sussurrou:

– Mas que insolente, perturbar a princesinha. Era a amásia do príncipe. Agora acho que não vai se meter, a tratante.

Tudo escureceu nos olhos de Anna.[11] As mãos baixaram pesadamente, seu coração batia tão forte que, por um minuto, lhe pareceu que ia morrer. Um espasmo apertou-lhe a garganta. "Como? Aqui, agora mesmo, estava uma das mulheres que ele amou! E sempre, por toda a vida ela vai viver aqui, perto de nós, vai se encontrar comigo, olhar para mim com esse olhar insolente, e todos vão saber que eu, esposa do príncipe, sou a herdeira dessa Arina!... E quem me garante que ele não voltará para ela?..."

Tudo isso faiscou de uma vez na cabeça de Anna. Faiscou também o rosto rubro de Arina, com as têmporas negras sob o lenço vermelho, com os insolentes olhos castanhos e os pequenos e espaçados dentes de um branco intenso.

---

11 "Lembro-me de seu pânico, desespero e desconcerto quando ela ficou sabendo e entendeu. Vi que ela então quis me abandonar." Tolstói, *Sonata Kreutzer*, p. 32. [N.A.]

Anna levantou-se do chão de mansinho, pegou a capa e afastou-se das mulheres. Caminhava cambaleando, mas, assim que contornou o ângulo do velho bosque de carvalhos, desatou a correr. Teve vontade de correr para longe, para que ele, seu marido, não a alcançasse, para que ela não visse seu rosto, não sentisse seu toque, não ouvisse a voz que, provavelmente, dissera, em certos momentos, àquela Arina, as mesmas palavras carinhosas que agora lhe dizia.

Seu desespero era profundo, incorrigível, um desespero e um horror que não tinham como não deixar marcas na alma muito jovem por toda a vida, aqueles que deve experimentar uma criança ao ver pela primeira vez um cadáver em decomposição.

Anna acabara de se habituar com dificuldade a suas relações com o marido – e, de repente, essas relações apareciam-lhe com hediondez renovada. Em sua cabeça faiscou na hora a ideia de fugir, fugir naquele instante, para casa, para a mãe.

– Ah, a...a...ah! – soluçava, ofegante com a corrida e entregue a um desespero selvagem.

Correu por todo o bosque, jardim, desceu para o lago e sentou-se, por fim, esgotada, em um banco, continuando a soluçar. Já escurecera de vez. Tendo se fartado de chorar, até esgotar os nervos tensionados, como só as crianças choram, deitou-se no assento, colocou o lenço branco de seda debaixo da cabeça e, fechando os olhos inflamados, sossegou.

Enquanto isso, o príncipe, que terminara do outro lado da plantação, foi atrás de Anna.

– Onde está a princesa? – perguntou às mulheres.

– Foi embora faz tempo – responderam-lhe.

– Aconteceu alguma coisa com ela? – perguntou, assustado.

– Parece que ficou fatigada.

O príncipe foi para casa preocupado e com pressa. Na antessala, encontrou o copeiro, que, alarmado, esperava o senhor para o jantar.

– A princesa chegou? – perguntou o príncipe, pressentindo que Anna não estava em casa.

– De jeito nenhum, senhor.

O príncipe precipitou-se pela porta e foi ao bosque perto da plantação quase correndo.

– Anna, Anna! – chamava.

Ninguém respondia. Os carvalhos seculares farfalhavam as folhas já ressequidas, mas ainda firmes, e o vento soprava de forma penetrante e brusca no rosto dele. O príncipe precipitou-se no jardim.

– Anna, cadê você? Responda, pelo amor de Deus! – gritava, com voz já desesperada, descendo pela alameda.

Anna ouvia sua voz, mas se calava. Estava contente por ele procurá-la, por ele agora ir atrás dela, mas o pesar e a agitação que vivenciara ainda não tinham amainado, e algo de estranho e terrível unia-se, em sua imaginação, ao belo e amado rosto de seu marido.

Por fim, ele chegou bem perto dela e, avistando-a de repente, fitou-a com espanto.

– O que você tem? Por que foi embora?

Anna ficou calada.

– Anna, queridinha, mas o que você tem? – perguntou, já em pânico.

Em vez de responder, Anna voltou a desatar em pranto. Todo o seu corpo magro estremecia, ela afastava o marido com a mão e ficou muito tempo sem poder falar. Por fim, proferiu:

– Nada, nada, deixe-me! Ah, que tormento! Ah, oh... oh... oh! – soluçava Anna. – Vou morrer agora!

E Anna voltou a deitar-se de cara no banco, e os soluços sacudiam todo o seu corpo ainda quase infantil.

– Estou adivinhando... – disse o príncipe, culpado e triste. – Acalme-se, querida, farei de tudo para acalmá-la. Não posso ver seus sofrimentos. Anna, mas será possível? Pois amo você mais do que tudo no mundo. Pobre menina! Diga-me algo.

O príncipe ergueu a esposa e quis colocá-la em seus joelhos, mas ela se desvencilhou de seus braços.

– Não, não precisa, não posso... Vá, por favor, vá. Já vou, verdade, eu vou – disse Anna, e queria apenas uma coisa, que ele a amasse com ainda mais força e não se afastasse dela.

Ele entendeu e, acariciando-a, acalentou-a com as palavras mais meigas. Ela chorava baixo, ouvindo-o, e aos poucos sossegou. O príncipe tomou-a pelo braço e, sem perguntar mais nada, levou-a para casa a passo lento. Ela ia, submissa, pela vereda recoberta de folhas secas, mas todo o seu ser estava esgotado de cansaço, da nova sensação que vivenciara.

Na sala de jantar, a velha princesa, preocupada, recebeu-os. Não sabia de nada, mas, ao olhar para Anna, acariciou-lhe a cabeça e disse, baixo: "*Pauvre petite*[12]!"

---

12 "Pobrezinha". Em francês no original.

8

A partir desse dia, Anna trancou-se em casa e não saiu para lugar nenhum, nem para passear. A vista, mesmo de longe, de uma saia camponesa fazia-a estremecer. Começou a buscar distração e sentido da vida no limitado, reservado meio familiar em que o destino a enfiara. Além disso, lançava-se mais uma vez à sua ocupação favorita – a pintura. Obteve duas crianças, com as quais formou um grupo encantador, e pintava-as toda manhã. Para que as crianças não se entediassem ao posar, mandava comprar-lhes, na cidade, brinquedos e guloseimas, contava-lhes histórias e se divertia com elas.

A velha princesa às vezes penetrava com passos discretos no quarto de Anna, achegava-se a ela, beijava-lhe a testa, aconselhava-a a ir passear. Às vezes, sentava-se na poltrona e, sorrindo, examinava com aprovação o trabalho de Anna. Já o marido nunca se interessava por seus trabalhos, o que muito a desgostava. Entrava às vezes em seu quarto e, fingidamente, como se faz com as crianças, elogiava-lhe os estudos de modo insincero e falso, e Anna via que, de longe, ele mal olhava para eles, sem ver nada.

Agora o príncipe sempre percorria a propriedade sozinho, e Anna às vezes esperava-o com inquietação. Muitas vezes, passavam-lhe pela cabeça ideias ciumentas, e então suas relações para com o marido tornavam-se absolutamente artificiais.

Certa feita, ao entardecer, quando começou a escurecer de vez, e o príncipe ainda não retornara da debulha, Anna passou a se inquietar, depois sua inquietação começou a pintar-lhe quadros enciumados, ela se lembrou de Arina e, sem ter condições de esperar mais, de repente ergueu-se de um salto, trocou-se rapidamente e correu para a eira coberta fazendo um rodeio, para não o encontrar. Na eira, todos já tinham partido; Anna caminhou furtivamente entre as medas, aguçando olhos e ouvidos. Mas estava tudo em silêncio. Ela ficou com medo e correu para casa. Andando em volta da casa, foi dar no terraço de pedra, e se pôs a olhar pela janela iluminada do gabinete. Avistou a bela figura do marido, que, tendo regressado por outro caminho, trocava-se tranquilamente para o jantar.

"Não, ele por enquanto ainda é meu!", pensou, apaixonadamente. O coração palpitava-lhe de forma insuportável, ficou com vergonha de si mesma e, circundando a casa, chegou a seu quarto sem ser notada, pela entrada de serviço.

"Meu Deus! Eu poderia acreditar em como estou agora?", pensava. "Meu sonho era que meu marido e eu nos uniríamos na pureza do *primeiro* amor! E agora! Estou toda intoxicada com esse veneno do ciúme, e não tenho salvação!"

Anna pôs-se a prantear seus ideais, e passou muito tempo sem conseguir se acalmar. Esteve triste a noite inteira e, quando voltou a si, sozinha, em seu dormitório, para onde se retirara cedo, teve vontade de rezar.

Tirou a blusinha de seda, jogou-a na cadeira e, lembrando-se de que o marido podia vir logo, apressou-se para começar rápido a reza. Pediu a Deus tranquilidade de espírito, ânimo contra todos os percalços que encontrasse na vida, rezou pelos próprios pecados. Lágrimas de comoção e dó de si mesma jorraram-lhe dos olhos. Seus ombros descobertos tremiam, mas ela não reparava em nada, e nem sequer ouviu quando o príncipe entrou. No primeiro minuto, ele não entendeu que ela estava rezando e, aproximando-se, colou os lábios com ardor em seus ombros nus.

Os ombros de Anna tremeram, ela tirou o penhoar da cadeira e, envolvendo-se logo nele, sentou-se na cama. Ainda tinha lágrimas nos olhos. "De novo, é só *isso*, e tudo se reduz à mesma coisa", cintilou-lhe vagamente na cabeça. Mas não se permitiu deter-se nessa ideia, e de súbito encontrou justificativa para o marido. "Ele não reparou que eu estava rezando, ele me ama tanto! E isso é uma manifestação de seu amor" etc.

Na manhã seguinte, vieram novamente seus modelos, as crianças, mas Anna não estava com vontade de pintar. Na janela brilhava um sol intenso, a primeira neve caíra, e Anna correu com as crianças para o jardim, fazendo estalar nas veredas as folhas misturadas com a neve fria. Estava leve, alegre; sentia-se na infância com aquelas crianças, despreocupada, pura e bela, como a natureza que a cercava. Quis, ainda que por um minuto, voltar a ser como fora dantes: esquecer as inquietações ciumentas, esquecer aquele último período de enamoramento rude e apaixonado do marido; esquecer também a relação de indiferença dele para com ela depois daquele período. E esqueceu-se por minutos, embora em sua alma sempre continuasse a se revolver aquela questão eterna, insolúvel, que a atormentava: "Por que hoje ele está tão doce, só vê meu lado bom, e amanhã, depois de carinhos forçados, de repente viro culpada de tudo; ele berra comigo de forma rabugenta e me dispara alfinetadas em um lugar especialmente dolorido? Como entender, de que sou culpada? Pois ele é tão inteligente, bom, instruído... E eu? Ah, eu sou tão atrasada!...".

Tendo se fartado de correr, Anna já se preparava para voltar a casa quando seu marido, alegre, viçoso e elegante, mostrou-se no final da alameda. Anna ficou contente e correu ao seu encontro.

– De onde você vem? – perguntou Anna.

– Estive no vizinho, falamos da usina que queremos construir juntos.

– Da usina? Qual?

– Uma destilaria. É muito lucrativo.

– Como? Vocês querem fazer vodca?

– Isso mesmo. Por que esse espanto tão estúpido? – o príncipe perguntou, com a conhecida voz irritada com que falava com a mulher após um período de amor apaixonado por ela.

– Não, não é um espanto estúpido, simplesmente não entendo como é possível produzir o que arruína o povo.

– Quantas vezes pedi que você não se metesse em meus assuntos administrativos – disse o príncipe, acelerando o passo e afastando-se da esposa.

– Ah, desculpe, por favor. Não se apresse, vamos juntos!

Os lábios de Anna tremeram, e surgiram lágrimas. O príncipe fitou-a, espantado, e pensou que ela enfeara muito nos últimos tempos.

– Não está disposta hoje? – disse o príncipe.

– Eu? – disse Anna, espantada, e se lembrou de seu humor particularmente alegre daquela manhã.[13] Lembrou-se também da ternura submissa do marido na noite da véspera, e respondeu-lhe com um olhar silencioso e perplexo de reproche. Ficou pensativa, e pareceu-lhe estranho que aquele homem que ela amava, e que estava pronta para ajudar e se solidarizar em tudo, aquele homem fosse se ocupar da produção de vodca para embebedar o povo! Pois ela podia se solidarizar com ele nisso? "E por que está zangado comigo? O que eu fiz?"

Não falaram mais. Passou ao lado uma jovem camponesa, com passos fortes, saudáveis, cumprimentou os senhores com alegria e, sacudindo a saia larga ora de um lado, ora de outro, sumiu de vista. Anna estremeceu. O príncipe seguiu a mulher com os olhos e, reparando no

---

13 "Mas não foi uma briga, foi apenas uma consequência da interrupção da sensualidade, revelando nossas reais relações de um para com o outro." Tolstói, *Sonata Kreutzer*, p. 49. [N. A.]

olhar curioso e insatisfeito da esposa, deu um riso débil e disse, culpado:

– Não consigo me desfazer do velho hábito de olhar para toda mulher jovem do ponto de vista masculino. E só graças a você vou melhorando.

"E ele admite!", ela pensou, com horror, e, estourando de cólera, disse:

– Como? Você consegue ver uma mulher nessa camponesa? Puxa, como se não houvesse outros interesses no mundo!

– Estou lhe dizendo que era assim, mas agora passou.

– Não creio, não creio!

– O que é isso, Anna, que temperamento terrível você tem! É insuportável!

– Pode ser. Mas odeio o cinismo e a imoralidade, e amo a pureza, e você ama o contrário.

– Você não tem direito de dizer isso.

– Eu tenho, sim, sou sua esposa.

– Ah, meu Deus, isso é horrível! – repetiu o príncipe. – Horrível!

– Horrível não para você, mas para mim...

A briga prolongou-se por bastante tempo, e pela primeira vez era tão aflitiva. Os cônjuges passaram a noite inteira sem se ver. Anna foi se deitar, o príncipe não veio. Essas relações com o marido tornaram-se terríveis e tristes para ela; além disso, o horror ensandecido do ciúme de uma possível traição do príncipe novamente se apossou dela. Deitou-se de olhos abertos, aguçando o ouvido para ver se o marido não vinha. Mas ele não veio. Aos poucos, seu ciúme amainou e ela simplesmente teve vontade de estar em harmonia e confiança com o marido, que entre eles não houvesse mais aqueles cortes de felicidade que a reduziam pouco a pouco. Levantou-se da cama, botou o roupão, enfiou os pés nos chinelos e correu ao gabinete.

O príncipe estava sentado no sofá, olhando para a frente em silêncio, severo. Quando a porta se abriu e ele avistou Anna, seu rosto assumiu uma expressão de raiva. Ela se deteve por um minuto, indecisa, e quis ir embora, mas estar de mal com o marido pesava-lhe tanto que resolveu fazer as pazes.

– Por que não vai dormir? – ela perguntou.

– Mas será possível dormir, de tanto que meu coração acelera com cenas como essas?! Você vai me levar a um ataque cardíaco...

Anna franziu o cenho, mas fez um esforço para se controlar.

– Lamento muito tê-lo perturbado. Não se zangue, por favor.

Ela foi se sentar no sofá, ao lado do marido. Ele a fitou com perplexidade, mas já com mais carinho. Isso a deixou contente, ela o tomou pela mão e sorriu. O príncipe puxou-a para si e a beijou.

Quando Anna entendeu que toda essa reconciliação não ocorreria como ela ardentemente desejara, ou seja, não seria uma reconciliação espiritual, pura, verdadeira, mas uma reconciliação de beijos, foi tomada pelo pavor e desespero.[14]

– Ah, meu querido, não me beije, por favor! Para *isso* estou morta, não posso, depois de uma dor espiritual, fazer as pazes *assim*. Peço-lhe, deixe-me e perdoe-me...[15]

Desprendeu-se do abraço do príncipe, ergueu-se de um salto, abriu a porta e fugiu. O príncipe ouviu por muito tempo a rapidez e leveza de seus passos se afastarem.

---

14 "Oh! Agora dá asco só de lembrar – depois das palavras mais cruéis de um para o outro, olhares em silêncio, sorrisos, beijos, abraços..." Tolstói, *Sonata Kreutzer*, p. 51. [N. A.]

15 "Mas, na prática, o amor é algo torpe, porco." Tolstói, *Sonata Kreutzer*, p. 52. [N. A.]

"Mulher estranha e incompreensível!", pensou o príncipe. "E como está enfeando, o dente lateral já começou a amarelar."

A cada dia, Anna definhava mais e mais. A velha princesa dizia que os olhos de Anna olhavam para dentro de si, que "*la pauvre petite est souffrante*"[16], e de fato, Anna levou a primeira gravidez com muita dificuldade. Ficou a maior parte do tempo deitada no quarto da velha princesa, com náuseas, e sentia-se abatida, doente e fraca. Mesmo a ideia do futuro bebê pouco a contentava, tamanha a força da apatia dolorosa que se apossara dela.

O príncipe, que nos primeiros tempos ficara quase sempre em casa, agora regressara a seu hábito anterior de ir sem parar à cidade, aos vizinhos e à caça. Entediava-se visivelmente em casa, e a condição da esposa pesava-lhe.

Assim foi dia após dia, e assim passou o inverno, a primavera, e chegou o verão. Anna jamais esqueceu esse período de sua vida. Tudo estava acima das forças daquela jovem natureza atrasada: nem física nem moralmente estava pronta para a difícil condição de mãe esperando bebê, e ainda para a solidão de todos os lados. Abatida pela constante falta de saúde e pela indiferença do marido, tornou-se impaciente, irascível. Se o príncipe demorava-se em algum lugar, Anna entrava em desespero, chorava até ficar histérica, recriminava por atormentarem-na. O que era sua força, poder sobre o marido – sua beleza – definhava temporariamente; ele, pelo visto, não precisava de mais nada, e isso a levava a um desespero impotente. Sobre o príncipe, de sua parte, pesava o humor irregular e aflitivo dela, mas, como homem bem-educado e contido, era brando com a esposa, porém sentia-se nessa brandura fingimento e frieza.

16 "A pobrezinha está sofrendo". Em francês no original.

Como teria sido preciosa para Anna agora a presença de sua mãe e da irmã! Mas tinham partido para o exterior por longo tempo após a pneumonia de Micha, ao qual fora proibido passar o inverno na Rússia.

Era um dia quente de julho. Nos campos, a colheita do cereal era intensiva; a safra fora abundante, e o príncipe, que se angustiava em casa, mas não se decidia a afastar-se nos últimos tempos da esposa, à espera do parto, entregou-se por inteiro às tarefas agrícolas.

Passava dias inteiros no campo ou na eira coberta e, agora, na época do transporte do cereal, presenciava o armazenamento das medas. Andava pela eira pensando na esposa, pálida, magra, de figura deformada, olhos negros, grandes e sérios, que tão frequentemente fitavam-no de forma interrogativa e recriminatória, e sem querer comparou-a com a camponesa jovem, saudável, corada, alegre que, de pé na telega, acabara de passar a seu lado. Sabia que havia duas semanas ela também tivera um bebê, mas que morrera, e ela, sem lágrimas, sem nervosismo, lidou com esse evento com simplicidade e, agora, fundindo-se alegremente com a natureza, trabalhava ao lado do jovem marido.

"E nós?", pensou o príncipe. Franziu o cenho e acendeu o charuto. "Sim, é proibido fumar na eira", pensou, e voltou-se para a estrada do bosque. Atrás dele, soaram passos apressados, que o alcançavam. Ele olhou.

– Por favor, vá para casa, a princesa está mal – disse a camareira, ofegante, e no mesmo instante retornou para casa. Sabia que o príncipe entenderia do que se tratava. Ficou pensativo por um minuto, como alguém que precisa ir a uma operação e pensa: "Mas não existe algum jeito de isso não acontecer?". Contudo, cobrando ânimo, sentindo que não havia para onde partir, nem podia haver, o príncipe apressou os passos e foi para casa.

A casa já estava em rebuliço. Tinham mudado as camas de lugar, trouxeram algo, fizeram vir uma teleguinha elegante com cortina de musselina branca. Uma dama de fora, que tanto irritava o príncipe com sua presença nos últimos tempos, jovem e bem vestida, mas de mangas arregaçadas e avental branco, dava as ordens. A governanta Pelagueia Fiódorovna era a mais azafamada de todos. A velha princesa agitava-se em silêncio, aproximava-se de Anna, benzia-a, beijava-a na testa. A própria Anna, alheia a tudo, estava sentada na poltrona, junto à janela, e, aguardando o marido, auscultava tudo que ocorria em si mesma. Seu rosto acalorado estava solene e sério; cabelos miúdos e emaranhados rodeavam-lhe o rosto e, reluzindo com matizes dourados, encrespavam-se na testa e nas têmporas; os olhos negros e grandes fitavam curiosos e assustados, sem ver ninguém.

Quando o príncipe entrou, Anna jogou-se ao seu encontro.

– Sabe, vai ser logo, pode ser que hoje. Que estranho e alegre: *meu* bebê!... Que felicidade! Suportarei tudo, sinto-me muito corajosa... – ela falava apressadamente, mas de repente exclamou: – Pronto, de novo...

Ela apertou a mão do príncipe, seu rosto se desfigurou, já não via ninguém, o sofrimento tornava-se cada vez pior. Em alguns segundos, seu rosto assumiu a mesma expressão calma de antes.

– Passou de novo – ela disse, suspirando.

– Está na hora de se deitar, princesa – disse a dama de avental, cuja presença provocava tamanho desagrado no príncipe.

– Você não vai embora? Pelo amor de Deus, querido, fique comigo – Anna implorava ao marido.

– Obviamente não vou – disse o príncipe. – Acalme-se. Como está alvoroçada, queridinha – acrescentou, carinhoso, ajeitando com a mão os cabelos que tinham grudado nas têmporas dela.

Anna estreitou a mão do marido contra a face ardente e pensou, contente, que o bebê que ela esperava talvez a reaproximasse do marido, aniquilasse o alheamento que tanto a atormentara nos últimos tempos.

Aos poucos, Anna perdeu toda capacidade de pensar ou sentir alguma coisa. O sofrimento tornou-se insuportável. Prolongava-se já por 24 horas, e ainda não se via seu fim. Já tinham trazido havia tempos um médico da cidade; todos estavam terrivelmente extenuados, a velha princesa acendeu velas e lâmpadas votivas diante de todos os ícones, e rezava em seu quarto, com lágrimas nos olhos. O príncipe saiu do dormitório da esposa e, em esgotamento, jogou-se no sofá da sala de visitas, sentindo que seu cansaço chegara ao limite.

Os gritos terríveis, frenéticos de Anna perseguiam-no por toda parte. Não podia ir para longe dela; Anna não queria liberá-lo por nada; ficar com ela era insuportável.

Chegara a segunda noite clara de verão quando, após um rebuliço frenético, terrível, e a última tensão das forças combinadas, consumou-se o que todos esperavam com tanta impaciência. No quarto de Anna soou primeiro o grito desumano, aterrorizante da gestante e, em seguida, como que inesperado, de um mundo ignoto, ouviu-se a insólita, porém de algum modo sempre alegre para todos, voz do rebento, aquela criatura misteriosa de uma região ignota para todos.

O príncipe pôs-se a soluçar e inclinou-se para a esposa. Ela se benzeu e disse: "Glória a Ti, Senhor!". Depois olhou para o marido, estendeu-lhe a testa, que ele beijou, e largou-se, esgotada, no travesseiro.

Quando trouxeram a Anna o filho lavado e embalado, ela examinou longamente a carinha franzida e vermelha e, inclinando-se, beijou-o. Não experimentava a alegria esperada, porém algo de mais significativo. Era a felicidade, a finalidade da vida, seu sentido; era a justificativa de seu amor pelo marido, era um dever futuro, e não era um brinquedo, como antes lhe parecera, mas sofrimento e trabalho renovados.

Ao tomar o bebê nos braços, Anna sentiu que seria fiel aos deveres de mãe de forma inabalável, da mesma forma inabalável que prometera ao príncipe, quando este lhe fizera a proposta de casamento, ser fiel aos deveres de esposa.

Quando o príncipe olhou para o filho pela primeira vez, estremeceu todo. Afastou-se dele com asco e disse:

– Bem, isso não é da minha parte. Quando crescer, será outra coisa.

Isso repercutiu dolorosamente em Anna. Ela não esperava de jeito nenhum um pai tratar assim o primeiro filho. "Será que ele não vai amá-lo?", pensou Anna, com horror, e lembrou-se de suas esperanças ingênuas, de que o bebê aniquilaria o alheamento entre eles e voltaria a uni-la ao marido no amor por ele. Ela suspirou e verteu uma lágrima.

Segunda parte

1

Passaram-se dez anos. Anna continuava a morar com a família no campo, como antes. A única mudança em sua vida fora a morte da velha princesa, dez anos antes, deixando a melhor memória na alma de Anna, que pranteou profundamente seu falecimento.

A própria Anna modificara-se muito. A menina magricela evoluíra para uma mulher espantosa, bela, saudável e enérgica. Sempre animada, ativa, rodeada de quatro filhos encantadores e saudáveis, parecia feliz e plenamente satisfeita com sua vida. O príncipe, um tanto grisalho, mas sempre elegante, belo e bem-educado, pelo visto continuava relacionando-se bem com a esposa. Mas, bem no fundo da vida espiritual dos dois cônjuges, o que se manifestava também em sua vida exterior, já não restava quase nada em comum. O amor do príncipe, que o levara a se casar com Anna, não pôde durar muito tempo. Essa não era uma qualidade sua. Ele era um homem de sucesso, eram-lhe indispensáveis novas sensações, estava tão acostumado a isso! A pacífica vida familiar no campo era-lhe, simplesmente, um tédio, e Anna sentia que ele não tinha culpa disso. Mas esse tédio a assustava. Ela amava o marido, era ciumenta e temia perder o amor que ele ainda não perdera de todo por ela graças à sua beleza, a seu temperamento alegre e saúde florescente. Anna sentia que esse amor não era como ela queria, sofria o tempo todo com isso e, para ocupar esse lugar vazio em seu coração, entregou-se com especial paixão aos filhos e aos cuidados com eles. O marido relacionava-se com os filhos com frieza, e era difícil para Anna acostumar-se a essa indiferença do príncipe sobre o que consistia no centro de sua vida exterior e interior.[17] Cabia-lhe vivenciar tudo sozinha: as doenças, as dúvidas quanto às qualidades e aos vícios dos filhos, a solução de questões de tratamento, educação, babás e governantas. Cabia-lhe dar-lhes aulas, pois considerava indispensável lidar mais com eles para conhecê-los melhor. Nas conversas de Anna sobre os sucessos, temperamentos e doenças dos filhos, o príncipe ou se calava, ou dava um sorriso fingido, respondendo habitualmente com suas frases brandas, polidas, como, por exemplo, que estava muito contente com o desempenho do filho nos estudos, que era uma pena que o pequeno Iucha tivesse nascido mais fraco do que os outros, ou que Mánia estava surpreendentemente graciosa com seu casaco novo. Mánia, uma menina de 8 anos, era a favorita do príncipe: era muito bonitinha, falava em francês com desenvoltura, imitando o sotaque parisiense de sua governanta, e isso divertia o príncipe.

A vida do príncipe não se modificara em nada: continuava a administrar, sair para a caça, escrever seus artigos. Mas Anna via que ele lidava com tudo de modo indolente e

17 "Os filhos são um tormento, e nada mais." Tolstói, *Sonata Kreutzer*, p. 63. [N.A.]

apático. Sentia tédio, um tédio insuportável. A vida familiar pesava-lhe. Por mais que Anna tenha se esforçado em encontrar diversões para o marido, por mais que tenha se esforçado em ir ela mesma aos vizinhos, à cidade, às eleições, às reuniões do *zemstvo*[18] etc., tudo isso durou pouco. E os filhos distraíam-na bastante: estava sempre ocupada com eles, ora amamentando um, ora grávida de outro, ora dando aulas a um terceiro; Anna, em meio aos negócios da propriedade e da casa, muitas vezes não encontrava tempo para simplesmente passear ou sair com o marido.

Como sempre acontece nessa situação, as pessoas adaptam a seus sentimentos a necessidade de mudança de circunstâncias.[19] O príncipe passou a dizer que queria recolher todos os seus artigos, dispersos em diversos periódicos, e publicá-los em livro. Para a impressão, era necessária sua presença na cidade, e propôs a Anna passarem alguns meses em Moscou. Ela concordou sem tardar, vendo nisso o único meio de diversão do marido. Nos últimos tempos, notara que o príncipe passara a sair com frequência, e animava-se em especial na companhia de mulheres jovens. Surgira nele um cuidado especial com a aparência, e a preocupação com o aumento do tom grisalho e o escasseamento de seus cabelos encaracolados, outrora lindos. Ela ficou com medo de que se rompesse a formosura familiar aparente de sua casa, e resolveu bater-se energicamente por ela, sobretudo para não estragar a situação familiar dos filhos.

---

18 Órgão de administração local que funcionou de 1864 a 1918.

19 “Assim que a vida dos pais se torna insuportável para ambos, as condições urbanas viram indispensáveis para a educação dos filhos.” Tolstói, *Sonata Kreutzer*, p. 70. [N. A.]

Decidiram que iam a Moscou no final de outubro. O príncipe disse que antes queria fazer uma caçada de despedida, e depois se ocuparia do livro.

Em 1º de setembro, no pátio da casa do príncipe, reuniu-se o reduzido porém lindo grupo de caça do príncipe. Os filhos acompanhavam os pais, admirando os cavalos e sobretudo os cães. Mánia punha na boca de Notchka, uma bela e fina borzói inglesa, um torrãozinho de açúcar. Malhado, de cor castanha, como se fosse de mármore, Dragão debatia-se na trela e gania de impaciência. A alva Milka estava solta e aguardava o príncipe.

Por fim, o príncipe saiu, despediu-se de Anna e dos filhos, montou em seu cabardino e, dizendo que não voltaria antes de três dias, afastou-se a passos rápidos do terraço de entrada.

Foi pelos campos, até a propriedade distante de seus conhecidos, e Anna sabia que, entre os caçadores, estaria sua vizinha de longe, uma dama que coqueteava bastante com o príncipe nos últimos tempos. Falavam muito dessa dama, falavam também que o príncipe, antes do casamento, fora apaixonado por ela. Tudo isso preocupava Anna fortemente; ela teria ido com o marido, mas estava amamentando o pequeno Iucha; a vida real, séria, reclamava seus direitos, e Anna enxotou os maus pensamentos, voltando a dirigi-los ao mundo de suas crianças, cheio de cuidados, ocupações e amor.

Logo depois de acompanhar o marido, chamou os filhos para dar-lhes aula. Mánia e seu irmão mais velho, o belo Pávlik, estavam no jardim. Traziam cestas cheias de bolotas, e contaram com animação que tinham encontrado esquilos jovens no oco da árvore. Mas, ao olhar para a mãe, ficaram espantados com seu ar triste, e prepararam com gravidade seus livros e cadernos. A aula prosseguiu por uma hora, e Anna não tinha ainda terminado de corrigir os cadernos quando a ajudante da babá veio correndo e chamou Anna para o quarto das crianças, para amamentar o pequeno.

As crianças, deixadas a sós, puseram-se a correr em volta da mesa. Anna foi para o quarto das crianças e, passando pelo grande espelho da sala de visitas, mirou-se.

"Ah, meu Deus, o que estou parecendo! Essa blusa velha e larga, os cabelos desgrenhados! Devo pensar em minhas roupas e encomendar algo melhor em Moscou! Ontem meu marido disse com muito nojo que deixei de me ocupar de mim por completo, e estou muito 'desleixada'. Mas para que vou ficar me enfeitando aqui? É tedioso, e não tenho tempo para isso. Mas, pelo visto, é preciso!", pensou, suspirando.

No quarto das crianças, já se ouvia o grito impaciente do bebê. Anna apressou o passo e começou a abrir a blusinha.

– Ora, ora, neném, eu me distraí... Já vou, já vou – disse Anna, recebendo o bebê das mãos da babá. O bebê se calou, e logo soaram os sons ritmados da sucção impaciente e do engolir apressado do leite abundante. Anna fitou ao redor, em silêncio e lassidão, o quarto das crianças, aquele refúgio habitual, tranquilo, onde cresceram todos os seus filhos, onde vivenciara tantas alegrias e alarmes; onde, sentada à noite com um bebê nos braços, com frequência enxugara as lágrimas, pensando na indiferença inesperada que o marido dedicava aos filhos.

Lembrava-se também das noites em que, depois de passar horas seguidas no quarto das crianças, acalmando uma delas, que estava doente, ia, extenuada, descansar em seu dormitório, e de como o marido, sem notar seu cansaço e desgosto, abria-lhe os braços e exigia, de modo feroz e apaixonado, resposta a seus sentimentos, e ela, esgotada física e moralmente, ofendida com sua indiferença, chorava sem que o marido notasse, porém se submetia a ele, temendo perder o amor do homem ao qual entregara de vez a vida.

"Será que apenas nisso está nossa vocação feminina", pensou Anna, "passar, de um corpo a serviço de uma criança de peito, ao corpo a serviço do marido? E isso alternadamente – para sempre! E onde está a *minha* vida? Onde estou eu? A verdadeira eu, que outrora aspirava a algo de elevado, a serviço de Deus e de ideais?"[20]

"Cansada, exaurida, pereço. Vida própria não tenho – nem terrena nem espiritual. Todavia, Deus me deu tudo: saudade, forças, capacidades... e deu-me a felicidade. Por que sou tão infeliz?..."

Anna ergueu o punhozinho cerrado do menino adormecido e beijou-o. Irrequieto, o bebê novamente se pôs a querer apanhar o peito com a boquinha, porém Anna levantou-se, balançou o bebê nos braços de leve, alojou-o na caminha e foi até os filhos mais velhos. Estavam ambos sentados à escrivaninha e, tendo espalhado pelo chão os papéis da cesta, procuravam envelopes e arrancavam selos.

– Terei uma coleção só de selos estrangeiros – disse Pávlik.

– Eu tenho um egípcio, papai me deu.

– O que é isso? Como vocês sujaram aqui! – disse Anna, ao entrar. – Releram o que escreveram?

– Ainda não.

– Mas o que há com vocês? Pois ainda precisamos estudar música. Arrumem tudo isso logo.

As crianças se apressaram. No salão, soou uma batida e, em seguida, um grito infantil horrível. Anna precipitou-se para o salão. Ánia, de 5 anos, gritava desesperadamente nos braços da criada inglesa.

20 "Que a mulher, contrariando sua natureza, deve ser ao mesmo tempo gestante, ama de leite e amante." Tolstói, *Sonata Kreutzer*, p. 53. [N.A.]

– Onde se machucou? – perguntou Anna.

– *It is nothing*[21] – respondeu a inglesa.

Anna pegou a menina e correu para aplicar compressas frias no galo de sua testa, vermelho, que crescia rápido. Quando voltou às crianças, elas já tinham saído, e Mánia tocava escalas com empenho no aposento do canto.

– Ah, não tocou o bemol! – gritou Anna, e foi corrigir o erro de Mánia.

Em seguida veio a camareira e perguntou como costurar as âncoras na japona de marinheiro de Pávlik. Anna pregou as âncoras com atenção, apontou um erro no trabalho e, depois de despachar a moça, sentou-se à janela com um velho livro que pegara na biblioteca: *Méditations*[22], de Lamartine. Esquecia aos poucos tudo que a ocupara ainda alguns minutos antes, e deliciava-se com a poesia requintada do elegante francês. Mas seu feliz descanso não se prolongou por muito tempo.

– A professora chegou – relatou o lacaio.

– Faça-a entrar – afirmou Anna, cansada.

Entrou a mestre-escola, uma moça calma, simpática, com um rosto espantosamente gracioso, infantil.

– É a respeito dos livros, Lídia Vassílievna? Fez uma lista? Agradeço-lhe. Encomendarei sem falta.

– Esta é a seção de leitura, e esta, a de educação. Acho, princesa, que a seção de ciência lerei eu mesma, é preciso explicar durante a leitura. Seria bom se comprasse um globo e mapas em relevo. Isso lhes interessa excepcionalmente, e a geografia foi bem.

– Pois bem, fico muito contente.

– Quando a senhora for embora, princesa, a quem poderei recorrer?

---

21 "Não é nada". Em inglês no original.

22 "Meditações". Em francês no original.

Anna convidou a professora para jantar e, às cinco, na sala de refeições, foram se reunindo aos poucos as crianças, as governantas e o intendente. Anna falava de modo carinhoso com todos. O intendente, assim como a professora, manifestou pena de que toda a família partiria para a cidade, e contou à princesa da condição dos camponeses no ano corrente. Anna não gostava de administração, mas gostava de acompanhar o rumo da situação econômica geral da região e do povo.

Quando seu dia ocupado acabou, e ela ficou sozinha em seu quarto, tornou-se angustiada e solitária. "Sou casada, mas não tenho um marido amigo. Como marido amante, ele também se afasta de mim. Para quê? Para quê?"

Anna aproximou-se do espelho e começou a se despir, devagar. Tirando o vestido e desnudando os lindos braços e o pescoço, mirou-se com atenção no espelho. Depois apoiou a face no ombro e fitou seu peito de beleza extraordinária, cheio de leite, e ficou seriamente pensativa.

"Sim, *disso* ele precisa..."

Lembrou-se dos beijos apaixonados do marido e, faiscando os olhos, decidiu subitamente que, se seu poder estava na beleza, saberia aproveitar-se dela. Rompendo de uma vez seus ideais de castidade, e removendo para segundo plano as ideias de comunhão espiritual com o homem amado, resolveu que não apenas o marido não se afastaria dela, como se tornaria seu escravo.[23]

Soltou os cabelos dourado-escuros que se encrespavam em suas têmporas e na nuca, ergueu-os, virou a cabeça e mirou-se longamente no rosto. Depois pegou na poltrona uma mantilha coberta de penas e aplicou-a no peito.

---

23 "E, por isso, a principal tarefa da mulher é saber cativá-lo." Tolstói, *Sonata Kreutzer*, p. 58. [N. A.]

O contraste entre a brancura do peito e o escuro das penas era espantoso.[24]

Anna lembrou-se da dama que, no presente momento, estava caçando com seu marido, e o sentimento costumeiro de ciúmes ergueu-se dentro dela, com uma dor insuportável.

No quarto das crianças, soou um grito de bebê. Anna largou a mantilha, prendeu os cabelos, botou nos ombros um belo roupão persa e correu para o quarto. Tomando o bebê nos braços, comprimiu ardentemente os lábios contra sua bochecha e, sem se dar conta do que pensava, sussurrou, com paixão:

– Perdoe-me, perdoe-me, meu neném!

---

24 "Seu corpo é um meio de prazer. E elas sabem disso." Tolstói, *Sonata Kreutzer*, p. 57. [N.A.]

2

Dois dias depois da partida do príncipe, Anna foi passear com as crianças e, na estrada para a cidade, avistou um veículo vindo em sua direção.

"Quem poderia ser?!", pensou. O veículo aproximou-se e emparelhou com eles; as crianças alvoroçaram-se e começaram a gritar, admirando as sinetas.

Quando Anna olhou no fundo da caleche, avistou um rosto masculino desconhecido que, ao vê-la, lhe fez uma reverência especialmente cortês, porém alheada.

– Não entendo quem poderia ser – ela disse.

A caleche subiu a montanha, depois desceu e voltou a subir pela alameda larga e regular das velhas bétulas, chegando direto à casa, em marcha acelerada.

O recém-chegado saiu e perguntou aos criados que foram ao seu encontro se o príncipe estava em casa. Ficou muito embaraçado ao saber que ele era aguardado apenas no dia seguinte, e ficou parado na antessala, pensativo. Nessa hora, toda a família alegre aproximou-se da casa, regressando do passeio. Anna apressou-se em ser a primeira a entrar, e perguntou ao desconhecido com quem tinha o prazer de falar.

O visitante embaraçado titubeou no lugar por alguns segundos, porém respondeu, com sotaque estrangeiro quase imperceptível:

– Estou muito embaraçado, princesa, por ter prorrompido de modo tão inesperado em sua casa, mas sou um velho amigo de seu marido, sou Dmítri Bekhmétiev. Não vejo meu melhor amigo há doze anos, e lamento muito não tê-lo encontrado.

– Como, o senhor é Dmítri Aleksêievitch Bekhmétiev? Ouvi falar tanto do senhor! É como se nos conhecêssemos há muito tempo. Entre, entre, por favor. Amanhã meu marido volta, e hoje entedie-se conosco.

– Ficarei feliz, princesa, se não entediá-la – disse Bekhmétiev, com uma voz que não era natural e desagradou muito a Anna.

"Como é afetado", pensou Anna.

Entrando em seu quarto, ela trocou de vestido, penteou-se com empenho especial e saiu à sala de visitas, ao encontro do hóspede, surpreendendo-o com sua beleza florescente e o passo ligeiro que era característica exclusiva sua. Ele reparou na pequena cabeça jogada um pouco para trás, emoldurada pelo debrum escuro da mantilha, na cor suave e rosada do rosto acalorado pelo ar, e nos lindos olhos negros, que o fitavam de forma amigável e atenta.

"Veja só como é a mulher de meu amigo", pensou, com leve inveja.

Logo, pela conversa de Bekhmétiev, Anna ficou sabendo que, devido à debilidade de sua saúde, ele fora forçado a ir para o exterior logo após o casamento, atrás de um clima mais quente. Que ele morara com a esposa na Argélia, que ela se entediara lá e partira para Paris. Não tinham filhos, e ele, com saudades da Rússia, de seus pais, decidiu ir para a pátria por tempo indeterminado. Pelas alusões de Bekhmétiev, Anna entendeu perfeitamente que ele estava em desavença com a esposa, e não o interrogou mais.

Bekhmétiev instalara-se agora no campo com sua irmã, Varvara Alekséievna, com quem não se encontrava havia mais de dez anos. A propriedade da irmã, uma viúva que já não era jovem, ficava a 12 verstas da propriedade do príncipe, e Anna às vezes ia até lá. Era uma mulher muito instruída, de inteligência fina, que perdera o marido e o bebê no começo da juventude e, desde então, consagrara toda a vida em prol das crianças camponesas. Educava, em sua escola-modelo, praticamente a terceira geração, construíra uma biblioteca, um hospital infantil, um asilo. Não podia ver uma criança doente, com frio ou com fome, mas, à exceção das crianças, nada no mundo tocava-a ou interessava-a. Seu ar era severo, frio e antissocial.

Anna fez Bekhmétiev ficar para jantar. Mas o jantar, nesse dia, foi tenso. As governantas, o intendente, as crianças – todos se sentiam desconfortáveis na presença do novo hóspede. Apenas Mánia e Pávlik tiveram um ataque irresistível de riso, e foram até ameaçados de ficar sem doce.

Depois do jantar, Anna convidou Bekhmétiev à sala de visitas, mas não modificou o hábito de reunir em volta de si os filhos e ocupar-se deles até que fossem dormir. Foram trazidos vários álbuns, um livro com figuras, jogos, trabalhos. Cada um pegou o seu. Mánia tricotava com zelo um cachecol para o velho jardineiro, a menina pequena brincava com cubos e procurava letras conhecidas, e Pávlik desenhava. Anna também pegou um álbum e começou a esboçar um retrato da inglesa, que estava ali.

Bekhmétiev atraiu Pávlik, pediu que se sentasse a seu lado, começou a desenhar em seu livro, contou-lhe da Argélia, das pessoas marrons com grandes turbantes, e, à medida que contava, ilustrava no álbum de Pávlik, que ficou extasiado. Pegou o livro e foi mostrar os desenhos à mãe.

– Veja, mamãe, como Dmítri Alekséievitch desenha!

– Então o senhor é artista? – perguntou Anna, reconhecendo a técnica de um bom profissional.

– Sim, princesa, se for possível chamar assim quem gastou toda a vida na pintura e não pintou nenhum quadro de verdade.

– Este também foi meu sonho de outrora, ser pintora; mas veja aonde vão agora meu tempo e minhas forças.

Passou a mão em volta da mesa, apontando para os filhos.

– Mamãe também sabe desenhar – gritou Mánia e, agarrando Dmítri Alekséievitch pela manga, arrastou-o para mostrar uma paisagem pendurada na parede.

Bekhmétiev começou a elogiar o quadro com expressões muito rebuscadas.

"De novo está com muita afetação", pensou Anna.

– Por que o senhor tem esse sotaque completamente estrangeiro? – ela perguntou.

– Passei a infância na Inglaterra, depois vivi por muito tempo no exterior. Mas então dá para notar tanto assim?

– Eu poderia até tomá-lo por estrangeiro.

Quando as crianças foram dormir, e todos se dispersaram, Bekhmétiev preparou-se para partir, mas Anna exigiu que ele ficasse até o dia seguinte, pois o príncipe prometera vir para casa às doze horas.

Pela manhã, Bekhmétiev ficou bastante tempo sem sair do anexo em que pernoitara, e Anna entendeu sua delicadeza. Mas o príncipe não veio como prometera, e Anna, assim que começou a escurecer, passou a ficar fortemente preocupada, e preparou-se para ir ao encontro do marido. Convidou Bekhmétiev a acompanhá-la, e foi amamentar o bebê e trocar-se.

Embora estivesse preocupada, vestiu-se com empenho especial, sabia bem o quanto sua aparência significava para o marido, especialmente na presença de gente de fora. Além disso, a ideia da dama bela e desenvolta que participava da caça oprimia e atormentava sua imaginação inquieta.

Trouxeram lindos cavalos ingleses selados. Anna e Bekhmétiev montaram e saíram em silêncio da alameda, na direção da estrada grande. A conversa que ambos tentavam entabular não deslanchava. Anna estava demasiado preocupada com o marido, e Bekhmétiev via-o com clareza.

Já escurecera por completo. Anna então se preparava para voltar de vez para casa, temendo que sem ela o bebê de peito fosse abrir o berreiro, quando de repente ouviu-se o tropel de muitos cavalos, vozes e risadas.

Anna e Bekhmétiev iam pela orla do bosque, e uma companhia numerosa, à frente da qual galopavam o príncipe e a bela dama, ia pelo meio da estrada grande. Anna ouviu com clareza a risada da dama, e depois as palavras ditas por ela.

– *Non, jamais je ne me déciderai d'entrer à cette heure et dans ce costume chez vous.*[25]

– *Vous voulez mon désespoir!*[26] – o príncipe respondeu, brincando, mas caloroso.

– *Et que penserait votre vertueuse femme?*[27]

Anna chamou o príncipe em voz alta. Ele não esperava de jeito nenhum encontrar a esposa, e ficou aborrecido.

– Fiquei tão preocupada com você, meu querido, você prometeu vir de manhã – começou Anna.

– Com quem você está? – perguntou o príncipe, olhando para o acompanhante da esposa, que se aproximava dele.

– É Dmítri Alekseîevitch, seu velho amigo. Chegou ontem.

– Dmítri! Está vindo de onde? Que surpresa!

– Direto da Argélia. Como estou contente em vê-lo! E ainda homem de família, feliz...

– Ora, espere, isso é tão inesperado, estou muito feliz em vê-lo, mas devo me desculpar com minha companhia.

O príncipe virou o cavalo abruptamente, foi até os caçadores e, depois de dizer a todos palavras corteses, soltou, brincando, um galanteio à dama e, despedindo-se, foi alcançar a esposa e o amigo.

Emparelhando com a esposa, deu alguns passos a seu lado e sussurrou, com raiva:

---

25 "Não, eu jamais me decidirei a entrar a essa hora e com essa roupa na sua casa". Em francês no original.

26 "A senhora quer meu desespero!" Em francês no original.

27 "E o que pensaria sua virtuosa esposa?" Em francês no original.

– Estou muito contente por Dmítri, mas é muito indecoroso você sair à noite *en tête-à-tête* com um homem que está vendo pela primeira vez.

Ele olhou para Bekhmétiev, que não conseguia se acertar com o cavalo, que o levava para o lado.

– E por acaso é decoroso convidar para pernoitar, sem consentimento da esposa, uma dama que não se deve admitir em casa?

Anna mordeu os lábios e calou-se. Lágrimas assomaram-lhe aos olhos; ela aguardara o marido com tamanha impaciência o dia inteiro, preocupara-se com ele, e que encontro! Apesar da escuridão e da umidade, deu com a chibata no cavalo e galopou para longe do marido. O príncipe e Bekhmétiev galoparam atrás dela, querendo detê-la em voz alta.

– Anna, calma! O cavalo vai cair. Louca! – ele gritou, por fim, em desespero.

Mas Anna já não ouvia nada. Chegando a casa, partiu para o quarto das crianças e não saiu de seu aposento a noite inteira.

3

Todo o dia seguinte o príncipe passou em casa com seu amigo, mostrando-lhe a propriedade e recordando-se das épocas passadas, quando compartilhavam da mesma vida. Ao anoitecer, Bekhmétiev partiu, e o príncipe, despedindo-se com frieza da esposa, foi atrás da caça. Deram-lhe a conhecer que toda a companhia, cães, caçadores, pernoitava em um vizinho, um velho fazendeiro solteirão, e esperavam-no por lá.

Dois dias depois, Bekhmétiev voltou. O príncipe ainda não regressara da caça, e Anna, triste, estava sozinha em casa.

Ficou muito contente com a visita, corou e surpreendeu-se pelo fato de a presença de Bekhmétiev agradar-lhe tanto.

– Desculpe-me, princesa, por ter resolvido aparecer de novo em sua casa. Solitário, sou muito atraído por seu cantinho doméstico iluminado.

– É um grande prazer, Dmítri Alekséievitch – disse Anna –, mas sempre estamos ocupados com assuntos que não são muito interessantes para o senhor.

– São muito interessantes – interveio Pávlik. – Veja que beleza; mamãe, mostre.

Anna abriu o álbum, em que estavam coladas as mais variadas folhas secas, surpreendentemente belas. Lá havia buquês, coroas, figuras das mais extraordinárias formas e combinações de flores.

– Surpreendentemente belo! Vê-se que a senhora é uma artista, princesa. Bem, Pávlik, vamos fazer nós uma coisa surpreendente.

Todos voltaram a seus afazeres, e a tarde passou de forma imperceptível e alegre.

Quando as crianças foram dormir, Bekhmétiev pegou um livro da mesa e espantou-se por Anna ler algo tão velho – Lamartine.

– Por que lhe passou pela cabeça, princesa, ler justo Lamartine?

– Por acaso. Nunca tinha lido antes, e agora encontrei grande satisfação na leitura. Não é difícil para o senhor ler, leia-me em voz alta.

– Com alegria, princesa, eu me esqueci completamente de Lamartine.

Anna pegou um trabalho e sentou-se perto da lâmpada, experimentando uma sensação estranha, um estado de alegria e calma. Não gostava nada da solidão! E fitava de vez em quando o rosto emaciado, sério e extenuado de seu visitante, sua testa alta, com a pele colada, e os ralos cabelos negros nas têmporas, e pensava:

"Não, ele não é afetado como eu pensava – é infeliz, e deve ser um homem maravilhoso."

Bekhmétiev lia: "*La nuit est le livre mysterieux des contemplations, des amants et des poètes. Eux seuls savent y lire, eux seuls en ont la clef. Cette clef – c'est l'infini*"[28].

– Justamente aí eu parei. Isso está nos comentários. Gosto muito deles.

– E essa relação da noite com o ilimitado, com o *infini*, é espantosamente poética. Sim, se não acreditar nesse *infini*, seria terrível morrer.

– Por que falou de morte? – perguntou Anna, e espantou-se por sentir um aperto no coração.

– Porque há doze anos ameaçam-me com ela, forçando-me a viver em países estranhos, onde é quente, mas resolvi não ir mais a lugar nenhum e viver na Rússia, no campo.

28 A citação tem pequenas imprecisões. O original de Lamartine diz: "*La nuit est le livre mystérieux des contemplateurs, des amants et des poètes. Eux seuls savent y lire, parce qu'eux seuls en ont la clef. Cette clef, c'est l'infini*". (A noite é o livro misterioso dos contempladores, dos amantes e dos poetas. Apenas eles sabem lê-lo, pois apenas eles têm sua chave. Essa chave é o infinito.) Em francês no original.

– E nós vamos para Moscou no inverno. Meu marido quer publicar seus artigos.

– Ouvi dizer, princesa, e lamento muito que justamente o inverno no qual estarei em sua vizinhança vocês passarão na cidade. Sempre sou infeliz, em tudo. Antes vocês ficavam aqui o ano inteiro?

– Sim, por muitos anos, e mesmo agora não tenho vontade nenhuma de ir a Moscou. Contudo, está na hora de cear, o senhor janta cedo, e não vou deixá-lo sair sem ceia.

Anna tocou a sineta e mandou servirem a ceia.

A sala de jantar estava aconchegante, iluminada, bela, como toda a casa. Anna sentou-se com Bekhmétiev a uma mesinha em que havia flores e uma ceia fria servida. Falaram do que tinham acabado de ler: junto à entrada estava a carruagem de Bekhmétiev, as sinetas soavam.

Ouviu-se mais um barulho de carruagem chegando, uma sineta cobriu a outra, veio um barulho de baixo. Mas Anna e o interlocutor não deram atenção a nada disso e não notaram quando o príncipe entrou no aposento. Anna ergueu-se de um salto, assustada, e perguntou:

– O que aconteceu?

– Nada, simplesmente mudei de ideia quanto a continuar a caça – disse o príncipe. – Olá, Dmítri, e adeus. Desculpe-me, estou muito cansado – acrescentou, olhando com raiva para a esposa e oferecendo as pontas dos dedos ao amigo.

– Não vai cear? – perguntou Anna.

– Não, estou caindo de sono.

O príncipe saiu, e Bekhmétiev, despedindo-se de Anna, partiu.

Anna correu até o marido, vendo que ele estava irrequieto. Ele estava sentado no gabinete, fumando. Desconfiando da verdade, e conhecendo o caráter ciumento do marido, Anna sentou-se a seu lado e, com uma voz que não era natural, pôs-se a indagar o que o fizera regressar.

– O que me aconteceu foi que eu sabia que você iria novamente armar um *tête-à-tête*. Será que até agora você não entende que isso é indecoroso?

– Eu não o chamei, mas não podia expulsá-lo.

– Você podia não coquetear com ele. Por acaso eu não vejo?

– Coquetear? Eu?! Ora, basta, meu querido. Como não tem vergonha de dizer isso? Se você soubesse como sinto sua falta, como estou contente por você ter voltado. Não vamos brigar, por favor!

"Provavelmente é culpada!", decidiu o príncipe.

– Por que ficou tão assustada quando eu entrei? – perguntou o príncipe. – O que ele estava lhe dizendo? – Ele ficava cada vez mais acalorado.

– Verdade, não lembro – disse Anna, assustando-se com o tom do marido, e olhando já com enfado para seu desagradável rosto zangado. – Lemos Lamartine, falávamos dele...

– E também se ocupavam de sentimentos poéticos... – disse o príncipe, irônico. – Não acredito em nada. Não sabe me dizer o que estavam fazendo e do que falavam? – gritou o príncipe.

Agarrou o braço de Anna, apertando-o com força, quando, de repente, a babá bateu na porta e chamou Anna, por causa do bebê.

Alvoroçada, ofendida, Anna soltou o braço e correu para o quarto das crianças. O bebê chorava, impaciente.

"Esses homens são uns egoístas", zangou-se Anna, "ele é atormentado pelo ciúme, e eu devo ficar sozinha, entediada, e agora ainda por cima o bebê, alvoroçado, vai mamar e não vai dormir a noite inteira! E quem irá se atormentar serei eu!".[29]

---

29 "'Você está bem', ela não apenas pensava, como dizia, 'mas eu passei a noite inteira sem dormir, com o bebê'." Tolstói, *Sonata Kreutzer*, p. 68. [N. A.]

Anna não conseguia se acalmar. O sentimento de enfado, de desprezo por um homem que tanto tentara amar, e ao qual estava ligada sua vida, não podia se atenuar de jeito nenhum.

"Ele não precisa de nada nem de ninguém: nem das crianças nem de mim. Não se interessa de jeito nenhum por nossa vida. Sou-lhe necessária apenas como coisa. E que não lhe ofendam o amor-próprio! Sim, sua esposa! Que ninguém ouse lhe proferir uma palavra..."

Anna transtornava-se cada vez mais. "Mas se ele mesmo faz galanteios, tudo bem. Meu Deus, meu Deus!"

E o sentimento de pena de si mesma causou-lhe lágrimas nos olhos.

Nesse momento, o bebê engasgou-se e começou a chorar. Anna assustou-se, virou o menino de lado e, beijando-o com ardor, repetia, aos sussurros:

– Querido, querido, calma.

Contemplou o rostinho do menino adormecido e se dirigiu a ele mentalmente: "Sim, não pelo seu pai, que me ofendeu, mas por você, neném, nunca farei nada que o faça se envergonhar da mãe...".

Depois de amamentar o bebê, Anna percorreu os quartos de todos os filhos que dormiam em sua caminha. Abençoou um depois do outro e, parada diante do último, começou a rezar. Todos ao redor dormiam. Ficou muito tempo parada, de cabeça baixa, diante da criança, concentrada e séria.

Se, em nossa vida ordinária, sórdida, não houvesse esses minutos de profundo e severo acerto de contas com a consciência, de atenção séria e concentrada à nossa vida interior, essa verificação olhos nos olhos de nosso *eu* pessoal sobre Deus, como seria possível nossa existência?

Anna valorizava esses minutos; agora, tranquilizada, foi para seu dormitório.

Quando o marido entrou, assumiu um tom conciliador. Aproximou-se dela, sorriu e abraçou-a em silêncio. Anna tratou a reconciliação dele com calma e indiferença; naquele minuto, sentia-se tão solitária em espírito, tão distante do que interessava o príncipe que, quando ele lhe ofereceu seu abraço, ela não entendeu de imediato o que ele queria. Só quando ficou claro por que o príncipe reconciliara-se tão rápido, ela de repente teve asco. Afastou-lhe o braço de leve e gritou:

– Não, não posso, por nada!

Tudo no príncipe parecia-lhe desagradável: seu belo rosto parecia-lhe rude e estúpido; seus dentes amarelados, cabelos grisalhos, seus olhos apaixonados – tudo lhe repugnava.

Ela se deitou, apagou a vela, virou de cara para a parede e fingiu dormir. Recitando para si, rápida e desatenta, a oração "Pai-Nosso", repetindo-a de novo e de novo, para dizê-la de forma mais consciente, ela se benzeu e, de alma esgotada, adormeceu inquieta.

O arroubo de ciúmes do príncipe logo se atenuou. Escreveu um bilhete ao amigo, convidando-o para jantar e, quando Bekhmétiev passou a frequentá-los de novo, o príncipe estava plenamente tranquilo com o comportamento da esposa. O comportamento calmo e nobre de seu amigo não tinha como despertar nenhuma suspeita. A cortesia cavalheiresca, a probidade e a reverência respeitosa por Anna não tinham um caráter que pudesse suscitar maus sentimentos de ciúme no príncipe.

Enquanto isso, Bekhmétiev, imperceptivelmente, entrara por completo na vida familiar e interior de Anna. Passeava com ela e os filhos, brincava com eles, ocupava-se deles, ora contando-lhes histórias interessantes, ora desenhando com eles. Às vezes fazia-os cantar ou dançar, e eles se apegaram tanto que se entediavam quando ele ficava muito tempo sem ir.

No que se refere a Anna, ela nunca se sentira tão feliz, com a vida tão plena. Uma atmosfera de amor cercava-a de modo imperceptível de todos os lados.

Não havia palavras meigas nem carícias rudes, nada do que em geral acompanha o amor, mas tudo ao seu redor respirava ternura, e tudo era carícia e felicidade em sua vida. Era constante o sentimento de que um olho compassivo seguia toda a sua vida, tudo aprovava, tudo admirava.

À noite, quando todos, como de hábito, reuniam-se em torno da grande mesa redonda, Bekhmétiev e Anna desenhavam, um de cada vez no mesmo álbum, retratos de todos os presentes. Alternadamente liam em voz alta para as crianças livros de Verne e outros, modificando e explicando as passagens que eram obscuras e difíceis para as crianças. Aconteceu uma vez de, no lugar de uma edição ilustrada, enviarem uma simples do livro *Volta ao mundo em 80 dias*. Bekhmétiev encarregou-se de ilustrar todos os episódios importantes, e isso produziu tamanho êxtase no mundo das crianças que elas mal podiam esperar por Dmítri Alekséievitch para a continuação da leitura e das ilustrações.

O cuidado e atenção de Bekhmétiev para com toda a vida de Anna manifestava-se em tudo. Ela amava flores – ele enchia toda a casa das melhores. Ela amava leitura em voz alta – ele procurava os artigos e livros mais interessantes, e lia-lhe por noites inteiras. Ela amava sua escola; ele, como se fosse para satisfazer a gentil e ingênua professora, enviava à escola livros, desenhos e diversos artigos escolares.

Apenas uma relação dessas para com a mulher, meiga e desinteressada, podia levar plena felicidade à sua vida. Anna nunca percebera com clareza por que tudo que antes era difícil agora se tornara fácil. Por que tudo que a zangava e perturbara parara de zangá-la. Todas as ninharias, todos os insucessos da vida ordinária tornaram-se desimportantes, todas as pessoas tornaram-se boas. O mais espantoso de tudo – porém que também ocorreu, sem dúvida – é que seu marido tornou-se mais agradável. Anna era meiga e carinhosa com ele, o que o tranquilizou por completo quanto ao ciúme.

Assim passou o outono, e quando, no começo de novembro, toda a família preparou-se para ir a Moscou, ninguém queria abdicar daquela vida feliz e pacífica no campo.

Apenas o príncipe apressava a partida. Entediava-se visivelmente em casa, elegia pretextos para partir para a cidade e para os vizinhos, e buscava distração por toda parte. Isso preocupava Anna fortemente. Ela via que o príncipe afastava-se cada vez mais da família, da influência dela, e cada vez menos demonstrava-lhe amor. Ficou com medo de que ele fosse embora de vez, de que se destruísse a família que ela se empenhara em velar por aqueles onze anos de vida conjugal. Decidira-se a segurar o marido com todas as forças, buscar os caminhos e meios para voltar a atraí-lo e mantê-lo na família. Esses meios ela conhecia vagamente, eram-lhe repulsivos, mas o que havia de melhor?

"Se perdi aos poucos minha pureza de antes e os ideais de donzela, pelo menos conservo minha pureza de ideais de família. Não devo admitir que meu marido, pai de meus filhos, vá embora da família e encontre alegrias impuras fora dela."[30]

Com essas ideias, Anna preparou-se e foi para Moscou com a família.

---

30 "As mulheres, em especial as que passaram pela escola masculina, sabem muito bem que as conversas sobre temas elevados são conversas, mas que os homens precisam mesmo é do corpo, e de tudo que o expõe à luz mais atraente." Tolstói, *Sonata Kreutzer*, p. 33. [N. A.]

4

Na noite de 2 de dezembro, muitos veículos aproximaram-se da casa grande, muito iluminada e rica, em uma das ruas mais limpas de Moscou. A princesa e o príncipe Prózorski recebiam nas noites de domingo, e suas salas de visitas estavam sempre cheias dos mais diversos frequentadores. Nenhum lugar era tão simples, alegre, elegante e interessante como a casa da princesa Prózorskaia. Sempre afável, alegre e bela, sabia reunir em sua casa pessoas que se encontravam de bom grado, e ela própria dava de tudo para que todos sentissem aconchego, contentamento e interesse ao seu redor, de modo que, em algum tempo, na casa de Anna formou-se a mais agradável sociedade, muito grande.

O príncipe não se cansava de se admirar: o que ocorrera a sua esposa, anteriormente misantropa, que não gostava da sociedade? Ela parecia transfigurada, recebia, saía, enfeitava-se, inventava os mais variados divertimentos e distrações, nos quais sempre envolvia o marido. "Sozinha fico entediada ou desconfortável", dizia, e o príncipe sempre estava com ela. Ele seguia de modo vigilante aquela modificação que a tornara tão atraente, diversificada e amada em sociedade. Ela o perturbava, mostrando-lhe um lado completamente novo e inesperado de seu caráter – e de seu fascínio.

Naquela noite, na casa de Anna, deveria ser lida uma nova novela de um escritor conhecido, que viera da província para publicar seu livro. Reuniu-se um grupo muito grande. Na sala de visitas, ao redor de Anna, a conversa era animada. Fora provocada pela discussão de duas jovens mulheres, falando da educação dos filhos. Uma delas, a condessa Vélskaia, dizia que toda a educação está na influência pessoal sobre os filhos, que a principal necessidade era estar com eles, acompanhar o desenvolvimento de seu caráter e espírito e ajudá-los nisso. A outra, a alegre e leviana baronesa Innsbruck, sustentava que o melhor de tudo era confiá-los a si mesmos, que tudo nos filhos é inato, que a educação não fazia nada, e o melhor era não perturbar a vida pessoal. Todos se acaloravam, interrompendo uns aos outros. Um general idoso, dirigindo-se a Anna, disse:

– É preciso aprender com a princesa a educar os filhos. Nunca vi crianças mais naturais, saudáveis e inteligentes do que as suas.

– Penso que só é possível educar os filhos quando se sabe com firmeza o que é o bem e o que é o mal. É preciso desenvolver o bem e reprimir o mal – disse Anna. – Por isso, posso apenas repetir as palavras de Sêneca: "*Les facultés les plus fortes de chaque homme sont celles qu'il a exercé*"[31].

"E de onde ela tira isso?!", pensou o príncipe. "Que autoconfiança tranquila! E esses diamantes nas orelhas, como brilham bonito, encobrindo o brilho de seus olhos lindos, animados!"

E o príncipe lembrou-se da esposa quando ela, à noite, soltando nos ombros desnudos os cabelos dourado-escuros, parava na frente do espelho, despindo-se, de como ela o fitava quando ele entrava no dormitório e, ao se lembrar de que esse minuto estava próximo, ergueu-se com alegria na direção do escritor famoso, que estava chegando e achou que aquela alegria era por conta dele.

Anna também se levantou do sofá, ao encontro do visitante famoso. Farfalhando a cauda de seda pregueada do vestido cinza de lã, forrado com uma pele igualmente felpuda, ela se aproximou do visitante, cumprimentando-o com amabilidade.

---

31 "As faculdades mais fortes de cada homem são as que ele exerceu". Em francês no original.

– Sei que para o senhor é difícil, que não gosta de ler em sociedade, por isso lhe sou especialmente, especialmente grata – disse, acomodando o escritor famoso a seu lado.

A leitura começou logo. A novela lida pela celebridade produziu em todos uma impressão forte; alguns elogiaram de modo tímido, outros agradeceram ao escritor. Mas ninguém conseguiu manifestar sua impressão de forma mais eloquente do que Anna. Ela estendeu uma mão ao escritor e, com a outra, enxugou as lágrimas. E ele entendeu com que profundidade ela sentira aquilo que ele escrevera entre lágrimas, respondendo de forma ardente ao seu aperto de mão.

Quando os visitantes começaram a se retirar, sentindo que fora cheia de interesse e animação a noite passada na casa da princesa Prózorskaia, Anna reteve um homem muito jovem, de um tipo marcadamente armênio, e disse-lhe:

– O senhor me prometeu posar para mim. Venha amanhã, e depois vamos patinar com as crianças. Está bem assim?

– Fico muito feliz, princesa, e estarei a seu dispor.

– Não tema, a sessão será muito breve, e pode-se conversar. Preciso muito de um tipo com sua cara para o quadro que planejei! Então até a vista.

Quando Anna viu-se a sós com o marido, ele perguntou, zombeteiro:

– Que fantasia é essa de pintar esse fedelho?

Anna riu alto.

– Um fedelho com uma cara muito típica, exatamente a de que preciso, vou pintar um estudo a partir dele, sem falta.

– E para que patinarem juntos?

– Porque, por dedicação, ele vai andar de cadeirinha com as crianças, e eu vou poder patinar.

O que havia de sinistro, de alheio no tom leviano e alegre de Anna? O príncipe não conseguia entendê-la. Nunca a vira em alta sociedade, e seu sucesso e animação assustavam-no. Fora completamente tragado pela mulher nos últimos tempos. Mas era como se ela sempre lhe escapasse e, ao mesmo tempo, organizara sua vida urbana para que o príncipe jamais se entediasse em casa e não buscasse mais diversões.[32]

Na manhã seguinte, levaram a Anna um bilhete de uma velha conhecida, pedindo-lhe encarecidamente que acompanhasse sua filha ao baile. O baile era um dos mais alegres, ela adoecera e não queria privar a filha do prazer. Anna, que também recebera um convite, não queria ir àquele baile. Por um momento ficou pensativa, mas escreveu concordando.

Até a última noite, ela não falou ao marido de sua intenção de ir ao baile; sabia que não lhe agradaria, mas não queria desgostar a filha de sua velha amiga.

Naquela noite, o príncipe tinha convidados, aos quais leu seus artigos. Anna conhecia todas aquelas considerações tediosas, que lhe acontecera de copiar tantas vezes; quantas palavras e expressões selecionadas, eruditas, difíceis e incompreensíveis havia nelas. Não ouviu a leitura e passou a noite com os filhos. Sem querer, recordou-se de Bekhmétiev e das noites passadas com ele no campo; sentiu-se solitária e triste de modo insuportável. Depois de se despedir das crianças e botá-las para dormir, começou a se preparar para o baile. Às doze horas, vestida de prateado, com velhas rendas de bilros de seda e rosas brilhantes, empoada e reluzente em sua beleza, ela se postou diante do tremó. Uma criada, passando ao redor com cuidado, aspergia perfume, soprado de um tubinho de vidro. A porta se abriu, Anna estremeceu. Entrou o príncipe e,

32 "Mas quem é ela? Ela é um mistério, e continua sendo." Tolstói, *Sonata Kreutzer*, p. 97. [N. A.]

ao avistar a esposa naqueles trajes, deteve-se, espantado e insatisfeito:

– Isso é para onde? – perguntou.

– Levarei ao baile Marússia Pávlovitch, a pedido de sua mãe, que está doente – respondeu Anna, tranquila.

– Para que isso? E por que não me disse? Uma mãe de família se arrastar por bailes...

– Que expressões! Arrastar-se! Queria fazer um favor à mãe de Marússia e a ela mesma. Depois, gosto muito de bailes. Gosto do brilho, da beleza, da juventude alegre. Você sabe perfeitamente que no baile fico sempre com as velhas, assistindo, como a um espetáculo.

– E como vou saber o que você faz lá? – disse o príncipe, num transporte, sem, aliás, tirar os olhos da esposa. – Não posso esconder-lhe que você está muito bonita hoje – acrescentou, e saiu do quarto, batendo a porta.

Anna seguiu-o com os olhos, com desprezo e, por algum motivo, voltou a lembrar-se de Bekhmétiev e, junto com ele, do espaço ilimitado da triste natureza campestre, da neblina de outono e da felicidade calma, bem calma.

A aparição de Anna no baile produziu, naquela noite, uma impressão particularmente forte. Na porta do grande salão de baile apinhava-se um monte de homens. Um ajudante de campo disse: "A entrada da tsarina em um baile". Anna olhou ao redor. Sempre afável e tranquila, a bela princesa Prózorskaia, sem mostrar preferência por ninguém, parecia prometê-la a todos. Como todas as mulheres muito bonitas, Anna também tinha aquele olhar bondoso, que acariciava a todos, uma espécie de reflexo da expressão com que todos olham para as beldades, admirando-as.

Mas os olhos pensativos e carinhosos de Anna, hoje, ao olharem para toda aquela multidão alegre, variegada, viam cada vez mais, naquela noite, a cabeça de Bekhmétiev, inclinada sobre um livro ou desenho, cercado de seus amados filhos, e deu-lhe vontade de fugir dali, daquele rebuliço de Moscou, para lá, para aquele silêncio habitual, simples, carinhoso da vida no campo, onde apenas podia ser feliz.

A baronesa Innsbruck, que brilhava alegre, aproximou-se dela e perguntou se estava se divertindo.

Anna deu um riso de surpresa e perguntou o que poderia fazer o baile mais divertido para ela.

– *Mais il y a dans cette foule toujours quelqu'un qui vous intéresse?*[33]

– *Oui, il y a foule; mais pour moi il n'y a personne*[34] – disse Anna, triste.

– "*Un seul être vous manque, et tout est dépeuplé*"[35] – a baronesa declamou o verso de Lamartine e, rindo, desapareceu na multidão, surpreendendo-se com o que fazia Anna tão feliz, alegre e brilhante. Pois ela, que não dançava nem coqueteava com ninguém, não devia se entediar?

Mas Anna não estava entediada, pois em algum lugar, no fundo, cintilava a faísca da felicidade verdadeira, a faísca do amor de Bekhmétiev por ela, que ela conhecia e que, de dentro, iluminava toda a sua vida. Nunca admitiria isso para si mesma, mas não tinha como não o sentir. Quando a admiravam, ela imediatamente via como ele a admirava. Estivesse cumprindo suas obrigações, ocupando-se de alguma coisa, lendo, desenhando, ela sempre pensava se ele aprovaria, e como lidaria com o comportamento dela. Se alguém lhe esclarecesse esse seu estado de espírito, ela o rejeitaria com indignação e horror, considerando uma calúnia e uma acusação de desonestidade. Mas era assim.

33 "Mas há nessa multidão sempre alguém que lhe interessa". Em francês no original.

34 "Sim, há uma multidão, mas, para mim, não há ninguém". Em francês no original.

35 "Basta que um ser lhe falte, e tudo está despovoado". Em francês no original.

5

A vida na cidade, dia após dia, com a tensa atenção para não deixar o marido se entediar e mantê-lo consigo e, em casa, o esforço para manter as relações mundanas e, ao mesmo tempo, acompanhar a educação dos filhos – tudo isso deixou Anna tão esgotada que ela decidiu ir para o campo nem que fosse por dois dias, para "recobrar as forças", em suas palavras. Era atraída pelo silêncio, pela natureza, pelas lembranças de juventude, pelas impressões puras da vida campestre, e ao longe, bem ao longe, na alma, agitava-se o vago desejo de ver Bekhmétiev. Não se permitia reconhecê-lo, mas a imagem do homem amado fundia-se sem querer a tudo que a atraía para o campo.

Anna disse ao marido que era indispensável ir para casa por questões administrativas, que havia desordem na escola, que era preciso incentivar e apoiar a jovem professora, que estava assustada com o inspetor; e, por fim, que estava tão cansada da cidade que precisava olhar para um céu aberto, não obstruído por casas, para a neve limpa, para o bosque coberto de geada, senão adoeceria, sem dúvida.

Tudo aquilo pareceu bastante selvagem ao príncipe, mas ele via que não adiantava discutir, que as mulheres tomavam decisões contra as quais ninguém podia ir, e, se fosse, espatifaria a si mesmo, mas ela não mudaria a decisão.

Com a ajuda de uma criada, Anna fez uma pequena mala e, para não perder nem um dia no caminho, partiu à noite. À despedida dos filhos, ficou com medo de deixá-los. Benzeu longamente e beijou o pequeno Iucha, desmamado havia pouco, beijou seus sonados filhos mais velhos, e um reproche de consciência agitou-se nela. Mas não podia ficar, estava acima de suas forças. O príncipe despediu-se dela de modo condescendente, mas com ternura especial. Muito tempo depois, ela continuou sentindo o beijo úmido de seus lábios e vendo seu olhar sensual, que nos últimos tempos com tanta frequência detinha-se nela.

Anna alcançara seu objetivo: o marido não a deixara. Mas a que preço! Lembrou-se de tudo que fizera para segurar o marido, e ficou com nojo e repulsa de si mesma. E ela, o que era feito dela? Ela fugira, fugira para cada vez mais longe daquele que matara nela a melhor parte de seu *eu* pessoal, e ficou com medo.

6

Por telegrama, Anna mandou buscarem-na na estação. O velho cocheiro cumprimentou Anna de forma especialmente afável, levando à entrada da estação a conhecida troica de baios.

Quando Anna cruzou o umbral, um êxtase inesperado prorrompeu-lhe do peito. A manhã estava encantadora. O sol claro vertia sua luz ofuscante nos campos brancos, regulares. "Sim, esse ilimitado, esse sem-fim, *l'infini* – isso é que eu queria!", pensou Anna. "Eu estava oprimida pelas paredes, cercas, casas daquele ambiente urbano horrível! Eis onde está a vida, a liberdade, o espaço, onde está Deus!... Sim, sou um pássaro livre, nasci e cresci no campo, não posso viver na cidade..." – ponderava Anna, e a troica corria muito alegre, tilintando de forma monótona os guizos, pela estrada uniforme de neve, e o trenó, batendo esporadicamente nos buracos, jogava com Anna, perturbando-lhe o humor contente e sonhador.

Por fim, ingressaram na velha alameda de bétulas. A geada pendia pesada nos ramos tortos das bétulas e, reluzindo ao sol com mil fogos, conferia à natureza um ar especialmente solene e festivo.

"Ah, como é bom, como tudo é conhecido, calmo, belo e sério!", pensou Anna, aproximando-se da casa do intendente e contemplando toda a herdade.

O intendente esperava com o samovar e um chá preparado com zelo especial. Enquanto Anna tomava o chá servido por uma velha, tia do intendente, ele relatava a Anna com ar significativo, em um discurso visivelmente preparado de antemão, a respeito dos assuntos agrícolas, da debulha, do gado, dos abates no bosque. Perguntou quando ela inspecionaria os livros.

– À noite, agora vou à eira coberta, à escola e ao estábulo.

– Deseja que a acompanhe, princesa?

– Vamos.

Anna percorreu com zelo toda a propriedade. Os assuntos agrícolas, de modo inconsciente, serviam para Anna como justificativa de sua viagem. Esforçava-se em ser conscienciosa, embora a administração lhe interessasse pouco. Estava simplesmente alegre, e era como se tudo fosse novo naquele velho ambiente. Prestou atenção nos novos bezerros com as fêmeas, e nos cavalos jovens, recém-adestrados. Olhou o quanto havia de cereal não debulhado, e repreendeu pelo fato de todo o cereal não ter passado pela debulha. Até visitou os perus e gansos, que sempre a interessaram tão pouco. Mas tudo isso era pelo menos natural, simples, tudo isso era a própria natureza, sem artifícios e eterna!

Depois de liberar o intendente, Anna foi à escola. A jovem professora, emagrecida e pálida, estava junto à lousa e explicava com ardor a tarefa a um menino, que a fitava de forma interrogativa e assustada.

– Lídia Vassílievna! – Anna chamou-a.

– Ah, princesa, querida! Que ventos a trazem? Pois eu não esperava. Que alegria!

– Mas como emagreceu tanto? – perguntou Anna, beijando a moça.

– As coisas têm sido muito difíceis, princesa. E houve contrariedades com o inspetor. Você põe a alma inteira nas tarefas, e daí ele vem com picuinhas: não está lendo certo, não está usando os manuais certos. É como se quisesse embotar ainda mais o povo, e não o desenvolver.

Anna olhou fixamente para aquele rosto gentil e pálido da professora, e de repente ficou claro para ela quão melhor e mais elevada do que ela era aquela criatura que ninguém notava, não valorizada, abnegada e casta, que consagrara toda a sua vida jovem a serviço de uma causa em que acreditava e amava mais do que tudo, mais do que a si mesma. E ela? Nunca estava satisfeita, era rica, vivia em luxo, rodeada pelos filhos – o que fazia de útil para quem quer que fosse?

E Anna sentiu repulsa por si mesma, e ocorreu-lhe uma ideia: será que aquela moça gentil passaria toda a sua vida opaca assim, sem recompensa, e ela seguiria sua vida brilhante, sem punição?

Depois de permanecer por um tempo na escola, Anna despediu-se com ternura da jovem professora e foi visitar a velha ex-camareira da finada princesa, que vivia de pensão, alquebrada por uma paralisia.

A velha ficou enormemente alegre com Anna, e começou seus intermináveis relatos, tantas vezes ouvidos por Anna, sobre os tempos antigos, sobre os cães, a coisa que a velha mais amava no mundo, sobre uma vaca que parira à noite e seu bezerro congelado, que fora levado ao estábulo; sobre a galinha de Moscou, que na véspera botara ovos pela primeira vez e cacarejara a noite inteira, e sobre muito mais do mundo das aves e animais. Via-se que sua existência sem vida era preenchida por outras vidas, ainda que animais, e ela se satisfazia com isso.

– Princesinha, minha mãe, para a festa de São Nicolau pedi que comprassem um chazinho, tudo que se deve e uma velinha de cera. Acendi-a para o santo, pela saúde do príncipe, nosso paizinho, sua esposa e prole. Bastou acendê-la e ouvi o administrador mandando procurarem os galgos do príncipe. Esses bandidos tinham fugido para o bosque. Pensei: meu pai, se se perderem, é a tristeza do príncipe. E fui rezar ao santo: meu pai, São Nicolau, minha vela é pelos extraviados. Sou uma pecadora, princesinha! Mas e então, vieram, os malditos, bem loguinho.

Anna desvencilhou-se da velha com esforço; voltou para casa, almoçou com o intendente e a tia dele, e foi vagar sozinha por seus lugares tão conhecidos e amados. O dia estava frio e espantosamente belo. Nas árvores, nos arbustos, nos tetos de madeira, em cada erva, por toda parte pendia uma geada pesada. Pela vereda, Anna foi direto à sua plantação favorita; à esquerda, o sol já baixava rente às árvores jovens; à direita, sobre o velho bosque de carvalhos, a lua já saía. As copas brancas das árvores e toda a natureza invernal eram iluminadas, de ambos os lados, por dois brilhos que se desfaziam e se fundiam: o tênue, pálido da lua e o rosa-claro do crepúsculo solar; e o céu era azul, e ao longe, na clareira, a neve fofa cintilava com intensidade especial, branca, bem branca.

"Eis onde está a pureza! Como ela é bela em tudo, essa brancura na natureza, na alma, nos costumes, na consciência! Ela é maravilhosa por toda parte! Amo-a, e como me empenhei em velar por ela por toda parte, sempre! E para quê! Quem precisava dela? Não seria melhor a lembrança de um amor apaixonado, ainda que criminoso, porém verdadeiro, pleno, não seria melhor do que o vazio de agora – e a brancura de minha consciência?..." Anna estremeceu. "Claro que não, mil vezes não! Nunca!" – Anna não gritou por um triz. E, de repente, como se lavasse a alma naquela natureza limpa, sentiu uma elevação das forças espirituais como havia tempos não lhe acontecia de experimentar. Voltou para casa quando já tinha escurecido, e pôs-se a examinar, distraída, os livros de contas do intendente. Fez algumas observações, determinou a distribuição de terras aos camponeses e, depois de mandar que abrissem a casa, foi buscar, no gabinete do marido, os livros que ele pedira que fossem levados. Ao entrar no aposento frio, estremeceu, e abarcou-o com o olhar. Quantas recordações! Quanta alegria, pesar e decepção vivera ali! Anna sentou-se e começou a manusear as coisas do marido, suas cartas, papéis, diários. Seus dedos frios, hirtos folheavam o livro conhecido, buscando nele em vão alguma relação para com ela. Nos últimos tempos de vida no campo, o príncipe relacionava-se com a esposa como um lugar vazio, ela não o interessava de nenhum modo. Mas eis seu nome: "Sim, ele descreve como eu o encontrei – e é só desgosto". À frente, havia uma descrição da caça, e das damas que participaram dela. Ela leu e se horrorizou com o cinismo das expressões do marido.

"Oh, que horror! E como eu o amei tanto, e por quanto tempo!", pensou Anna, com um estranho afluxo de ternura, e largou o diário na mesa. E faiscou-lhe vagamente a ideia de que fizera bem em amar o marido pelo que manifestara a exigência de sua natureza pura, amorosa, e não pelo que ele dera em troca dessa exigência.

Anna foi se deitar sem ter ainda decidido se, na manhã seguinte, partiria para Moscou ou iria à casa de Varvara Alekseievna, para ver seu irmão. Passou quase a noite inteira sem dormir. A cama não era a de costume; a tia do intendente, que cedera à princesa seu colchão de penugem e deitara-se em uma arca, exclamava e roncava a noite inteira. Por fim essa longa noite de dezembro passou, e assim que Anna puxou a cortina da janela e avistou a manhã brilhante e congelada, decidiu na hora que iria até Varvara Alekseievna. Reuniu suas coisas e mandou atrelarem os cavalos. Em sua imaginação, Anna elaborava diversos pretextos que tornavam indispensável ver Varvara Alekseievna. Precisava dar uma olhada na escola, aconselhar-se, aprender, e por fim era simplesmente descortês não visitá-la. Mas o coração de Anna batia com força quando se aproximava da herdade de Varvara Alekseievna. O que lhe diria? Nunca houvera proximidade especial entre elas. Que pretexto eleger? E por que, realmente, ela, cujo lugar era em Moscou, com o marido e os filhos, estava indo para lá, para a casa de uma mulher que conhecia pouco?... Os filhos? Sim, o que seus filhos estavam fazendo agora? Mánia e seu favorito, o bebê Iucha?...

Mas já era tarde para pensar nisso. O trenó aproximou-se do terraço de entrada, e Anna, preocupada e tímida, ingressou na antessala da pequena casa de campo de Varvara Alekséievna.

Na casa havia um silêncio sinistro, como se ninguém morasse ali. Tudo estava imóvel, solene e limpo na antessala e no salão em que Anna espiou. Já queria voltar quando veio, pisando leve, um velho criado, tirou a peliça de Anna e pediu que entrasse, declarando que a patroa estava em casa, e ele a anunciaria agora.

Anna teve de esperar por bastante tempo. Soaram passos, Varvara Petrovna entrou, severa, solene e cortês. Estava evidentemente muito surpresa com a chegada de Anna, ouviu com desconfiança o discurso de que ela queria aconselhar-se a respeito de assuntos da escola e da educação das crianças camponesas, e convidou Anna para o desjejum. Não mencionou o irmão e, quando Anna perguntou de sua saúde, Varvara Alekséievna franziu o cenho e disse:

– Não está bem. Uma tosse horrível. Queria mandá-lo para um médico, em Moscou, mas ele ri e diz: tudo que faço é me tratar há doze anos. E não dá na mesma? Mais cedo ou mais tarde, o fim é um só. Saiu para passear – acrescentou.

O coração de Anna confrangeu-se dolorosamente. "O fim, cedo ou tarde... Sim, assim deve ser", pensou. "No caminho de minha vida e de minha consciência, nada jamais deveria ter havido. Tudo caminha para o melhor... Mas como continuarei viva? Para que vou viver?..." Uma voz interna gritava em Anna, com horror, e nenhuma consideração a respeito do dever, do marido e dos filhos podia afastá-la do horror pela morte de Bekhmétiev.

Nessa hora, a voz dele soou na antessala, perguntando quem chegara.

– Uma fidalga, uma princesa, esqueci quem é.

Bekhmétiev não aguardou resposta e entrou apressadamente na sala de visitas. Empalideceu ao ver Anna, deteve-se por um minuto, depois o sangue afluiu-lhe ao rosto e ele se controlou.

Surpresa com a modificação ocorrida em Bekhmétiev, Anna fitou-o nos olhos, de modo fixo e severo, e nessa troca silenciosa de olhares houve a primeira e pesada confissão deles.

– A senhora era quem eu menos esperava ver no mundo, princesa – Bekhmétiev foi o primeiro a falar, cumprimentando Anna. Não lhe perguntou por que ela viera para o campo, entendeu tudo naquele minuto, entendeu pela expressão apaixonada, doentia, severa de seus lindos olhos negros, cravados nele: alegria e dor, tudo junto se apoderou de sua alma.

As conversas foram prosaicas. Anna contou de Moscou, de seu cansaço da vida urbana, e sobressaltava-se incessantemente com os sons entrecortados e ásperos da tosse de Bekhmétiev.

Quando Varvara Alekseievna, por algum motivo, saiu, Anna de repente mudou de tom e perguntou, com voz preocupada:

– Está mal?

– Sim, algo em meu peito não está bem. No verão passa.

– Viremos em março – Anna deixou escapar, sem querer.

– Como será bom! A seu respeito, princesa, correm boatos de que tem um êxito inaudito em sociedade – disse Bekhmétiev.

– Quem lhe disse? Se o senhor soubesse como lá, para mim, não há ninguém! – disse Anna.

– Por enquanto, ninguém lhe interessa, e todos se curvam perante a senhora. Pois a senhora sabe que, se alguém ama uma mulher como a senhora, é perigoso; não é possível parar no meio do caminho do amor, o amor reclama por inteiro, por inteiro...

Bekhmétiev empalideceu outra vez; arquejava, e seu rosto ficou até desagradável devido à severidade apaixonada de sua expressão. Anna fitou-o, assustada. Esta fala incomum da parte daquele homem ideal embaraçou-a terrivelmente. Ela se calou. O rosto doentio de Bekhmétiev continuava sombrio, e era como se a paixão reprimida deformasse-o de forma ainda mais doentia. Sofrendo, Anna olhou para ele.

– Como, o senhor também pensa assim? Mas se são essas exigências do amor que o matam, como todo dia matam-no todos, todos...

– E como, princesa, o amor pode viver, ou seja, viver bastante?

– Oh, claro que só pela ligação espiritual. Um amor assim é eterno, para ele não há morte.

– A senhora acha que *exclusivamente* pela ligação espiritual?

– Não sei se exclusivamente ou não, mas em todo caso vem *antes de tudo*, e é a felicidade indubitável.

Bekhmétiev ficou pensativo.

– Talvez tenha razão, princesa – disse, em voz baixa. – Melhor assim, e que assim seja – acrescentou, aproximando-se dela e movendo a cadeira para se sentar ao seu lado.

Pôs-se a interrogá-la, com interesse e ternura, sobre os filhos, a pintura, sua vida em geral. Ela lhe contou em detalhes, como se conta a alguém quando se tem certeza de que tudo lhe interessa, sem dúvida.

Varvara Alekseîevna, de regresso, convidou Anna a ver sua escola. Anna esforçou-se em mostrar a maior atenção, mas era muito difícil. Depois do almoço, começou a se apressar a fim de não se atrasar para o trem.

– Acompanho-a, princesa, posso? – perguntou Bekhmétiev. – Preciso estar amanhã na cidade, e aproveito para ir com a senhora à estação.

Anna não disse nada, mas, quando trouxeram o trenó, disse, à despedida:

– Dmítri Alekseîevitch, o senhor, ao que parece, queria que eu o levasse à estação?

– Estou pronto agora, princesa.

No caminho, não disseram nada. Estava nublado, soprava um vento úmido e quente; o céu turvo estava baixo, aprontava-se neve e ameaçava uma nevasca.

– Parece que vamos pegar nevasca.

– Cale-se, por favor, o senhor não pode falar com um vento desses – disse Anna.

E ele se calou, porém seus olhos, que fitavam adiante, mas não viam nada que ocorria fora dele, viam apenas sua felicidade interior, a felicidade de estar ao lado daquela mulher que amava mais do que tudo no mundo, sem ousar lhe dizer isso, e o amor que ele sentia naquele minuto. Anna via essa expressão de felicidade e depois, na solidão dos momentos difíceis de sua vida, por muito, muito tempo aquele olhar iluminou-a por dentro.

E avançavam cada vez mais, pensando apenas em uma única e mesma coisa, sem exigir do destino, nem um do outro, nada mais, e sentindo, no meio daquela natureza nevada, pura e ilimitada, sua relação para com ela, para com Deus e para com a eternidade, na qual agora, depois e sempre viveriam uma vida única, na qual seria possível serem felizes, puros e amarem de forma desinteressada e infinita.

– São as luzes da estação – disse Anna.

– Bem, Dmítri Alekséievitch, terá de pernoitar na estação – disse o cocheiro. – A nevasca chegou de vez.

– Podemos pernoitar. Chegamos, princesa.

Despediram-se na estação, com um simples aperto de mãos.

Bekhmétiev aguardou a partida do trem e, depois, contemplou longamente a cauda de vagões a se afastar, uma serpente contorcendo-se na curva da estrada e desaparecendo sob o arco da ponte.

7

Como sempre acontecia com Anna ao se aproximar de casa, sua preocupação com o que encontraria no lar e a saúde das crianças crescia a cada minuto.

– Estão todos bem de saúde em casa? – perguntou ao cocheiro que saíra ao seu encontro.

– Não tenho como saber, não ouvi nada, Vossa Excelência.

A impaciência e a preocupação tinham chegado a um ponto doentio quando Anna acercou-se de casa e um criado abriu-lhe a porta.

– Estão todos bem de saúde? – Anna repetiu a pergunta.

– Graças a Deus, a babazinha disse que só o pequeno está com uma febrinha.

O coração de Anna parou. "Eu estava sentindo isso", pensou.

Depois de se aquecer na estufa da antessala, correu direto para o quarto das crianças. Os filhos mais velhos lançaram-se a seu encontro, aos gritos: "Mamãe, mamãe chegou!".

– Iucha está com febre – declarou solenemente Mánia, apressando-se, como todas as crianças, a ser a primeira a transmitir a notícia importante.

Anna correu para a caminha do bebê e tomou nos braços o pequeno Iucha, que, ao ver a mãe, subitamente começou a chorar de agitação.

Horror e desespero apoderaram-se do coração de Anna, reproches de consciência atormentavam-na. Toda a sua viagem e fraqueza egoísta, que não lhe eram características, pareceram-lhe repugnantes. Olhava para o menino choroso, quente, e não ousava sequer beijá-lo.

– Mandaram buscar um médico?

– Não – respondeu a babá. – O príncipe mandou esperar pela senhora.

Anna apressou-se a escrever para o médico e perguntou onde estava o príncipe.

– Em seu gabinete, ocupado.

"Claro que, para ele, tanto faz se Iucha está doente", pensou, com amargor.

O príncipe ainda não tinha saído do gabinete quando o médico chegou. Anna acompanhava o semblante e os movimentos do célebre professor de doenças infantis, e entendeu que o bebê estava mal.

– Ainda não dá para dizer nada, princesa. Amanhã vai se definir. A febre é muito alta. Acho que é sarampo, talvez com complicações – disse o médico.

O menino respirava pesadamente, e tossia rouco. O príncipe veio. Cumprimentou a esposa, o médico, e perguntou:

– Chegou faz tempo?

– Já faz duas horas.

O príncipe falou com o médico, manifestou, com desprezo, sua desconfiança da medicina, e despediu-se dele com frieza.

– Venho amanhã de manhã, princesa – disse o médico, dirigindo-se a Anna.

– Por favor – ela disse, acomodando na caminha o menino adormecido. – Vá jantar, babá, eu fico aqui.

O príncipe também ficou no quarto das crianças, e começou a interrogar Anna sobre sua viagem.

– Onde você passou a noite? – perguntou, entre outras coisas.

– Na casa do intendente, naturalmente; pois nossa casa não estava aquecida.

– Como isso é indecoroso e estúpido.

– O quê?! – ela perguntou, com espanto.

– C'est un jeune homme, et je vous dis que ce n'est pas convenable; vous manquez toujours de tact.[36]

– Dormi com a tia dele – proferiu com dificuldade Anna. Calou-se e olhou tristemente para a caminha do bebê adormecido.

– Esteve em mais algum lugar? – o príncipe continuou a interrogar.

– Sim, fui até Varvara Aleksêievna para olhar a escola dela, vi Dmítri Aleksêievitch. Ele me acompanhou à estação. Está mal, tosse terrivelmente.

– Como? Ainda mais essa? Você foi com ele à noite, sozinha?

– Não à noite, à tarde.

O príncipe levantou-se de um salto e se pôs a andar pelo quarto.

– Sabe Deus como você se porta! – gritou.

– Mais baixo, vai acordar o bebê.

– Não é possível viver assim! É hediondo! – gritou o príncipe. – Você tem filhos, e está pronta a se jogar no pescoço do primeiro que a corteja.

Anna ficou calada, mas lágrimas jorraram-lhe dos olhos. Oprimida pelos reproches de consciência, pela preocupação com o bebê, ofendida pelas suspeitas do marido, não encontrava como responder para se justificar; apenas olhou, de forma severa, de viés, primeiro para o marido, depois para o bebê, e sussurrou, baixo:

– Por favor, mais baixo.

O príncipe se calou. Naquele minuto, duvidou da justeza de suas recriminações e entendeu que talvez a esposa se sentisse culpada não por causa dele, que tão frequentemente

---

36 "É um jovem, e eu lhe digo que não é conveniente; a senhora carece sempre de tato". Em francês no original.

a ofendia com seu ciúme, mas por causa daquele menino febril, que ela amava com ardor.

Ele saiu. Por muito tempo, ficou andando em seu gabinete, para a frente e para trás. Nos últimos tempos, o ciúme atormentava-o cada vez mais. Sua imaginação pintava os quadros mais sujos e cínicos. Ora via o intendente entrar à noite no quarto de sua esposa adormecida; ora imaginava Bekhmétiev, seu velho amigo, abraçando-a no trenó. E ela?... Não a conhecia; nunca se dera ao trabalho de esmiuçar que tipo de mulher era sua esposa. Conhecia seus ombros, seus olhos encantadores, seu temperamento apaixonado (ele ficou tão feliz quando finalmente o despertou), mas se ela era feliz com ele, se era uma mulher plenamente honrada, e se o amava ou não, isso ele não sabia e não conseguia resolver. É verdade que ela se submetia a suas exigências periódicas, mas o que havia por trás disso ele jamais pôde alcançar.

Percorrendo seu gabinete pela décima vez, recordou suas intrigas amorosas anteriores ao casamento. Com que astúcia e fineza enganara os maridos confiantes, arrebatando-lhes as esposas! Como era natural, e até divertido aquele eterno galantear, aqueles métodos engenhosos para marcar encontros, para passear de troica, quando, de forma imperceptível para os que estavam ao redor, em especial para os maridos, apertava, sob as sobrecapas felpudas, as mãozinhas quentes das damas e, enlaçando com os braços suas cinturas maleáveis, estreitava-as contra si. "Por que outros não vão fazer o mesmo com minha esposa? Por que Bekhmétiev não aproveitaria a oportunidade de cortejar uma mulher tão bonita, que se lança ao seu pescoço?"

O príncipe atormentava-se cada vez mais com o ciúme, e o ódio por aquela mulher, que ele devia ser o único a possuir, crescia com força terrível.

Mas, com esse ódio, crescia também a paixão, irresistível, animal – uma paixão cuja força ele sentia, e que o fazia zangar-se ainda mais.

As crianças de fato começaram a ter sarampo. Todas as quatro pegaram. No pequeno Iucha, o sarampo complicou-se com uma inflamação pulmonar. Anna instalou-se no quarto das crianças e acompanhava o estado dos filhos com tensão doentia. Passava noites inteiras sentada ou andando para a frente e para trás no quarto, com o pequeno Iucha nos braços. Curvada sobre seu rostinho azulado, afligia-se com sua respiração difícil, soprava-lhe na boquinha, beijando-o, como se quisesse transmitir-lhe sua vida, sua saúde. Às vezes postava-se sobre sua caminha e rezava, rezava como só as mães rezam. Sua oração não era uma súplica a Deus pela salvação do bebê, mas uma confissão de sua impotência perante Deus, e uma entrega a Seu poder. "Eis-me, Senhor, sofredora, fraca e submissa. Tem piedade de mim, se for Tua vontade, salva-o!"

Seu marido visivelmente se incomodava com esses períodos de doença dos filhos. Dizia que ela exagerava o perigo da doença e transformava a casa em um inferno para todos. Evitava encontrar-se com o médico, que ia todos os dias, e zangava-se com Anna por sua confiança exclusiva nesse médico. Mas Anna não dava atenção a isso, sempre esperava aquele homem bom e inteligente com impaciência. Ele tratava com muita atenção e simpatia o bebê e o pesar dela. Observava com olhos muito bondosos aquela mãe jovem, apaixonada e emaciada.

– Não precisa se desesperar assim, princesa – dizia, aplicando uma compressa no peitinho do menino. – Veja quanta vida há nele: melhorou um bocadinho e já está brincando.

E Anna, nos derradeiros extremos do padecimento, era de todo coração reconhecida ao homem que, ademais do socorro médico, amparava-a e confortava-a naquele período duro de sua vida.[37]

O pequeno Iucha e todas as outras crianças sararam. Anna voltou a se animar por um tempo, e descansou a alma. O príncipe também ficou mais alegre. Estava contente porque a vida entrara nos eixos de antes, porque Anna voltara do quarto das crianças para seu dormitório e porque o médico interrompera suas visitas. Anna entendeu tudo isso, e produziu-se mais um corte em seu amor pelo marido. Nunca esqueceu nem lhe perdoou a indiferença pela doença dos filhos e a falta de simpatia por seu pesar.[38]

Quando todos se restabeleceram, o organismo debilitado e esgotado de Anna não aguentou e ela adoeceu. O trabalho extenuante das idas e vindas atrás dos filhos, as noites insones, com frequência passadas embalando o bebê pesado nos braços por horas inteiras, e a inquietude no coração, tudo isso provocou em Anna um parto prematuro e, em seguida, uma doença feminina grave. Anna teve de ficar de cama por seis semanas.

O príncipe, no começo, ficou terrivelmente assustado, chamou médicos, não dormiu por noites, viu a possibilidade de perder o conforto habitual de ter uma esposa jovem, bela e saudável. Era ora meigo, ora nervosamente preocupado, ora se irritava com algum descuido de movimento da esposa, recriminando-a por não se cuidar. Mas, quando o perigo passou, e Anna, pálida e calma, ficou semanas deitada com um livro ou um trabalho na mão, o príncipe começou a se entediar de forma terrível e, sob

37 "E o que Ivan Zakhárytch dirá ninguém sabe, ele menos do que todos, pois ele sabe muito bem que não sabe nada e não pode ajudar ninguém, e apenas tergiversa como dá [...]." Tolstói, *Sonata Kreutzer*, pp. 65-66. [N. A.]

38 "De modo que a presença das crianças não apenas não melhorava nossa vida, como a envenenava." Tolstói, *Sonata Kreutzer*, p. 67. [N. A.]

diversos pretextos, passou a sair de casa. Com frequência, mostrava-lhe até alguma hostilidade, o que fazia Anna recordar-se do provérbio: o marido ama a esposa saudável… e suspira por sua fraqueza.[39]

Aos poucos, Anna passou a se acostumar à relação cínica do marido para com ela e sua solidão. Com muita frequência lembrava-se da mãe e da irmã, que agora tanto poderiam confortá-la; mas elas havia muito, muito tempo tinham se mudado para o exterior, por causa do pequeno Micha, no qual aparecera um desvio na espinha, e que já havia alguns anos era levado por elas de um lugar a outro, amparando sua frágil existência.

Anna cercara-se de filhos e livros. Mas os filhos esgotavam-na, e foram levados embora por ordem dos médicos. Em compensação, os livros ninguém lhe tirava. Raramente na vida desfrutara de tanto ócio como agora. Acontecera de, examinando livros de filosofia no gabinete do marido, ela apenas ler alguns e, sem tempo, passar a vista por outros. Já agora pegava todas as obras favoritas de filosofia e lia, copiando as passagens que mais lhe agradavam. Quando transcorreram dois meses, Anna examinou seu bloco de notas e surpreendeu-se porque a questão que mais lhe interessava era a morte, e não no sentido de desaparição da vida. Mas sim que não havia morte. Um novo sentimento religioso tomou sua alma. Tudo nela se media pela fé na imortalidade. De repente, viu através de tudo que é mundano aquele ponto que não tem limites, através do qual seu olho espiritual avistou o infinito e a imortalidade, e sentiu-se leve e contente.

"Eis tudo a respeito dessa questão que foi escrito em nossa doutrina eclesiástica – ela também fala de imortalidade…

---

39 "Em mim, pelo menos, com frequência fervia um terrível ódio por ela!" Tolstói, *Sonata Kreutzer*, p. 68. [N. A.]

E eis Epiteto, filósofo, pagão e escravo, e ele entendia que não há morte, que a morte é a absorção da razão humana pela Razão universal...", refletia Anna, examinando seu bloco de notas.

"Sim, nos absorverá a todos essa Razão universal, essa divindade que conhecemos com todo o nosso ser, que amamos, da qual procedemos e a cuja vontade nos entregamos!"

Nesse novo estado de espírito, Anna deixou Moscou com deleite no começo de abril, e partiu com toda a família para o campo.

8

O estado de espírito de Anna preocupava o príncipe. Havia algo de artificial, tranquilo, enigmático e ao mesmo tempo autoconfiante em todo o seu ser, algo que ela ocultava dele, não permitindo seu contato. Ele nunca a entendera muito bem, agora ainda menos do que antes.

No campo, Anna começou a se recuperar logo da doença. O médico que a tratava advertiu o príncipe de que, apesar da melhoria das forças, se a princesa não fosse cuidadosa, seu mal poderia se repetir, e reiteradamente. "Banhos de rio quando fizer calor, mais tranquilidade e cessar de aumentar a família...", acrescentou, delicado, com um risinho.[40] A essas palavras, o príncipe franziu o cenho e não disse nada.

Anna aconselhou-se ainda com uma médica que conhecia e, apesar da insatisfação do príncipe, decidiu seguir todos esses conselhos para voltar a ser saudável, forte e bela.

E ela conseguiu. Os conselhos médicos causaram seu efeito; Anna floresceu junto com a beleza do verão, animou-se, embelezou-se, e toda a sua energia adormecida ergueu-se com tanta força que muitas vezes sentia que já podia fazer tudo, que todas as capacidades humanas tinham se erguido nela de uma vez.[41]

Instalada, após a viagem, em seu ambiente rural de hábito, Anna de início se entregou por inteiro às alegrias das impressões primaveris, à liberdade, à natureza. O príncipe também ficou mais alegre e tornou-se mais tranquilo e meigo com a esposa. Frequentemente a convidava a

---

40 "Minha mulher estava mal de saúde, e os calhordas mandaram que não tivesse mais filhos, e ensinaram-lhe o método." Tolstói, *Sonata Kreutzer*, p. 71. [N. A.]

41 "O método dos calhordas, pelo visto, começara a funcionar; ela encorpara fisicamente e embelezara, como o último verão da beleza." Tolstói, *Sonata Kreutzer*, p. 72. [N. A.]

passear, dizia-lhe suas ideias referentes aos artigos e livros recém-publicados, tentava interessá-la nas questões administrativas.

"Seria ainda possível uma aproximação?", pensou Anna, contente. Era atenciosa e carinhosa com o marido, cumpria todos os seus desejos, esforçava-se em aproximá-lo dos filhos. Como muitas vezes acontece nos períodos de pleno bem-estar familiar, Anna se entregava por inteiro à felicidade, repelindo todas as questões, dúvidas, tudo que pudesse perturbar esse estado de espírito de felicidade geral. Com que simplicidade e gosto ela entregou-se novamente ao velho amor pelo marido; mais uma vez, acreditou que poderia ser feliz com ele, que o afastamento fora casual, temporário. Relacionava-se com ele com bastante interesse, simpatia. Esforçava-se para expulsar qualquer pensamento em Bekhmétiev do santuário de sua alma, onde ele já ocupara um lugar tão grande, de modo tão imperceptível.

Mas o estado de espírito apaixonado, pacífico do príncipe prolongou-se, como antes, por pouco tempo. Sempre tinha seus limites.

Em meados de maio, em um dia quente, raro na primavera, Anna levantou-se mais cedo do que de costume e saiu ao terraço. Todos em casa ainda dormiam. Ela mandou saber se Mánia e sua governanta tinham acordado, e ordenou que as chamassem. Mas elas ainda não estavam de pé. Então Anna foi sozinha para o bosque. A manhã era extraordinariamente bela, como ocorre apenas em maio, quando a natureza ainda não entregou tudo, mas promete ainda mais beleza e florescimento; quando tudo é fresco, rutilante, novo, e não há medo, como no verão, de que rápido, logo, logo, toda essa beleza amadurecida comece a murchar e decair.

Sensível a toda beleza, como artista, Anna deleitava-se infinitamente, e nem sequer reparou que tinha chegado ao rio, que corria a 2 verstas de casa.

"Seria bom começar a me banhar", pensou Anna, e entrou na casa de banho recém-construída. Tinha medo de se despir e ver-se sozinha na água. Mas a água clara, calma, parecia atrair tanto para o seu frescor que Anna, despindo-se apressada, pulou nela. Ouviram-se passos, vozes, e Anna com rapidez começou a se vestir de novo. Estava leve e alegre. Sua natureza espontânea entregava-se, por inteiro, com tanta paixão a toda essa vida familiar simples do campo; nada, aparentemente, poderia perturbá-la. Correu rápida e leve pelo caminho de casa, e encontrou o intendente. Perguntou: de onde ia, e para onde? Ele disse que percorrera os campos a pé, pois seu cavalo mancava, e que agora ia para casa.

– E a manhã está tão maravilhosa! – acrescentou. – E Vossa Excelência acordou cedo.

As conversas sobre a propriedade, a seara, as novas máquinas trazidas de Moscou e adquiridas pelo príncipe interessavam pouco a Anna, mas seu humor feliz deixava-a tão bondosa que ela não tinha vontade de ofender ninguém, e demonstrava atenção e até simpatia pelos interesses do intendente.

Quando o caminho chegou à bifurcação que, de um lado, levava para casa, e, do outro, ao anexo, do intendente, Anna disse "até logo" – e de repente avistou o marido vindo ao seu encontro. Cumprimentou-o de longe, com voz alegre e carinhosa, mas, quando viu mais de perto o rosto dele, seu coração baqueou. Estava transfigurado pela raiva.

– De onde vem tão cedo? – perguntou.

– Passeei e tomei banho.

– *Et que veut dire cette intimité avec l'intendant?*[42]

42 "E o que significa essa intimidade com o intendente?" Em francês no original.

– *L'intimité?*[43] Por quê? Ele simplesmente estava vindo do campo, eu da casa de banho, nos encontramos e viemos para casa, pois o caminho, ao que parece, é um só – Anna explicou, em detalhes e com simplicidade, rindo de leve.

– Você sempre teve e terá uma falta de tato humilhante; esse *tête-à-tête* é indecoroso, *c'est presque un domestique*[44] – disse o príncipe, ofegante de raiva.

– Ah, meu Deus! Por que você sempre estraga nossa felicidade? – disse Anna.

– Bem, agora começa o sentimentalismo. *Je suis trop vieux pour cela, ma chère.*[45]

– Você atormenta de propósito a si mesmo e a mim – prosseguiu Anna. – Tenho pena de você. Ora, olhe para mim, encare-me, vamos juntos – acrescentou Anna, com ternura.

O príncipe ficou calado e correu adiante.

– Será que você não consegue não se zangar? Pois não há motivo para isso! Sim, não tenho tato, sou estúpida, mas me condoo por você, eu o amo. Não posso ver essa severidade em você, essa preocupação. – Ela tomou o marido pelo braço e se aferrou a ele, como se pedisse proteção e carinho. Mas o príncipe afastou-lhe o braço e foi precipitadamente para casa. Anna parou; com os olhos secos de desprezo acompanhou o marido, como se acompanhasse sua derradeira felicidade, e, dando um suspiro pesado, profundo e sonoro, foi para casa a passo manso.

A partir desse dia, o príncipe começou a atormentar o intendente, e logo o demitiu sem culpa, renunciando a um administrador maravilhoso.

---

43 "Intimidade?" Em francês no original.

44 "É quase um doméstico". Em francês no original.

45 "Sou velho demais para isso, minha cara". Em francês no original.

Anna não podia, não queria reconhecer sua culpa na humilhação de que o marido a acusava. Ela! Ela, que pusera sua pureza acima de tudo no mundo; ela, que, por essa vida familiar pura, feliz, sacrificaria tudo no mundo, se isso lhe fosse exigido!

E suas boas relações com o marido voltaram a se interromper. Tornaram-se tensas, distantes, artificiais.[46] O coração de Anna entristeceu-se, voltava a ficar pesado, e havia pouco ela estivera tão despreocupada e feliz. Ela voltou a definhar e, para salvar-se da tristeza, empreendeu sua velha ocupação favorita – a pintura.

Na manhã seguinte, pegando tela, guarda-sol e estojo, Anna saiu de casa e aboletou-se para pintar uma paisagem de sua aldeia, na margem do lago. Tinha preparado tudo quando, de repente, ouviu o ruído de um veículo. Olhando para a estrada, imediatamente reconheceu a caleche e os cavalos de Bekhmétiev. Ele os visitara apenas uma vez desde sua chegada, e em companhia numerosa, e ela sabia por que ele não aparecia. Ela adivinhava vagamente que seu amor desinteressado não queria, antes de tudo, disturbar-lhe a felicidade familiar, não queria agitar-lhe a alma honrada, e esse traço de nobreza só fez elevá-lo ainda mais aos olhos de Anna.

Bekhmétiev avistou Anna de longe, deteve os cavalos e saiu da caleche. Depois de cumprimentá-la, disse:

– Voltou a fazer algum trabalho, princesa? Eu há muito, muito tempo não pinto nada.

– Vamos pintar agora juntos, e vemos quem é melhor, quer? – propôs Anna.

---

46 "Não reparava então que esses períodos de raiva surgiam em mim de forma absolutamente exata e regular, correspondendo aos períodos do que chamávamos de amor. Período de amor – período de raiva." Tolstói, *Sonata Kreutzer*, p. 68. [N. A.]

– Mas não tenho nada comigo.

– Eu tenho tudo. Vá cumprimentar meu marido, depois pegue, na sala de canto, no armário, tudo de que precisar. Lá há justamente uma tela igual, paleta e tintas. Pincel eu lhe dou, aqui há muitos.

Em meia hora, Bekhmétiev voltou com todos os objetos necessários, e o trabalho começou.

– Como está sua saúde? – perguntou Anna, delineando rápida e habilmente os contornos de uma isbá.

– Sempre a mesma, princesa, mal. E a senhora, como se restabeleceu, floresceu!

– Sim, nada me derruba. Sou saudável demais.

– Deus lhe deu tudo; felicidade, saúde, família, beleza.

– Acha que eu sou *muito* feliz?

– Vejo isso.

– Sim? – disse Anna, distraída e triste.

Continuaram a pintar em silêncio.

– Trabalhar juntos é um incentivo e tanto – disse Anna.

– E como aproxima, conecta um ao outro, esse trabalho em comum – disse Bekhmétiev, em voz baixa.

– Vamos traduzir alguma coisa. Estou lendo Amiel, *Fragments d'un journal intime*[47], é surpreendentemente bom! Sozinha eu não saberia, mas o senhor conhece muito bem línguas estrangeiras.

– Será maravilhoso se a senhora estiver falando a sério, princesa.

– Eu? Mas o que isso tem de surpreendente? Eu amo o trabalho intelectual, e o senhor vai me ajudar.

Voltaram a se calar; Anna de repente lembrou-se dos serões do ano anterior, seu estado de então, feliz, tranquilo,

---

47 *Fragmentos de um diário íntimo* (1882), publicação póstuma do suíço Henri-Frédéric Amiel (1821-1881).

na presença daquele homem, e uma alegria, uma alegria calma, luminosa, de repente iluminou todo o seu ser.

Ela fitou-o, e seus olhos se encontraram por acaso. Na expressão de seus olhares a se encontrar já não havia aquela severidade, aquele pavor diante da possibilidade de um arroubo apaixonado, culpado entre eles, mas havia uma ligação espiritual assumida, feliz, na qual não podia existir mal algum, porém que iluminava suas vidas com luz, sentido e alegria infinita.

A partir desse dia, Anna voltou a ficar tranquila. Surgira novamente a força da vida, a fé em tudo, a brandura. Tudo que parecera importante, que a alarmara, deixara de ter significado. Passava noites inteiras ocupada com a tradução, arrebatada por ela. Bekhmétiev a frequentava quase todo dia, ajudava-a, e, como o príncipe também estava atraído pelo trabalho, interessava-se por ele, e tratava Bekhmétiev com amizade e confiança.

Certa feita, após prolongada labuta, Anna propôs, à guisa de descanso, passearem a cavalo depois do almoço. Dirigiu-se ao marido, pedindo que fosse com ela. O príncipe concordou de bom grado e, dirigindo-se a Bekhmétiev, disse:

– Espero que você também vá conosco, Dmítri.

– De muito bom grado.

Trouxeram três maravilhosos cavalos selados. Anna estava espantosamente bela com a cor ofuscante de seu rosto, vestida de amazona negra, em um murzelo. O príncipe montava um esquipador, e dera a Bekhmétiev uma maravilhosa égua inglesa alazã, especialmente cara.

– Quero oferecer-lhe essa montaria, veja que beleza!

– Sim, um encanto! E de passo ligeiro.

Mas, assim que tinham se afastado meia versta da casa, encontraram, no caminho, um vizinho de longe, que viera atrás do príncipe a negócios.

– Ah, que chato, preciso voltar – disse o príncipe.

– Que pena! – disse Anna, com um suspiro.

– Mas vá com Dmítri, alcanço vocês quando tiver acabado de falar com a visita.

Anna mostrou uma indecisão momentânea: devia voltar com o marido ou ir com Bekhmétiev? Mas, de repente, teve medo de que o príncipe reparasse em sua hesitação, e disse, de modo já absolutamente simples e natural:

– Está bem, vamos apenas rodear o bosque, e depois você nos encontra no riacho.

A estrada do bosque era muito estreita. Bekhmétiev e Anna iam próximos, lado a lado, e em silêncio. Do que se referia tão de perto a ambos, não podiam falar; de outra coisa, não queriam. A felicidade de estarem juntos satisfazia-os plenamente. Por fim, Bekhmétiev disse:

– Quais são seus planos para o próximo inverno, princesa?

– Não sei de nada. A impressão dos livros de meu marido está demorando; ele está agitado, diz que o envio das correções atrasa o negócio, e é preciso instalar-se de novo em Moscou no outono. Ele se entedia aqui. E eu não posso nem pensar na cidade. E seus planos?

– Provavelmente regressarei ao exterior. Minha saúde de fato anda muito mal. Preciso ir para um lugar de clima quente.

– Então vai partir? De vez, ou por um tempo?

– Não sei, princesa. É melhor para mim partir, a senhora sabe... Não ouso buscar a felicidade e perco a tranquilidade.

– Mas o senhor tentou buscar a felicidade?

Bekhmétiev não respondeu de pronto, mas, assumindo de repente um tom brincalhão, leviano, começou:

– Conhece sua vizinha Elena Mikháilovna? Ela tentou muito me distrair. Uma dama alegre!... Cuidado, princesa, não está olhando para onde o cavalo mete as patas, e ele tropeçou.

– Bem, o que mais dessa Elena Mikháilovna? – perguntou Anna.

– Ela deu serões, reuniões muito animadas, e foi especialmente amável comigo. Passei um tempo muito alegre com ela...

Anna lembrava-se dessa desenvolta e vivaz Elena Mikháilovna, que, na primeira vinda de Bekhmétiev, encontrara à noite, com seu marido, e da qual antes tivera tanto ciúme. A casa dessa Elena Mikháilovna era o centro de diversão leviana de toda a vizinhança, mas as mulheres direitas não se davam com ela.

– E o senhor aprecia mulheres como Elena Mikháilovna?

– Sou seu grande admirador – respondeu Bekhmétiev, com ironia maligna –, é uma interlocutora alegre e gentil.

"O que se passa com ele?...", pensou Anna. "Está me provocando."

Mas ele não a estava provocando. Mal se continha para não desatar, diante dessa mulher, na mais desesperada, na mais apaixonada declaração de amor. Ofegava de agitação, estava fraco, infeliz, dizia sabe Deus que asneiras por sentimento de autopreservação, estava prestes a chorar por causa daquilo que o desgostava, mas sabia que não devia, não ousaria dizer-lhe que amava apenas a ela no mundo, que ali, no meio daquela calma e maravilhosa natureza do bosque, a sós com ela, perdia a cabeça de felicidade e de desespero, que não podia se aproveitar, mas devia preservar a tranquilidade e a felicidade dela com outro homem.

Anna não falou mais com Bekhmétiev. Golpeou a montaria forte com a chibata e desapareceu na espessura do bosque. No caminho, ficava o riacho em que o príncipe devia alcançá-los. Atiçando a montaria, Anna esqueceu-se do riacho e, ao avistá-lo, era tarde demais para deter a montaria. Mas a inteligente égua inglesa, dando-se conta, parou de repente. O movimento da montaria foi tão inesperado que Anna tombou instantaneamente da sela. Bekhmétiev, no encalço de Anna, viu tudo isso e gritou. Mas Anna levantara-se e aprumara-se de imediato.

– Foi uma queda leve – ela disse –, nem senti o choque.

– Uma queda dessas, só no palco, princesa – disse Bekhmétiev, mas sua voz tremia.

– Pois bem, vamos de novo – disse Anna, tentando montar no cavalo.

– Assim não conseguirá montar, eu a ajudo, caso permita, princesa – disse Bekhmétiev, estendendo a mão para que Anna pisasse nela.

O pequeno pé de Anna roçou de leve as mãos de Bekhmétiev. Através do calçado fino, ela sentiu o ardor da mão dele, e de repente um tremor inesperado percorreu-lhe todo o corpo. Seus olhos escureceram, e nessa mesma hora faiscou-lhe na memória sua filha, Mánia. Há alguns dias, quando Bekhmétiev estava sentado com ela, à noite, corrigindo a tradução, os filhos vieram se despedir. Mánia encarou Bekhmétiev com olhos zangados, e não quis lhe dar a mão de jeito nenhum. O motivo ela não explicou a ninguém, apenas dizia: “Não quero, não precisa”.

“Meu Deus!”, pensou Anna. “Minha querida, pobre Mánia! Não tema por mim, amo você demais.”

– Não, não precisa fazer isso, não precisa! – gritou Anna. – Assim eu não consigo, agradeço-lhe. Lá tem um toco, monto no cavalo sozinha.

Bekhmétiev conduziu o cavalo ao toco, e nesse minuto chegou também o príncipe. Depois de liberar o vizinho, o príncipe fora alcançar a esposa e o amigo. Não sossegara por todo o caminho. E quando viu que Anna não estava no cavalo, e Bekhmétiev estava perto dele, suspeitas terríveis passaram-lhe pela cabeça, ele empalideceu e não encontrou o que dizer. Seus lábios tremiam, ele apertava as rédeas nas mãos. Seu primeiro movimento foi o desejo de golpear ambos com a chibata que tinha na mão. Mas controlou-se e ouviu com calma o relato da esposa de sua queda do cavalo. Decidiu que em casa tomaria explicações com ela, e tentaria interromper as visitas de Bekhmétiev.

Ao chegar a casa, Anna, sem se despir, jogou-se na cama e começou a soluçar.

– Sou uma criminosa, uma mulher lamentável, abjeta! Eu o amo e me odeio por isso! Senhor, ajude-me! Crianças, queridas, perdoem-me!

Depois se levantou, benzeu-se, como se se protegesse de alguma alucinação, e começou a se trocar. Assim que tirou a amazona, o marido entrou. Ele preparara seu discurso, queria fazer uma cena e deteve-se, impactado com sua beleza. As pequenas pregas escuras da amazona jaziam ao seu redor; seus braços fortes, belos, erguidos, logo enrolavam seus cabelos dourados e ondulados, e os ombros e o pescoço, iluminados, através da janela, pelos últimos raios do crepúsculo rosado, resplandeciam de beleza, assim como seus maravilhosos olhos escuros, inflamados pelas lágrimas e pela agitação.

O príncipe chegou perto da esposa e, fitando-lhe os olhos, notando uma expressão incomum, perguntou:

– Como está se sentindo?

– Muito bem – ela disse.

– Não dói nada? – ele perguntou, tocando-lhe as costas.

– Não, não – ela repetia, livrando-se de suas mãos.

Mas o príncipe não a deixou. Afastou-se por um minuto, trancou a porta a chave e, acercando-se da esposa, inclinou-se e beijou-lhe o peito. Anna estremeceu e recuou. Mas o príncipe puxou-a para si e apaixonadamente comprimiu os lábios contra seu ombro, contra seus lábios, abraçou-a... Ela não mais se opôs. De olhos fechados, sem pensar no marido, sem se dar conta de nada, tremia toda em seus abraços. O príncipe estava agradavelmente surpreso com a paixão condescendente da esposa. Ela se entregou a ele por inteiro... mas seus olhos fechados viam apenas Bekhmétiev, a imaginação pintava-o nos momentos de sua admissão silenciosa, e, ao lado dele, surgiram os olhinhos assustados, hostis de Mánia, que compreendera, com a alma inocente, o perigo em que sua mãe estava...

No dia seguinte, o príncipe estava muito alegre e empreendedor. Seu ciúme acalmou-se por um tempo. Inventou diversas viagens, fez planos, brincou e foi especialmente carinhoso com seu amigo, que viera saber das consequências da queda da princesa do cavalo.

9

Pela primeira vez na vida, Anna sentia uma repartição interna em sua alma. Sempre firme, honrada e tranquila, estava segura de si e não tinha medo de nada. Mas agora suas forças traíam-na. Sabia que em agosto, já completamente doente, Bekhmétiev partiria, ela sentia que a felicidade que vivera por todo aquele tempo chegaria ao limite, e depois? Depois restariam a casa, as obrigações, o egoísmo indiferente do marido, com suas exigências rudes, e a impotência para continuar aquela vida sem a luz daquele amor com o qual fora mimada por todo aquele tempo.

"E os filhos? Será que me tornei fria com eles?", Anna perguntava a si mesma, com horror. "Não, isso é outra coisa; é um lugar totalmente diferente de meu coração. Mas como estou cansada! Como estou horrivelmente cansada! E meu marido? Onde está o amor que eu sentia por ele? O que aconteceu? Por que não posso amar meu marido e também esse homem, que me amou por tanto tempo de forma tão desinteressada, simples e boa, sem exigir nada?..."

E, apesar de todos esses pensamentos de justificação, Anna sentia, e não tinha como não sentir, que acontecera o que devia acontecer com sua vida com o marido e seu amor por ele, e não por outro homem; o que devia acontecer com todo bom matrimônio.

Ela havia se ligado em alma ao homem que soubera, sem violência, sem exigência, sem quaisquer direitos, iluminar de amor toda a sua vida, e quando toda essa vida espiritual se tornou plena, despertou nela um sentimento de felicidade, também pela proximidade pessoal desse homem. Por que aquele homem não era seu marido? Com esse ideal casara-se; assim idealizara no começo seu marido, por tanto tempo e de modo tão cego submetera-se à sua influência, apenas sentindo vagamente, mas sem se permitir admitir para si mesma, que tudo estava errado, errado; que lhe doía a indiferença dele por toda a sua vida interior, por seus filhos, humilhava-a seu interesse apenas pela vida de sua beleza florescente, de sua saúde e seu êxito exterior, que ao mesmo tempo o contentava e suscitava-lhe aquele ciúme animal devido ao qual ela tivera de padecer de forma tão aflitiva. "O que será agora? Qual será agora minha relação com meu marido?", perguntava-se Anna, agarrando-se, em seu coração, como uma afogada, à palhinha que poderia salvá-la. E ela se afogava, afogava-se, reconhecendo com clareza que a palhinha vergava-se em suas mãos fracas, e a salvação não estava nela.

Mas o destino socorreu-a e enganou-a por um tempo, prometendo uma saída para sua difícil condição espiritual.

O príncipe, que nos últimos tempos estivera muito ocupado com melhoramentos agrícolas, partiu para a cidade a fim de receber em pessoa uma nova debulhadeira a vapor. Estava muito úmido e frio e, apesar das súplicas de Anna de que fosse de carruagem, mesmo assim o príncipe foi a cavalo. Ficou tarde, escureceu, e o príncipe não regressava. Anna já começava a se alarmar quando uma telega aproximou-se da casa, e tiraram dela o príncipe, carregado. Ao ver isso, Anna gritou de horror e precipitou-se para o marido. Ele sorria de modo doentio, gemia quando o carregavam, mas se apressou a dizer-lhe:

– Quebrei a perna, ao que parece; não é nada, não se assuste.

– A perna, graças a Deus! Achava que fosse pior. Mas precisamos de um médico logo. – Ordenou que mandassem buscar o médico, depois correu para o quarto do príncipe, acomodou-o e arrumou a posição das pernas do jeito mais cômodo possível. Depois, com rapidez e habilidade, encheu de gelo uma bolsa de borracha e colocou-a na perna dele.

Depois de fazer tudo isso, sentou-se, firme e calma, junto ao leito do príncipe. Ele gemia e desvairava-se, exigindo a cada minuto seus serviços. Ninguém mais podia satisfazê-lo. Afastando a todos, Anna cuidou do marido com ternura e paciência. Estava contente com o cumprimento desse dever indiscutível que o destino lhe atribuíra.

– Venha aqui – ele a chamava sem parar –, bote um travesseirinho; ah, não é assim. Eu a atormentei, queridinha – dizia, e voltava a gemer.

Pela manhã, o príncipe adormeceu. Anna achegou-se de mansinho e se pôs a examinar com atenção o rosto do marido. Os belos traços atormentados do príncipe tiveram um efeito estranho sobre ela. Transportou-se ao passado distante, à época em que amava aquele homem de modo confiante, cego e simples, sem analisá-lo, sem criticá-lo.

"Se isso fosse novamente possível! Pois tudo nele é bom, ele só amou a mim, nunca me traiu, eu é que sou ruim, não ele, o que eu quero?"

Ela se inclinou e beijou-lhe com calma a testa.

"Sim, eu só amei a ele, e ele me é mais caro do que todos no mundo", decidiu Anna, e de repente trancou na alma quaisquer análises subsequentes de seus segredos interiores, mais íntimos e vedados. E não estava mentindo ao decidir a questão do amor pelo marido. Aquela força de amor – amor jovem, apaixonado, idealizado, que ela entregara por inteiro ao marido nos primeiros anos de seu casamento –, aquela força não existia mais nela. Como o marido respondera a seu amor, era outra questão, mas aquilo não podia tê-lo destruído, e seu amor vinha à tona a cada ocasião propícia, e voltava a cair quando ela se opunha.

Agora o príncipe dormia, Anna não ouvia aquela voz que a ofendia por vezes de forma tão rude, não via aqueles olhos que injustamente – com ira ou sensualidade – a fitavam, via apenas o homem ao qual entregara por inteiro a si mesma e seu amor – e o amava.

Toda mulher só ama de verdade uma vez. Ela ama o seu amor, que conserva até a ocasião. Mas, uma vez que o entregou, valoriza-o, guarda-o e fecha os olhos para os defeitos daquele ao qual o entregou. A repetição desses sentimentos sempre brota do antigo, dos antigos ideais, e, se acontece de uma mulher casada amar outro homem, o culpado quase sempre é o marido; ele não soube satisfazer as exigências poéticas manifestadas por uma natureza feminina jovem, pura, e destruiu-as, dando em troca apenas o lado rude do matrimônio. Desgraça se um outro soube ocupar o lugar vazio que o marido não ocupou, quando é sempre aquele primeiro amor, idealizado, transferido para um outro.

O príncipe sofreu terrivelmente a noite inteira, e apenas na manhã seguinte o médico chegou. Ele pôs uma atadura e prescreveu repouso absoluto da perna.

Transcorreram alguns dias de doença aflitivamente duros para o príncipe. Ele estava impaciente, exigente, desconfiado até o impossível. O fato de não poder se mexer punha-o fora de si. Não deixava em absoluto que Anna se afastasse dele. Vizinhos vinham saber da saúde do príncipe. Isso o distraía por um tempo, mas ele mesmo assim se entediava terrivelmente, e chateava a esposa a todo momento.

– Onde você esteve? – perguntava-lhe, quando ela saía por algum tempo do quarto. – O que você fez?

– Fui passear com as crianças – respondia Anna, ou: "Escrevi uma carta", ou: "Estava dando aula para Mánia e Pávlik".

Todas essas respostas eram conferidas pelo príncipe com interrogatórios dos filhos e criados, que ele levava, como que por acaso, a relatarem o que fizera mamãe, ou se não sabiam onde estava a princesa, ocupada com o quê. Ele mesmo não se dava conta do que suspeitava que sua esposa estivesse fazendo, era algo doentio, quase insano.

Bekhmétiev só foi saber da saúde do príncipe uma vez. Ele mesmo andava enfermo, e preparava-se para viajar ao exterior. Anna não foi a seu encontro, excusando-se pelo cansaço. Após o passeio com ele a cavalo, restaram-lhe reproches de consciência, como se tivesse cometido um mau comportamento. O sentimento de autopreservação de parte de sua consciência era tão forte que, com todas as suas forças espirituais, ela se obrigou a esquecer a sensação que experimentara momentaneamente.

E, no meio das obrigações de esposa e mãe, conseguiu isso. Além do mais, todo o lado material da vida de dona de casa sempre traz sobriedade temporária a qualquer fervor.

– Vossa Excelência – a governanta chamou-a do quarto do marido. – Tenha a bondade de ver, o tapeceiro pergunta se forrou os móveis direito.

Anna foi ao quarto dos criados para olhar os móveis, e exclamou. Todo o revestimento caro tinha sido aplicado do avesso, e os fios transversais vistosos da fazenda, no lado oposto, machucavam os olhos.

– Mas o que vocês fizeram? Será possível, tudo do avesso! – gritou Anna.

Foi preciso arrancar tudo, a fazenda foi danificada, e Anna ficou transtornada o dia inteiro. Alguns dias depois, chamaram Anna novamente.

– Por favor, Excelência, nossa mãezinha, ninguém pode com o cozinheiro: ele se embebedou, e é preciso dar sopa ao príncipe, mas o cozinheiro não a entrega para ninguém, ele só grita.

Anna foi à cozinha, aproximou-se rapidamente do cozinheiro e gritou-lhe, alto "Fora, neste minuto", de forma tão imperiosa e inquestionável, que na mesma hora o cozinheiro saiu voando da cozinha, como se lhe dessem tiros, entregando a sopa ao copeiro. Quando Anna voltou para seu quarto, tremia toda, e tinha lágrimas nos olhos. Todo lado material da vida era-lhe odioso, e toda ira, insuportável.

10

Chegou o fim de agosto. Já se sentia o outono nas tardes frescas, nas folhas amarelas e vermelhas a surgir, nos tristes campos e prados nus e no encurtamento dos dias.

O príncipe restabelecera-se, embora ainda andasse de muletas e exigisse a presença do médico sem parar, caprichosamente se queixando da lentidão do restabelecimento. Anna emagrecera de maneira notável, mas voltara a ser senhora de si, e sua vida entrara no eixo normal, sem comiseração, sem vacilação, com a consciência feliz do dever cumprido e o reforço da energia concentrada.

Havia tempos Anna não sabia mais nada de Bekhmétiev e, no fundo da alma, alarmava-se e ficava perplexa com o significado de sua ausência prolongada.

Certa vez, estava sentada no gabinete do marido, lendo em voz alta o jornal para ele. O príncipe estava deitado no sofá, e olhava preocupado para a janela, aguardando o médico.

– Você, com certeza, não mandou buscar o médico, ou mandou? – perguntou.

– Mandei faz tempo. Mas para que precisa dele? Pois aqui não há nada mais a fazer; para tudo é preciso de tempo. E faz muito tempo que você acredita nos médicos?

– A atadura está me apertando. Sei que todos os médicos são charlatães, mas agora se trata de uma coisa mecânica, isso ele aprendeu.

– Alguém acabou de chegar.

De fato, um veículo leve aproximou-se do terraço de entrada, mas era um enviado de Varvara Alekseievna, com um bilhete.

Quando entregaram o envelope a Anna, ela ficou petrificada por completo. O príncipe acompanhou a esposa com olhar perscrutador e esperava o que ela diria. Anna, para ocultar o rosto, fez menção de se virar para a luz, e ficou de costas para o príncipe. Ela percorreu o bilhete e, já calma, disse:

– Varvara Alekséievna convida-me hoje à noite para sua casa. Dmítri Alekséievitch está partindo, e hoje é a noite de despedida; pelo visto, haverá festa e convidados.

– Mostre o bilhete.

Anna deu um sorriso de desprezo e entregou o bilhete ao príncipe.

– E então, você vai?

– Não, não quero deixá-lo. O médico chegou.

Entrou um homem de 30 anos, estatura mediana, corado, belo, um tipo marcadamente alemão e vulgar, bonachão e calmo.

– A atadurazinha está incomodando, corrigimos isso agora – disse, cumprimentando a princesa e o príncipe de forma bastante familiar.

Ele arregaçou as mangas, lavou as mãos e se lançou ao trabalho, e Anna ajudou-o de forma atenciosa e hábil.

– Vossa Excelência – a babá chamou Anna, em voz baixa –, por favor, venha cá um minutinho.

Depois de finalizada a tarefa do médico com seu marido, Anna saiu.

A babá chamara-a para pedir que mostrasse ao doutor um menino cujo rosto fora cortado por um cavalo. Era terrível olhar para o pequerrucho de 4 anos, com flocos de carne e pele pendendo no rosto, todo coberto de manchas pelo sangue que em certos lugares corria, em outros estava coagulado. Assustada e pálida, a mãe fitava com olhos de súplica, aguardando socorro para o filho. Ora soluçava, ora narrava apressadamente sonhos que tivera:

– Sonhei com um galo vermelho, foi ele! Vi um velho, bem velho, entrou na isbá, minha mãe, e ele me acenou, e eu sufoquei e fiquei enjoada. Oh-oh-oh!

– Chame logo para cá Aleksandr Kárlovitch – Anna disse à baba, e correu para buscar, em sua farmácia doméstica, tudo de necessário para fazer uma sutura.

Lavaram a criança, deram-lhe todo tipo de guloseima, e Anna botou o menino nos joelhos, enquanto o médico punha-se com atenção a fazer as suturas, mexendo na pele com cuidado. A criança teve uma paciência notável; a coisa correu com êxito, e aproximava-se do fim. O príncipe, que não vira o regresso da esposa, pegou as muletas e foi ver o que ela estava fazendo. Bateu abruptamente na porta. Anna sobressaltou-se e olhou assustada para o marido.

– Ah, princesa, segure a cabeça, pelo amor de Deus – disse o médico, com enfado –, a sutura quase se rompeu. – E o médico, segurando a mão de Anna, mostrou-lhe, com um gesto, como segurar a cabeça do menino.

O rosto do príncipe se alterou.

– Entregue o menino à mãe, peço que venha comigo, preciso de você – afirmou o príncipe, de forma abrupta, imperiosa e raivosa.

– Mas preciso ajudar essa criança infeliz – proferiu Anna, tímida.

– Peço-lhe... *Vous m'entendez!*[48] – guinchou de repente o príncipe, batendo as muletas.

Anna, contudo, não lhe deu ouvidos e ficou segurando a criança, e o médico prosseguiu seu trabalho com zelo e escrúpulo; mas suas mãos, corrigindo a posição da cabeça do menino, inadvertidamente tocavam sem parar as mãos e até o peito de Anna, contra o qual a criança estava apoiada. O médico não notava nada, nem sequer ouviu as palavras do príncipe, estava todo entregue a seu trabalho.

48 "Ouça-me!" Em francês no original.

Mas, de repente o príncipe chegou bem perto, tomou nos braços o menino doente – sua muleta caiu com estrondo – e, jogando-o nos braços da camponesa, pegou Anna e arrastou-a ao gabinete. O médico olhou espantado para os que estavam saindo e, murmurando "louco!", voltou a se lançar ao trabalho, pedindo ajuda à babá.

Enquanto isso, o príncipe, ainda segurando a mão de Anna, atirou-a no sofá, virou a poltrona com um movimento desajeitado, fechou a porta ruidosamente e se pôs a caminhar pelo aposento, batendo as muletas e proferindo, em fúria:

– Nunca vou perdoá-la... Você me humilha com seu comportamento com esse molequinho alemão!... Essa proximidade... Tudo isso é de propósito!... – gritou, descontrolado, em cólera.

Mas dessa vez Anna também se zangou.

– Você ficou louco de vez! Volte a si, o que está dizendo? Onde pode haver lugar para esse tipo de raciocínio com uma criança sofrendo?

– Cale-se! Suas justificativas são ainda piores do que seu comportamento torpe! Melhor ir embora. Vá! Vá! – gritou o príncipe e, empurrando Anna pela porta, jogou-se no sofá.

Anna, cambaleando, saiu. Chegando à sala de visitas, botou a mão no peito e apenas sussurrou:

– Há um limite para tudo! Meu Deus!

Ela não chorou. Seus olhos, parados e secos, fitavam de forma ensandecida e rígida. Ao entrar no dormitório, sentou-se na poltrona diante do espelho e mirou-se inadvertidamente. Estava linda em sua indignação: seu rosto regular, pálido, exalava energia e pureza, e os olhos escuros pareciam ainda mais escuros e profundos por causa de sua expressão amarga.

Depois, Anna não viu mais o marido, o dia inteiro. Ele não saiu do gabinete para o almoço, e Anna ficou sozinha com as crianças e as pessoas habituais da casa. As crianças falavam da pipa que iam soltar depois do almoço, e Anna de repente resolveu que iria à casa de Varvara Alekséievna.

– Mande atrelar quatro cavalos à caleche – ordenou, em voz alta, para que o marido escutasse. – E diga a Duniacha que prepare meu vestido branco de lã.

– Mamãe, para onde vai? Não vá! – reclamaram as crianças.

– Para onde vai? – reclamou Pávlik. – Traga-nos Dmítri Alekséievitch, faz tempo que ele não vem.

Anna ficou triste o almoço inteiro, e mal respondeu às perguntas. Depois do almoço, sem ir até o marido, passou para o dormitório, trocou-se e foi para a casa de Varvara Alekséievna.

Seu coração palpitava da agitação de ver novamente Bekhmétiev, ela se zangava com essa agitação, mas o desejo de ver aquele homem cuja proximidade tocara-lhe a vida de forma tão meiga, e tão oposta ao tratamento que o marido lhe dava, tornara-se tão grande após a cena grosseira que o marido lhe fizera, que ela decidiu, a qualquer custo, ir à casa de Varvara Alekséievna e vê-lo – provavelmente pela última vez.

11

Quando Anna entrou no salão de pé direito baixinho, mas alto o suficiente da casa de Varvara Aleksêievna, ali já se reunia uma sociedade bastante grande. Lá estavam vizinhos, velhos amigos e parentes, umas duas, três senhoritas espremidas em volta do piano com um jovem, e estava também a vivaz Elena Mikháilovna, que causara tanto pesar na vida de Anna. Bekhmétiev, espantosamente emagrecido, macilento e triste, estava sentado sozinho e, sem fingir, sem ocultar sua alegria, foi até Anna.

– A senhora recusou e veio, que surpresa alegre. E eu não podia pensar em partir sem vê-la.

– Por que não foi à nossa casa? – disse Anna, dando-lhe a mão, que ele beijou.

– Sim, claro, amanhã iria sem falta, e irei despedir-me de meu amigo doente. Mas a senhora está vendo como estou fraco, não sei como chegarei a Hyères – acrescentou, sorrindo com docilidade.

Anna suspirou pesadamente e foi até Varvara Aleksêievna, na sala de visitas. Bekhmétiev foi atrás dela.

Varvara Aleksêievna cumprimentou Anna com pressa, agradecendo-lhe por ter vindo e, preocupada, continuou a dar ordens a respeito do piquenique que se preparava para aquela noite.

– Você insiste, Dmítri, em ir tomar chá no lago? – Varvara perguntou ao irmão. – Na verdade, está úmido para você.

– Não, agora mais do que nunca. Quero mostrar à princesa os lugares maravilhosos que, provavelmente, nunca mais verei. – Voltou a sorrir.

"É como se a morte inevitável e próxima alegrasse-o", pensou Anna.

Sentaram-se à janela da sala de visitas, e Bekhmétiev, apontando para o peito, disse a Anna, em voz baixa e séria:

– Algo desandou de vez aqui, princesa, não me sinto bem.

– Voltará a se recuperar no exterior.

– Para quê? Vou logo para lá, para a eternidade! Aqui ficou apertado para mim.

E Anna teve a impressão de que Bekhmétiev, ao dizer isso, já não a via, e seus olhos fitavam um lugar indefinido, e ela teve vontade de também ir para lá.

Trouxeram muitos veículos. Varvara Alekséievna dispunha de quem se sentaria com quem, e reservou para si um lugar com o irmão, na caleche, para guardá-lo e protegê-lo da umidade.

Mas Bekhmétiev acercou-se da irmã e disse-lhe, em voz baixa, porém firme:

– Várienka[49], pedirei à princesa que me conceda a honra de ir comigo.

Anna quis retrucar, mas Bekhmétiev fitou-a de modo tão severo, suplicante e decidido, que as palavras morreram, e ela se calou.

Bekhmétiev deu o braço a Anna, com um gesto cavalheiresco, e, depois de acomodá-la, sentou-se ao lado, agasalhando-se com um casaco e envolvendo as pernas em uma manta.

Todos os veículos avançaram.

– Vá pela direita – Bekhmétiev ordenou, de repente, e a caleche virou para o velho bosque de pinheiros, pelo qual ia uma vereda estreita e sombreada.

– Tomaremos outro caminho, é tão bonito! – ele disse.

Quando se viram a sós, Anna sentiu remorsos por essa solidão. A proximidade de Bekhmétiev agitava-a de modo doentio; seu aspecto moribundo causava-lhe tamanho desespero que, por minutos, ela temia não aguentar

---

49 Diminutivo de Varvara.

e começar a soluçar, a gritar – a fazer algo de extremado. Então ela fechava os olhos ou olhava para o lado, em silêncio, comprimindo as mãos contra o peito e o coração, como se desejasse reter a vida em si.

Existe uma morte – esse fenômeno cotidiano da vida que tudo destrói – grandiosa, bela e significativa? Aquele dia 22 de agosto foi, para Anna, um dia de falecimento solene, belo e silencioso de tudo – ao seu redor e dentro dela. O ar cortante, transparente, já outonal, recordava a proximidade do outono – o falecimento da natureza. Seu triste e emaciado companheiro de passeio recordava a proximidade da morte. O coração dorido perdia a energia da vida. Morte, morte por toda parte, bem ali, perto – era horrível, e Anna ficou com medo de que logo, logo, ela também a apanhasse...

Entraram no velho bosque de pinheiros. Os pinheiros seculares, imóveis e escuros, mal deixavam passar os raios de um vermelho intenso do sol a se pôr, que iluminavam de modo especial as clareiras luminosas nas quais saíam às vezes.

"E esse é nosso *último* passeio juntos, para sempre", pensou Anna, olhando para Bekhmétiev. Ele sentiu seu olhar e disse:

– A senhora está bem aqui?

– Sim, é espantosamente belo, mas por que o senhor veio? Está muito frio e úmido hoje.

– Não, isso não é nada, vamos mais, mais. Ah, que bonito! Nunca foi tão bonito – repetiu. – Veja esse bosque sobre o lago, *nunca* mais estaremos aqui, olhe, amo tanto esses lugares: bosques e lagos, o que pode ser mais belo?

"Sim, logo você não estará em *lugar nenhum*, nunca!", Anna proferiu mentalmente e, com um gesto involuntário, pegou a mão de Bekhmétiev.

– Está com frio? Que mãos frias!

"Será que está morrendo? Assim, nunca diremos uma palavra um ao outro; e assim, amando um ao outro com o amor mais puro, desinteressado, nós dois – ele, moribundo, e eu, infelizmente, continuando a viver –, nós dois temos de sacrificar nossa felicidade, ainda que apenas essa pequena felicidade da possibilidade de dizer um ao outro o quão caros fomos um ao outro nesses anos; como nos aliviamos mutuamente, e um fez com que o outro esquecesse suas infelicidades nessa atmosfera pura de amor em que vivemos cada minuto de nossa constante comunhão espiritual."

Valia o sacrifício aquela frieza desconfiada, aquela relação egoísta e sensual que ela sempre encontrava em seu marido decoroso, belo? "Mas por acaso posso guardar minha pureza por *alguém*?...", continuou a pensar Anna. "Não, por ninguém no mundo, é uma mentira... Eu a guardei porque o *amava;* ponho-a acima de tudo e, se esse homem me é caro, é só porque ele também é assim."

Como se respondesse ao seu pensamento, Bekhmétiev de repente se pôs a falar:

– Este passeio, princesa, é nossa última despedida. Amanhã eu me vou, e nós, com toda probabilidade, nunca mais nos veremos.

Calou-se.

– Queria lhe dizer – voltou a titubear – que o fenômeno mais luminoso de minha vida foi minha estadia... Não, devo dizer a verdade... Foi ter conhecido a senhora.

Anna queria dizer algo, mas não podia. Um espasmo sufocava-lhe a garganta. Bekhmétiev prosseguiu:

– Nunca encontrei uma mulher com uma auréola de pureza, clareza e amor por tudo elevado como a sua. Haja o que houver, princesa, que Deus lhe conceda uma coisa: que a senhora seja sempre como é.

A caleche rodava com suavidade pela estrada do bosque; escurecia, e Bekhmétiev fitava de forma tão tranquila, feliz, exatamente como um ano antes, quando Anna e ele, certa vez, tinham regressado da cidade na caleche cheia de filhos, que tinham sido levados para ser fotografados, e quando souberam que era possível ser felizes, que era possível amar, mas do jeito que é possível amar e contentar-se com o céu claro, com a maravilhosa natureza de verão, com a felicidade de estarem juntos; mas não era possível dizê-lo, e não era possível fazer nada que despertasse nem que fosse o menor reproche de consciência diante daquelas crianças inocentes e queridas que ela amava; não era possível sequer reconhecerem *a si mesmos* naquela alegria de amor, de amor puro, casto, jamais manifestado, aquele amor que agora, naquela tarde maravilhosa de agosto, morria junto com ele, junto com aquela relação ideal com um homem que lhe despertara na alma tudo de mais elevado e bom.

"E vou voltar para casa, e meu marido vai me encarar com desprezo, supondo em mim tudo de pior e imoral e, ainda por cima, vai beijar meus ombros e braços nus. E o dia inteiro, como dois criminosos que cometeram um crime à noite, ficaremos calados um diante do outro, ele com seu desprezo altivo e indiferente por minha vida; eu, com medo de seu desprezo e o mundo solitário dos filhos, dos cuidados e da luta contra o sentimento em extinção de amor pelo marido e de ardor por outro homem..."

Eles prosseguiam. Bekhmétiev agasalhava-se e tossia; a friagem da tarde trazia uma umidade desagradável. Essa ida pelos lugares que Anna desconhecia parecia levá-los juntos a uma eternidade desconhecida, à passagem para o lugar em que não deveriam mais se separar...

O sol se pôs. "Ele também morreu!", pensou Anna. Os últimos raios de repente iluminaram as copas das diversas árvores do jardim do qual se aproximavam. "Logo toda a natureza também morrerá", voltou a pensar Anna. "E ele?

Não, não é possível! Como vou viver? Onde estará a felicidade pura em que reunirei as forças para me tornar melhor, mais sábia, mais bondosa... Não, isso é impossível!" Anna não gritou por um triz.

– Chegamos – disse Bekhmétiev, em voz baixa; em seguida tomou a mão de Anna em silêncio, beijou-a de forma prolongada e terna e proferiu, ainda mais baixo: – Adeus, querida princesa.

Ela se curvou e beijou-lhe a testa. O espasmo que sufocara Anna o tempo todo parecia resolver-se em um gemido baixo e doentio. Lágrimas surgiram-lhe nos olhos, algo em seu coração se rompeu e parou – para sempre. Mais um, *esse* lado da vida estava desfeito para sempre. *Isso* estava acabado.

Mas era preciso viver, e era preciso viver bem...

Uma sociedade numerosa e barulhenta já estava reunida no belo caramanchão, grande, circular, iluminado por lanternas multicoloridas. Azafamavam-se com provisões, chá, frutas; faziam assentos com tábuas, ocupavam-se em levar as últimas lanternas ao jardim, em acender a fogueira e outros apetrechos loucos, mas inescapáveis em um piquenique.

Bekhmétiev temia ficar até tarde e partiu para casa sozinho, despedindo-se de toda a companhia. Anna teve de ficar até o fim e, quando o serão terminou e ela se viu sozinha, na caleche, sob o frio de aço do luar que iluminava a noite radiante de agosto, sua solidão espiritual ficou-lhe especialmente clara, e de repente soluços prorromperam-lhe no peito. Ela começou a chorar de forma aflitiva e longa, como se pranteasse uma vida que perecera e a sua própria, que se ia embora. Era um choro de desespero selvagem; com essas lágrimas, algo de fato devia partir, e seu pesar também se foi. Quando estava se aproximando de casa, controlou-se; voltaram-lhe aos poucos o vigor e a energia vital.

A dor pela despedida e separação de Bekhmétiev, que lhe partira o coração, de repente recuou para longe; como se, ao se debulhar em lágrimas, a tivesse liquidado para sempre, e choramingar por muito tempo por algo não era uma característica de sua natureza enérgica. Essa dor pela separação de outro homem parecia-lhe criminosa perante os filhos e o marido. Ficou com vergonha por ter saído e deixado o marido insatisfeito, e ainda doente. Recordou-se de como Pávlik pedira-lhe que não fosse – e todo o mundo de sua vida familiar apossou-se dela, de todos os lados. Visualizou o pequeno Iucha de forma especialmente viva, com seu rostinho meigo, inteligente; a vivaz Mánia, com seus juízos rápidos, categóricos e inesperados a respeito de tudo. Recordou-se ainda de suas aulas e todas as suas ideias a respeito da importância da educação daquela futura geração e, quando Anna aproximou-se da casa, seu moral já tinha se elevado, e ela entrou em sua casa com consciência de dever, como que renascida.

Tirou a capa, passou primeiro no quarto das crianças e depois se aproximou de mansinho da porta do gabinete do marido, que ainda não dormia.

12

Enquanto isso, o príncipe, assim que se assegurou de que Anna saíra, sem sequer ir até o quarto dele, como de hábito, começou a se agitar terrivelmente, e passaram-lhe pela cabeça os pensamentos mais selvagens. "Pode ser que ela tenha partido para sempre, e não volte nunca mais", pensou.

Contraía-se todo de dor espiritual à lembrança de como empurrara a esposa. Nunca tinha lhe acontecido nada parecido. "Ah, ah!", gemia para si mesmo; mas, de repente, recordou-se de como, com seus próprios olhos, vira aquele médico alemão gordo de mãos brancas, ao arrumar a pele da testa do menino, passar a mão no peito de Anna. "No peito *dela*! E, com certeza, de propósito! E o que ela sentiu nesse minuto?!"

E o príncipe viu com clareza diante dos olhos aquele lindo peito cheio, que tantas vezes fizera-o esquecer o mundo inteiro e ser escravo daquela mulher!

No fundo da alma, reconhecia que talvez não tivesse razão; que os olhos sinceros de Anna, seu olhar puro, quase infantil apesar dos 30 anos, não podia mentir, mas os tormentos do ciúme dilaceravam-no cada vez mais. "E agora, para que ela saiu?", refletia o príncipe. "Lá está Bekhmétiev... Quem sabe, se não o médico, então pode ser que meu assim chamado amigo, nesse minuto, esteja abraçando-a em algum lugar do bosque? Não a conheço, agora ela é mais misteriosa e incompreensível para mim do que qualquer um. Há algo nela que ela silencia e que constantemente me escapa."[50]

O príncipe tentou ler, foi até os filhos, olhou o relógio e não encontrou descanso em lugar nenhum.

---

50 "Eu não a conheço. Conheço-a apenas como animal." Tolstói, *Sonata Kreutzer*, p. 97. [N.A.]

A babá trouxe-lhe os dois filhos menores – a menina e o pequeno Iucha – para se despedirem. Olhou para a menina como se fosse de outro, tomou suas mãos e se pôs a examinar.

"Quem sabe, pode ser que essa menina nem seja *minha* filha!... Oh!... Sim, dizem que ela tem minha mão, meu jeito de pegar o garfo, de enxugar as mãos com a toalha... Tudo isso é verdade."[51]

Fitou também o menino e, puxando-o para si, beijou-o. Daquela cópia de si mesmo já não podia duvidar.

Um pouco mais tarde, Mánia e Pávlik também vieram se despedir. Cortou-lhes homenzinhos de papel e ensinou como soprar para que eles lutassem. As crianças riram, mas seu riso só irritou o príncipe.

– Bem, vão dormir, vão. Iucha adormeceu?

– Adormeceu faz tempo. Chorou, chamou pela mamãe para rezar a Deus.

– Adeus, adeus – disse o príncipe, irritando-se cada vez mais.

"Chamou para rezar a Deus, enquanto ela, de roupa branca, coqueteia agora com aquele magricela."

O príncipe deitou-se no sofá, acendeu um charuto e começou a pensar em suas relações com a esposa: "Como ela cuidou bem de mim, e com que paciência! Com certeza é por se sentir culpada. E se, de repente, ela for mesmo culpada?", o príncipe imaginou, com terrível clareza e segurança da culpa da esposa, seu amor criminoso por Bekhmétiev.

Levantou-se de um salto, olhou para a lua redonda e clara, que ele achou insolente, e pôs-se a auscultar os sons

---

51 "Pode ser que há tempos tenha tido com lacaios os filhos que são considerados meus." Tolstói, *Sonata Kreutzer*, p. 107. [N. A.]

da noite. Soou um tropel de cavalos, e o barulho de sua carruagem a se aproximar. Cada vez mais perto.

"É ela", pensou o príncipe. Mas era o médico: ia do piquenique para casa e, ao avistar o príncipe à janela, deteve o cavalo.

– Ainda não está dormindo, príncipe? Isso não é bom para um doente.

– Entre um minutinho, conte do baile de Varvara Alekséievna.

– Desculpe, príncipe, não posso. Amanhã de manhã cedo tenho uma operação na aldeia; preciso estar alerta e acordar mais cedo.

– A princesa está vindo para casa? O senhor a viu?

– Como não? Bem, não a invejo. Puseram-na na caleche com aquele tuberculoso do Bekhmétiev, ele a levou a algum lugar para mostrar pontos pitorescos, não havia como lhe dizer que estava frio e úmido. E que pitoresco o quê? O homem está completamente *kaput*. Três meses de vida.

– Bem, adeus, doutor, está frio; agradeço-lhe – disse o príncipe, de repente, em tom irritado, e bateu a janela. Seu rosto assumiu uma expressão terrível. Não havia mais dúvida para ele; Anna estava apaixonada, com certeza estava tendo um caso com esse Bekhmétiev! O príncipe ficou ofegante. Postou-se junto à mesa, remexendo nas coisas com movimentos nervosos, passando livros, papéis de um lugar para outro, e auscultando os sons.

Logo veio a caleche de Anna, em pneus macios de borracha, e deteve-se à entrada. O príncipe ouviu sua esposa entrando, trocando-se, despedindo-se dos filhos e, com passos ligeiros, quase inaudíveis, aproximando-se da porta do gabinete. O príncipe continuava imóvel.

– Ainda não está dormindo? – perguntou Anna, em voz baixa.

“Embusteira torpe! Ainda está fingindo!”, pensou o príncipe, e ergueu da mesa, pela esfera cinza, um pesado mata-borrão branco.

Anna abriu a porta e foi até o marido.

– O que você tem? Está pior?

– Não apenas estou pior, como meu coração vai rebentar, ou terei um ataque. Não posso mais suportar seu comportamento.

– Meu comportamento? Mas o que é que eu fiz?

– Ousa dizer que não está apaixonada por Bekhmétiev?

Anna enrubesceu e disse:

– Amo muito Dmítri Alekséievitch, e...

Anna se calou.

– Talvez você diga que não andou de carruagem a sós com ele diante de toda a sociedade, e Deus sabe onde!...

– Ele parte amanhã, e fiquei com muita pena...

– E você o ama, e você é sua amante há tempos!

– Cale-se, pelo amor de Deus!

– E eu vou matá-la... Mulher torpe, depravada... Estou suportando há tempos, não admito... Minha honra, a de minha família...

O príncipe ofegava de raiva e agitação.

– Sua honra!... Ah, fique tranquilo quanto à sua honra – defendeu-se Anna. – Mas se acalme, pelo amor de Deus, faz mal a você...

Ela chegou perto do marido, pegou em sua mão, mas seu toque enfureceu-o ainda mais. Ele apanhou o mata-borrão pesado na mesa e, erguendo-o, gritou:

– Vá embora! Ou vou matá-la!

– Mas por quê? Será que até agora você não me conhece? Acalme-se, pelo amor de Deus. Será que poderia ter acontecido algo?...

– Você mente, apenas... Calada! Não respondo por mim, saia!

Ele tremia por inteiro, e ora baixava, ora erguia o mata-borrão.

Anna tentou pegar na mão do príncipe mais uma vez, mas ele se virou no mesmo instante, empurrou-a e, quando ela fugiu para detrás da escrivaninha, arremessou-lhe o objeto. O pesado mata-borrão, voando pela escrivaninha, atingiu Anna na têmpora de forma seca e abrupta, e caiu com estrondo no solo.

Como um pássaro abatido a tiros que baixa as asas brancas, dobrando-se em dois, Anna tombou com as suaves pregas brancas de seu vestido sob a grande escrivaninha. Um breve gemido surdo prorrompeu-lhe do peito, e ela perdeu a consciência.

O príncipe atirou-se em sua direção. Da têmpora azulada corria um filete fino de sangue, tingindo o vestido branco de manchas vermelhas. O rosto estava mortalmente pálido, os lábios abertos, os olhos virados, os braços dobrados em posição desajeitada.

– Anna! Anna! – gritava o príncipe, tentando levantá-la. Mas a muleta e a perna doente atrapalhavam qualquer movimento.

Ele abriu a porta e começou a chamar as pessoas. Acorreram a babá e um lacaio.

– A patroa está mal, um médico, rápido.

A babá correu até Anna e gritou:

– Minha mãe, mas ela se machucou! Senhor, meu Deus!

– Ela não se machucou, fui eu que a matei – disse o príncipe.

A babá fitou-o assustado, benzeu-se e, lançando-se na direção de Anna, proferiu:

– O patrão enlouqueceu completamente, não sabe o que diz.

Ela pegou água no banheiro do príncipe, começou a molhar as têmporas e borrifar no rosto de Anna. Tentou levantá-la, mas não conseguiu. Chamou o homem, ambos arrastaram Anna de alguma forma para o sofá e acomodaram-na. Depois a babá pediu gelo.

Acorreram as camareiras, a governanta, a criada inglesa – todas nos mais ridículos e variados trajes de noite. Assustada, e acordada pelo barulho, Mánia veio correndo de pés descalços e camisola de noite, parou a uma certa distância e gritou:

– Babá, a mamãe se machucou? Ela vai morrer? Babá, cadê o papai? O médico vem? Um buraco na testa, está saindo sangue!... Ai! Ai!... – gritou Mánia.

A pobre menina tremia tanto que todo o seu corpinho se sacudia.

– Vá se deitar, Mánitchka, o médico já vem, tudo vai passar. A mamãe caiu e se machucou, está tudo bem – consolava a babá, mas Mánia via pelo rosto da babá que não estava tudo bem. A babá aplicava gelo na têmpora de sua mãe e, com o olhar desesperançado, fitava o rosto imóvel, pálido da patroa.

– Não vou, babá, estou com medo. Vou me sentar aqui – disse a menina, e pulou na poltrona grande. Encolhendo as pernas, sentou-se de cócoras e obstinadamente olhava para a mãe e para a babá. Tremia toda, batendo os dentes.

Por todo esse tempo, o príncipe não esteve no quarto. Estava sentado na sala de visitas, e esperava pelo médico.

"É um desmaio", consolava-se o príncipe. "Agora, com certeza, vai recobrar os sentidos. Estavam dizendo algo lá... Veja até onde a levou seu comportamento!", o príncipe tentou justificar-se. "E eu posso arriscar minha honra? Sim, a honra de minha linhagem! Em nossa linhagem não havia mulheres imorais! Eu, um homem, eu sempre me comportei de modo irrepreensível!... Vergonha para as crianças que sua mãe tenha sido uma mulher depravada!... E a possibilidade de ter um filho que não é meu?"

O príncipe estremeceu, o horror deformou-lhe o rosto, ele quis se levantar, porém, comprimindo os punhos, impotente, caiu na poltrona.

– Pois que maravilha, tinha de ser assim... – decidiu.

Na mesa havia um vaso com ameixas. Ele pegou uma e se pôs a comer. O velho relógio inglês bateu, pausadamente, com um som fino, as duas horas. Na aldeia, os galos cantavam. O príncipe olhou pela janela. Estrelas reluzentes ardiam em algum lugar; bem alto, no céu escuro, a lua saíra, fazia frio, e ele tinha vontade de dormir.

"Mas o que foi isso?", lembrou-se, de repente. "Será que ela ainda não recobrou os sentidos?"

O príncipe lançou-se para o gabinete e, ao mesmo tempo que ele, entrou o médico. Ele se aproximou de Anna a passos rápidos, tirou a bolsa de gelo, pôs-se a auscultar-lhe o coração, tomou-lhe o pulso, e seu rosto fazia-se cada vez mais sombrio.

– Como foi a coisa? – perguntou.

– Foi assestado um golpe com este mata-borrão – disse o príncipe, erguendo do chão o objeto pesado, até então não percebido por ninguém.

– Sim, e o golpe foi certeiro. O pulso está muito fraco, e o coração também.

O médico pegou o saco que trouxera, tirou de lá frascos e diversos apetrechos médicos e, pedindo a ajuda da babá, voltou a se aproximar de Anna.

Sua bela cabeça pálida jazia alta, na almofada de couro do sofá. Seus cabelos escuros de brilho dourado circundavam-lhe o rosto em cachos miúdos, como uma auréola. A expressão do rosto era assustada e severa. Da profunda ferida escura da têmpora continuava a sair sangue, que jorrava pela face pálida, até o vestido branco.

O médico pôs-se a fazer Anna voltar a si, mas não

havia esforço que pudesse tirá-la do profundo desfalecimento. A babá levou embora Mánia, que se pusera a soluçar alto.

O príncipe foi até a esposa e fitou o médico de forma interrogativa. O doutor não disse palavra, e continuou seu trabalho.

Às dez da manhã, Anna começou a voltar a si. O médico afastou a todos, temendo que a agitação fosse demasiada para a paciente. A ferida fora atada, e essa atadura conferia a Anna um aspecto incomum, lastimável. Por fim, Anna abriu os olhos e fitou selvagemente ao redor.

– Chamem o príncipe – proferiu Anna, em voz baixa, e voltou a fechar os olhos.

O príncipe entrou e se inclinou para ela, Anna abriu os grandes olhos negros e, como se fizesse um esforço, começou a falar, com voz fraca, surda:

– Tinha de ser assim... Perdão!... Você não é culpado... Mas, se eu morrer, devo lhe dizer...

Ela titubeou e fechou os olhos.

– O quê?... O quê?... Fale, pelo amor de Deus! Diga-me logo... – implorou o príncipe, esperando a confissão de sua culpa.

– Que eu nunca fui infiel a você, que eu o amei o quanto pude, e morro pura perante você e as crianças... Mas assim é melhor!... Oh, como estou cansada! – Anna suspirou e se calou.

– Sou culpado perante você, Anna. Anna, minha querida, perdoe-me...

O príncipe pôs-se a soluçar, pegou a mão de Anna e colou-a contra a face. A mão esfriara.

– Onde estão as crianças? – de repente perguntou Anna, e se ergueu de leve. – Rápido, chamem as crianças, rápido!

Ela tombou de esgotamento, fechou os olhos. Mas, em

alguns minutos, abriu-os, e seus olhos já não olhavam para ninguém. Estavam sérios, e seu olhar partira para algum lugar distante de tudo que é terreno.

– Eu queria outro amor. Daquele, como... – Anna ergueu os olhos para o marido e, parecendo reconhecê-lo com esforço, acrescentou: – Você não é culpado... Você não podia entender o que... – Ela titubeou e terminou de falar com dificuldade: – O que é *importante* no amor...

Trouxeram as crianças, assustadas e chorosas. Anna beijou todas elas e quis benzê-las, como fazia toda noite ao se despedir delas, mas sua mão caiu.

Levaram as crianças, e algo de sinistro, silencioso e terrível soprou pelo aposento atrás de suas pegadas, e pairou como uma nuvem pesada.

– É o fim – proferiu Anna, em voz baixa. – *Cette clef – c'est l'infini*[52]... – proferiu, ainda mais baixo, como que em delírio, recordando-se das palavras de Lamartine que Bekhmétiev lera-lhe certa vez.

O médico se aproximou. Meneou de leve a cabeça, e chamou o príncipe com um sinal. O príncipe soluçava baixo. Anna não mais recobrou os sentidos. Faleceu às doze em ponto e, às sete da noite, jazia na mesa do salão grande, com um elegante vestido claro, que surpreendia de forma desagradável pela oposição entre a impressão de elegância leviana e a seriedade e soturnidade do rosto pálido e petrificado, com a têmpora aberta.

No desespero do príncipe havia algo de horrível. Era o desconcerto frágil da criança perdida na floresta. Ele batia nas paredes, gritava, gemia, jogava-se em sofás e poltronas, pedindo a todos que o matassem, que o botassem

52 "Esta chave – é o infinito". Em francês no original.

na cadeia, que o fuzilassem. Não comia, não bebia e não dormia.

Amigos e parentes meneavam a cabeça e diziam que ele perderia o juízo. Vendo seu estado terrível, ninguém levantava a questão de como ocorrera a morte de Anna, e ninguém ouvia o príncipe.

Caiu e se machucou terrivelmente, diziam todos.

Emaciadas, tristes, as crianças vagavam pelos quartos, como se procurassem algo. As mais velhas choraram até o esgotamento, de modo que se chegou a temer por elas. Na mesa da sala de visitas estava o estojo de trabalho de Anna, e jazia – com uma agulha que parecia recém-fincada – um trabalho seu. Nas janelas floresciam rosas, que ela ainda na véspera regara com as crianças, com um regador pequeno. Lá estavam caídos soldadinhos de papel, com os quais ela brincara com o pequeno Iucha, fazendo-o derrubá-los. Ambos riam quando entrou o príncipe... Na escrivaninha, jazia uma carta inacabada à irmã, Natacha, e na poltrona ao lado estava caída a capa branca de lã, bordada com penas escuras, como se tivesse acabado de descer-lhe dos ombros. Parecia que logo, logo ela entraria...

Mas ela não apenas não entrou como, no terceiro dia, levaram-na de casa, com pranto, baixaram-na àquela terrível cova profunda, que eternamente causa pavor, da qual sempre temos tanta vontade de tirar, nem que seja por um minuto, o ser amado que baixou em panos longos, e foi recoberto por torrões de terra, batendo na tampa do caixão.

E ela agora se fundira à natureza que tanto amara, e com a qual ingressou na eternidade...

E o príncipe entendeu que ela não estava mais ali, que ele a matara não apenas com aquele pedaço branco de mármore, mas que a matara havia muito, muito tempo, por não conhecê-la e não valorizá-la... Entendeu que o amor que ele lhe dera, esse amor também a matara, que *não era assim* que devia tê-la amado...[53] E agora que desaparecera seu corpo, ele começou a compreender sua alma... E cada vez mais valorizava aquela alma amante, meiga e pura, que voara para longe dele, e que por tantos anos animara de forma tão alegre, variada, sua vida e a dos filhos – e tinha vontade de fundir sua alma à dela, cada vez mais perto...

Amigos e conhecidos do príncipe começaram a dizer que ele se tornara um espírito desesperado, e que temiam por suas faculdades mentais.

Um mês após a morte de Anna, chegou a notícia da morte de Bekhmétiev no exterior.

---

53 "No julgamento, perguntaram-me com que e como matei minha esposa. Tolos! Acham que eu a matei então com uma faca, em 5 de outubro. Eu não a matei naquele dia, mas muito antes. Exatamente como eles matam hoje, todos, todos..." Tolstói, *Sonata Kreutzer*, p. 52-53. [N. A.]

Sófia
Tolstaia

Canção
sem palavras

Primeira parte

1

– Por que chora tanto, mamãe? Diga, diga – importunava o pequeno menino de 6 anos, afastando as mãos da mãe de seu rosto úmido e fitando-a por sob os longos cílios de seus olhos azuis e radiantes. Também estava prestes a chorar, seus olhos estavam cheios de lágrimas.

– Minha mamãe, sua avó, está morrendo, estou com pena dela, e quero ir até ela. Aliocha[1], querido, fique bem sem mim, não apronte, obedeça à babá...

O menino atirou-se no pescoço da mãe e já desatou a chorar.

A sineta distraiu-o, ele gritou "o papai chegou", e precipitou-se para encontrá-lo.

Aleksandra Aleksêievna também se levantou e recebeu o marido com o telegrama na mão.

– Que foi, piorou? – ele perguntou.

1 Diminutivo de Aleksei.

– Está absolutamente mal, agora vou fazer as malas e partir... Não posso mais esperar, meu coração não aguenta.

E ela voltou a se debulhar em lágrimas.

Aliocha fitou a mãe assustado e aflito, foi até ela e tomou-lhe a mão em silêncio; mas, ao ver algo nas mãos do pai, lançou-se precipitadamente para ele e sorriu.

– O que você tem, papai? De onde trouxe?

Nas mãos de Piotr Afanássievitch havia duas enormes cebolas espanholas. Escondeu-as, considerando indecorosa sua presença em uma hora tão difícil para a esposa. Mas Aliocha já se apoderara delas e as mostrava à mãe.

– São umas cebolas espantosas – Piotr Afanássievitch começou a explicar, confuso –, quem me deu foi meu amigo jardineiro, um alemão, e vou plantar sem falta... Vieram do Japão... Veja, Sáchenka[2], pesam 1,5 libra...

Mas Sacha não podia simpatizar com o peso das cebolas. Seu coração dilacerava-se de pesar. Na Crimeia, estava morrendo sua mãe, que ela amava com ardor, sua única amiga no mundo, que sempre a entendia em tudo. Mesmo quando Sacha se casou, elas tentaram não se separar, e ficavam juntas todo verão. Mas, naquele ano, sua mãe adoecera, passara o verão na base de leite fermentado de égua, e partira para a Crimeia no outono, com seu filho caçula. No entanto nem o leite de égua nem o calor, nada ajudou, e Sacha recebia notícias cada vez piores, e agora resolvera ir para a Crimeia.

Tinha de fazer as malas, tinha de deixar o filho único e amado, e seus nervos estavam muito fracos, e toda noite Sacha tinha uma nevralgia tão forte que não conseguia dormir e, com enfado, ela assistia ao sono maravilhoso de seu marido de faces vermelhas, plácido, que, depois de passar a manhã inteira na companhia de seguros, chegava

2 Diminutivo de Sacha – por seu turno, diminutivo de Aleksandra.

a casa às quatro, dirigia-se diretamente para seu jardim, considerado grande para uma cidade, e remexia na horta com prazer, esquecendo o mundo inteiro.

Pável Afanássievitch era jardineiro por vocação. Não amava nada no mundo tanto quanto a terra, sua cultura e tudo que nela crescia. Era atraído para lá mesmo agora, embora fosse outono e as flores tivessem sido estropiadas pelo frio, todas as hortaliças tivessem sido arrancadas, e a terra, removida dos invernadouros.

Mas agora era incômodo afastar-se da esposa, e também tinha pena dela; era um marido bom, afável, natural, simples e carinhoso.

– Quer ajuda, Sacha?

– Não, não precisa, você não sabe de nada de que necessito... Eu mesma não compreendo nada! Meu Deus! Mamãe, querida, pobre mamãe! Com certeza está me esperando... Paracha[3], venha cá. Faça logo minha mala...

– Deseja que eu ponha a mantilha negra?

– Sim, claro, não é possível saber; talvez seja necessária... Traga-me papel de carta, o tinteiro de viagem... Passe-me a água-de-colônia... Pétia[4], preciso de um atestado; escreva logo, e vamos certificar... Bem, bem.

– Não se agite tanto, Sáchenka, olhe com que cara a nevralgia a deixou...

– É a aflição, e tenho de me lembrar de tudo. Aliocha, chame a babá.

Entrou uma mulher ainda relativamente jovem, muito graciosa, alta, trazendo Aliocha nos braços.

– Tão grande, e no colo! Ai, ai! – disse Piotr Afanássievitch, tirando o menino dos braços da babá.

---

3 Diminutivo de Praskóvia.

4 Diminutivo de Pior.

– Babá, você pode passear com Aliocha sem mim só quando não fizer menos do que três graus abaixo de zero e não houver vento, caso eu me demore muito por lá?

– Sim, senhora.

– Sim, por favor, alimente-o melhor, pois Piotr Afanássievitch, com seu vegetarianismo, vai estragar-lhe o estômago.

– E em sua opinião é melhor se alimentar de cadáveres em decomposição?

– Ora, ora, tanto faz, deixe-o falar, mas compre uma galinha para Aliocha a cada dois dias. Aqui, babá, está o dinheiro para as despesas.

Mala, cobertor com travesseiro, caixa de madeira com chapéu – tudo estava pronto. Trouxeram também os documentos vindos da polícia. Ela mesma se vestiu, pegou a sacola, enfiou nela um livro e a bolsinha. Um tremor percorria-lhe o corpo dos pés à cabeça. Nunca viajara para tão longe sozinha: nunca se separara do filho pequeno e do marido. Sentia que algo se rompia em seu coração ao deixá-los. Piotr Afanássievitch tentou animá-la, mas se preocupava tanto com ela quanto com o vazio e a solidão terríveis nos quais ficaria sem sua alegre e inteligente Sacha, que trouxera à sua vida um conteúdo tão variado e tantos cuidados e ordem.

Mas o tempo passava; restavam apenas três quartos de hora até a partida, e o caminho era longo. Sacha beijou a babá e Paracha, depois o marido e, por fim, como que reunindo as últimas forças, tomou Aliocha nos braços e, entre lágrimas, beijou-lhe os olhinhos, os cabelos macios e dourados, as palmas de suas mãozinhas e os lábios. Depois o benzeu e dirigiu-se para a porta.

– Mamãe, mamãe, adeus, deixe-me benzer você também – gritou o menino.

Sacha voltou, Aliocha benzeu a mãe, sério e desajeitado, e acalmou-se.

Piotr Afanássievitch de repente lembrou-se de que precisava acompanhar a esposa, e foi se trocar. Mas Sacha queria solidão, pôs-se a dissuadi-lo com ardor, e Piotr Afanássievitch, lembrando-se de que queria ler uma brochura recém-recebida sobre a cultura de plantas domésticas, ficou contente de coração por permanecer em casa.

– Distraia e console Aliocha – acrescentou Sacha.

Começou a escurecer quando Sacha saiu de casa. Ela olhou para a caleche com as coisas, contou-as e fechou os olhos. Já não podia chorar, nem se lembrar dos que deixara em casa, nem pensar no que a esperava na Crimeia.

Cansara-se demais com a agitação e a inquietude que passara naqueles dias, até o presente momento, e o balouçar leve de sua caleche nos pneus de borracha embalou nervosamente seu sono.

2

– Não me atrasei? – perguntou Sacha, aproximando-se, pelo asfalto, da nova estação ferroviária, grande, iluminada com luz elétrica.

– Para Kursk? Não, ainda há vinte minutos até a partida do trem – disse um carregador, retirando as coisas. – Para onde deseja?

– Para a Crimeia, conexão direta.

– Qual o seu vagão?

– Oitenta e seis.

– De que classe?

– Segunda.

Apesar do peso das coisas, o carregador mesmo assim caminhava tão rápido que Sacha mal o alcançou. Ele largou as coisas designadas como bagagem e foi pegar o bilhete.

– Kursk, 7 *puds*[5] e 16; Tula, 4 *puds* e 24; Ialta, 3 *puds* e 8 – o pesador proferia, com voz particularmente gutural e entrecortada, diante da bagagem.

Mas eis o vagão 86. O carregador trouxe o bilhete e a quitação da bagagem; o sinal soou, e Sacha voltou a correr rápido pela plataforma, alcançando o carregador e ultrapassando os passageiros apressados.

– Segunda classe, feminino...

– Por favor, uma dama apenas...

– Maravilha. Grata – disse Sacha, enfiando na mão do carregador 30 copeques e entrando na penumbra do compartimento feminino. O carregador distribuiu as coisas pelas prateleiras e, inclinando-se, disse:

– Boa viagem.

– Grata; e onde está o cobertor com o travesseiro?

– Ali.

---

5 Antiga medida de peso equivalente a 16,3 quilos.

– Pegue-o para mim, por favor.

O carregador alcançou o cobertor, soou o terceiro sinal, ele saltou do vagão, em seguida soou um apito, a locomotiva bufou, e o trem, depois de estremecer para trás, como se reunisse forças, avançou devagar.

Sacha olhou pela janela. Os acompanhantes caminhavam mansamente pela plataforma. Depois ela olhou para sua companheira de viagem. Era uma dama de meia-idade, e sua aparência exerceu um efeito tranquilizador em Sacha. Ela apanhou um livro e, procurando algo nele, começou a ler, prendendo na parede o castiçal de viagem. Era *Consolation de Marcia*[6], do filósofo Sêneca.

"*Quelle folie en effet de se punir de ses misères, de leu-maggraver par un mal nouveau*"[7] – Sacha lia os conselhos de Sêneca a Márcia em seu pesar – a perda do filho. Sim, Sêneca manda não se entregar ao pesar. Ele dá o exemplo de duas mulheres do mundo antigo: Otávia e Lívia, pesarosas após a perda dos filhos. A primeira por toda a vida entregou-se ao pesar sombrio, e não permitia lembrarem o nome do filho diante dela. A outra, Lívia, depois de perder o filho, continuou a viver animada, constantemente lembrando e enaltecendo o nome do filho, fazendo de sua memória participante de sua vida.

"Seria possível consolar-se, de um jeito ou de outro? Seria possível, depois de perder um ente amado, como estou perdendo minha mãe, pensar em consolação? Não dá para viver, não dá, não dá...", pensou Sacha, e lágrimas anuviaram-lhe os olhos e perturbaram a leitura.

"*Mais si nuls sanglots ne rappellent à la vie ce qui n'est plus*", leu adiante, "*si le destin est immuable, à jamais fixé*

---

6 *Consolação a Márcia*, de Sêneca. Em francês no original.

7 "Que loucura, de fato, punir-se por suas misérias, agravá-las com um mal novo". Em francês no original.

dans ses lois, que les plus touchants misères ne sauraient changer; si enfin la mort ne lâche point sa proie, cessons une douleur qui serait sans fruit. Soyons donc maître et pas jouet de sa violence..."[8]

– Seu bilhete – proferiu o controlador, com uma voz de baixo. Sacha sobressaltou-se e não entendeu nada no primeiro minuto. Apressando-se, remexeu na bolsa e entregou o bilhete. O controlador proferiu: "Moscou-Ialta", o condutor anotou na caderneta; pela porta aberta, veio um cheiro agradável de ar fresco, e voltou a instaurar-se o silêncio.

Trac-tac, trac-tac – as rodas do vagão rangiam nos trilhos, com seu estrondo monótono, férreo. Sacha fechou o livro e em sua alma, após as palavras lidas, produziu-se uma luta dura entre o pesar, o desespero pela morte iminente da mãe e o desejo de não sofrer, o desejo de receber de alguém permissão para continuar a viver sua vida jovem e vigorosa.

Trac-tac, trac-tac – as rodas rangiam, aflitivas. Sacha ainda não se acostumara a esse som insuportável. Passou a aguçar o ouvido, depois seus pensamentos começaram a se embaralhar, e ela cochilou. E, de repente, desse som monótono, imperceptivelmente, em sua cabeça formou-se uma melodia, depois se compôs toda uma frase musical, que surgiu na cabeça de Sacha, misturando-se aos sons suaves do acompanhamento de toda uma orquestra. A melodia era solene, triste e maravilhosa.

Sacha era muito musical. Tocava bem, cantava de forma precisa com sua voz não muito grande, mas energicamente agradável, e, na infância, quiseram matriculá-la

---

8 "Mas se nenhum soluço chama à vida quem não existe mais, se o destino é imutável, fixado para sempre em suas leis, que as misérias mais tocantes não poderiam mudar; se, enfim, a morte não larga a sua presa, cessemos uma dor que será sem fruto. Sejamos então senhores, e não joguetes de sua violência." Em francês no original.

no conservatório. Mas Sacha casou-se cedo, e seu marido, embora tentasse ser condescendente para com sua ocupação musical, tanto não gostava de música que não conseguia escondê-lo. Sacha tocava e cantava apenas na ausência dele e, nos últimos tempos, parara por completo, em consequência de seu nervosismo e insônia.

O sinal foi o fim da melodia, e o trem parou. A companheira de viagem de Sacha pôs-se a vestir apressada o casaco e o chapéu.

– O que é isso? – perguntou Sacha.

– O bufê grande, é preciso comer – disse a companheira de viagem de Sacha. – Vamos.

– Sim, agora mesmo – apressou-se Sacha, e ambas correram para a porta da estação intensamente iluminada, com a multidão azafamada, que se precipitava de forma brutal para a comida, de passageiros, lacaios de fraque, cozinheiros de branco junto às mesas, com os pratos, carregadores de aventais brancos. Sacha engoliu, sem vontade de comer, seu *schi*[9] gorduroso, pagou, procurou com os olhos a companheira de viagem e ficou contente por voltar a seu compartimento.

9 Sopa de repolho.

3

Mas eis que, por fim, depois de uma estafante viagem de dois dias, chegaram a Simferópol. Já era noite, o cocheiro tocava silencioso pela cidade desconhecida que, ao luar, à noite, parecia toda de pedra branca. Não era possível distinguir nada, e Sacha estava tão cansada que se viu com satisfação em um espaçoso quarto de hotel no qual a cama – detrás de um tabique de madeira –, o lavatório, o sofá e a poltrona dispostos simetricamente eram tim-tim por tim-tim iguais aos de todos os hotéis russos de província.

Quando a porta fechou-se atrás de Sacha e ela se viu sozinha, ficou com tanto medo que se pôs a chamar o empregado ruidosamente.

– Dê-me chá e traga-me o horário de partida de carruagens para Ialta.

– A carruagem parte amanhã às sete horas da manhã – informou o lacaio, tirando a sujeira da mesa com uma toalha imunda.

Sacha pegou um livro e começou a ler. Mas não conseguia entender nada. Trac-tac-tac – voltou a soar-lhe na cabeça, e novamente uma melodia desconhecida, porém maravilhosa, cantou-lhe na cabeça.

"E mamãe talvez agora não exista mais! Meu Deus, pelo menos mais uma vez olhar em seus olhos grandes, sérios, que tantas, tantas vezes me olharam tão carinhosos, tão capazes de perdoar tudo, como só uma mãe olha!"

Sacha passou quase a noite inteira sem dormir, temendo perder a hora da partida da carruagem. Às sete da manhã, depois de empacotar suas coisas, saiu ao alpendre do hotel. Estava fresco e claro. A carruagem atrelada já estava na entrada. Um alemão, em russo estropiado, dava uma ordem ao condutor e interrogava sobre suas coisas. Um cadete jovenzinho fumava uma *papirossa* com altivez, e tremia com o frescor matinal e a noite pouco dormida. Vieram mais dois homens, não havia damas, e isso perturbou Sacha. O alemão acomodou Sacha na carruagem e sentou-se a seu lado; examinava-a com curiosidade; ela se espremeu no canto e cochilou. Mas, de repente, seu rosto se animou:

– Ah, que bonito! – gritou, sem querer. – Montanhas, e abaixo nuvens.

– *Die Dame reist zum ersten Mal?*[10] – perguntou o alemão com um sorriso.

– *Ja*[11] – Sacha respondeu, sucinta, sem tirar os olhos dos topos das montanhas iluminadas pelo sol, e espantando-se com as nuvens fendidas, que leves e vaporosas pairavam no ar, abaixo das montanhas. O alemão voltou a olhar para Sacha de forma carinhosa e condescendente, como para uma criança. Logo entabularam conversa; o alemão era farmacêutico; o cadete estava indo para Ialta, para a casa da mãe, pois havia difteria em seu corpo de tropas e todos os alunos tinham sido dispensados. Sacha já não se sentia tão sozinha; ajudavam-na, e o cadete tagarelava tão alegremente que sua alegria contagiou também Sacha.

– Pare! – a carruagem de repente se deteve, e o condutor pulou da boleia.

– Quebrou uma roda, não podemos seguir adiante. E Aluchta está a 1 versta.

– O que fazer?

– Precisa consertar.

– Vamos ficar parados por muito tempo?

– Três horas.

"Não vou conseguir, não verei minha mãe!", foi a primeira coisa que passou pela cabeça de Sacha. Mas o sen-

---

10 "A dama viaja pela primeira vez?" Em alemão no original.

11 "Sim." Em alemão no original.

timento de autopreservação é forte em todos, e Sacha esforçou-se para dominar sua impaciência pesarosa. Foi à estação a pé, com todos os passageiros, comeu um borche lá e, convidando o cadetezinho alegre, foi passear com ele, para matar o tempo. Iam pela estrada de pedra e, de repente, um barulho incomum e desconhecido surpreendeu-lhe o ouvido, e fez com que ela parasse.

Sacha nunca viajara, não vira nada além de Moscou e da aldeia em que nascera. Olhou com curiosidade, auscultou e, de repente, gritou:

– O mar!

... Sim, o mar, ruidoso, inquieto, que erguia e baixava pesadamente suas ondas de um cinza azulado; misterioso, terrível mas também atraente com sua grandeza e sua profundidade insondável.

– Então assim é o mar!... – Sacha correu até a margem; a água ora recuava, ora avançava para Sacha, com seu eterno e homogêneo movimento de ondas para trás e para a frente, atormentando-a e agitando-a. Ela estava completamente estupefata.

– O mar, o mar! – repetia, e seu coração dilacerava-se com uma agitação até então inaudita.

Ela olhou por muito tempo para o mar; o cadetezinho, recolhendo pedregulhos e conchas, apressou-a para voltar à estação.

– A carruagem vai partir, Aleksandra Aleksêievna – chamou-a.

Quando Sacha regressou à estação com seu camarada, teve de esperar mais uma hora, porém, finalmente, tudo ficou pronto, e eles seguiram adiante.

Quanto mais perto de Ialta chegavam, mais Sacha ficava com medo. Eis, por fim, as luzes de Ialta, mais perto, mais perto... Sacha não tinha mais vontade de chegar, mas a carruagem se deteve, e uma voz conhecida chamou-a:

– Sacha, você veio?

– Sim, mas e mamãe? – O que será que ele vai dizer? Oh!...

– Está viva, mas muito fraca.

– Graças a Deus! Onde ela está?

– No Hotel Rússia.

– Quem está com ela?

– Imagine que felicidade, encontramos aqui Varvara Ivánovna, e mamãe está muito contente com ela, não se afasta dela.

Quando Sacha chegou ao hotel, decidiu não ir imediatamente até a mãe. Era preciso prevenir a doente, e Sacha devia preparar-se para a pesada visão da mãe moribunda.

4

Sacha foi conduzida a um grande quarto frio, não havia outro, todos estavam ocupados. Acenderam uma vela, que iluminava de forma opaca o pequeno espaço da mesa em que estava depositada, e de forma misteriosa e lúgubre todo o enorme espaço restante do quarto; levaram suas coisas... e ela, toda entorpecida, continuava em pé, sem se trocar, no meio do quarto, tremendo de leve.

Seu irmão, que estava com a mãe em Ialta, fora informá-la da chegada de Sacha, e mandou-lhe Varvara Ivánovna, uma parente distante, amiga da mãe, que sempre vivera em mosteiros e agora tinha ido a Ialta para se tratar.

– Sáchenka, olá! Tire seu casaco, o que você tem?

– Varvara Ivánovna, querida, olá. Que bom que você está aqui, estou com medo de vê-la, como ela está, muito mal?

– É absolutamente o fim, ela vai ficar contente em vê-la. Vamos, Sáchenka, seja corajosa, em tudo é a vontade de Deus, é preciso submeter-se e pedir Seu socorro.

No corredor, o irmão de Sacha saiu ao seu encontro. Junto à porta do quarto da mãe, Sacha parou e se benzeu. A velha camareira Nastássia, ao ouvir passos, abriu a porta com calma e, ao ver Sacha, imediatamente se pôs a chorar.

– Quem está aí? – perguntou a doente, com voz agonizante.

Sacha foi até o leito da mãe com passos decididos e leves e, sem olhar para ela, curvou-se rapidamente, beijou-lhe a face, a mão, e gelou.

– Pena você ter vindo no outono, Sáchenka, na primavera aqui é melhor – disse-lhe a mãe.

– Por que está falando de mim, mamãe querida? Como a senhora está?

– Mal. O doutor mandou comer essa geleia de pata de

vitela, mas não consigo, engasgo... Afinal, não preciso fazer isso, não é? – a doente perguntou a Sacha.

E Sacha de repente sentiu um alheamento da mãe doente, que se pusera a falar de pata de vitela no momento de seu encontro. Com dor no coração, entendeu que a morte já tinha quase chegado, e o corpo sofredor afastava de si a alma.

– Claro, não se torture, mamãe. O que lhe dói?

– Tudo; respirar também é difícil. Virem-me – dirigiu-se ao filho e a Nastássia.

Viraram a doente para o outro lado.

– Não é assim; Sáchenka, vamos, esfregue-me o flanco.

Com mãos trêmulas, Sacha esfregou o flanco da mãe e, quando ela sossegou, saiu correndo em desespero do quarto de hotel, sentou-se à mesa e desatou a chorar.

O salão sombrio, cinzento, estava vazio. No meio, um jorro de água fluía monotonamente de uma fonte para uma piscina de mármore. Sacha entregava-se a uma dor insana, amaldiçoando o destino, a vontade má que lhe subtraía a mãe amada.

Varvara Ivánovna aproximou-se dela de mansinho.

– Sáchenka, submeta-se à vontade de Deus! Você precisa sofrer tanto assim? É um pecado.

– Que pecado? Que Deus é esse que envia tais sofrimentos?

– Ah, infeliz, incrédula; creia, minha amiga, que a morte é melhor do que a vida. Pois a alma está viva, e viva sem o peso de nosso corpo pecador.

Sacha ouvia o consolo de Varvara Ivánovna, tinha vontade de consolar-se, mas era impossível.

Na manhã do segundo dia, a mãe de Sacha pareceu animar-se. Mandou que lhe pusessem um roupão bonito, rendas negras na cabeça e, levantando-se, dispôs que lhe servissem o chá no quarto.

– Vamos festejar a chegada de Sacha – disse. – Abra a janela, assim. Como é belo o mar, aqui, não tenho vontade de morrer.

O vento fresco do mar prorrompeu no quarto. Diante das janelas do hotel ainda floresciam, radiantes, flores de outono, crisântemos, as cabecinhas imóveis e congeladas reluzindo aos raios do sol de novembro. Esse sol de novembro, embora brilhasse e lançasse seus raios no rosto pálido da moribunda, já não era o sol que dá crescimento e vida na primavera. Era frio e sem esperança. Seus raios refletiam-se na ondulação miúda do mar tranquilo. Era como se finos arames dourados em forma de onda tremulassem em sua superfície.

A doente olhou ao longe, para o mar, de forma triste e imóvel.

– Dmítri, venha até aqui – dirigiu-se ao filho. – Vou morrer logo, cuide de Sacha, ela vai fazer algo consigo mesma... Ouça, Dmítri, deixo-lhe a responsabilidade de cuidar dela. Conheço-a, amamos demais uma à outra...

Era como se o brilho anterior de seus olhos se acendesse pela última vez, e os cuidados de coração com a filha amada animassem-na mais uma vez.

A doente deteve-se, perdeu a respiração, e as lágrimas jorraram de seus olhos, que voltaram instantaneamente a se apagar.

– Pode ser que a senhora ainda se recupere... – quis começar Dmítri, mas não conseguiu mentir. – A senhora sabe como amo Sacha, não vou abandoná-la e tentarei acalmá-la... o quanto possível. Não se inquiete.

Acenderam velas, reuniram-se todos no quarto da doente; Varvara Ivánovna servia chá, não havia nada de sombrio no ambiente, mas todos sentiam que a morte já estava lá, e por isso ninguém conseguia falar, comer nem beber.

No dia seguinte, à tarde, a doente começou a delirar, queixar-se de dor no flanco, pediu que mandassem buscar o médico. Ele veio, disse que a doente não sobreviveria ao dia. Mandaram buscar um sacerdote. A doente confessou-se em voz alta, comungou e, liberando o sacerdote, pediu ao médico que aliviasse seu sofrimento. O médico trouxe morfina, começou a injetá-la e de repente exclamou. A agulha quebrara. Tirou-a com rapidez do flanco da paciente e, apressando-se, fez uma segunda injeção.

– O que o senhor fez comigo? – perguntou a doente.

– Mas o que a senhora sente?

– Estou petrificada... não sinto... nada... O que é isso? – gritou, de repente.

Sacha e seu irmão precipitaram-se para a doente, comprimiram os lábios contra a mão, ela mal proferiu "adeus..." – e tombou em estado de inconsciência. Varvara Ivánovna rezava baixo, no canto. Nastássia chorava, proferindo algo. Começara a agonia. Todos gelaram à espera do evento grandioso, terrível, poderoso – a morte. Em quatro horas, a mãe de Sacha não mais existia.

Com gritos, berros, desespero ruidoso, Sacha saiu correndo para o salão de pedra, amparada pelo irmão. Em todo o tempo em que o corpo da mãe ainda esteve no hotel, depois no funeral, e mais tarde, Sacha encontrou-se em tal estado que se temeu por sua vida. Queria dar fim àquilo por meio do suicídio, esquecendo-se do marido e do filho, e apenas quando o irmão lhe disse que iam para casa ela de repente voltou a si e sossegou.

Três dias depois, Sacha estava em casa e, tomando nos braços o pequeno Aliocha, pela primeira vez regressou à vida, a algo que ainda podia ligá-la a ela.

5

O sofrimento afetou tanto Sacha que, tendo passado o inverno inteiro adoentada, na primavera ela vagava como uma sombra, caprichosa, lúgubre, magra. Às vezes, de repente, sem mais nem menos, desatava a chorar e corria para seu quarto, onde ficava o dia inteiro sem comida, sem se mexer, não querendo ver ninguém e apenas repetindo: "Mamãe, cadê você? Cadê você?". O marido irritava-a com sua simpatia bondosa, sem artifícios; o barulho que seu filho fazia frequentemente a levava às lágrimas. Os médicos diziam que o pesar de Sacha se abatera sobre seus nervos já perturbados, e que ela tinha neurastenia. Um queria mandá-la para o exterior, outro aconselhava eletricidade – mas Sacha não lhes dava ouvidos, zangava-se e seguia adoecendo.

Veio a primavera prematura, que outrora tão alegremente se apossava de Sacha com novas esperanças, planos, energia de elevação e êxtase inconsciente. Mas os pássaros da primavera voavam, riachos corriam pelas ruas de Moscou, caleches de aluguel retumbavam, os sinos da Grande Quaresma repicavam – e Sacha continuava morta para tudo. O marido propôs que fossem à aldeia da mãe dela visitar o irmão Dmítri e tomar providências para se instalarem ali no verão. De início Sacha temeu recordações tristes, mas já que ficava tão angustiada em Moscou como por toda parte, concordou com a excursão à aldeia com o marido, como se quisesse experimentar suas forças, o quanto lhe era possível a vida na aldeia onde vivera com a mãe todos os verões de sua vida.

No começo de abril, Sacha e Piotr Afanássievitch aproximavam-se da costumeira pequena estação, conhecida havia tanto tempo, localizada a 3 verstas da propriedade de sua finada mãe. Era de manhã cedo. O trem parou; sonolentos, os passageiros despertados olharam pela janela e, ao ver a floresta, logo voltaram a dormir, tranquilizados por não terem que descer ali. Piotr Afanássievitch levou as coisas à plataforma. O trem parou por um minuto; Sacha saltou rapidamente e recebeu do marido bolsas, mantas, cestas. Depois ele também saltou nos trilhos enregelados, e o trem se afastou da estação com um apito ruidoso.

– Há cavalos para nós? – perguntou Piotr Afanássievitch.

– Há – respondeu o conhecido chefe da estação, erguendo a mão ao quepe vermelho. – Só que a estrada está uma desgraça! Não dá para ir nem de trenó comum nem de sege. Há dois trenós baixos para vocês.

– Maravilha. Que ar, Sacha! Os invernadouros por certo já estão cheios, e Timofêitch plantou tudo.

Sacha calava-se. Olhava ao seu redor, e era como se não reconhecesse nada. Ela mudara tanto naquele tempo! Em tudo refletia-se seu sofrimento. Mas, mesmo assim, como era bom, como era claro aquele sol matinal no céu puro, azul-celeste; e aquelas copas pardas transparentes das bétulas desapareciam de forma tão leve, imperceptível no ar, fundiam-se com o céu rosado da alvorada. Os carvalhos da velha floresta estatal ainda mantinham as folhas castanhas, secas do outono, que por algum motivo não tinham conseguido tombar no outono nem no inverno. Brotos, prestes a se abrir, inchavam nos salgueiros e choupos, e os pássaros rumorejavam enlouquecidos na floresta.

Mas eis que chegaram à herdade. "Será mesmo esta nossa casa, nossa alameda, tudo como era quando vivíamos aqui?", pensou Sacha, passando ao lado de um dique.

Camponesas conhecidas cumprimentaram da balsa, com as mãos vermelhas de torcer roupa... Dois trenós levavam esterco para o invernadouro. Da floresta, vinham mujiques com chamiço. Como era solene, tranquilo, inquestionável, necessário e importante tudo que se fazia na aldeia.

Piotr Afanássievitch estava em êxtase.

– Como estão levando o esterco tão tarde... Provavelmente acrescentaram mais invernadouros para o plantio tardio... Ainda tem neve muito firme em alguns lugares... Sáchenka, veja, que passarinho é esse? Não distingui... Como é bom, como é bom!... Só é vida a do campo!

– Petka, Petka – gritou para um menino que corria.

Piotr Afanássievitch não aguentou, pulou do trenó baixo e correu adiante. Amava o campo, a natureza, amava simplesmente, como uma criança, e amava trabalhar para extrair da terra tudo que era possível.

No alpendre da casa, Sacha encontrou seu irmão, ao mesmo tempo alvoroçado e contente. Retornara havia pouco à casa de campo esvaziada, sem a mãe, e suportava com pesar a solidão. Fizera de tudo para que a primeira impressão da casa fosse acolhedora para Sacha, e não lúgubre. Na mesa ardia o samovar, havia café, rabanetes, as flores que Sacha tanto amava, o sol intenso lançava raios oblíquos no parquete do salão, o próprio Dmítri tinha um ar muito carinhoso; mas, assim que Sacha entrou na casa, teve tamanho ataque de desespero que, ao olhar para ela, não havia como não chorar...

– E mamãe, cadê ela? Cadê?... – repetia, com horror e desespero.

Essa questão acompanhava-a aflitivamente, era a principal questão que queria e não conseguia esclarecer a si mesma. Gritos selvagens, abafados, acompanhados desta pergunta – "cadê, cadê ela?" –, soaram por toda a casa quando Sacha começou a percorrer os aposentos: o dormitório da mãe, seu quarto, ao lado do dela, a sala de visitas, o terraço – todo aquele ninho de mocidade que ela tanto amara por toda a vida, e que perdera seu encanto sem a amada mãe.

– Não, não posso, não posso viver aqui; vou embora hoje mesmo! Meu Deus, meu Deus!...

Na tarde do mesmo dia, para desgosto de Piotr Afanássievitch, Sacha decidiu regressar a Moscou, mas não pela mesma estação, e sim direto pela cidade da província, onde pernoitariam e de onde partia, de dia, um trem rápido. Ir à estação à noite era perigoso: durante o dia, na ponte, o riacho transbordara, e o cavalo podia afundar e ficar preso na água.

Piotr Afanássievitch estava triste. Ele e Timofêievitch tinham plantado no invernadouro rebentos jovens de flores das quais tinham acabado de brotar duas folhinhas tenras, e com prazer arrancara rabanetes e admirara o germe jovem dos pepinos. A exuberante cor rosa clara dos pêssegos na estufa também o levara ao êxtase, e separar-se de tudo aquilo era um sofrimento para ele.

O hotel da cidade da província em que Sacha parou ficava em uma praça grande. Esgotada de coração, cansada, imediatamente se despiu e foi se deitar.

Quando acordou, de manhã, Piotr Afanássievitch já não estava: fora saber o preço da aveia por encargo do irmão Dmítri.

Sacha levantou-se, aproximou-se da janela e sentiu medo de ficar sozinha. A janela dava para a praça, onde ainda não havia ninguém. No peitoril havia pombos; Sacha pegou da mesa o pão branco que sobrara do chá da noite da véspera e, esmigalhando-o, enfiou a mão no postigo e espalhou as migalhas pelo peitoril. Os pombos, arrulhando, primeiro assustados, alçaram voo, mas logo depois se atiraram sobre o pão, arrancando-o dos bicos uns dos outros. Sacha observou-os por um longo tempo e sentiu-se menos solitária. Lembrou-se de um quadro magnífico de Iarochenko[12] que vira na galeria Tretiakov, em Moscou, e proferiu em voz

12 Nikolai Aleksándrovitch Iarochenko (1846-1898), pintor e retratista membro do movimento dissidente conhecido como Os Itinerantes. Seu quadro *Há vida por toda parte* (1888) mostra uma criança na janela, alimentando pombos.

baixa: "*Sim, há vida por toda parte!*". Pôs-se animadamente a arrumar o quarto, as coisas, e fazer as malas. Piotr Afanássievitch continuava ausente. Sacha ficou a esperá-lo, impaciente, olhando pela janela. Duas vacas iam pela praça, recolhendo feno.

– Como soltaram as vacas na rua? – Sacha perguntou ao homem que preparava o chá.

– É que na praça mora uma velha que cuida das vacas, pois a alimentação delas sai quase de graça.

– Mas como de graça?

– Pois três vezes por semana há uma feira, as pessoas vêm com palha, com feno, com aveia. Deixam cair aqui e ali, ela solta as vacas, elas recolhem o alimento e ficam saciadas pelo dia inteiro... E a velha também recolhe um pouco. Ela vive assim, mantém as vacas, vende o leite.

"Que espantoso!", pensou Sacha. "Não me passava pela cabeça! Como conhecemos pouco a vida real! E há vida por toda parte", voltou a dizer.

Piotr Afanássievitch por fim voltou, trazendo algo na sacola.

– O que é isso que você tem? – perguntou Sacha.

Piotr Afanássievitch, com um riso astuto, abriu a sacola e despejou sementes na palma da mão.

– O intendente de Chatílov me deu. Essa semente é espantosa... Ele também me ensinou a enxertar rosas. Se quiser que as rosas sejam negras, precisa enxertá-las em ameixeiras, ou ainda em carvalho... É extraordinariamente interessante!

Piotr Afanássievitch contava, tomava chá e mastigava ruidosamente um *kalatch*[13].

Sacha não gostava desse ruído; fitou com desaprovação o bonachão e satisfeito Piotr Afanássievitch, e pela

13 Pão de trigo em forma de cadeado.

primeira vez na vida elucidou-se para ela, de forma especialmente clara, e ela entendeu, que entre ela e ele havia muito pouco em comum. Era verdade que ele a amava, era bondoso, até dócil... Mas ele a entendia? Examinara alguma vez a vida interior dela, via que seus interesses na companhia de seguros e no cultivo de cebolas imensas, pelos quais ela sempre manifestara simpatia, não podiam ocupá-la por inteiro? E agora, em seu pesar, quando ela, com todas as forças da alma, procurava algo para se aferrar na vida, quando sua alma dispusera-se de forma tão elevada e aspirava a penetrar nas profundezas do mistério da vida e da morte – ele a ajudara, olhara para sua alma, fora capaz de interessá-la, de dar-lhe algo, explicar-lhe todo o horror da morte e todo o sentido da vida pela frente?... Não, ela sabia que ele não a ajudaria, e ela mesma era tão fraca, tão nervosa, tão infeliz...

– Veja, o trem vai partir logo... Está tudo pronto? Muito bem, Sáchenka, você empacotou tudo – acrescentou Piotr Afanássievitch, tentando dizer algo carinhoso.

Meia hora depois, o trem expresso já levava Sacha e Piotr Afanássievitch de volta para Moscou.

6

A verdadeira primavera achegou-se de modo sorrateiro e imperceptível. Os caixilhos foram retirados das janelas e as ruas empoeiradas de Moscou começaram a ser limpas; nos jardins e nos bulevares, a penugem ligeira das árvores começava a esverdear; os habitantes já levavam mesinhas de chá para os jardinzinhos, sentavam-se nas varandas e pequenos alpendres na expectativa da mudança para a aldeia ou para a datcha[14].

Universitários, colegiais e toda a juventude que estudava padeciam nos uniformes quentes e na expectativa dos exames. Os estudantes conscienciosos queimavam as pestanas, os preguiçosos queixavam-se e, com um livro nas mãos, sentavam-se às janelas abertas, invejando os felizardos que passavam de velocípede, de sege e landau, e dirigiam-se para fora da cidade.

Arrastavam-se pelas ruas de Moscou, na direção das barreiras da cidade, carroças com móveis, colchões, carrinhos de criança, plantas, baús e vacas amarradas nos chifres – iam para as datchas dos habitantes.

Zeladores de colete sobre as camisas vermelhas, que tinham acompanhado a partida de seus senhores à aldeia, postavam-se de forma desenvolta e alegre nos portões, aproveitando a liberdade e o ócio.

Terminava a vida de Moscou na estação de inverno e começava uma completamente diferente, de verão.

Piotr Afanássievitch consumia-se à espera da mudança para a aldeia; o pequeno Aliocha, pálido com a vida de inverno, reclusa, devia estar no campo havia tempos, mas Sacha aferrava-se a Moscou, sem manifestar nenhum desejo de mudança, silenciando ou queixando-se de ausência

---

14 Na Rússia, casa de veraneio fora da cidade.

de vontade. Finalmente, em um lindo dia de maio, ela declarou ao marido, resoluta, que não iria para o campo de jeito nenhum, que tudo lá a fazia lembrar muito de seu pesar, e acrescentou que, se Piotr Afanássievitch quisesse, ela concordaria apenas em ficar naquele ano em uma datcha, e em nenhum outro lugar.

Isso foi um golpe para Piotr Afanássievitch, mas ele sabia que não havia como ser diferente; ademais, sua bondade não sabia protestar contra a vontade da pesarosa, e ele se pôs zelosamente a procurar uma datcha em todos os arredores de Moscou.

Por fim, encontrou algo que lhe pareceu conveniente, e propôs a Sacha que fosse com ele examinar a datcha. Embora a contragosto, Sacha concordou e, acompanhada de Aliocha e da babá, foi, à tardinha, depois do calor, examinar a datcha que o marido encontrara para ela.

"Será que já é tão tarde na primavera?", pensou Sacha, descendo por uma estrada vicinal e estremecendo com o sentimento anterior de alegria que era suscitado pela estação primaveril. "Mas onde estive? Oh, por que toda essa agitação?! Mas será que ainda é permitido alegrar-se?..."

Virando na estrada principal, entraram em uma floresta. Era um local muito tranquilo, solene. Pássaros azafamavam-se nos arbustos. Ao longe, codornizões chamavam com voz rangente no pântano, sobre o qual se erguia uma neblina. Sapos coaxavam alto, de modo especial, primaveril, transportando Sacha a lembranças de sua herdade e do velho dique, ao lado do qual sempre passava ao se aproximar da casa quando, na primavera, se mudava para a aldeia. "Não preciso de lembranças, não quero, não posso mais sofrer e chorar... Para a frente, é preciso viver para a frente, e não para trás", pensou Sacha, olhando para o belo terreno pelo qual a sege tranquila a conduzia. "Quero vida, vida... 'Há vida por toda parte!'"

– Mamãe, deixe-me correr – pediu Aliocha, encantado.

– Já, já, estamos chegando.

E, de fato, o cocheiro, que já estivera naquela datcha com o patrão, logo levou também Sacha até ela. O vigia conduzia e, contando, mostrou-lhe todos os confortos da datcha.

A datcha ficava em um lugar alto, abaixo corria um riacho; à frente, era represado, e já tinham sido instaladas duas casas de banho de tábua.

– E que casinha é essa?

– Uma bobagem, uma pequena datcha, um fidalgo sozinho alugou.

– Oh, é desagradável ter vizinhos, onde há mais datchas nas proximidades?

– Não, não há; a 1 versta daqui, na direção da estrada, há mais algumas, mas aqui é a única; tenha a bondade de não se preocupar, pois a senhora tem um jardinzinho, e ele também, e detrás das árvores quase nada é visto nem ouvido. E conhecemos esse fidalgo, é pacífico.

Aliocha correu atrás das joaninhas, arrancou com prazer as flores do campo já desabrochadas, tomou chá no jardinzinho. Estava em êxtase, e não queria regressar a Moscou. Mas já começava a ficar fresco; a datcha agradou a Sacha, ela pagou um sinal e partiu.

Era uma tarde maravilhosa de maio; o sol punha-se no crepúsculo, o ar era silencioso, suave, e só quando o estrondo das caleches na calçada novamente começou a ferir o ouvido de Sacha é que ela ingressou no estado de espírito pesado de antes. Mas, aproximando-se de casa, avistou, sobre o jardim, nos ramos verdes transparentes das árvores, uma estrela intensa esverdeada, que vertia lindamente sua luz misteriosa. "É Vênus! Vênus – a estrela do amor! Que beldade, o que você pressagia em minha vida com sua cor verde de esperança?", pensou a sentimental

Sacha, e não conseguiu afastar-se daquela estrela, e mais uma vez ansiou por uma vida nova.

Aliocha adormeceu; levaram-no da sege e botaram-no para dormir, sonado, porém corado e inebriado com o ar.

No dia seguinte, fizeram as malas apressadamente e, em dois dias, Sacha, mais disposta, mudou-se para a datcha.

7

– Aqui plantei alface, será uma espantosa alface-romana – disse Piotr Afanássievitch, cavoucando de mangas arregaçadas e avental o canteiro recém-escavado. Estava plenamente feliz em sua esfera de trabalho na terra.

– E aqui tem rabanetes: dezoito tipos.

– Mas quem vai comê-los, nessa quantidade? – perguntou Sacha, de vestido branco sentada no balcão e secando em um grande livro vermelho as primeiras flores primaveris.

– Estamos arriscando, haverão de petiscar – proferiu Piotr Afanássievitch, com um riso estúpido. Sacha impacientou-se e sorriu com desprezo.

– Era melhor você se ocupar de flores, pois tudo isso pode ser comprado por uma ninharia.

– Plantei flores em penca; agora vamos regá-las.

– E eu vou com você, papai – gritou Aliocha, levando um pequeno regador em uma mão e um pedaço de pão na outra.

– Vamos, vamos aguar as flores da mamãe – disse Piotr Afanássievitch, bonachão.

– O que estão carregando? – perguntou Sacha, apontando para carroças que passavam perto.

– É a mudança do inquilino da datcha amarela – disse a babá.

Em alguns minutos, da datcha vizinha, veio um velho lacaio, pedindo a liberação do zelador e do lacaio de Piotr Afanássievitch, para que ajudassem a carregar o piano do novo inquilino.

Com um grito, cuidado especial e esforço ergueram o instrumento pesado da carroça com panos compridos, e levaram-no à datcha. Depois tiraram de outra carroça os trastes despojados do inquilino da datcha amarela, e carregaram para dentro baús, cadeiras, uma cama, cestas etc. O velho lacaio agradeceu pela ajuda, deu 20 copeques aos homens e tudo sossegou. E permaneceu sossegado por alguns dias. Não se via ninguém no terraço ou nas janelas da datcha amarela. O velho e bondoso lacaio Aleksei Tíkhonytch, cujo nome já se tornara conhecido entre seus criados da datcha de Sacha, às vezes ficava sentado em um banco e olhava, entediado, como ia a vida dos vizinhos, julgando que os senhores eram bons, apenas o patrão era um excêntrico, cavoucava a terra o dia inteiro e plantava flores, alfaces – ou seja, grama – de que ninguém precisava, e até tomates, que Tíkhonytch jamais se poria a comer.

O pequeno Aliocha às vezes passava com a babá perto de Aleksei Tíkhonytch, e uma vez Aliocha perguntou-lhe como se chamava, ficando contente ao ter achado um xará, e outra vez o menino, que sentia grande simpatia por Tíkhonytch, e decidira que o outro estava entediado, chamou-o para ir atrás de pantorras.

– Já vou, meu patrãozinho, só vou trancar a datcha.

Desde esse dia, formou-se uma grande amizade entre Tíkhonytch, Aliocha e a babá. Frequentemente tomavam chá juntos no jardinzinho. Tíkhonytch sabia fazer pífaros de pau e galos de papel, contou histórias a Aliocha e ensinou canções que conhecera por intermédio de seu patrão.

Sacha no começo da mudança para a datcha estivera disposta e, contente com a primavera, a natureza, a floresta e os rouxinóis, achou que começava a se consolar. Mas, com o tempo, novamente se abateu sobre ela uma angústia doentia: ela não comia, não dormia, ficava sentada inerte em um canto e não fazia nada.

Era um entardecer rutilante de verão. Depois de um maravilhoso e tranquilo dia de maio, durante o qual Sacha chorara de forma inconsolável, ela estava sentada sozinha, na varanda de sua pequena datcha, e aguçava o ouvido ao menor ruído, esperando a volta de Moscou de Piotr

Afanássievitch, que partira de manhã, a negócios. O pequeno Aliocha aproximara-se dela algumas vezes e, seja por curiosidade triste, seja por enfado infantil egoísta por sua vida feliz ter sido perturbada, perguntou à mãe: "Mamãe, quando você vai parar de chorar?". Por fim, Aliocha também foi dormir. Sacha saiu à estrada, e novamente a primeira coisa que se lançou à sua vista foi a estrela esverdeada, Vênus, cintilando com intensidade desafiadora no puro céu primaveril. E de novo o desejo de felicidade, consolo e alegria introduziu-se por um segundo no coração de Sacha. Ela voltou e, sem entrar em casa, sentou-se no banco, lembrando-se da mãe moribunda e rememorando tudo que calhara de ler, de diversos sábios, sobre a morte, e que ela, que outrora se ocupara dessa questão eterna, insolúvel, da morte, anotara, de várias obras, em sua caderneta vermelha. Desejava alguma saída, algum consolo.

"*La mort c'est l'absorption des eléménts de l'intelligence humaine dans l'intelligence universelle*"[15] – lembrava-se das palavras de Epiteto, e tentava consolar-se de que a *intelligence universelle* era Deus, e sua mãe agora estava com Deus. E, adiante, à questão de para onde vai a pessoa após a morte, a resposta: "*Vers des choses amies et du même genre que toi – vers les eléménts*"[16]. Ou seja, sua mãe unira-se à natureza, e aquilo era bom.

E L. Tolstói, em algum lugar, diz: "A morte é apenas a aniquilação da forma temporal; mas essa aniquilação nunca cessa...".

E adiante, ele ainda diz: "A melhor prova da imortalidade é que nenhuma pessoa pode imaginar o fim da própria

15 "A morte é a absorção dos elementos da inteligência humana na inteligência universal." Em francês no original.
16 "Para coisas amigas, e do mesmo gênero que você – para os elementos." A exemplo da frase anterior, citação de Epiteto. Em francês no original.

existência, e a própria impossibilidade de imaginar a *morte* é uma prova de que ela não existe..."[17].

Mas mamãe não está, isso é *certeza*... embora digam que a alma é imortal, que o corpo é seu fardo – "*tu es une âme, qui porte un cadavre*"[18], Sacha ainda recordou, mas seria melhor agora que esse cadáver que carregava o corpo de sua mãe estivesse vivo, e se sentasse com ela, como dantes, na casa agora vazia de sua herdade, e elas todas seriam tão felizes... E agora estou sozinha, sozinha... E Sacha ficou com pena de si, e um desespero simplesmente físico, quase infantil, sobrepujou todas as considerações; ela caiu com o rosto nas mãos e, com o peito convulsivo, soluçou.

De repente, no silêncio macio da noite de maio, soaram os sons distintos e cantantes, produzidos por mãos hábeis, da *Canção sem palavras* em sol maior, de Mendelssohn. A primeira nota da mão direita, depois de retardar por um momento imperceptível, gemeu profunda, prolongada e expressiva. A mão esquerda parecia acompanhar a melodia não com os dedos, mas com um sopro, depois não se ouvia nem o ré, nem a mão esquerda, nem a direita, tudo se fundia e cantava, como se aquela canção a um só tempo contasse a Sacha de seu pesar e a consolasse, e lhe prometesse felicidade, vida e um novo amor...

Sacha não conhecia exatamente essa canção, e não queria saber de nada naquele minuto; nem percebeu de imediato que a *Canção sem palavras* soava da pequena datcha amarela vizinha, e seu intérprete tocava-a como só toca gente que sabe que ninguém a escuta, não há timidez de sentimento à interpretação de obras musicais em solidão, nem tampouco o arrebatamento do efeito mútuo

---

17 Citações de *Sobre a vida* (1886), de Tolstói.

18 "Você é uma alma que carrega um cadáver." Das *Meditações* do imperador romano Marco Aurélio. Em francês no original.

entre multidão e intérprete, mas algo calmo, racional e profundo, uma ligação misteriosa entre o autor morto e o intérprete genial. Assim era a interpretação de agora da *Canção sem palavras* em sol maior de Mendelssohn.

Quando a canção acabou, o inquilino invisível da datcha amarela começou-a de novo, repetindo algumas frases musicais, tentando tocá-las ora mais baixo, ora mais alto, pressionando às vezes uma nota para fazê-la soar por mais tempo; ora reforçando, ora enfraquecendo esse ou aquele som. Dispunha do instrumento musical como da própria voz, e o instrumento se submetia à sua mão genial, como se fosse vivo e amasse seu senhor.

Em todas as teclas tudo resultava maravilhoso, e a *Canção sem palavras* contou algo de meigo, de carinhoso à alma doente de Sacha, e consolou-a e contentou-a. Mas eis o fim – em *pianissimo*, como três suspiros, soou a mesma frase, de forma insinuante e meiga – e tudo cessou. Sacha também suspirou, como se seu peito repleto se aliviasse com aqueles sons do piano, transmitidos ao seu coração.

A datcha amarela voltou a ficar silenciosa. E aquela noite de maio estava tão silenciosa e quente. Esse silêncio penetrava também na alma de Sacha, enchendo-a de alegria.

– Deus, sou-Te grata! – disse, com um sussurro. E, pela primeira vez desde a morte da mãe, Sacha sorriu e sentiu-se reconciliada com a vida.

O músico invisível voltou a atacar uns acordes e tocou algo complexo, trágico, de onde jorrou uma melodia maravilhosa em tom menor; pelo visto, o músico improvisava. Trac-tac, trac-tac – Sacha recordou-se do som do vagão a rodar, quando ia para a Crimeia, na direção da mãe moribunda, e a melodia que então ouvira no sonho era sem dúvida a mesma que ouvira agora.

– Sim, é ela! – Sacha gritou de repente, e ficou com medo. Precipitou-se para casa, mandou que seu chá fosse servido no quarto, trancou-se toda, mandou fechar os contraventos, acendeu as lâmpadas e, com alegria exagerada, recebeu o marido quando ele, finalmente, voltou para casa com uma sege, carregada de todas as compras e provisões possíveis que trouxera de Moscou.

8

Sacha não disse nada ao marido sobre o inquilino da datcha amarela e sobre a forte impressão que ele lhe causou com seu jeito de tocar. Guardava ciosamente o segredo de seu consolo e aguardava com impaciência aflitiva quando ouviria de novo os sons da casa vizinha. Mas, por alguns dias, tudo ficou em silêncio. O intérprete da *Canção sem palavras* levava uma vida excepcionalmente regrada: acordava cedo, ia se banhar, almoçava à uma, voltava a aparecer depois das cinco horas e saía para passear por todo o entardecer. Ninguém o visitava, à exceção de um jovem, ao qual ele, pelo visto, dava aulas.

Transcorreu uma semana. Sacha parou de passear para não perder o inquilino da datcha amarela tocando; não se interessava por nada, e todo dia ia se sentar no banco em frente à datcha amarela, esperando ouvir de novo o desconhecido tocar.

Era de tarde. Na pequena varanda da datcha vizinha, o velho lacaio recolhia xícaras, depois levou o samovar e fechou a porta detrás de si. Mas as janelas estavam abertas, e Sacha ouviu a tampa do piano a se erguer, e alguns acordes serem atacados. Reconheceu o começo de uma sonata de Chopin, e prendeu a respiração. E iniciou-se, nos sons dessa sonata, a narrativa expressiva e trágica de toda uma vida humana. No princípio, tudo é tranquilo, consistente, depois triste, doentio; em seguida uma pausa – e o som de uma marcha fúnebre[19], ritmada, interpretada com severidade clássica. E ei-la, a melodia de lembranças ternas, íntimas, exatamente como tantas vezes houve na

19 A marcha fúnebre é o terceiro movimento da *Sonata nº 2 em si bemol menor, op. 35* (1840), de Chopin.

alma de Sacha, e de novo um som sombrio, implacável; e, no som, esse ritmo severo, contido.

– Oh – gemeu Sacha e, nessa obra de arte elevada, vivenciou com força terrível todos os episódios de uma vida humana perdida e amada. Depois, como uma brisa ligeira, como espíritos sobre tumbas, o final rápido passou de forma etérea e terna, e Sacha precipitou-se para a datcha amarela e sentou-se no pequeno pórtico de sua varanda, auscultando as batidas de seu coração, que reverberavam no corpete do vestido branco. Então tudo acabou.

O intérprete da sonata empurrou a porta com mão forte e saiu ao balcão. Sacha sobressaltou-se, mas, sem ter ainda atinado com os sentimentos que a sufocavam, não entendeu de imediato o que ocorria, e só quando a figura larga do músico já estava postada perto dela, examinando-a atentamente com olhos fugidios e algo selvagens, que piscavam rápido, ela se assustou com o que fizera. Alçando voo como um pássaro, e balbuciando, embaraçada, "Perdão...", ela, com rapidez terrível, leve com o ar, faiscando as mangas transparentes e a saia etérea de seu vestido branco, arrancou para casa, para sua datcha.

O inquilino da datcha amarela, em grande perplexidade, acompanhou com os olhos aquela figura ligeira de mulher desconhecida, que lhe perturbava a solidão e o sossego. Mas seu olhar estético não tinha como não se admirar com a graça, a beleza que ele imediatamente observou naquela figura etérea. Aborrecia-o a intrusão em sua vida; aborrecia-o a perturbação de sua tranquilidade, aborrecia-o também ter se agitado sem querer com aquele encontro, e que seus olhos esquadrinhassem a escuridão, buscando aquela aparição inesperada.

Caiu em meditação sombria, tirou os óculos e sentou-se junto ao peitoril do balcão. De forma completamente imperceptível para ele mesmo, a impressão da mulher desconhecida e o enfado por sua aparição foram sumindo de sua memória, e, em seu lugar, em sua cabeça, surgiu aquela melodia rica que acabara de improvisar. Foi ficando cada vez mais clara para ele aquela melodia terna, luminosa, rica; ela cantava em sua cabeça, entregando-se, maleável, às mais inesperadas, graciosas variações, cada vez melhor... Ela foi ficando cada vez mais definida, mais bela, e a figura branca da mulher desconhecida a desaparecer novamente surgiu com clareza diante do compositor, também graciosa, maleável, como uma encarnação terrena de seus motivos artísticos. Ela ora desaparecia, ora voltava a aparecer... Mas isso era quase como um sonho.

Ivan Ilitch já não se sentia aborrecido. Sorrindo contente, apressou-se em ir para o quarto, e de súbito começou a escrever com agilidade no pentagrama a melodia maravilhosa que devia, oportunamente, ser o tema principal da sinfonia que começara. Escreveu por muito tempo, depois sentou-se ao piano e tocou o que escrevera. Havia tempos não experimentava tamanho êxtase com a própria obra. Todas as forças de seu gênio concentraram-se, naquela noite, em sua produção e, pela primeira vez, infringindo a ordem de sua vida, sentou-se ao trabalho até a aurora, e deitou-se para descansar já quando o oriente iluminava-se com o sol nascente, e a alvorada clara penetrava em seu dormitório pelas pequenas janelas de sua datchazinha.

9

– Sáchenka, que homem maravilhoso, esse vizinho. Hoje me banhei com ele, e prometi-lhe rabanetes – declarou Piotr Afanássievitch, entrando no balcão com uma toalha molhada e os cabelos úmidos colados às têmporas, em volta do rosto radiante. – Estou tão feliz por termos nos conhecido. E ele é músico, pode ser que toque algo para você qualquer dia desses. Você ama música.

Sacha calou-se e corou, como se seu segredo fosse criminoso. Não estava contente com o fato de o músico misterioso ter travado conhecimento com seu marido. Para quê? Seria talvez melhor que houvesse dele apenas aquela impressão artística que lhe trouxera tanta felicidade e consolo, porém não a impressão de sua pessoa, que poderia destruir tudo, e justamente naquele minuto ainda veio a babá com Aliocha e relatou:

– Patroa, o vizinho veio pedir um moedor, ele não tem como moer o café. A senhora permite?

– Mamãe, deixe, ontem ele me deu chocolate, ele é bom.

Sacha riu-se. Aquele feiticeiro da música tomava café e comia chocolate!

– Claro, babá, dê tudo o que ele pedir, e dê sempre.

– A propósito, babá, agora vou cortar uma alface e arrancar um rabanete, mande para o vizinho, fique sabendo seu nome e patronímico[20], e diga que os vizinhos mandam saudações e o convidam para comer amanhã.

– Não preciso, não preciso conhecê-lo – apressou-se a dizer Sacha em um arrebatamento de capricho, quase entre lágrimas. – Não vejo ninguém, e de repente vem um completo estranho.

---

20 O tratamento formal russo é por prenome e patronímico.

– Mas todos foram algum dia estranhos – disse Piotr Afanássievitch, ofendido; estava entediado na datcha e sentia muita vontade de travar conhecimento com o vizinho. Mas Piotr Afanássievitch não tinha o hábito de contradizer a esposa, e com resignação renunciou a conhecer o inquilino da datcha amarela, acrescentando que não havia nada a temer do vizinho, era um homem plenamente honesto e delicado.

Piotr Afanássievitch foi arrancar rabanetes, e Sacha, sabendo que naquela hora com certeza não haveria música, pois era o horário de passeio do vizinho, também foi vagar sozinha pelo bosque da vizinhança. Caminhou por muito tempo, e ficou contente por chegar a lugares que ainda lhe eram desconhecidos. Sacha pôs-se a colher violetas claras e perfumadas, formou um buquê grande e desceu correndo para o manancial, para lavar os caules das flores. Tendo baixado à ribanceira em que corria um riacho límpido, que atravessava a ribanceira em linha reta, Sacha lavou as flores e se pôs a beber água na palma da mão. Sentia aconchego e frescor naquela ribanceira, estava contente com a solidão; sentou-se e passou a selecionar uma por uma as violetas, arranjando-as em buquê. Apenas o riacho, com seu murmúrio monótono, débil, perturbava o silêncio. Mas eis que havia ainda mais sons, o virar de páginas de um livro, uma respiração... e Sacha avistou, sentado em um toco, sem chapéu na cabeça, o inquilino da datcha amarela. Ele não ouviu Sacha, seu rosto era quase sombrio. Fugir – para quê? Era simplesmente uma vergonha. Mas para ficar, era preciso falar, e ela não queria conhecê-lo. Que fazer, então? Mas, enquanto ela pensava, o desconhecido se levantou, inclinou-se para Sacha e disse:

– A senhora também gosta deste lugar? Aqui não é quente.

– Venho pela primeira vez, os lugares daqui me são

completamente desconhecidos – respondeu Sacha, sentindo um tremor no corpo. – Agora vou para casa...

– Se quiser, vamos juntos – disse o desconhecido, de modo simples e tranquilo.

– Sim. Como se chama?

– Ivan Ilitch. E a senhora?

– Aleksandra Aleksêievna.

– Gosta de música? Pois a senhora veio ouvir. Quer que eu toque para a senhora?

– Não... Sim, agradeço-lhe, qualquer hora...

O coração de Sacha palpitava de agitação. Como foi possível receber aquela felicidade de forma simples, fácil, e ela parecia tão inalcançável...

Foram até o topo da ribanceira, subiram um morro, percorreram uma pontezinha solidamente feita de chamiço que cruzava um pequeno desfiladeiro, depois foram dar em uma colina e, diante deles, se abriu uma vista maravilhosa para um rio não muito largo, com o pôr do sol rutilante à esquerda, ao longe, e a distante floresta velha à direita.

– Como é bonito, eu ainda não estive aqui. E o bote no rio, que divertido! – exclamou Sacha. – De quem é?

– Não sei. Se quiser, vamos, eu remo.

– Obrigada, é um grande prazer... – Sacha concordou, descuidada, descendo com rapidez até o rio.

Com as mãos belas, fortes, porém desajeitadas, não adaptadas ao trabalho duro, Ivan Ilitch pegou a correia e, segurando o bote, pulou dentro dele. Deu a mão a Sacha e, em alguns minutos, eles estavam navegando com calma na direção da cidade.

A coluna de fogo do crepúsculo afundava na água; estava silencioso, a neblina da tarde baixava no rio, e nas margens avistava-se a cidade, também através da neblina, e eles continuavam a navegar, quase sem falar.

Sacha foi acometida de uma alegre tranquilidade. A simplicidade e o carinho silencioso daquele homem imediatamente lhe apaziguaram o coração e a vontade e, tendo perdido essa vontade, sentia-se apenas em paz.

Sacha voltou para casa com Ivan Ilitch bem tarde. Piotr Afanássievitch estava muito preocupado, correu à sua procura e ficou alegre ao avistar Sacha com o vizinho.

– Vocês se conheceram, como estou contente! Vamos logo tomar chá, aqueçam-se, está úmido.

– Está quente, para que nos aquecer?, passeamos muito bem de bote – disse Sacha.

– De bote? Ora essa! – Piotr Afanássievitch ficou pensativo.

Ivan Ilitch comeu com apetite pão com manteiga e queijo verde e, botando muito creme no chá, tomou a terceira xícara.

– Vocês têm um piano, de qual marca? – perguntou.

– Temos, e muito bom: Bechstein. Eu mesma tocava muito outrora. Mas Piotr Afanássievitch não gosta nada de música, e até sofre com esse barulho, em suas palavras, de modo que quase parei de tocar.

– Posso experimentar?

Ivan Ilitch tocou algo, depois ficou pensativo, curvou a cabeça, lembrando-se de algo, afastou-se um pouco do piano, sentou-se na pontinha da cadeira e atacou os acordes da *Sonata Op. 31*, de Beethoven.[21]

"O que é isso?", Sacha de repente se perguntou, ruborizando-se toda, como se um vapor ardente se apoderasse dela por inteiro. "Sim, conheço. Mas como ele toca essa

---

21 O *Opus 31* de Beethoven é constituído de três sonatas. A mais célebre é a *Op. 31 nº 2*, em ré menor, conhecida como *A tempestade*.

sonata! É novo, tudo novo. Como é bom, não, não é bom, é maravilhoso, querido, querido!...”

Sacha perdeu o juízo com a agitação, um diminuto tremor interno sacudiu-lhe o corpo de êxtase. Esse primeiro, *Largo, pianissimo*, e depois *Allegro*, expressivo. E ainda Beethoven – onde, como ele ouviu esses sentimentos no coração de Sacha? “Ele entendera tudo, e o intérprete entendera Beethoven, e eu entendo, sinto e amo ambos...” Sacha olhava para o rosto de Ivan Ilitch, para seus cinzentos olhos fugidios, para sua expressão tensa, para as mãos bonitas. Mas de repente tudo se pôs a desaparecer.

“Meu Deus! Aonde isso vai levar?...”, a pergunta faiscou na alma de Sacha, como se alguém a tivesse arrastado, cega, fraca, para um mundo ignoto...

A sonata ressoava com belezas inesperadas nos dedos do intérprete, cada vez mais significativa e maravilhosa.

“Mas tudo isso não me é absolutamente alheio”, continuou a pensar Sacha, “e não é desconhecido, outrora tudo era do mesmo modo feliz e bom. Mas onde? Quando?... Não seria da região da qual vim para essa vida, lá onde tudo é insondável, ilimitado e atemporal?...”

Sacha tentou capturar o olhar de Ivan Ilitch, mas seus olhos cinzentos, de expressão significativa, não viam nada nem ninguém. “Para onde? Para onde?”, repetia Sacha, mentalmente, e de repente, bem do fundo de sua alma, lenta e solene, ergueu-se uma disposição a rezar. Seguindo o hábito ainda de infância, Sacha elevou os olhos ao ícone, e os pensamentos em Deus, na alegria espiritual, na eternidade, na morte e na imortalidade, em tudo que está além do espaço e do tempo; na mãe morta, que passara para essa eternidade, todos esses pensamentos resolveram-se nela com alegria: a dor da perda, o caos das dúvidas aflitivas sobre a vida e a morte das pessoas, com todos os sofrimentos, tentações e o mal, tudo isso se esclareceu, como um céu claro depois da tempestade, iluminando com raios de sol a natureza refrescada.

Os sons jorravam mais e mais, ainda melhores, mais significativos, das mãos geniais. Sacha sentia que as lágrimas começavam a sufocá-la; pulou do lugar e, correndo para o aposento vizinho, baixou a cabeça no toucador e, escondendo o rosto nas mãos juntas, seu tremor resolveu-se em um soluço silencioso.

Sacha tinha vontade de ficar de joelhos diante daquele homem e, como um velho pagão diante do ídolo que retrata a arte com tamanha perfeição, teve vontade de curvar-se até a terra à força que despertara nela tudo de maravilhoso e chamara-a de volta à vida.

"Mas então isso que é a música?", pensou Sacha, com assombro. "Por que eu não sabia disso antes?..."

Ivan Ilitch terminou, ficou calado, olhou para o relógio e disse, com voz indiferente:

– Está na hora de dormir. Adeus.

Era como se ele, de repente, se tivesse extinguido por inteiro; aquele fogo, aquela energia e força que se faziam sentir em sua forma de tocar, parecia que tudo isso se gastara e fechara-se a válvula de abertura de onde se esparramara aquele tesouro. Como que de propósito, Ivan Ilitch fizera-se todo prosaico, material e tedioso. Mas isso não enganou Sacha. Ela entendia aquele tom, entendia que todo ele queria dizer: "Não me toque quando não quero que me toquem, e não espie no mais sagrado dos sagrados de meu mundo da arte, que amo acima de tudo no mundo".

Sacha quis agradecer-lhe, mas não conseguiu. Estendeu-lhe a mão, e os olhos dela, úmidos e brilhantes com as lágrimas e a agitação, disseram-lhe mais do que as palavras poderiam dizer. Ivan Ilitch segurou a mão de Sacha na sua, como que imperceptivelmente, e, parando em certa indecisão, com curiosidade e interesse fitou de perto aqueles lindos olhos ingênuos e saiu ao terraço, sem entender muito bem se sua nova conhecida fingia ser uma amante tão entusiasmada da música, ou se de fato Sasha era tão sensível e suscetível a ela.

10

Na manhã seguinte, veio o aluno de Ivan Ilitch, e Sacha escutou duas horas e meia de escalas cromáticas que tocavam na datcha amarela, interrompidas por conversas e a sonora gargalhada do jovem.

Sacha também ficou alegre. Também tinha vontade de rir, mexer-se. Ela brincou com Aliocha, correu pelo jardim, deparou-se com diversas desordens domésticas. Mas quão desimportantes eram todos esses percalços e preocupações corriqueiras depois daquele importante evento da véspera – Ivan Ilitch tocando a sonata de Beethoven! Com que simplicidade dócil e indiferente Sacha encarou a desordem em casa, o desespero exagerado do marido porque umas sementes foram mal... "Oh, como é bom, que prazer!", Sacha recordava, encolhendo-se, o jeito de Ivan Ilitch tocar na véspera. "E pode ser que essa felicidade se repita amanhã, e o verão inteiro, enquanto não partirmos da datcha, e novamente em Moscou!... Querido!", pensou Sacha, com ternura, dirigindo essa carícia ao ser indefinido que lhe enviara essa felicidade.

"Contudo, como as janelas estão embaçadas e sujas ao sol, mas isso é efeito da lâmpada e da poeira!" E Sacha lembrou-se de que o marido, na véspera, resmungara a esse respeito. "É preciso repreender Paracha... Não, não é preciso repreender ninguém, por nada, nunca. Que *todos* fiquem contentes! Como ele começou ontem aquele *Largo*! Não, é espantoso! Que maravilha, que felicidade!"

Sacha pegou uma toalha e esfregou as vidraças das janelas, afastando cuidadosamente a pátina transparente da samambaia plúmea, tenra, e passou a mão pelas rosas que estavam em potes na janela, em pleno florescer, elas alegravam-lhe o olhar. "Não preciso repreender Paracha, que ela durma, ontem se cansou... E o final da sonata.

Aquilo não é piano, não é partitura, é todo um poema sobre a paixão da vida humana... E o recitativo? O recitativo me contou que alma maravilhosa, que tudo compreende, que alma sensível era a de Beethoven, tanto quanto a do homem que o executou. Que alegria! Como se tornou bom viver no mundo!" O coração dela saltava e palpitava, e parecia não poder mais suportar aquela plenitude musical.

Sacha sentou-se ao piano e tocou baixinho a sonata da véspera, tentando frasear como Ivan Ilitch. Não ouvia a si mesma, ouvia apenas a música da véspera e, ao tocar, Sacha ficou mais calma.

– Sacha, olhe, que tal esses tomates importados? – disse Piotr Afanássievitch, entrando. – Pegue na mão, terei uns assim.

– O que é isso? Que tomates?

Sacha não entendeu de pronto. Mas, ao compreender, pegou na mão o fruto vermelho escorregadio e sorriu.

Isso agora tampouco a irritava – pois não era tudo maravilhoso, e tudo no mundo não dava na mesma quando o mundo inteiro de repente começara a cantar aqueles sons maravilhosos que a devolveram à vida e que agora a preencheriam por inteiro amanhã, dali a um mês, e talvez para sempre?

Piotr Afanássievitch foi para sua horta e se pôs a amarrar as couves-flores. Sacha, que nunca tomava parte em seus assuntos, de repente achou divertido e fácil ajudar o marido. Fazia tudo de forma entrecortada, como se não pensasse no que estava fazendo. Estava sempre aguçando o ouvido, e parecia esperar por algo.

Ivan Ilitch passou pela horta com seu aluno e parou por um minuto na cerca, cumprimentando Sacha e seu marido.

– Permitam-me apresentar-lhes meu aluno, Tsvetkov – disse Ivan Ilitch.

Tsvetkov imediatamente deu um sorriso tão alegre e animado com a boca e com os olhos sorridentes e estreitos, que todos fizeram o mesmo. Um pouco de longe, curvando-se, beijou a mão de Sacha e começou a elogiar o local. Tsvetkov era tão alegre, tão saudável, tudo lhe saía tão fácil, tinha tantas capacidades grandes para tudo, que não lhe restava tempo para ser tímido. Não dava conta de si, porém engolia todas as impressões da existência com rapidez terrível, aproveitando-as, o quanto fosse possível, para sua felicidade e para sua vantagem.

– Venham ambos almoçar conosco – Piotr Afanássievitch convidou, bonachão –, trouxeram-nos um lúcio enorme, e eu colhi, meu caro, um aspargo que é uma vela... vocês vão ver.

– O que estão fazendo?

– Sáchenka e eu estamos amarrando couves-flores.

– Melhor irem nadar conosco.

– Agora mesmo, com prazer, só vou pegar uma toalha.

Piotr Afanássievitch foi para a casa, e Sacha, largando o trabalho, corada e feliz, rindo, disse a Ivan Ilitch:

– Ora, vocês tocaram escalas cromáticas com aplicação.

– A senhora ouviu?

– Como não?

– Bem, por causa disso vamos tocar-lhe algo de belo à noite.

– Bem, bem, obrigada. Vou esperar.

Os homens saíram, e Sacha foi dispor do almoço. De repente, teve vontade de que tudo fosse bonito, particularmente solene e bom. Fez grandes buquês de flores do campo, de rosas, jasmins, lírios amarelos e folhas de samambaias. Arrumou todos os aposentos e até mudou o lugar dos móveis, tentando arrumar tudo de forma bela e confortável. Com amor especial, esfregou as teclas brancas e pretas do piano com seu lenço perfumado de cambraia, e sentou-se para tocar. Veio o pequeno Aliocha.

– Mamãe, sente-se comigo, toque comigo – insistiu.

– Espere, querido – implorou Sacha, decifrando o prelúdio que Ivan Ilitch lhe enviara pela manhã.

– Ora, mamãe...

Mas Sacha compenetrara-se, agitada, em uma passagem complexa do prelúdio, tentando ouvir sua construção e as vozes que se sucediam. Captar as ideias do compositor propiciava-lhe um prazer enorme.

Aliocha pôs-se a chorar. Sacha horrorizou-se com seu próprio arrebatamento, pegou o filho e saiu correndo com ele, rindo, para o jardim, onde brincaram por muito tempo, e de forma especialmente inventiva e alegre. E o prelúdio sempre cantava em seus ouvidos, e o cérebro trabalhava de forma intensa, recordando as combinações complexas dessa obra musical.

No almoço, reuniram-se muitos convidados. Veio um amigo de Piotr Afanássievitch, Mukhátov, grande amante de música operística, rico latifundiário, que visitava a casa deles com frequência e padecia de amor secreto por Sacha. Foi à datcha Kurlínski, um estudante que acabara de chegar após os exames, que concluíra o curso de jurista, extenuado e pálido, um parente distante de Sacha que, no verão, estava hospedado na datcha de uma tia, onde também morava sua formosa prima Cat. Vieram também Ivan Ilitch e Tsvetkov. Almoçaram no jardim; os buquês de Sacha eram encantadores, os vasos com frutas, a louça inglesa, a prata brilhante, o sol intenso de verão – tudo era festivo, belo e solene.

Instalaram Tsvetkov perto de Cat, e Sacha convidou Ivan Ilitch para ficar ao seu lado. Mas ele olhava com inveja para seu aluno e sua dama, que tagarelavam e gargalhavam juntos com tanta alegria. Sacha estava nervosa e falava com o vizinho de forma artificial, irritando-se com o marido, que ora botava comida nos pratos dos convidados, ora servia vinho. Mukhátov, amante de ópera, considerava necessário falar de música com Ivan Ilitch. Este, que com muito zelo comia tudo que Piotr Afanássievitch punha para ele, ouviu o elogio a Wagner com ironia leve e perceptível.

– A senhora, naturalmente, gosta de Wagner, Aleksandra Aleksêievna? – Mukhátov perguntou a Sacha.

– Não o conheço em absoluto – respondeu Sacha.

– Não conhece! Estude-o, vai se abrir todo um mundo de prazer. É um gênio! Que ideia espantosa esses *leitmotivs* que se manifestam na música, nas diversas frases musicais que são tocadas a cada momento da ópera.

– É uma grande confusão – observou Sacha, acanhada. – Para mim, é um tédio.

– Perdão! Tédio?! Mas aguce o ouvido; não é aquele drim-drim da ópera italiana de Verdi, é algo original, novo: a voz consiste como que no elo de um todo grandioso, a voz entra na orquestra inteira, constituindo um de seus melhores instrumentos. Oh, a harmonia wagneriana – não conheço nada de mais elevado no mundo! Na próxima primavera, sem falta tiro férias e vou a Bayreuth.

– Mas para mim toda essa música nova é um sofrimento. Parece-me que as pessoas fingem que entendem algo dela. É só barulho, que dá dor de ouvido – Piotr Afanássievitch inseriu sua opinião.

– A música nova é a música do futuro – observou Kurlínski, discreto.

– Especialmente a do tipo de Ivan Ilitch – declarou Tsvetkov, extasiado.

– Quer que eu lhe dê o tema para uma ópera? – Mukhátov dirigiu-se a Ivan Ilitch. – É assombroso!

– Ficarei muito contente – disse Ivan Ilitch, mais uma vez com leve ironia.

– Mas seria possível dar um tema? – Sacha de repente se acalorou. – O tema pode ser apenas *próprio*, pessoal, brotar do caráter original do compositor. Se ele for um gênio, sentirá ele mesmo não apenas as exigências contemporâneas de sua arte, como as exigências avançadas de toda a humanidade, e responderá com suas obras a essas exigências.

– Sim, caso respondessem, mas com frequência não têm nenhum êxito – Mukhátov retrucou, com enfado e mordacidade, irritado com a objeção insatisfeita de Sacha.

– Aleksandra Alekséievna tem razão – observou Kurlínski, admirando Sacha, que ficava vermelha.

Ivan Ilitch voltou a fitar os olhos de Sacha com curiosidade e interesse e, embaraçando-se por um minuto, pôs-se a piscar, continuando a comer morango. O almoço terminou. Depois do almoço, todos se dispersaram. Cat foi para sua datcha, vestir uma amazona e preparar-se para andar a cavalo com Tsvetkov, ao qual Piotr Afanássievitch oferecera sua montaria.

Mukhátov e Piotr Afanássievitch falavam sobre se seria ou não pago o seguro ao dono de uma fábrica que fora queimada por seus trabalhadores.

Ivan Ilitch foi jogar xadrez com Kurlínski. Sacha pegou um trabalho, e bordava em silêncio. Sentia-se tão bem, tranquila. Sabia que naquele dia Ivan Ilitch certamente tocaria, e a felicidade da expectativa conferia-lhe sossego de alma. Por vezes, olhava para as belas mãos de Ivan Ilitch, movendo as peças em silêncio, e pensava em como era aquele homem. Não conseguia entendê-lo.

Começou a escurecer. De repente, uma voz pôs-se a falar atrás dela. Mukhátov, depois de encerrar a conversa com Piotr Afanássievitch, aproximou-se de mansinho da Sacha e começou a dizer-lhe, com voz alvoroçada:

– Faz tempo que a senhora se interessa tanto por música?

– Não muito; apaixonei-me por ela de novo.

– E quem ou o que fê-la se apaixonar de novo?

– Por que me interroga?

– Porque cada divergência sua de minha opinião, cada insatisfação sua leva-me ao desespero...

– É mesmo? – disse Sacha, ingênua.

– Queria que tudo, tudo entre mim e a senhora estivesse de acordo, que amássemos a mesma coisa, que...

– O senhor está me dizendo isso?... – perguntou Sacha, distraída, e, olhando para Ivan Ilitch, levantou-se e saiu para o terraço, onde, parada, pensativa, fitou o céu.

"Ah! É ela, a minha estrela. Por toda a primavera ela me alegra e irrita e, por algum motivo, é tão significativa para mim como foi para Pierre em *Guerra e paz* o cometa que ele observou com olhos úmidos quando ia de caleche e, em sua alma, acendeu-se pela primeira vez a consciência do amor por Natacha... Mas será que eu amo alguém?... Pierre ficou contente, e eu?... Sim, à minha maneira fico contente com esse novo amor... pela música", Sacha disse a si mesma, "e por nenhum bem do mundo eu daria esse amor novo, luminoso, do qual no futuro não tenho nada de especial a esperar, mas que, em meio às minúsculas estrelas da corriqueira vida cotidiana, com seu tédio, sofrimento e vazio, reluz com tanta intensidade em minha vida, como essa estrela luminosa, esverdeada em meio às incontáveis estrelas, grandes e pequenas, partindo pelo espaço, como o brilhante cometa de Pierre".

Sacha voltou a si com a conversa ruidosa de Tsvetkov e Cat, aproximando-se do terraço. Atrás deles, traziam dois cavalos selados. Cat, coquete, exigia que Ivan Ilitch afagasse e examinasse seu cavalo.

– Bem, dê-me sua mão genial e ponha-me em cima do cavalo – ela disse, rindo.

– Sou muito desajeitado para isso – respondeu Ivan Ilitch, azafamando-se e chegando mais perto de Cat.

Mas Cat era tão bonitinha, fitava-o com alegria tão desafiadora, que ele se apressou e pôs-se a ajudá-la a montar no cavalo. Admirou sua figura esbelta, seu pé pequeno, e invejou Tsvetkov.

"Meu Deus, como ele é ingênuo e vulgar na vida cotidiana!", pensou Sacha, com enfado. Seus olhos encontraram-se por acaso com os de Ivan Ilitch, e imediatamente, com seu passo leve, orgulhoso, erguendo de leve a cabeça, ela passou na frente dele e desapareceu.

Ivan Ilitch preparou-se para ir embora, mas Piotr Afanássievitch pôs-se a retê-lo, pedindo apenas para tomar chá, e prometeu servir-lhe um melão espantoso. Ivan Ilitch, que tinha o hábito de olhar incessantemente para o relógio, pegou-o e disse:

– Já está tarde – mas ficou.

Todos voltaram a se reunir no terraço para o chá, e Sacha, pálida, envolta em uma capa branca sobre o vestido branco, servia o chá em silêncio. Nela se produzira uma discórdia consigo mesma, perturbara-a o episódio com Cat e que naquele dia não haveria música, que ademais ela desejava de forma doentia.

– Quer que eu toque para a senhora? – perguntou-lhe, de repente, Ivan Ilitch. Sacha estremeceu, como se se assustasse com algo terrível a aproximar-se dela.

– Quero muito – proferiu, rápido.

Ivan Ilitch passou para o salão e pôs-se a tocar variações de Beethoven.[22] Em Sacha, de repente, tudo voltou a sossegar e a se alegrar. Pareceu-lhe especialmente boa a 18ª variação, calma e tão expressiva. As graciosas variações terminaram; Ivan Ilitch pensou por um segundo e atacou, com mão forte, uma oitava em mi bemol.

---

22 As *Variações Diabelli, Op. 120*.

Era o começo da *polonaise* em lá bemol maior, de Chopin.[23]

– Ah! – gritou Sacha, e ficou toda paralisada. De novo, uma válvula invisível se abrira, e sons nobres, grandiosos, dilacerando e deslumbrando a alma de Sacha, alçaram-na generosamente, não lhe permitindo voltar a si, com aquelas ideias musicais íntimas, maravilhosas, que, assimilando do autor, Ivan Ilitch tão genialmente transmitia a seus ouvintes. Mas a única ouvinte de verdade era Sacha: abria toda a alma ao recebimento das impressões artísticas. Captava e engolia tudo que lhe davam em conjunto dois gênios: autor e intérprete, e tamanha beatitude ela ainda nunca experimentara na vida.

Mas nesse recebimento de beatitude, que tão raro se encontra na vida, havia algo até de criminoso; a ligação entre ouvinte e executante era tão forte que nunca mais poderia se romper; existiria por muito tempo, para sempre; acontecesse o que acontecesse na vida dela, e como ela se arranjasse depois daquela noite. Naquela música, Ivan Ilitch apossara-se dela por inteiro; essa posse de sua alma era mais forte, mais significativa do que qualquer posse do corpo. E Sacha ficou com medo. Olhava para Ivan Ilitch de forma submissa, apaixonada, e ele, terminando a *polonaise* e fitando Sacha, de repente entendeu seu triunfo e sua força sobre a mulher jovem que lhe era submissa.

– Meu Deus! – Sacha disse, baixinho. – O que é isso?... Grata – ela disse. – Que *polonaise* espantosa.

– Sim, meu caro, é forte – disse Piotr Afanássievitch.

Ivan Ilitch, quase cambaleando, levantou-se, buscou Sacha com os olhos fugidios e, depois de olhar para o relógio, despediu-se dela.

---

23 *Polonaise Op. 53*, conhecida como *Heroica*.

– A senhora tem bom ouvido – disse, com um sorriso, e voltou a segurar longa e carinhosamente a mão de Sacha.

Nesse gesto havia algo de doce e íntimo, de modo que Sacha quis sentir por muito, muito tempo aquela mão na sua, fitar por um longo tempo aqueles olhos bondosos, agora completamente apagados.

– Adeus... – a válvula voltou a se fechar, ou seja, trancara-se o depositório de tesouros artísticos para o qual Sacha acabara de olhar.

"Não, não é 'adeus'", pensou Sacha, "mas só até amanhã, até a vista". E tudo se alegrou nela, e tudo se pôs a cantar: os sons triunfantes da *polonaise*, a complexa combinação de vozes do prelúdio, as variações de Beethoven, e a *Canção sem palavras* em sol maior, de Mendelssohn.

Assim Sacha adormeceu, entre os sonhos que se apossavam dela por inteiro, e sonhou com Ivan Ilitch; sentia no sonho sua proximidade, sua respiração quente. Via seu rosto inspirado, transformado, durante a execução, de indiferente, tranquilo, em poderoso, forte e perturbador.

11

– Posso me aproximar da senhora por um minuto? – perguntou Kurlínski, indo ao terraço em que Sacha estava sentada, lendo uma biografia de Beethoven que Ivan Ilitch lhe dera.

– Pode – respondeu Sacha, a contragosto –, venha.

– Vim agradecer-lhe pelo dia de ontem, pela satisfação que nos foi proporcionada por seu vizinho.

– Então agradeça a ele, não tenho nada a ver com isso.

– Sim, já estive na casa dele, li para ele meus versos.

– De novo decadentistas?

– É a senhora que quer chamar assim a nova tendência da poesia. A senhora é muito sensível em tudo, Aleksandra Alekséievna, mas nessa questão vejo na senhora uma opinião preconcebida e parcial.

– Absolutamente não, não gosto de nada preconcebido. Simplesmente sou tão estúpida que não entendo e não gosto nem dos versos de Balmont ou Baudelaire, nem da música de Wagner.

– Mas posso ler meus versos para a senhora?

– Por amizade pelo senhor, por favor, vou escutá-los.

Kurlínski tirou do bolso um enorme bloco de notas e começou, com voz de ataúde, a recitar uma série de versos insanos. Leu o último, no qual falava dela, e, com olhos apaixonados, fitou Sacha, mas na mesma hora, assustado, baixou os olhos. No alpendre da varanda estava Ivan Ilitch, que ouvira os últimos versos.

– Lindo – ele disse, como sempre, com ironia leve. – Vou compor uma música para o senhor, e sua irmã cantará. Traga-me papel pautado da minha casinha.

Kurlínski saiu, e Ivan Ilitch perguntou a Sacha se não estava incomodando.

– Oh, não, não tenho nada a fazer, acabei de liberar umas

camponesas que vêm aqui sem parar, atrás de remédios. É horrivelmente aflitivo tratar o povo.

– Acho, pelo contrário, que é alegre.

– Não, nem sempre. Sei que é bom, sem dúvida, lavar uma ferida e atá-la, mas a impotência nos casos em que você não consegue de jeito nenhum entender a doença e socorrer, essa impotência, dúvida, recusa, tudo isso é aflitivamente doloroso.

– Com quanto ardor a senhora lida com tudo. Precisa ser mais calma.

– Agradeço pelo conselho. Aprenderei com o senhor.

– Sim, não gosto de me preocupar.

– E quando o senhor toca ou compõe, por acaso também fica calmo?

– Absolutamente.

– E *como* o senhor compõe?

Ivan Ilitch ficou pensativo.

– É difícil dizer. Por partes pequenas, pondero, depois uma coisa brota da outra de modo imperceptível e se liga. É preciso estudar muito, ser educado musicalmente, para compor, e não se deve esperar pela inspiração.

– Sim, essa sua educação matou a melodia. Na música nova, toda atenção é voltada para a harmonia. E era bom aquele conceito de expressão de sentimentos simples pela melodia.

– Não, não é bom, é um tédio!

– Não é mais tedioso que o fato de o romantismo ter desaparecido por completo da vida e da música? Tudo se tornou racional.

– Não, tudo se tornou mais espiritual, e isso é melhor. Claro que, nos compositores sem dom, essa filosofia musical é tediosa, mas, nos dotados, sente-se sua espiritualidade, e por isso o efeito musical dessas obras novas não é exercido nos nervos, mas no lado espiritual, racional da alma humana.

– Então é assim que o senhor explica a música nova. Está bem. Ora, toque algo de espiritual para mim...

– Está quente, talvez mais tarde; pensarei para escolher algo exatamente assim.

Kurlínski voltou com o papel pautado, mas Ivan Ilitch não se pôs a escrever, e os três resolveram ir passear e assistir à colheita do feno. Pegaram o pequeno Aliocha, Sacha pôs um chapéu grande de palha, e todos baixaram ao rio, onde, em um grande prado, na enseada, uma multidão variegada de mulheres juntava feno. O aroma maravilhoso do feno verde seco exalou na direção dos transeuntes. O pequeno Aliocha jogou-se em um veio de feno e, com um riso alegre, enterrou-se nele.

– Contudo, as nuvens estão se agrupando, e todo o feno ficará preto se chover de novo – disse Sacha.

– Mas, afinal, esse feno não é seu, é? – perguntou, espantado, Ivan Ilitch.

– E daí? Então tanto faz? Não é importante para mim se é meu ou seu, sempre me interessa a coisa em si. Em nossa aldeia, meu marido sempre se zanga porque há roubo, se zanga com a atitude de rapina do povo para com tudo. Mas eu, por exemplo, tenho pena da beleza das macieiras quando os rapazes cortam os galhos, roubando as maçãs; tenho pena quando o gado desobediente dos mujiques pisoteia o maravilhoso centeio espesso, pena quando cortam um carvalho velho ou uma bétula, quando cortam abetos jovens para o plantio; mas não porque ficaremos mais pobres assim: afinal, quem precisa, que pegue; mas apenas porque não gosto de nenhuma destruição.

Ivan Ilitch voltou a cravar os olhos em Sacha e piscá-los. "Ela não se parece em definitivo com as outras", pensou. "Mas por que me importo com ela?", acrescentou, mentalmente, com preocupação e, de súbito, contente com algo, acrescentou, com ironia:

– Quer dizer que se agora eu caísse e quebrasse o braço, ou morresse, a senhora teria pena porque não se tocariam a sonata de Beethoven e a *polonaise* de Chopin, mas não teria pena de mim, pois só gosta da "coisa".

Atônita, Sacha ficou pensativa por um minuto.

– Acho que sim, que terei mais pena do senhor como músico do que como pessoa, não porque o senhor *me* proporcionou tanta alegria com sua música, mas porque, em geral, algo de bom, talentoso, desaparecerá de modo prematuro, e perecerá em vão.

– Quer dizer que pessoalmente a senhora não sentiria pena de ninguém como ser humano?

– Acho que só de Aliocha.

– Ou seja, de si mesma – disse Ivan Ilitch, zombeteiro.

Sacha não disse mais nada e se aproximou das camponesas a trabalhar, pensando que, se amasse o homem em Ivan Ilitch, perderia toda a sua relação pura para com sua arte, e consideraria isso uma queda.

– E o seu Michka[24]? – perguntou Sacha a uma jovem camponesa de olhos azul-claros, que tirava um lenço vermelho da testa suada, descobrindo os cabelos loiros das têmporas.

– Graças a Deus, com suas gotas melhorou rapidinho. Obrigada, gentil patroa.

– Ora, ora, fico muito contente. Passe-me o ancinho. – Sacha percorreu uma fileira com a camponesa, juntando o feno com habilidade e destreza. Quantas vezes, na infância, trabalhara na aldeia da mãe, com as moças e mulheres que conhecia, na feliz época da sega de verão. E de repente recordou-se de sua infância, da mãe, da perda de tudo que amava, e Sacha largou o ancinho, pegou Aliocha pela mão e se afastou da camponesa a passos rápidos.

---

24 Diminutivo de Mikhail.

– Descansamos aqui? Querem? – dirigiu-se a seus companheiros de excursão, mal contendo as lágrimas.

– Quer ir para casa, Aleksandra Aleksêievna? O que tem? – perguntou Kurlínski, com ternura sentimental.

– Não é nada, lembrei-me do passado na aldeia em que vivi na infância... dê-me a mão, Ivan Ilitch – disse Sacha, seguindo um sentimento inconsciente e acorrendo àquela mão que com tanto vigor consolara o pesar em sua alma e apaziguara-a com a vida.

Ivan Ilitch tomou Sacha pelo braço, seus olhos fixaram-se ao longe, em um ponto indeterminado, e ele corou. Espantara-se com a determinação e a simplicidade com que Sacha pedira-lhe a mão.

Subindo o morro, Sacha de repente acalmou-se e, escolhendo um lugarzinho à sombra, propôs que todos se sentassem ali. Estava muito quente; Aliocha colheu e comeu bagas; Ivan Ilitch, preguiçosamente, mas com prazer físico visível, deitou-se na grama, extraindo do monte mais próximo um grande pedaço de feno e alojando-o sob a cabeça, como um travesseiro.

Kurlínski declamou versos de Tiútchev:

Quando não há consentimento de Deus,
Por mais que sofra, amando,
A alma, ai dela, não obterá a felicidade,
Mas pode obter a si mesma.[25]

Ao longe, de todos os lados, invisíveis, grilos ressoavam de forma penetrante, e aos raios diretos do sol, mosquinhas se empurravam.

25 Primeira estrofe do poema "Quando não há consentimento de Deus", de Fiódor Ivánovitch Tiútchev (1803-1873), escrito em 1865.

– Que bonito! Que força a do verão, por toda parte! – disse Sacha.

– Mamãe, veja que círculos de peixes, vamos pegar peixes aqui com uma vara algum dia – disse Aliocha, cravando os olhos na enseada do rio.

– Sim, está bem – disse Sacha, distraída. Naquele minuto, estava concentrada, pensando, e recordava sua conversa com Ivan Ilitch. Acorreu-lhe à mente a ideia aflitiva de que tudo na vida podia perder a pureza virginal, se se intrometesse a influência humana, ainda que, por exemplo, sob a forma de amor. Se você amar uma pessoa, e ela não estiver com você, você vai amar do mesmo modo a natureza e se deliciar com ela? Não vai, tudo se apagará, toda a beleza e contentamento desaparecerão se, em meio a essa natureza brilhante, a pessoa amada não estiver com você. E, de fato, a relação com a natureza se esvai.

Você vai amar a música de modo integral se amar alguém, e a pessoa amada não participar dela? Não, você nem sequer irá escutá-la como escuta a música que vem dela e com ela.

Você vai ver quadros sozinha, se não avistou há tempos a pessoa amada, e com que prazer você tudo vê e entende com ela! Mas, quando ela não está em sua vida, quando você está completamente livre do amor humano, que prazer puro, virginal, pleno é proporcionado pela natureza, pela música, pela pintura e pelas alegrias domésticas...

"Deus, salva-me deste veneno no caminho de minha vida!", Sacha rezava em seu íntimo. "Guarda minha pureza e ajuda-me a Te amar na natureza, na arte e em tudo que provém de Tua fonte pura." Erguendo-se da terra, calma e pensativa, Sacha foi para casa em silêncio, despedindo-se de seus camaradas.

Segunda parte

1. O VERÃO PASSA

Todo o verão transcorreu para Sacha como um sonho. Todo o tempo dividia-se em períodos entre o dia em que Ivan Ilitch tocava e aquele em que ele tocaria de novo. Nesses intervalos, Sacha tentava, de forma tensa, divertir-se, trabalhar, esquecer-se; ficava nervosa, febrilmente inventava e fazia tudo que, às vezes, parecia desnecessário, mas que a forçava a não reparar no tempo. E, coisa estranha, apenas em presença de Ivan Ilitch, até quando ele não tocava, Sacha encontrava tranquilidade, algo se alegrava nela e apaziguava sua vida interior.

Muitas vezes, organizavam-se longos passeios de toda a sociedade; deles quase sempre participavam Sacha e Piotr Afanássievitch, Kurlínski e sua irmã Cat, Ivan Ilitch, o pequeno Aliocha e Tsvetkov, que vinha com frequência.

Às vezes tomavam o café da manhã, partiam todos ao meio-dia para aldeias ou bosques vizinhos e passavam o dia inteiro na floresta, colhiam cogumelos, descobriam novos lugares bonitos, paravam para descansar e, alegres, felizes, regressavam ao entardecer, para ouvir a música maravilhosa de Ivan Ilitch.

Tsvetkov, apaixonado por Cat, trouxe, de sua parte, muito bom humor e alegria jovial de viver. Piotr Afanássievitch, que amava a natureza, deleitava-se em meio a ela, quando podia escapar de Moscou e ficar mais tempo na datcha. Em todos os passeios, ele era o responsável pelos desjejuns, descansos, regalava a todos com bonomia, organizava assentos para as damas, carregava consigo blusinhas, cestas com provisões, o pequeno Aliocha cansado, preocupava-se com todos, conduzia as damas através de valas, ribanceiras e, voltando para casa, às vezes assoberbado de cestas cheias de cogumelos, ele mesmo os escolhia, cortava com amor os talos gordos de seus chapeuzinhos firmes, salgava-os e marinava-os com Paracha e distribuía por toda casa os vidros de conservas, mostrando-os a todos e presenteando os amigos e conhecidos.

Sacha já estabelecera com Ivan Ilitch relações nas quais, além das recordações mais poéticas e sérias, nada restava. De modo absolutamente imperceptível, tudo no mundo tornara-se comum a eles. Qualquer impressão forte da natureza tinha igual efeito sobre ambos. Ivan Ilitch por fim acreditou no amor sincero e na sensibilidade de Sacha para a música, e tocava-lhe trechos de suas composições.

– Como o senhor compõe? – Sacha voltou a interrogar Ivan Ilitch. – Sempre me interessou exatamente o processo da criação musical. Sou mais capaz de entender a arte das palavras, mas a musical não consigo, em absoluto.

– Mas é difícil explicar, Aleksandra Aleksêievna, cada ideia musical surge imperceptivelmente: aparece a melodia... você faz um pequeno esforço para capturá-la, reter na memória, e...

– Bem, bem, e depois...

– Depois já não dá para se livrar dela, ela se torna obsessiva e, ao seu redor, agrupa-se todo o resto, surgem considerações harmônicas e, quanto mais se avança, mais fácil se trabalha...

– E de onde, por exemplo, veio o dramatismo daquela frase musical que o senhor tocou para mim ontem?

Ivan Ilitch sorriu e não respondeu de pronto.

– Eu li uma história, e impactou-me o heroísmo dos citas, que tinham de morrer sem se renderem. Fiquei em estado de espírito heroico, e escrevi aquele fragmento...

– Então o senhor se inspira em algo?

– Às vezes.

– E sempre me pareceu, olhando para o senhor, que tudo era inventado pela mente. E tenho vontade de desentorpecê-lo, inspirá-lo...

– Isso não é necessário, Aleksandra Aleksêievna, o melhor é tranquilidade em tudo.

– Aliás, pode ser que na vida cotidiana tudo seja, é claro, muito tranquilo para o senhor, mas na música não, nela o senhor é outro, nela seu lugar é absolutamente diferente. Tudo em sua música é consistente, e às vezes até apaixonado.

Ivan Ilitch de repente ficou severo, e se calou.

Aproximaram-se da casa, e Sacha, virando-se para Ivan Ilitch, perguntou:

– Vem à nossa casa?

– Claro. Queria tocar hoje para a senhora o começo de minha sinfonia.

– Ah, que felicidade!

– Seria felicidade?

Sacha não respondeu nada. A principal felicidade estava nessa troca constante de ideias, nesse contato em um terreno puramente abstrato.

E o verão passava; as noites tornaram-se mais longas, vieram dias chuvosos; a rodinha de amigos próximos que se acercaram no decorrer do verão reunia-se em serões na datcha de Sacha para leitura, jogos de xadrez, música e conversas íntimas a respeito de arte, com frequência puxadas por Sacha.

Surdo a tudo, Piotr Afanássievitch alegrava-se por Sáchenka estar mais animada e recuperada, e adorava Ivan Ilitch por confortá-la com música. Depois de mais alguns dias de calor de verão, dos quais as pessoas da datcha voltaram a desfrutar febrilmente, passeando e banhando-se, de repente vieram o frio e a intempérie.

Ivan Ilitch começou a se preparar para ir à Crimeia, e Aleksei Tíkhonytch fez as malas. Vieram carroças para o piano e as coisas, mas Ivan Ilitch, por algum motivo, sempre adiava sua partida, e morou na casa sem as coisas, almoçando diariamente na datcha de Piotr Afanássievitch, a convite insistente deste.

Sacha voltou a ficar inquieta, nervosa e muito angustiada por não poder mais prosseguir sua vida cotidiana.

2. DIA CINZA

Há em agosto aqueles dias nos quais, depois de um calor terrível, você acorda de manhã e o céu está cinza, sopra o vento norte, está frio, melancólico. Você ergue a corrediça, fica espantado e de novo se deita na cama, que ainda não esfriou. Você se deita, aquece-se e sonha. Mas o que é isso? O fim do verão? Será? E tão rápido!... Você volta a fechar os olhos e, um atrás do outro, pensamentos e recordações se sucedem... O dia de ontem – aquele dia claro, luminoso, quente, quando ao entardecer, ainda no crepúsculo, você nadou em silêncio pelo rio, abrindo tranquilamente os braços na água quente, macia, mimando todo o seu ser – onde ele está? Está tão distante, tudo isso foi há tanto tempo – e era tão bom!

A alma ajusta-se ao tom do outono; você começa a imaginar como passar o dia, e esforça-se para continuar a viver à moda do verão. Mas não há energia, aquela energia que apenas o sol dá, com a qual, ainda na manhã da véspera, você pulou da cama, disse com prazer "que calor!" – e correu jardim abaixo, direto para o rio. E que ânimo havia em todo o ser. Como era belo o orvalho que brilhava em cada ervinha e folhinha, brincando ao sol da manhã!

E você não quer esse frio, quer de novo aquela languidez, aquele calor, aquela ânsia com que todos viveram aqueles dias, e da qual agora dava uma saudade insuportável.

Mas é preciso levantar-se. Agora é preciso adaptar-se à nova situação, a outro estado de espírito, e, mais uma vez, ainda que de forma diversa, é preciso viver. Com que frequência, de uma pequena modificação no ambiente, vem à mente essa verdade simples, de que é preciso viver. Como se você fizesse uma descoberta, e se orgulhasse dessa ideia esclarecedora, de que *é preciso viver*. E antes dessa questão, não estava vivendo espontaneamente? E como enxergar o que de fato é vida e o que é vazio, vegetar por enquanto, matar tempo...

O filósofo Sêneca, a propósito, em seu livro exclama, em desespero: "*Hélas, la plus grande partie de notre vie n'est pas vie, mais durée*"[26].

Tudo isso Ivan Ilitch pensou e experimentou ao acordar na manhã de 7 de agosto em sua datchazinha amarela. Aleksei Tíkhonytch levou-lhe botas e roupa no quarto, e pôs-se a se queixar do frio.

– A datcha é toda de papel, não tem aquecimento, aqui o frio será de rachar. Está na hora de se mudar para Moscou.

– Não, está cedo demais, Tíkhonytch, acenda a lâmpada grande e ponha em seu quarto.

– Como assim, como vou acender o querosene? Custa dinheiro. Temos de ir embora. Na cidade também pagamos por alojamento.

Ivan Ilitch sempre sentia grande intranquilidade quando Tíkhonytch estava insatisfeito com algo. Apressou-se a se levantar, vestiu-se e saiu à varanda. Com a meticulosidade que era peculiar a seu modo de vida, foi fazer seu passeio de verão. Detrás do jardim, deteve-se no pasto, e pôs-se a mirar ao longe e nas redondezas mais próximas. Estava frio, úmido; as andorinhas rodopiavam baixo, bem baixo, junto ao solo, faiscando à frente de Ivan Ilitch, como se logo logo fossem acertá-lo. Ivan Ilitch, encolhendo-se todo com o frio, e virando o rosto para o penetrante vento norte, acompanhava seu voo rápido. Mas ele mesmo

---

26 "Infelizmente, a maior parte de nossa vida não é vida, mas duração." Na tradução para o francês de Joseph Baillard (1799?-18??) de *A brevidade da vida*, Sêneca afirma, citando versos de Menandro: "*De notre vie, hélas! la plus grande partie/ Est celle où nous vivons le moins. Tout le reste n'est point vie, mais durée.*" (De nossa vida, infelizmente, a maior parte/ É aquela na qual vivemos menos. Todo o resto não é vida, mas duração.)

não tinha vontade de se mover. Para onde ir? Para quê? O que fazer? Estava aborrecido... Nada havia, nem a energia da véspera para o trabalho, nem a alegria da véspera com a vida, e não queria simplesmente nada, nada.

Uuuu! Zunia o vento, depois um estrépito, e uma carruagem mostrou-se detrás de Ivan Ilitch. Mas quem vinha? Tão cedo!

A sege emparelhou com Ivan Ilitch, e ele avistou nela Sacha, envolvida em um xale branco de Oremburgo. Sob as pernas do cocheiro havia uma mala, e uma manta jazia atrás, na correia. Paracha estava sentada ao lado de Sacha.

– Para onde vai, Aleksandra Aleksêievna? – perguntou Ivan Ilitch, espantado.

– Pare, Filipp – Sacha disse ao cocheiro. – Vou fazer o jejum preparatório da comunhão na Trindade – ela respondeu a Ivan Ilitch.

– Mas a senhora não estava se preparando. O que lhe passou pela cabeça? Ou pecou muito? – disse Ivan Ilitch, com a zombaria costumeira.

– Pequei, e de repente resolvi preparar-me para a comunhão.

– E Piotr Afanássievitch?

– Está em casa com Aliocha.

– A senhora vai ficar lá por muito tempo? Corre-se o risco de que a vida monástica lhe agrade, e a senhora fique lá?

– Não sei, tudo pode acontecer.

– Volta para cá?

– Sim, claro.

– E quando volta para Moscou?

– Não sei, não sei. Preciso ficar mais com a natureza. Bem, adeus.

– Adeus, Aleksandra Aleksêievna, boa viagem.

Sacha tirou a luva e deu a mão a Ivan Ilitch. E de novo ele, como que inadvertidamente, reteve a mão dela em sua mão bela, quente, e Sacha não retirou a sua, porém não experimentou agitação, mas novamente um sentimento calmo e tranquilo de alegria e quietude.

Ivan Ilitch olhou na direção da carruagem que se afastava e se espantou porque o céu ficou ainda mais escuro, o vento norte ainda mais penetrante, as andorinhas ainda mais azafamadas, e ele teve vontade de ir para casa, aquecer-se em seu cantinho aconchegante e partir com a alma para sua arte amada.

De regresso, foi até o piano e começou a improvisar. Acordes tristes, intervindo um depois do outro, formavam progressões harmônicas estranhas. Havia algo de trágico em seus gemidos, e Ivan Ilitch arrebatou-se, entregando-se a seu sentimento musical, que, de forma inalterável, sempre precisa e consistente, preenchia toda a sua vida.

3

O trem chegou ao entardecer, justamente quando, no Convento, soavam as vésperas. Na grande praça em frente do velho hotel ocorria um grande rebuliço: em lojinhas de brinquedos, pequenos ícones, louça e arenque seco, apinhavam-se os peregrinos e o povo. Cocheiros, levando e trazendo gente dos trens para o mosteiro feminino de Khotkovo, para o retiro de Tchernígov, para a Ermida, para a Academia Teológica e para as demais cercanias do Convento, rodeavam a entrada do hotel, tocando as sinetas e negociando com os clientes.

Sacha entrou com Paracha no hotel e pediu um samovar[27].

– Paracha, enquanto o samovar não chega, vou ao mosteiro.

– Mas a senhora precisa descansar, Aleksandra Alekséievna.

– Não estou nada cansada.

Sacha saiu à praça e dirigiu-se aos portões do mosteiro. De repente, atrás, colada ao seu ouvido, uma voz feminina com sotaque começou a lhe matraquear algo. Sacha estremeceu e quis fugir, mas a cigana, negra, de olhos muito expressivos e muito pretos, desgrenhada, corada e seca, exigia atenção com tanta insistência que Sacha se deteve.

– Você ama um homem loiro, ama de forma doentia... Se quiser, eu o enfeitiço... Dê-me 80 copeques, por Deus, e faço o feitiço. Dou uma raizinha, enrole-a em um lencinho, bata no ombro dele, e ele vai se acabar por você.

– Não precisa, não precisa – Sacha queria se livrar, mas a cigana não sossegava.

27 Utensílio russo para ferver a água do chá e outros usos domésticos.

– Venha comigo, todos conhecem a cigana Mária Ivánovna. Nikita, o revendedor de cavalos, é meu marido. Venha, é minha casa própria. Conheço todos os feitiços... Bem, me dê 80 copeques... Ele vai amá-la, é isso... Agora não ousa.

– Deixe-me, deixe-me – gritava Sacha, em desespero, e precipitou-se para os portões do mosteiro. O povo ia para a igreja, e Sacha, misturando-se com a multidão, entrou na igreja de abóbadas baixas de São Sérgio. O povo juntava-se em fila para as relíquias. Sacha ficou atrás de uma velha, e maquinalmente, sem pensar, assustada e alvoroçada, lançou-se diante da tumba do santo, rezando por salvação.

De que se salvaria – ela ainda não sabia, nem ousava saber diante de si mesma.

Um sacerdote oficiava as vésperas e recitava o acatisto do santo. O coro, em uníssono, entoava o longo serviço do mosteiro. Os monges avançavam a passos silenciosos, suaves, como sombras, acendendo velas, balançando o turíbulo, recolhendo dinheiro e conversando com os peregrinos. Sacha estava contente de estar sozinha no meio da multidão. E nisso havia uma segurança, uma independência que era necessária a Sacha em sua disposição espiritual.

No dia seguinte, de manhã cedo, Sacha voltou a ir à igreja, e novamente o canto, a multidão e uma disposição a rezar se apossaram dela. Sacha ficou para a missa; quando as crianças começaram a comungar, e ergueram-se gritos e rebuliço, ela pôs-se a observar como preparavam o repasto por ocasião do feriado. De forma costumeira e habilidosa, os noviços dispuseram, em mesas longas, talheres, canecas, pratos grandes com pão, *kvas*[28] e conchas. Um dos monges pôs-se a narrar com prazer qual seria o peixe,

28 Refresco fermentado de pão de centeio.

a *braga*[29] e o *kissel*[30] de hoje, pois era feriado. A alusão a objetos materiais desagradou a Sacha.

Passando em casa por alguns minutos para se fortalecer com comida, Sacha regressou à igreja.

– Onde tomam a confissão? – perguntou às mulheres romeiras, peregrinas que faziam a ronda de todas as santidades e preparavam-se para comungar.

– Ali, com o padre Fiódor, na igreja nova, venha conosco, querida patroa, vamos nos confessar juntas.

Sacha uniu-se às mulheres, e foram por muito tempo por caminhos de pedra e corredores, até chegarem às portas do padre Fiódor.

Bastava Sacha ficar para trás e as peregrinas chamavam-na e amparavam-na com ternura especial.

– Acomode-se, patroa, sente-se, aqui mesmo, aqui é bom.

A célula do padre Fiódor era em cima; de sua porta, havia uma saída para um grande patamar de pedra, formando uma galeria, abaixo da qual havia uma bela igreja nova. Lá transcorriam as vésperas.

Entravam e saíam da célula do padre Fiódor pessoas para se confessar. No meio do primeiro quartinho pequeno, um dos que se confessavam lia um livro sacro.

– Vá, vá, agora é a senhora – disse, empurrando Sacha, uma peregrina que acabara de conversar com um monge, seu afilhado, que não via desde a infância, e entregara-lhe uma trouxa com guloseimas dos parentes.

– E ainda vou falar mais com ele. Senhor, como mudou! E então, está difícil para você, Stepacha[31]?

---

29 Espécie de cerveja caseira.

30 Xarope de suco de bagas, engrossado com uma fécula.

31 Diminutivo de Stepan.

– No início pareceu muito difícil, mas agora não é nada, acostumei-me. O mais difícil de tudo é recitar os salmos dos mortos. O medo me toma.

Sacha abriu em silêncio a porta da célula do padre Fiódor e entrou no quartinho pequeno e escuro, iluminado apenas por uma vela de cera.

Um *stáriets*[32] completamente grisalho, bastante ancião, estava sentado junto ao atril e mal ergueu os olhos cansados até Sacha. Seus olhos já não expressavam nada. Era um morto-vivo. O cansaço da vida longa, a luta, as privações deixaram seus traços nas rugas do rosto. Mas este era absolutamente imóvel, indiferente e severo.

– Como se chama? – começou a tomar a confissão de Sacha com entoação monótona, costumeira. – Casada? Pecou em quê? Traiu o marido? Acredita em Deus, observa os jejuns, não duvida da fé? Bem, Deus perdoará.

O padre Fiódor ergueu a estola sobre Sacha e absolveu-lhe os pecados. Mas a própria Sacha absolvera a si mesma?

Depois da confissão, já fatigada, Sacha sentou-se em um banco, aguardando suas camaradas; depois elas desceram; um monge lia o regulamento, mas Sacha estava tão cansada que já não escutava a leitura, e cochilava, cabeceando.

Quando voltou para casa, calculou que passara nove horas na igreja. Depois de se despir, jogou-se na cama e, sem se permitir pensar nem se lembrar de nada, dormiu profundamente no leito ruim de molas aparentes e travesseiro pequeno e duro.

---

32 Velho monge que cumpre a função de mentor espiritual da juventude nos mosteiros ortodoxos.

4. FOLHAS SECAS

A excursão à Trindade tranquilizou Sacha por completo; todavia, isso também foi um alívio temporário na atribulada vida interna de seu coração. E, mesmo assim, quando ela regressou à datcha, seu primeiro pensamento foi se Ivan Ilitch tinha partido, e se ela ouviria sua música. Ao se aproximar de sua datcha, viu que os contraventos da datchazinha amarela estavam fechados, e que o silêncio costumeiro cercava-a.

"Partiu!" Seu coração desfaleceu, ela não sabia sequer onde ele morava em Moscou, para onde fora, se iria visitá-los. "Por que me importo com isso? Agora mesmo verei Aliocha e Piotr Afanássievitch, e vou me ocupar do filho, da casa e da música... Música sem Ivan Ilitch, sem nenhuma influência externa, inteira e exclusivamente música."

Sacha entrou em seu quarto e estremeceu, ao ver, na mesinha, uma partitura e um bilhete. Tudo fora enviado por Ivan Ilitch no dia da partida dela. Despedia-se de Sacha com expressões frias e desajeitadas, e pedia permissão para dedicar-lhe aquela romança, que escrevera em sua ausência e enviava-lhe.

– Mamãe, o que trouxe? Mostre – gritou Aliocha, ao entrar correndo. – Trouxe um iconezinho para a babá? – importunava o menino.

Sacha abraçou o filho, entregou-lhe brinquedos e iconezinhos, e mandou chamar o marido, que veio correndo do jardim de mangas arregaçadas e as mãos sujas de terra.

– Pois bem, Sáchenka, que bom que você voltou. Aliocha e eu estávamos com saudades de você.

– O que você estava fazendo?

– Estava cavoucando dálias, pois quero colher a última floração.

– Sim, precisamos nos mudar logo.

– O verão correu rápido, e nós passamos bem. Dá pena ir embora, ainda haverá dias bons.

Sacha concordou de repente, e decidiu ficar até setembro.

E passavam-se os dias, monótonos, tediosos, mas tranquilos. Sacha sentia-se de tão bom humor que não empreendia nada, não se apressava a lugar nenhum e temia destruir aquele regime de vida que lhe dava a plena satisfação do dever cumprido e consciência tranquila.

Ela ficou alguns dias sem abrir a romança que Ivan Ilitch enviara-lhe. Mas certa vez, sentindo-se absolutamente tranquila, decidiu examiná-la, e até cantá-la. Em todas as obras dele, sempre é difícil, da primeira vez, definir as ideias musicais. Mas quanto mais você as toca ou canta, mais aparecem todas as belezas de sua música, e mais você descobre suas profundidades e os talentos verdadeiros e nobres. Mas aquela romança não era nada parecida com as outras produções dele. Já a partir da primeira frase e das primeiras palavras ela tinha tanta paixão quanto graça ligeira, que Sacha entendeu de imediato, e ficou terrivelmente alvoroçada. Era ele que tinha escrito aquilo? De quem eram aquelas palavras apaixonadas? E por acaso aquele homem sereno podia escrever aquilo? De onde, e para quê? O acompanhamento tempestuoso seguia uma melodia bela, inquieta, que transmitia em sons suaves a alma apaixonada.

Sacha cantava de novo e de novo os apaixonados apelos de amor, seu coração palpitava mais e mais. Ergueu-se de um pulo, gritando a alguém: "Não preciso disso!". Nesse mesmo minuto, lembrou-se da cigana da Trindade que lhe prometera um feitiço e, convulsionando-se, ficou tão assustada com seus pensamentos que gritou: "Deus, salva-me!", e, afastando-se do piano, caiu na poltrona, desamparada. Aos poucos, acalmou-se. Na mesa, jazia o grande livro vermelho em que Sacha colava com Aliocha, para diverti-lo, as flores que secara por todo o verão.

Sim, naquele livro estava toda a história do verão. Eis os lírios-do-vale, amarelados e enrugados. Como eles eram graúdos, firmes e perfumados quando ela os colheu, passeando com o marido pelo diminuto bosque de bétulas. Como ele tinha sido meigo e cuidadoso, sentindo que o pesar dela ainda era muito recente, e como ela se sentira bem com a bondade dele, simples, sem artifícios.

Depois floresceram os não-me-esqueças. Ei-los! Como eles conservavam bem a suave cor azul, e como se conservara bem na memória o dia em que ela os colhera. Fazia calor, o céu estava tão azul quanto os não-me-esqueças, Sacha foi se banhar, e seu marido e Ivan Ilitch estavam nas casas de banho, e era preciso esperar por eles. Ela caminhou ao longo do rio e colheu esses lindos não-me-esqueças de um azul-celeste escuro. E Ivan Ilitch saiu da casa de banho e pediu a Sacha essas flores. Ele as admirou, separou algumas para si e devolveu as restantes a Sacha, e ela notou a beleza de suas mãos e, por algum motivo, foi agradável esconder o rosto inteiro naquelas flores frescas.

Eis as ervinhas miúdas... Estavam sentados na orla do bosque, e Sacha escolheu-as e colheu-as, e eles conversaram sobre como era bom viver assim como viviam agora, dia após dia, sem preocupações, quase exclusivamente com a natureza, com um trabalho sem pressa, ocioso e livre, e com aquele sol abrasador, que amolecia o corpo e a alma... Aliocha, nessa hora, comera bagas demais e lambuzara o peito inteiro de sumo vermelho, e depois botou bagas na boca ora da mãe, ora de Ivan Ilitch, e essa conclusão, por algum motivo, deixou Sacha contente. E ela se lembrou de como atentara nessa hora para os incontáveis pequenos insetos que se agitavam na terra.

Sacha virou a página. Eis todos aqueles amores-perfeitos, grandes e pequenos, como umas fuças... Aquela coleção rica tinha sido plantada e colhida por seu marido.

Ela os colara em círculo, como uma coroa, e todos aqueles amores-perfeitos pareciam um rosto a fitá-la com ironia, como Ivan Ilitch às vezes fitava-a, e ela logo virou mais uma página.

Centáureas... algumas se despetalaram e empalideceram, outras ainda eram de um azul intenso. E Sacha recordou-se do infindável campo de centeio, sempre brilhante e agitado. As espigas pesadas curvaram-se, o centeio já amadurecera e sentia-se uma tensão naquele florescer sazonado do verão.

Havia convidados; com que animação e rapidez Sacha caminhara com eles pela vereda estreita do campo. Sentia por trás dela a presença de Ivan Ilitch, que elogiara naquele dia seu traje de verão, sentia que ele a contemplava. Depois ele ficou para trás e colheu centáureas.

"Veja que encanto, como elas estão graúdas e reluzentes neste ano", ele dissera, entregando-lhe o buquê.

Sacha estendeu a mão, pegou as flores, e seu coração palpitou alegremente. À noite, secou essas centáureas e anotou o dia embaixo delas.

Pois que seja... Sim, as samambaias... Aliocha trouxe-as, dizendo que pareciam peninhas verdes. E, na última página, graúdas flores estéreis, tardias, que tinham voltado a florescer, do canteiro de morangos, que ela colhera havia pouco. As folhas eram vermelhas, as flores tinham gavinhas, não dariam frutos... Por que aquele morangueiro florescera novamente perto do outono, extemporâneo e infrutífero?

E por que em sua alma florescera aquele sentimento infrutífero e desnecessário pela música e seu representante?... Por que seu coração se entristecera tanto quando silenciou, na datchazinha amarela vizinha, a música que a animara, e a datcha se esvaziou, e ainda na manhã daquele dia levaram as últimas coisas de Ivan Ilitch e seu piano?

Mas será que *tudo* estava acabado? O verão, as flores, a música, a *Canção sem palavras* de Mendelssohn e sua breve e insana felicidade, trazida pelos maravilhosos sons musicais que a curaram e cantavam em todo o seu ser, pela canção em sol maior, e um veneno entrou-lhe no coração, e Sacha, impotente, alvoroçada, baixou a cabeça no livro e chorou.

5. ÚLTIMOS DIAS NA DATCHA

Sacha ficou mais duas semanas na datcha com o filho. Piotr Afanássievitch vinha às vezes, mas os negócios na companhia de seguros exigiam sua presença. Ocorrera uma balbúrdia em consequência de um enorme incêndio, que solapara os recursos da companhia, e havia uma investigação sobre ele ter sido premeditado. O pacífico Piotr Afanássievitch estava fora de si, gritava, contava a Sacha das falcatruas, e mergulhara de todo nos interesses do departamento em que já servia havia alguns anos, e ao qual era devotado de toda a alma. Sacha não se incomodava em absoluto com a solidão. Lia muito, copiando dos livros todas as ideias que lhe agradavam em particular. Além disso, continuava a ocupar-se intensivamente de música. Com que prazer passava horas inteiras ao piano. Aprendera algumas peças, dentre as quais uma composição musical recentemente escrita por Ivan Ilitch que a levara ao êxtase. Era uma combinação espantosa de beleza pagã e contemplação espiritual da divindade. O acompanhamento que seguia o tema era tão etereamente leve, tremia de forma tão imperceptível em seu *pianissimo* que nele se sentia a vacilação da alma em prece na contemplação da divindade. E, de repente, ingressavam acordes triunfais, como que constituindo a resposta da divindade à alma em prece, e os acordes cresciam cada vez mais grandiosos, cada vez mais plenos, fortes, consistentes, elevando a alma cada vez mais para o alto e, ao chegar ao derradeiro limite da tensão espiritual, de repente interrompiam-se. E, em um mundo etéreo, passando para *piano*, os sons desapareciam em um suave *pianissimo*, como se a alma fosse levada à eternidade e se apagasse no não ser.

A composição era difícil, Sacha estudou-a por horas inteiras, mas o prazer que ela experimentava recompensava todas as dificuldades.

Se não estivesse frio e ela não temesse que Aliocha ficasse constipado na datcha mal aquecida, Sacha permaneceria muito tempo sem se afastar de sua vida sossegada. Não pensava em Ivan Ilitch, nem no que a aguardava no inverno em Moscou, vivia o tempo todo na natureza e na música, e deliciava-se com elas de forma pura, santa. E sentia-se de novo tão independente, livre de qualquer mau sentimento humano, que não queria destruir esse estado de espírito por nenhum bem do mundo.

Mas o outono veio tempestuoso, prematuro e frio. Aliocha ficou resfriado; não podendo passear, o menino começou a se entediar e pedir que voltassem a Moscou, ao lado do papai. Sacha sentia que de fato estava na hora de se mudar, e começou a se preparar. Tinha vontade de percorrer todos os lugares daquela localidade amada, onde passara o verão de forma tão consistente, e até feliz. Depois de empacotar suas partituras e objetos íntimos queridos, ela deixou ao encargo de Paracha fazer as malas e saiu para passear. O breve dia de outono, caprichosamente, mudou de humor algumas vezes, como no verão. Ao amanhecer, estava úmido, chuviscou, depois o sol apareceu. Sacha saiu da floresta e parou na encosta da montanha. À direita, havia uma plantação baixa de abetos, na qual jovens bétulas encerravam-se em alguns lugares. Com suas folhas secas cor de palha, destacavam-se com especial nitidez contra o fundo de abetos espessos, verdes, e o céu de aço, cinza-escuro, no qual com ousadia e por todas as partes lançava-se a arcada inteira do arco-íris rutilante. À esquerda, avistava-se a faixa vermelha e amarela do sol poente, especialmente luminoso, feliz, como se contestasse, com sua alegre beleza de verão, a soturnidade do céu escuro de outono, com o arco-íris lançado. E o sol, como que consolando a natureza agonizante, com generosidade iluminou de súbito as copas das bétulas cor de palha e dos abetos rutilantes, e apenas o obstinado céu de chumbo não se rendia à sua carícia cálida e continuava sombrio.

Sacha exclamou diante de toda essa beleza e grandiosidade da natureza. "Também vou deixar você", pensou Sacha, dirigindo-se a toda a natureza, "e perecerei nas paixões e tentações humanas..."

Ela apressou os passos, temendo a escuridão que se aproximava da floresta. Estava quieto, e ouvia-se como, cochichando, as folhas caíam das árvores com tamanha rapidez, como se alguém estivesse sussurrando sem parar. As folhas tombavam aos montes, o pé afundava naquela folhagem marrom, seca, que crepitava com os passos de Sacha e espalhava-se para os lados ao movimento de seu vestido.

E eis o velho carvalho e sua raiz torta, assomando no caminho. Quase todo dia ela se deparava com ele, indo banhar-se e encontrando ali quase diariamente Ivan Ilitch... Onde estaria ele? E de repente lembrou-se dele, e o desejo aflitivo de vê-lo e ouvi-lo surgiu tão inesperadamente em seu coração que ela foi para casa quase às carreiras, direto para seu quarto. Empacotou as últimas coisas com uma rapidez febril, mandou alugar carroças e uma sege, e decidiu ir a Moscou logo na manhã seguinte.

Antes da partida, Sacha, sob o pretexto mentiroso de umas partituras esquecidas na datchazinha amarela, pediu ao zelador que a abrisse e, percorrendo com agitação os quartinhos pequenos e vazios, parou no canto do salão, no lugar onde ficava o piano que Ivan Ilitch tocava. Lembrando-se dele, e de seu jeito de tocar, Sacha proferiu, com desespero, entregando-se por inteiro a seu sentimento: "Você me devolveu à vida, mas você também a arruinará!".

6. ALQUEBRADA

Ao se mudar para Moscou, Sacha logo adquiriu um ingresso de membro efetivo dos concertos sinfônicos, e ocupou-se de seus trajes. Gostava de se arrumar, mas trajava sobretudo vestidos brancos e pretos, nas mais variadas combinações. Estava de humor leviano e despreocupado, corria pelas lojas, dava um jeito na casa, não lia, não ficava em casa e temia o piano como um inimigo.

Assim ela passou um mês. De Ivan Ilitch, ouvira que estava na Crimeia, e voltaria em dias. Sua ausência inquietava Sacha ainda mais. O desejo de vê-lo chegou a um sentimento tão doentio que quando, em uma das últimas tardes de outubro, Ivan Ilitch inesperadamente foi à casa de Sacha, ela quase se sentiu mal. Ele parou na porta do dormitório dela, dividido em duas partes, e perguntou, tímido:

– Posso entrar, Aleksandra Aleksêievna?

– Sim, sim – proferiu Sacha, tão pálida que Ivan Ilitch espantou-se ao vê-la.

– O que tem, Aleksandra Aleksêievna, esteve doente?

– Não, estou absolutamente bem de saúde, estou muito extenuada, corri muito a negócios, arrumei a casa. Mas entre aqui.

– Vim informá-la de uma notícia triste. Sabia que Kurlínski recusou-se ao serviço militar?

– Coitado, é mesmo? Onde ele está?

– Está em um hospital militar, enquanto examinam se ele está doente espiritual ou fisicamente. Talvez a senhora o influencie. Ele lhe é muito devotado.

– Sim, tentarei chamá-lo à razão. Nos últimos tempos, leu muitos livros proibidos, e eis o resultado. Dá pena dele, seria melhor se continuasse a escrever seus versos ruins, porém inocentes. O senhor esteve com ele?

– Não, mas estou me preparando para ir vê-lo.

– E como o senhor passou o outono?

– De forma excelente. Na Crimeia fez um tempo maravilhoso, passeei muito e compus ao som do mar.

– Felizardo! Mas eu também passei bem, estou satisfeita com meu outono.

Ivan Ilitch examinou as coisas de Sacha espalhadas na mesa, e todo aquele caos louco da vida cotidiana feminina por algum motivo pareceu-lhe encantador. Ao lado de uma renda muito fina e antiga, jazia a *Filosofia da arte*, de Taine, em francês; em uma caixinha de madeira, havia pequenas cartas para jogar paciência. Também estava lá, largada, uma conta da costureira, ao lado de desenhos desajeitados de Aliocha e lápis de cor espalhados. E uma romança recém-anotada, um bolinho de gaze branca em uma rosa de chá de pelúcia e um bloquinho vermelho de notas...

Toda a vida de Sacha.

– Posso ver o que tem no bloquinho de notas? – perguntou Ivan Ilitch, pegando o pequeno bloco e folheando-o com os dedos belos e finos.

– Acho que pode, mas não é interessante.

– É o que verei.

Ivan Ilitch pôs-se a ler em voz alta, com ironia:

– Pegar um lornhão com Schwabe... Tsárskoie Seló, rua Koniúchennaia, no 18... comprimento 2 ½, largura 1 ½. Sapatos para Aliocha. 5ª sinfonia de Tchaikóvski... "Não é a força, mas a duração dos sentimentos elevados que faz os grandes homens..."

De quem é isso?

– Isso, ao que parece, é Nietzsche.

– É inteligente.

– “*Sache envisager sans frémir cette heure, qui juge la vie; elle n’est pas la dernière pour l’âme, si elle l’est pour le corps.*” *Sénèque.*[33]

– A senhora pensa na hora da morte, Aleksandra Aleksêievna?

– E muito. E como é bela e sempre consoladora a promessa de eternidade...

– Bem, e o que mais: “Cuidar de Sem. Iv. no asilo. Aprender: *Étude* nº 9 de Chopin, *Allegro assai*. Papéis, envelopes, goma arábica, um rolo de seda cor-de-rosa” – leu Ivan Ilitch, rapidamente. – Meu Deus, que variedade, espere, aqui tem algo de Cícero: “Aproveitar aquilo que se tem, e sempre agir de acordo com as próprias forças é a regra da sabedoria”.

É bom ter anotado isso, Aleksandra Aleksêievna, a senhora sempre faz tudo acima de suas forças, fica sempre agitada e gasta energia demais.

– Por isso procuro constantemente me instruir com a sabedoria. Aliás, há dias li em algum lugar que a agitação espiritual revela-se fonte de energia vital, e que ela é indispensável para a manutenção do vigor do corpo e do espírito.

Ivan Ilitch depositou o livro e, batendo em um novelo de lã, derrubou-o. O novelo rolou para trás do tabique, embaixo da cama, e embora Sacha puxasse o longo fio vermelho, não conseguia tirá-lo.

– Aliocha, Aliocha, venha cá.

– Não se preocupe, Aleksandra Aleksêievna, eu pego.

– Não, para quê? – disse Sacha, envergonhada pelo fato de Ivan Ilitch ver sua cama, atrás do tabique.

---

33 “Saiba encarar sem estremecer essa hora que julga a vida; ela não é a última para a alma, embora seja para o corpo.” Sêneca. Em francês no original.

Mas Ivan Ilitch não compreendeu isso, curvou-se com movimentos desajeitados, puxou o novelo vermelho e, de repente, também envergonhado, viu, coberta com uma renda etérea, a cama branca de Sacha, seu lavatório, a toalete elegante, tudo tão belo, limpo, atraente. Havia muito tempo, desde a juventude distante, não surgia à vista do solteirão Ivan Ilitch aquele puro ambiente feminino, aquele *Ewig Weibliche*[34], sedutor com sua elegância terna, misteriosa da vida íntima feminina. Ele franziu o cenho, seu rosto ficou severo, e algo se cerrou em seu humor.

Envergonhada, Sacha levantou-se, pegou o novelo, agradeceu Ivan Ilitch e propôs-lhe irem para a sala de jantar, para tomar chá. Passando pela sala de visitas, onde ficava o piano, Sacha deteve-se e pediu, tímida:

– Toca alguma coisa?

– Há tempos não toco, não consigo nada – disse Ivan Ilitch, abruptamente.

– Ora, ora, um pouco... – Sacha proferiu, baixinho, seus olhos ingênuos, sérios, brilhavam, e ela ruborizou-se, estreitou convulsivamente as mãos, comprimiu-as contra o peito, como se quisesse conter algo dentro de si, e sentou-se no canto do salão.

Ivan Ilitch aproximou-se do piano, atacou uns acordes belos, sonoros, e de repente Sacha sentiu-se perdida. A *Canção sem palavras* em sol maior, que não ouvira nenhuma vez desde aquela tarde de maio, cantava sob as mãos de Ivan Ilitch, cantava ainda mais expressiva, mais terna do que nunca. Sacha, estreitando as mãos com ainda mais força, soluçava por dentro. Entendeu de repente que os sons que pela primeira vez tinham lhe dado sossego e alegria agora suscitavam pânico e uma agitação doentia, aflitiva.

---

34 "Feminino eterno." Citação do final do *Fausto*, de Goethe. Em alemão no original.

Eles a arrastavam por inteiro para o que se apossara dela por meio deles – a arte saíra da região abstrata e passara para um sentimento terreno. Perdera sua pureza e virgindade.

Tudo acabado! Todo esforço de ficar tranquila, separar a música das paixões humanas – tudo desmoronara naquela tarde. Toda a vida interna de Sacha precisava assumir outro caráter.

Ivan Ilitch tocou ainda variações de uma sonata de Mozart, depois chegou Piotr Afanássievitch, e todos tomaram juntos o chá da tarde. Mas era como se Sacha se ausentasse no fim da tarde: não falava, ficara séria, e até soturna.

O próprio Ivan Ilitch, regressando para casa a pé, sentia-se algo saído dos trilhos normais da vida. Mas, para ele, toda aquela tarde com Sacha, na qual se sentira um pouco aliviado, fora um breve episódio, que não influíra nem em sua ocupação nem na regularidade de seus hábitos cotidianos – já para Sacha, aquilo foi toda uma época.

7. RENDIDA

Quando Ivan Ilitch saiu, Sacha dessa vez nem sequer foi acompanhá-lo, como de hábito. Apoiando um joelho no sofá no qual ele acabara de se sentar, e cravando os olhos secos na parede, permaneceu imóvel por muito tempo. A expressão severa de seu rosto era estranha. Como se, sem luta, sem vacilação, ponderasse sobre algo importante e significativo. Tudo que ainda recentemente lhe parecera tão distante, tão impossível, tão pecaminoso e terrível, tudo isso agora de súbito esclarecia-se como algo indubitável, consumado, irreversivelmente existente. Aquele homem que se mostrava tranquilo, indiferente, que com tanta ironia lidava com ela e seus arroubos, aquele músico genial, aquele Ivan Ilitch alheado e alheio a ela de repente revelava-se o mais querido e necessário – não, acima de tudo... ele constituía o centro de sua vida, ele apenas ocupava o mundo inteiro, ele apenas, para ela, era *tudo*.

"Mas onde fica a música? Afinal, liguei-me a Ivan Ilitch porque ele me deu consolo e o mais elevado prazer artístico, porque ele me convocou à vida, porque, através dele, conheci tantas ideias musicais geniais de compositores vivos e mortos, porque estou toda plena daquela arte, acima da qual não há nada no mundo.

"Será que esse Ivan Ilitch, esse tranquilo Ivan Ilitch que gosta de comer uvas e tâmaras, que pisca os olhos e olha incessantemente para o relógio – será que ele ocupa mais lugares do que a música?"

E eis que, como uma antiga vestal, que, apaixonando-se por um mortal, perdia sua vida, Sacha também perdia sua vida *real*, sua pureza, sua relação casta para com a arte ao se apaixonar pelo homem Ivan Ilitch.

Sacha não era uma mulher capaz de compromissos, de se obnubilar ou justificar. De forma clara, simples, ainda que aflitiva, rendeu-se e depôs as armas. Sabia que, no dia de hoje, qualquer luta era absolutamente infrutífera, que ela nem queria lutar. Que seu amor fosse ridículo, criminoso, pecaminoso, que todo mundo apontasse-lhe o dedo, rindo e repreendendo-a, que seu marido chorasse – tudo seria tão mais insignificante para ela, tão menos aflitivo do que essa sua paixão sem propósito, que a devorava e assassinava.

O sentimento de seu amor por Ivan Ilitch era imenso e, com a passionalidade que era peculiar à sua natureza, engoliu-a por inteiro. E quando isso ocorreu?... No amor verdadeiro, nunca é possível acompanhar o momento em que o sentimento nasce. Hoje se veem, amanhã se encontram alegres, uma semana depois se chateia sem a pessoa amada, um mês depois passam uma tarde maravilhosa e conversam tão bem... E, um ou três meses depois, já não há vida, não há felicidade sem ele ou ela...

Se Sacha tentasse acompanhar severamente seu sentimento, lembrar-se-ia de que ele, como um veneno, entrara em seu coração naquele serão em que, em meio à calma noite de maio, soaram, da datcha amarela, os sons da *Canção sem palavras* em sol maior de Mendelssohn.

Mas ainda não era amor por Ivan Ilitch. Era um chamado ao amor por meio da música. E Sacha, com esse chamado, apaixonou-se pela música. Não sabia, não via ainda quem a chamara à vida. E já muito mais tarde, ao conhecer de perto o músico talentoso, apaixonou-se por ele como homem. O amor verdadeiro, bom, forte, sempre nasce no mundo da abstração e depois passa para o setor da paixão.

Então ela era culpada disso? Não teria sido o destino que, com sua fatalidade inescapável, cega e sucessivamente a levara àquilo que Sacha admitia para si mesma naquele minuto com tamanha severidade?

No minuto seguinte, a consciência de que estava arruinada conduziu-a a um desespero selvagem. Precipitou-se para se trocar, vestiu uma blusinha quente e, como que por vontade alheia, lançou-se à porta e quis correr atrás de Ivan Ilitch.

A babá chamou-a, dizendo que Aliocha estava com febre.

– Aliocha? O quê?

Não entendeu no primeiro minuto, mas, ao entender, horrorizou-se, trocou-se e correu para o quarto da criança. Com arrependimento, depositou os lábios na testa do menino adormecido e sentou-se junto à caminha do filho, em silêncio. "Essa é a represália por meu pecado", pensou Sacha.

Passou a noite inteira sentada com o menino. De chinelos e roupão, Piotr Afanássievitch entrou com cuidado no quarto da criança, e pediu a Sacha que se deitasse e descansasse, mas desagradava a ela ir ao dormitório, como se já traísse o marido ao experimentar um amor criminoso.

Ao amanhecer, Aliocha transpirou, e Sacha acalmou-se. Mas já não foi dormir. A breve doença de Aliocha foi para ela como uma distração temporária dos agudos sofrimentos espirituais que experimentara ao admitir para si mesma o amor por Ivan Ilitch.

Quando Aliocha acordou, pela manhã, novamente animado e alegre, e sua doença revelou-se uma obstrução gástrica temporária, o coração de Sacha mais uma vez se voltou, com força apaixonada, a seu louco amor. Não ficava parada em casa, não conseguia fazer nada e, depois de alimentar Aliocha dando-lhe um caldo com ovo, começou a se trocar, sem saber ela mesma para onde iria. Mas voltaram a atrapalhá-la. Alguém tocou a sineta, e relataram-lhe que estava ali uma fidalga, desejando vê-la por um minutinho.

– Que venha – disse Sacha, de mau grado. – E quem é, tão cedo?

Entrou uma dama vivida, de vestido fora de moda, tímida, calma e triste.

"Uma pedinte", pensou Sacha. Mas, reconhecendo de imediato Nastássia Nikítina, precipitou-se para beijá-la.

– Sáchenka, querida, olá – ela disse –, você talvez já tenha ouvido falar que meu filho recusou-se ao serviço militar, e internaram-no no hospital. Você sabe, provavelmente, o destino posterior desse tipo de comportamento. Sacha, é você que deve me ajudar a salvá-lo! – Sua voz se rompeu. – Ele ama você, vai lhe dar ouvidos.

– Com muito prazer, querida... Eu mesma tenho tanta pena dele... Mas como salvá-lo?

– Apenas vá vê-lo, vão deixá-la entrar, e persuada-o.

– A senhora ficará aqui por muito tempo?

– Não sei, não posso ir embora, mas morar aqui, em aposentos mobiliados, é caro e angustiante.

– Ora, ora, está bem, mude para minha casa, e hoje mesmo vou até ele, veremos se consigo fazer algo!

– Os filhos crescem, você acha que as preocupações acabaram, e dá-se que, quando pequenos, eles não a deixam dormir e, quando grandes, você é que não consegue...

Nastássia Nikítina pôs-se a chorar.

– Ora, ora, minha cara, não chore. Deus proverá que vamos chamá-lo à razão, querida, acalme-se.

Sacha abraçou e tranquilizou Nastássia Nikítina e, ao conseguir fazer isso, ouviu toda a história da família Kurlínski – como todas as histórias familiares, tocante e interessante. Depois de lhe servir café, Sacha saiu para a rua com ela. Nastássia Nikítina sentou-se na sege de aluguel e foi para seus aposentos mobiliados, e Sacha, para sossegar seus nervos alvoroçados de todas as formas, seguiu a pé.

8. NA RUA

Estava claro, levemente congelado; a neve que caíra à noite polvilhara as ruas aqui e ali, e branquejava densa e radiante nos jardins e bulevares de Moscou. O bonde de tração animal rangia nos trilhos gelados e apitava nos cruzamentos. Sacha pulou em um vagão em movimento e, de pé, foi até a última estação. Daí saiu, e pôs-se a esperar o veículo de volta. "Parece que eu perdi o juízo" faiscou em sua cabeça. O bonde se aproximou, e Sacha entrou e se sentou. Na parada seguinte, pulou apressadamente no vagão uma mulher com uma criança de olho atado, e pôs-se a procurar lugar. Sacha cedeu o seu, com pena do menino doente e, de novo em pé, pôs-se a observar os passageiros, dividindo-os por classe e caráter. Os bons e os maus ficavam de modo especial evidentes quando o cobrador pedia os bilhetes. Uns amarrotavam os bilhetes de propósito e os passavam ao cobrador com enfado. Outros os alisavam com zelo e, segurando-os com calma, esperavam quando fossem pedidos. Terceiros, tendo-os perdido, azafamavam-se e procuravam os bilhetinhos nos bolsos e luvas. Sacha, de pé, entregou o seu, e um jovem, chamando-a com alegria, cedeu-lhe seu lugar.

– Tsvetkov, querido, é o senhor? – Sacha dirigiu-se ao aluno de Ivan Ilitch, e de repente todo o verão surgiu-lhe na memória, e ela ficou terrivelmente alvoroçada. – Para onde vai?

– Vou para o conservatório, e a senhora, Aleksandra Alekseievna, por que está de bonde, se tem seus cavalos?

– Gosto de fazer isso às vezes.

– Mas vai para onde?

– Visitar Kurlínski, está no hospital militar. Ouviu dizer que ele se recusou ao serviço militar?

– Ouvi. Que excêntrico! Mas o caminho não é esse. Aqui vai para outro lado.

Sacha ficou embaraçada e disse:

– Ah, como sou distraída. – E, despedindo-se de Tsvetkov, saltou do vagão e foi na direção da casa em que Ivan Ilitch vivia. Seu coração estourava de desejo de vê-lo. Ainda antes de chegar à travessa em que ele morava, deteve-se no portão de uma casa. Um entregador barrava-lhe o caminho, fazendo um esforço terrível para levar ao pátio um barril de água. Uma pequena elevação da calçada, no portão, atrapalhava, e o barril ficava rolando para trás.

Sacha agarrou o barril com mãos fortes, enérgicas, e ajudou o entregador de água.

– Bem, bem, juntos – ela disse, com voz carinhosa, ousada.

E o barril no mesmo instante rolou para o pátio, e o entregador estafado, os passantes sorridentes, o zelador, todos fitavam com curiosidade a fidalga com trajes da moda, ajeitando tranquilamente os caracóis dourado-escuros de cabelos que lhe escapavam debaixo do chapéu, e abria seu sorriso peculiar, que iluminava todo o seu rosto, irradiando um brilho carinhoso, acolhedor de seus olhos ingênuos, grandes e negros.

"Seria possível não me amar?", diziam seus olhos. "Eu mesma amo tanto vocês, e todos..."

E todos o sentiam, e todos estavam prontos para amar Sacha.

– Mas o que está fazendo? – perguntou-lhe uma voz conhecida, que imediatamente fez o coração de Sacha parar.

– O senhor viu?

– Vi. A senhora, ao que parece, quer virar entregadora de água? – perguntou Ivan Ilitch, com ironia. – De música não poderá mais se ocupar, vai estragar e estropiar suas mãos.

Sacha ficou calada, ruborizando com o esforço feito e com a agitação.

– Vamos – ela disse, em voz baixa. – O que está pensando de mim, que sou louca?

– Acho que a senhora tem muitas contradições de caráter e muitos contrastes: a senhora é como um quadro de Rembrandt: muitas sombras e muita luz.

– E carregar barril é luz ou sombra? – disse Sacha, com um riso maroto, entrando no tom de Ivan Ilitch.

– Luz.

– E onde está a sombra?

– A sombra está na instabilidade, na ação impensada, nos raciocínios ilógicos e rápidos, na incapacidade de concentração...

– Veja só! São sombras demais, e devo pedir-lhe que me esclareça.

– Não sei como, Aleksandra Aleksêievna, e não tenho tempo, me dá preguiça.

Sacha ficou vermelha. Ivan Ilitch olhou para ela e, virando-se rapidamente, piscou os olhos, apressando os passos. Estava embaraçado com sua própria inquietude, com seu desejo de alfinetar Sacha de algum jeito e, ao mesmo tempo, essa pena, quase ternura, que sentia por ela ao alfinetá-la.

– Para onde vamos? – perguntou, de repente, Sacha, assustada com seu estado de espírito.

– Vou atrás de informações sobre o meu quarteto, quando uns músicos, conhecidos meus, irão tocá-lo; e a senhora, para onde vai? Na verdade, eu não sei e, aparentemente, a senhora mesma não sabe.

– Não, eu sei, vou visitar Kurlínski no hospital militar, e agora vou pegar uma sege de aluguel...

Nesse minuto, uma grávida que vinha pela mesma calçada, erguendo com dificuldade uma menina bastante grande, tentava atravessar com ela a rua movimentada, pela qual não paravam de passar carruagens, bondes, seges de aluguel. A menina debatia-se caprichosamente, batendo no ventre da mãe com as perninhas. Sacha, sem refletir nem por um minuto, tomou a criança nos braços, dizendo:

– Ora, ora, queridinha, não chore, mamãe vai nos alcançar... – forte e lépida, logo a levou para o outro lado da rua. A criança, interessada naquela brincadeira de perseguição de sua mãe a Sacha, que corria com ela, logo se calou e, olhando para Sacha, pôs-se a rir.

– Agora a senhora virou babá – gritou Ivan Ilitch, em sua direção. No entanto, Sacha não voltou mais para o lado dele, mas entregou a criança à mãe, entrou em uma sege de aluguel e partiu para o hospital.

Ivan Ilitch inconscientemente disparou em sua direção, mas de súbito parou. Seu rosto assumiu uma expressão insatisfeita. Estava aborrecido consigo mesmo e com Sacha, cujo desaparecimento já não pela primeira vez fazia-o desejar precipitar-se atrás dela, não se separar dela, fitar-lhe os olhos ingênuos, sérios, que sempre ardiam inesperadamente, ou de paixão sombria, ou de acolhimento carinhoso e alegria infantil.

"Que espontaneidade", Ivan Ilitch enterneceu-se de repente, à lembrança de Sacha, "e que energia, clareza e simplicidade!".

9. O HOSPITAL MILITAR

Coube a Sacha um cocheiro ruim, que ia devagar, mas conversava com gosto especial. Ele contou a Sacha como seu irmão se separara da mulher que tinha em sua aldeia e tomara em casamento uma moça de outro lugar, que dispersou a família inteira.

– Ela é uma bruxa, não uma mulher... Eu dirijo no inverno, e na primavera volto para casa e trabalho na lavoura. Agora arrendamos a terra de uma fazendeira, ficou mais fácil; no verão chegamos ao ponto de ter que comprar cereal.

– E de onde você é?

– Sou de Kaluga. Em nosso verão, a fome era tamanha que alimentamos o gado com toda a palha do telhado, e no fim do verão ele mal estava vivo, tentávamos erguê-lo com corda, os animais não se levantavam. Bem, avante – ele gritou ao cavalo, e sacudiu a rédea.

Sacha ouvia o cocheiro, e tocava-a que aquele camponês, morando sozinho na cidade o inverno inteiro, mantivesse o coração e a mente tão afastados de Moscou, e todos os seus interesses se resumissem à sua família, à aldeia, àquela vida séria, consistente, primitiva que, apesar da severidade e privações, mesmo assim o atraía.

Mas eis o edifício vermelho, o portão e o vigia. Era o hospital militar. Sacha ficou um pouco atemorizada: ainda era jovem o suficiente para temer a visão de doentes, loucos, presos, e ademais estava muito nervosa após a noite de insônia e agitação que vivenciara. E lá tudo lhe era tão alheio, misterioso, incomum.

O soldado do portão perguntou-lhe o que desejava e, depois de receber uma gorjeta, deixou Sacha passar. Puxou o cordão da sineta. Em alguns minutos, alguém virou uma chave e abriu a cancela. Sacha passou, acompanhada de outro soldadinho, por uma porta grande, que dava em um jardim, ou, melhor dizendo, em um pátio com árvores plantadas, e a porta instantaneamente se fechou atrás dela.

– O que é isso, é aqui que os pacientes passeiam? – perguntou.

– Sim, senhora – respondeu o soldadinho, com uma pronúncia que não era russa, aproximando-se com Sacha da porta do grande edifício vermelho. Uma chave voltou a ranger, a porta pesada se abriu, e eles entraram em uma antessala escura.

– Contudo, vocês estão trancados para valer – reparou Sacha, sorrindo e experimentando uma sensação desagradável com as portas que se trancavam atrás dela, uma após a outra.

– Sim, senhora – o soldadinho voltou a dizer, com um sorriso estúpido.

Sacha tirou o casaco na antessala e subiu as escadas. A primeira coisa que se lançou à sua vista foram pessoas de roupões cinzentos de lã, sentadas em um banco, ao longo da parede, bem em frente à escada. Sem entender nada, lançaram um olhar curioso para a jovem dama com um traje incomum de seu ponto de vista, e continuaram sentadas, imóveis. Eram seis homens. Estavam ali ociosos, apáticos, apenas mudavam de lugar e se afastavam das paredes de que estavam fartos.

Um soldado desenvolto, visivelmente mais civilizado do que os que abriam as portas, aproximou-se de Sacha e, depois de receber, junto com algumas moedas de prata, a resposta de quem ela desejava ver, amavelmente a conduziu a uma porta pequena e alta, que também tinha tranca.

Kurlínski estava sentado junto à janela. Levantou-se ao encontro de Sacha e aproximou-se dela, arrastando seus calçados hospitalares demasiado largos. Trajava um roupão cinza, de lã militar, muito folgado, que evidentemente não era de seu tamanho, e que ele se pôs a fechar de forma desajeitada, ficando sem graça e vermelho. Seu rosto estava pálido, magro, com um sorriso penoso surgindo de tempos em tempos em seus lábios, como se tivesse dificuldade de se formar.

– Aleksandra Aleksêievna, mas será mesmo a senhora? – proferiu, de forma surda e arrebatada. – Meu amigo e camarada Petróvski – apresentou um jovem que estava com ele.

– Por que inventou de se arruinar, Kurlínski?

– Como estou me arruinando? Pelo contrário, sinto-me magnífico ao cumprir o dever da consciência.

– Não concordo, isso não é dever. Diga, o que o induziu a fazer isso?

– Não sei. Eu simplesmente não podia me portar de outro jeito quando a questão me foi apresentada de forma direta: ir ou não. Não posso pegar em armas, e nunca vou matar gente.

– E nem precisa. Mas provavelmente vai acontecer que, no lugar do senhor, tomarão como soldado outra pessoa que não teriam pegado se o senhor tivesse ido.

– Oh, esse argumento é velho! Não vou para o serviço militar porque não admito violência contra ninguém.

– Que raciocínio infantil. Falemos a sério: o senhor não admite violência, mas a pratica com sua conduta. Está praticando violência contra quem será pego como soldado em seu lugar; está violentando aqueles que está obrigando a trancá-lo aqui; está violentando também aqueles que serão forçados a puni-lo, atormentá-lo e obrigá-lo a pegar em armas... – disse Sacha, inflamando-se cada vez mais.

– Mas eles podem não fazer isso – disse Kurlínski, tímido. – Não, não são todos que podem. Todos vivem por inércia, mas há pessoas escolhidas, avançadas, que indicam o real caminho, que manifestam a verdade. Atrás delas irão inicialmente poucos, depois cada vez mais e mais...

– Por acaso não vê, meu amigo – disse Sacha, lembrando-se das lágrimas da mãe de Kurlínski e incutindo ainda mais energia e sentimento em suas palavras –, por acaso não está claro que é visível um grande progresso nessa direção? A humanidade protesta contra a guerra, a relação cavalheiresca anterior para com a defesa da pátria e da honra, e pegar em armas, desapareceu. Restou um sentimento pesado de necessidade. Tente carregar esse peso junto com aqueles que devem se submeter a ele sem querer. Isso também será um tipo de heroísmo...

– Seus raciocínios são muito paradoxais, Aleksandra Aleksêievna, e a senhora é ilógica.

– Bem, não digamos palavras terríveis, não sejamos lógicos – disse Sacha, fitando de perto o interlocutor com seus olhos carinhosos, grandes –, mas simplesmente pegue em armas, submeta-se a seu comandante de regimento, vá para a tropa, e... – Sacha deteve-se – e creia que cada ação sua, palavra, cada respiração sua, tudo exprimirá um protesto contra a guerra, e com isso o disseminará ao seu redor com muito mais êxito do que sua detenção aqui.

Kurlínski ficou pensativo.

– Se eu apenas respirar esse protesto, vão me matar – disse, afastando com um movimento de cabeça o colarinho cinza, rijo, do roupão do jovem pescoço mimado, de pele branca, transparente e veias finas.

"E esse menino está indo para a tortura voluntária!", pensou Sacha, com tristeza, e teve uma vontade terrível de salvá-lo.

– Ora, ora... tente conciliar, apenas tente, com seu protesto interno contra a guerra, a submissão paciente, dócil, à necessidade. Olhe ao seu redor e tente se relacionar com carinho, bondade e proveito com os infelizes soldadinhos que foram arrancados das famílias e com os quais estará em contato próximo, e com isso o senhor já não será militar, será um cristão. E, com sua influência e estado de espírito, demonstre também a eles e à sua chefia que não há lugar para assassinos onde há apenas amor e humildade. No mais, Deus ajudará, e o senhor sairá dessa dúvida pesada em que se encontra agora...

– Mas não estou em dúvida, Aleksandra Aleksêievna, estou pronto para tudo – disse Kurlínski, contemplando a expressão facial vivaz e ousada de Sacha e, beijando-lhe a mão, que já se preparava para partir, acrescentou: – Fez-me muito feliz com sua vinda, agradeço-lhe.

Ao se despedir, Sacha disse algumas palavras tocantes sobre a mãe e suas lágrimas, e passou novamente por todas as portas pesadas abertas e fechadas atrás dela.

– E então, também há gente saudável aqui? – perguntou ao soldadinho que a deixara passar.

– Sim, senhora – ele respondeu.

"Será que todas essas pessoas foram tão oprimidas pela disciplina militar e embrutecidas pelo medo que não podem nem ousam sequer falar?", pensou Sacha e, em seus ouvidos, ressoou: "Sim, senhora, sim, senhora".

O cocheiro virou o cavalo abruptamente, e Sacha voltou a si. A rua inteira estava revolvida, limpavam a tubulação de água, montes de terra jaziam por todo lado, e via-se uma cova profunda, na qual um homem trabalhava. E Sacha pensou que aquela cova aberta permitia dar um suspiro que fosse à úmida mãe-terra, oprimida por pedras, asfalto, privada da possibilidade de dar vida a plantas, árvores e a tudo que se nutriria dessa terra urbana oprimida. E um suspiro pesado prorrompeu também do peito de Sacha. Suspirava por sua alma apaixonada, viva e oprimida; pelo cocheiro, oprimido pela necessidade e esmagado pela vida ingrata e sem liberdade de Moscou; pelo soldadinho, oprimido pela disciplina; pela terra sufocada pelas pedras e pelo asfalto; e por sua alma viva, que não suportava grilhões e tinha vontade de liberdade, vida, ar e felicidade...

10. O MARIDO

Quando Sacha voltou para casa, passou pelo quarto de Aliocha, que estava construindo um castelo de cartas na mesa. Tinha vontade de se ocupar melhor do filho e, pegando contos dos irmãos Grimm, começou a ler para ele. O menino ficou contente pelo fato de a mãe se ocupar dele, mas isso não se prolongou por muito tempo. A alma de Sacha estava tomada por uma angústia insuportável. Ela largou o livro e passou para o salão em que o piano ficava. Aliocha foi atrás, porém ela o mandou passear, pegou sonatas de Beethoven e começou a tocar, em especial aquela que amava.

Sua execução não era uma execução, era um gemido de sofrimento. Sacha não conseguiu terminá-la e, deixando a cabeça cair nas mãos petrificadas sobre as teclas, começou um soluço entrecortado.

– Sacha! – ouviu, de repente, bem no seu ouvido, o sussurro desesperado do marido. – Sacha, minha querida, o que você tem?

– Nada, nada, apenas meus nervos, que estão perturbados – disse Sacha, rapidamente, enxugando os olhos e afastando-se do marido. – Estive no hospital militar, e Kurlínski me causa muita pena.

– Não, Sacha, não é isso... Você agora tocou essa sonata, você a ama... – disse Piotr Afanássievitch, gaguejando, tímido e triste –, e você ama Ivan Ilitch...

– Não é verdade, não é verdade. Eu não o amo! – Sacha gritou, com voz de desespero, e estendeu os braços, como se se defendesse de algo. – Amo música, amo essa sonata maravilhosa, e nada mais...

Sua voz se rompeu, ela cruzou os braços, esgotada, calma e submissa.

O marido, de repente, entendeu tudo; tremia todo de agitação; seu rosto estava pálido, como se tivessem lhe esfregado cal. Ficou por muito tempo com os olhos cravados no rosto abatido da esposa e, de repente, debulhou-se em lágrimas de um modo terrível.

Quando uma mulher chora, sobretudo se é bela e simpática, dá pena; mas, se quem chora é um homem, dá medo. Piotr Afanássievitch chorava como se lhe tivessem arrancado de súbito, e para sempre, tudo por que vivia. Ele *nunca* havia ainda sentido ciúmes da esposa: não conhecia esse sentimento. Crédulo, carinhoso e bom, amara, como uma criança, a vida inteira apenas Sacha, e não podia lhe passar pela cabeça que ela ou ele pudessem amar alguém diferente.

Era uma desgraça, uma autêntica desgraça não apenas para ele, mas para ambos. Quando se controlou, levantou-se, aproximou-se da esposa e tomou-a mansamente pelo braço.

– Sacha, não me diga nada. Entendi tudo. Foi-nos mandada uma prova, e devemos passar por ela da melhor forma...

Sacha olhava para baixo com olhos secos, parados, e calava-se.

– Minha querida, honrada, justa, firme Sacha! Pobre, pobre.

As lágrimas voltaram a sufocá-lo, e ele se calou.

– Sacha, você é uma brava – ele prosseguiu, animado –, você é enérgica e forte. Minha querida, estarei ao seu lado para enfrentar a situação difícil, apenas não me afaste de sua confiança e amizade.

Sacha apertou a mão do marido com força, fitou-lhe o rosto acalorado e disse, baixinho:

– Sim, prometo-lhe isso; não vou me afastar de você, não farei nada de mau... Afinal, ele não me ama – acrescentou, amarga, ferindo ainda mais o marido com essas palavras. – Mas se, apesar de todos os meus esforços, minha alma, contra minha vontade, alquebrar-se, perdoe-me se eu for culpada... Você está certo, isso é uma desgraça...

Piotr Afanássievitch beijou a esposa na testa e foi para seus aposentos.

A partir desse dia, ele acompanhou de modo vigilante o estado de Sacha. Nunca mais lhe disse uma palavra sobre o sentimento dela por Ivan Ilitch, mas havia algo de tenso, de desconfiado entre os cônjuges, e mesmo em casa sentia-se aquele estado de espírito pesado. Piotr Afanássievitch não modificou em nada sua relação para com Ivan Ilitch, mas sofria visivelmente em sua presença.

11. MOSTEIRO FEMININO

– Patroa – a babá disse a Sacha na manhã seguinte –, em nosso mosteiro hoje estão preparando o almoço para as mendigas, vão alimentar todas e vão orar pelo tsar. A senhora deveria ir dar uma olhada e nos deixar ir também. Há comida para seiscentas pessoas.

– Sim, ouvi falar, precisamos ir – disse Sacha, que concordava com tudo só para não ficar em casa, pensar menos e encontrar o marido mais raramente.

Sacha gostava de mosteiros desde a infância, e até se preparara, na primeira juventude, antes da tentativa de ingressar no conservatório, para entrar em um mosteiro. Agradava-lhe a poesia da vida monástica, a ideia de serviço e contemplação da Divindade, da renúncia à vida carnal, de autoaperfeiçoamento espiritual. No estado de espírito em que agora se encontrava, tinha especial vontade de ir ao mosteiro.

Depois de acompanhar Piotr Afanássievitch à companhia de seguros, trocou-se e foi ao mosteiro feminino mais próximo, localizado nos arredores de Moscou. Pulou em um bonde cheio de gente e, quando chegou ao fim do caminho, a vista dos campos e bosques detrás do rio, do espaço infinito sem casas, cercas, ruas e multidão urbana imediatamente desentorpeceu Sacha, dando-lhe frescor e sossego espiritual.

Depois de passar um tempo junto ao portão, Sacha chegou ao pátio do mosteiro e avistou uma enorme multidão das mais variadas mulheres, em idade, classe e traje: mulheres com crianças de peito e adolescentes, velhas, mendigas, mulheres alegres, soturnas, até elegantes, moças camponesas de xales vermelhos, doentes andrajosas – mulheres e mais mulheres...

O guarda-portão do mosteiro, fazendo contas aproximadas, admitia duzentas pessoas por vez pela entrada, que se encaminhavam de início para o pátio do mosteiro, depois para a igreja baixa de pedra, onde se preparava o almoço, e as demais esperavam seu turno.

Na velha e baixa igreja de pedra, toalhas cobriam mesas compridas e estreitas, ao longo das quais se estendiam bancos igualmente longos e estreitos. De um lado, havia uma grande mesa em separado, na qual dispuseram montanhas inteiras de tortas, pães, depositaram um caldeirão com *schi* de repolho e tigelas com *kissel*.

Jovens noviças, graciosas e pálidas, com ar de importância e devoção pelo que faziam, distribuíam, com passos elegantes, cestas grandes com fatias cortadas de pão de centeio e grandes tortas de trigo com repolho.

Quando admitiram duzentas mulheres, e elas se instalaram de modo solene nas mesas, um sacerdote entrou e recitou uma oração de réquiem com um coro de monjas, que cantavam maravilhosamente. Enquanto a oração era recitada, todas estavam de pé, em devoção, ouvindo e benzendo-se. Depois as monjas distribuíram colheres a todas e se puseram a servir o *schi*, dispondo-o de forma que algumas pessoas pudessem comer da mesma tigela.

Sacha ficou surpresa com o silêncio e a solenidade com que tudo ocorreu. Era como se aquela grande multidão oficiasse um sacramento. Ela aproximou-se da mesa em separado, na qual acomodaram apenas crianças, e ficou alegre com o humor festivo delas, sobretudo quando lhes serviram o último prato, *kissel* com leite.

Por todo o tempo do almoço, uma jovem monja, de voz fina e altiva, recitou, de forma sonora e distinta, a vida de São Isidoro.

O almoço já estava acabando, distribuíam canecas de cerveja e mel, e uma monja de meia-idade, a madre tesoureira, entregava 5 copeques a cada mulher em nome da superiora.

Depois do almoço, o sacerdote voltou a recitar a oração, e as mulheres começaram a sair da igreja. Cada uma delas previamente se aproximava de duas velhas monjas que estavam junto à porta e agradecia-lhes. "Bem, estamos satisfeitas, bem, graças a Deus, bem, que Deus esteja convosco..." E as mulheres se benziam e se inclinavam.

Enquanto liberavam o primeiro grupo de comensais por uma porta e admitiam o seguinte por outra, Sacha aproximou-se da madre tesoureira e perguntou-lhe se estava havia tempos no mosteiro e o que a levara a entrar para lá.

– Ah, querida patroa, desde os 14 anos eu dormia e sonhava que entrava para o mosteiro. Meu pai era um funcionário público pobre de uma cidade de distrito – contou. – Ele não queria nem ouvir falar de eu entrar no mosteiro, mas eu me entristecia, me entristecia, e com 17 anos fugi da casa paterna com a roupa do corpo e vim direto para Moscou.

– Mas como, sem dinheiro, sem conhecer a cidade?

– Tudo por Deus, meu bem. Cheguei em nome de Cristo, e daí pessoas boas me encaminharam para esse mosteiro. Fui direto à superiora, ela foi muito boa.

– Como assim, ela a admitiu imediatamente?

– Ela disse, fique, Deus enviou-a para cá. E atribuíram-me a incumbência de tratar dos incuráveis e velhos no hospital. No começo, pareceu-me difícil; não foi nada, aguentei. A superiora me elogiou, atribuiu-me uma incumbência mais leve. E há quarenta anos vivo aqui, satisfeita, feliz. Agradeço a Deus por tudo...

E o sorriso bondoso, benevolente da velha monja de rosto simples, tranquilo, coberto de minúsculas rugas, cintilou em seus lábios de forma tão beatífica que Sacha ficou com inveja da paz espiritual que assim emanava do ser da madre tesoureira.

Junto à coluna mais próxima, com as costas apoiadas nela, estava outra monja, alta, gorda, de rosto absolutamente oposto ao daquela com que Sacha acabara de conversar. Seu rosto sombrio manifestava plena desesperança, embora seus lábios sussurrassem uma oração. Sacha aproximou-se dela com cuidado e a cumprimentou.

– Fez a tonsura há tempos, minha mãe?

– Oro há tempos, oro há tantos anos, meu coração se petrificou, tenho muitos pecados.

– Por que se desespera tanto, minha mãe?

– Oh, meus pecados são pesados, oro há trinta anos, nunca vou me redimir, estou petrificada.

– Mas a senhora tem um pecado especial na alma?

– Meu pecado não tem remissão alguma, sem perdão para a eternidade, meu pecado é pesado, oh, oh – ela gemeu, sem fingimento, benzendo-se apressadamente, e toda a sua figura imponente postava-se firmemente imóvel, petrificada como seu coração e rosto, inquebrantável, como se fosse bastante forte para viver infinitamente e beber até o fundo a taça dos sofrimentos espirituais.

Sacha afastou-se dela com um sentimento pesado de pecado pessoal e, benzendo-se, saiu da igreja.

Na porta, voltou a encontrar as monjas com cestas de pão; no pátio, multidões de mulheres ainda esperavam sua vez. Algumas se precipitaram para ela, pedindo esmola, e Sacha, depois de distribuir todos os trocados que tinha, a custo abriu caminho pelo pátio e, voltando a se sentar no bonde, partiu para casa.

Ao chegar a casa, Sacha ainda na antessala ouviu os sons do piano.

– Quem está aí? – perguntou, com uma palpitação irresistível no coração.

– Ivan Ilitch chegou há tempos, eu relatei que a senhora não estava, ele disse "eu espero" – explicou o criado, tirando de Sacha o casaquinho felpudo.

Excitada com a excursão, alvoroçada com a alegria de ver Ivan Ilitch e com aquilo que a esperava, Sacha esvoaçou, como um pássaro, pela escadaria, e com seu passo ligeiro e rápido, abriu a porta com mão forte, detendo-se, bela, corada, apaixonada, diante do piano.

Como que de encontro ao sentimento dela, Ivan Ilitch, sem cumprimentar Sacha, terminou a frase ruidosa, bela e substanciosa de sua sinfonia e levantou-se, estendendo a mão a Sacha.

– Nossa sinfonia! – gritou Sacha, como que por acaso.

– Nossa? – repetiu Ivan Ilitch, zombeteiro. – Ficaria muito contente, Aleksandra Aleksêievna, se a senhora me ajudasse a compor, mas ela está pronta, e em alguns dias irei regê-la em um concerto sinfônico.

– Sim, eu disse uma estupidez. Mas eu me solidarizei tanto quando o senhor a estava compondo, quando me tocava partes dela no decorrer de todo o último verão, que essa sinfonia tornou-se, de alguma forma, minha... e amada... – Sacha disse, em voz baixa, acanhada, ficando vermelha. – Por acaso isso o desagrada?

– Não, isso absolutamente não me...

– Não incomoda? – interrompeu Sacha.

– Bem, sim, não incomoda.

"E é só!", pensou Sacha, com desespero no coração. "Não precisa, bem feito para mim, tanto pior, quanto mais severo ele for comigo, mais justo vou considerar. Mas, meu Deus, que dolorido, que insuportavelmente dolorido! Como preciso do amor dele, como a vida ficou impossível sem esse homem!"

Sacha esquadrinhou seu rosto, que agora não exprimia nada, apagado depois de tocar; queria olhar no fundo de sua alma, queria entender, enfim, que homem era aquele – e não o entendia não apenas agora, como não entendia nunca. Será que aquele músico genial, que lhe restituíra toda a vida, era apenas um músico, e nada de humano, mundano tocava-o? E, de fato, ele cuidava severamente para que nada na vida o perturbasse ou atrapalhasse, e nisso tinha razão. Preservava toda a pureza, toda a virgindade de sua querida arte, guardava o fogo sagrado daquele templo e da divindade à qual servia. Estava tão cheio da música, em todas as suas manifestações, que não sobrava lugar para nada mais. Tudo de caro na vida: a natureza, as pessoas, suas paixões, eventos, tudo devia servir, de um jeito ou de outro, à música, ela era o centro do qual todo o resto se irradiava.

E na música de Ivan Ilitch, tanto em suas composições como em seu jeito de tocá-las, sentia-se essa significância, essa altura à qual ele elevara a música. Em sua música não havia como não acreditar, não havia como não lhe conferir esse lugar significativo no qual ele a pusera.

– O que fez por todo esse tempo, Ivan Ilitch? – perguntou Sacha.

– Terminei a orquestração de minha sinfonia. Alunos vieram à minha casa à tarde, e eu li muito nos últimos tempos.

Ivan Ilitch olhou para o relógio e começou a se preparar para ir embora.

– Já está indo? – perguntou Sacha, com horror, mirando de perto os olhos de Ivan Ilitch.

Ele a olhou de soslaio, de forma interrogativa, e se apressou ainda mais.

– Preciso ir para casa, passei muito tempo aqui esperando pela senhora. Pois vim perguntar de nosso amigo Kurlínski, que a senhora foi visitar. Estava quase esquecendo.

Sacha narrou em detalhes a Ivan Ilitch sua excursão e conversa. Ivan Ilitch não exprimiu sua opinião sobre a conduta de Sacha, e apenas disse, despedindo-se:

– Como sempre, a senhora é ilógica, mas tem muita energia. Se essa força for empregada para uma boa causa, a senhora valerá muito!

– O senhor, aparentemente, está me comparando com a água de um moinho, sob cuja força devem ser dispostas mós para que trabalhem.

– Talvez seja isso... Trabalho é bom. Bem, adeus.

Quando Ivan Ilitch saiu, Sacha experimentou uma sensação de insatisfação, um desejo louco de retê-lo ou ir atrás dele; sempre aspirava a penetrar em sua alma fechada, incompreensível, e não o conseguia de jeito nenhum. O que ele pensava a respeito dela? Entenderia ele os seus tormentos? Podia ser que, em seu íntimo, ele se risse dela, desprezasse-a, condenasse-a pelo amor e por tudo que ela dizia e fazia. Oh, aflitivo mistério do movimento da alma humana; e ainda mais aflitivo em uma pessoa que você ama, e em cujas ideias, de forma impotente, você quer e não consegue penetrar. “Uma, apenas uma pequena manifestação de sua aprovação, de seu amor por mim, uma felicidade ainda que momentânea, um instante do amor dele, assim como eu o experimento, e seria suficiente para a felicidade de toda a minha vida!”, pensou Sacha.

E, enquanto isso, Ivan Ilitch ia devagar para casa, pensando que tinha de continuar andando para fazer exercício, mas mesmo assim não se atrasar para o chá e para a aula que dava a dois alunos pobres, mas muito dotados.

Caminhando pelo bulevar, lembrou-se além disso de Sacha. "Com que finalidade aquela mulher ocupou um lugar tão grande em minha vida? Em parte, é curioso e bastante divertido. Apenas que eu não me deixe levar e não me embaralhe de alguma forma. Como hoje ela estava esgotada e feia! Mesmo assim, é original e receptiva", ele pensou. "Mas isso me agita, e preciso frequentar menos..."

Mas a ideia de ver Sacha com menos frequência não agradou a Ivan Ilitch. Amava inconscientemente aquela atmosfera poética, amorosa com que Sacha e todo o seu ambiente rodeavam-no, e Ivan Ilitch, sem ainda ter resolvido nada, chegou a casa.

No apartamento aconchegante e não muito grande de Ivan Ilitch estavam preparados chá, pão e presunto em um prato pequeno. Aleksei Tíkhonytch, à espera de seu amado patrão, conversava com dois jovens, alunos de Ivan Ilitch. O ambiente simples do grande músico estava iluminado, plácido, acolhedor. Grandes armários de partituras e livros ao longo das paredes rodeavam o apartamento; no meio, havia dois pianos, lado a lado, em uma mesa grande estavam abertas partituras e papel pautado. Na parede havia, pendurados, retratos de Tchaikóvski e Rubinstein.

– Ivan Ilitch, vão publicar minha romança – Tsvetkov, seu aluno favorito, gritou em sua direção. – Fiquei sabendo hoje.

– Fico muito contente, meu amigo. Essa romança muito me agradou. Olá – dirigiu-se ao outro jovem, desajeitado e feio, absolutamente oposto em tudo a Tsvetkov. – Por que ficou tanto tempo sem vir? Sempre se deixando levar por Wagner. Tomaram chá? Bem, deem-me suas tarefas.

Os alunos entregaram os cadernos de partituras, e Ivan Ilitch, sentado à mesa, afundou nas correções e explicações dos erros das tarefas de seus alunos. Era um professor excelente. Além de uma enorme educação musical,

Ivan Ilitch possuía o dom pedagógico, era muito paciente, lógico e sério. Além disso, era excepcionalmente bom para com a juventude, e granjeara um respeito tão profundo e tamanho amor entre os jovens que se considerava uma grande sorte estar com ele.

– Bem, agora vamos tomar chá – disse Ivan Ilitch, terminando as correções e interrompendo a aula temporariamente.

Aleksei Tíkhonytch ficou quase o tempo inteiro, e era óbvio que ele estava contente, após um dia todo de solidão, porque a casa havia se animado com a presença de seu patrão e alunos. O feio seguidor de Wagner saiu logo após o chá, e Tsvetkov ficou para pernoitar na casa de Ivan Ilitch.

13. A SINFONIA

O período agudo do sofrimento de Sacha por causa do amor inesperado e indesejado por Ivan Ilitch foi sendo substituído por um processo de sensação contrária, quando o amor transforma-se em uma festa do coração, luminosa, alegre, de amor reforçado por todo o mundo e toda a humanidade. Tudo se tornara consistente, tudo cheio de interesse, tudo resplandecia, tudo era leve, Sacha tinha energia e força suficientes para tudo. O amor bastava-lhe para sua felicidade, mesmo sem reciprocidade. Com todo o seu ser, aspirava a essa reciprocidade e acreditava nela, mas por enquanto não precisava dela. Apenas sua imaginação criava-lhe as cenas mais loucas de amor recíproco entre ela e Ivan Ilitch. Sonhava que iria inspirá-lo, que iria servir com ele àquela arte que ambos tanto amavam. Nenhuma vez passou-lhe pela cabeça a possibilidade de trair o marido – não considerava seu amor uma traição –, o marido continuava seu marido, ela continuava sua esposa honrada e amava-o à sua maneira, porém sua relação com Ivan Ilitch era algo especial, artístico-poético, uma festa espiritual, como um dom vindo de cima...

Piotr Afanássievitch via que Sacha cessara de se desolar, tornara-se alegre e até tranquila, achou que ela derrotara a paixão infeliz e acalmara-se. E isso o acalmou. Ele não era de caráter ciumento, apenas se agastava com o que perturbava a relação tranquila, de confiança com a esposa, e desejava ardentemente a antiga confiança e a vida serena de antes. Acreditava que Sacha arrebatava-se pela música de modo especialmente apaixonado, e estimulava-a a frequentar concertos, óperas e todas as reuniões musicais. Sacha com frequência se encontrava com Ivan Ilitch: às vezes convidava-o a seu camarote ou tomava uma poltrona ao seu lado. Para ela, era uma felicidade elevada experimentar com ele aqueles prazeres estéticos que as impressões musicais propiciavam a ambos. Às vezes, sem combinar, buscavam um ao outro com os olhos no momento de uma interpretação musical brilhante, ou ao ouvirem uma obra musical maravilhosa, e ambos ficavam contentes, e ambos viviam com a alma a música que amavam.

Voltando para casa de um concerto, Ivan Ilitch às vezes acompanhava Sacha para casa e, com sua voz baixa e regular, explicava-lhe uma obra musical de harmonia complexa, ou narrava-lhe algo da vida dos compositores. E caminhavam lado a lado, sem perceber cansaço nem frio. Sacha experimentava um deleite de enamorada, no qual não havia mais nada a desejar, tudo era uma dádiva de Deus, tudo para além do que não havia aonde ir e o que desejar.

Finalmente chegou o dia, 26 de janeiro, em que Ivan Ilitch devia reger sua sinfonia. Aquilo era um evento no mundo musical. Professores do conservatório de São Petersburgo vieram ouvir sua sinfonia. Por alguns dias antes desse concerto, Sacha não viu Ivan Ilitch, e entendeu que ele estava se preparando para aquela noite e temia qualquer distração de seus negócios.

Por volta das oito horas, começaram a chegar à Assembleia[35], de diversas direções, contornando os gendarmes montados, veículos com lanternas, trenós, carruagens de luxo, seges de aluguel; pedestres enregelados entravam rapidamente; sentia-se uma solenidade especial no concerto daquele dia; o público parecia nervoso, excitado e pronto para a agitação que se comunicaria a ele a partir do compositor e dos intérpretes das obras musicais.

---

35 Assembleia da Nobreza, prédio histórico em Moscou que passou a abrigar concertos na segunda metade do século XIX. Com a Revolução de 1917, adquiriu seu nome atual – Casa dos Sindicatos.

Ao longo da parede, por toda a escada da pequena entrada pela qual Sacha sempre ingressava, instalaram-se mulheres com trouxas, zeladores, lacaios, conversando alegremente. Na porta de entrada, estavam sentadas a uma mesa coberta de feltro verde duas estudantes do conservatório que, com um sorriso alegre, entregavam ao público os programas do concerto. O público passava, largando trocados que retiniam no prato grande. Nos salões laterais, uma multidão de gente caminhava com o fluxo, para a frente e para trás, aguardando o sinal.

Para aquele dia, Sacha mandara fazer um vestido branco. Ele combinava tão bem com seu rosto vermelho de agitação, seus olhos e os diamantes dos cabelos e orelhas brilhavam tanto, que apenas com seu aspecto ela já manifestava a solenidade e o significado do evento daquela noite. Depois de cumprimentar os conhecidos, que se admiravam com o brilho de sua beleza e trajes, Sacha sentou-se em sua poltrona de assinante, toda trêmula de expectativa. A sinfonia de Ivan Ilitch devia ser o primeiro número. Os músicos começaram a entrar e a ocupar seus lugares. À esquerda sentaram-se duas irmãs morenas, violinistas; veio o primeiro violino, grisalho, professor emérito do conservatório. Começou a afinação desengonçada dos instrumentos. E, por fim, tudo silenciou. Com passos desajeitados, porém nobres e tranquilos, Ivan Ilitch entrou e subiu devagar no pódio. Soaram aplausos. Ivan Ilitch curvou-se de leve e olhou para a direção em que Sacha estava sentada. Ela captou esse olhar e, de modo imperceptível para os outros, meneou a cabeça e sorriu. E Ivan Ilitch recordou-se por um instante da figura de Sacha, branca, alçando-se no alpendre da datcha amarela, quando ele pela primeira vez avistou-a, ouvindo-o tocar, naquela noite em que pela primeira vez nascera em sua cabeça aquele tema maravilhoso no qual fora baseada toda a sinfonia de hoje. Esse momento foi imperceptivelmente breve, e Ivan Ilitch, todo imbuído da causa acima da qual não podia existir nada para ele, pálido, porém tranquilo, olhou para a orquestra e, com movimentos de mão precisos, enérgicos, começou a reger sua sinfonia.

"Meu Deus, como é bonito, como é significativo!", agitou-se Sacha.

Uma irrupção de aplausos desencadeou-se já depois do primeiro movimento. Mas veio aquele *andante* consistente: quanta força de sentimento, manifestado de forma ainda mais forte pelos sons complexos, porém ricos da harmonia! O tema destacava-se belamente, aparecendo por tempos ora em uma, ora em outra combinação. A riqueza das vozes, interrompida por transições inesperadamente originais, era magnífica. E, de repente, como uma torrente inexaurível dos sentimentos mais apaixonados, com nova energia surgia de algum lugar, e transbordava em frases solenes o grandioso *andante*. O rosto de Ivan Ilitch alterou-se completamente. A agitação contida, a seriedade e significância da expressão tornavam-no quase belo. Com movimentos fortes e precisos das mãos lindas, ele dirigia toda a orquestra, e sentia-se a unidade entre o regente e todos aqueles músicos que, com satisfação visível, interpretavam a obra maravilhosa sob a direção do compositor.

O sucesso foi enorme. O autor foi chamado de volta muitas vezes. E o sucesso não era forçado, mas indubitável, franco, ardente da parte de um público contaminado pela obra genial do autor.

Sacha estava triunfante. No intervalo, passou para o aposento dos artistas, e lá encontrou Ivan Ilitch. Ele a fitou de forma interrogativa com seus olhos fugidios e, daquela vez, alvoroçados.

– Assombroso! – disse Sacha, com voz surda, cheia de

lágrimas. – Parabenizo-o pelo sucesso. E eu não duvidei dele nem sequer por um minuto.

– Mas eu duvidei muito, e duvido. No salão há tantos amigos meus que eles fizeram o sucesso, como se diz.

Diversos músicos começaram a se aproximar de Ivan Ilitch e cumprimentá-lo pelo êxito. De todos os lados rodeavam-no e levavam-no para algum lugar. E Sacha não o viu mais nenhuma vez por toda a noite.

"Por que não sou sua esposa? Por que não ouso segui-lo por toda parte, compartilhar de seu triunfo, orgulhar-me de seu sucesso perante o mundo inteiro?", pensava Sacha, com desespero, postada na porta, à espera de seu trenó, que um mensageiro fora buscar. "E por que não ouso enfiá-lo em meu trenó e ir com ele para onde ele agora foi, manifestando-lhe toda a minha simpatia, toda a alegria com seu sucesso, toda admiração diante de sua obra genial? E onde ele está? Onde ele está?", atormentava-se Sacha, e de repente ergueu-se em seu íntimo um ciúme daquelas pessoas com as quais ele passara o dia de hoje, dia de triunfo.

Toda trêmula com as impressões que vivenciara, Sacha saiu ao encontro do trenó que lhe fora entregue, atrelado com sua querida parelha de cinzentos, e foi para casa.

"Sim, mas de que me serve essa alegria pelo triunfo de Ivan Ilitch?" – Sacha, de repente, voltou a si. "Onde está a música, onde estão as puras alegrias do conforto, do prazer pela música que vivenciei antes? Não quero essa dependência, não quero esse amor! Que a arte fique independente, pura de tudo que é humano; ela é mais elevada, melhor, deve ficar também para mim nas alturas. Por que a liguei ao meu sentimento, por que não fiquei tão independente quanto o próprio Ivan Ilitch? Ele está certo, mil vezes certo, e eu... eu me perdi", pensou Sacha, em desespero. O frio era intenso. A escarcha cobria tudo com uma camada espessa de neve prateada, felpuda. Ela pendia nas árvores, jazia nos telhados, nas cercas, pedestais, cornijas, pessoas, cavalos, como que empenhada em recobrir tudo de impuro, acidentado, áspero, feio com uma cobertura plana, brilhante, bela, branca. Ela jazia, prateando o ar, e brilhava também ao longe, no céu, competindo tranquilamente com sua brancura majestosa, com a luz amarela das lanternas e a chama vermelha das fogueiras armadas nas esquinas das ruas de Moscou, em torno das quais se apinhavam rapazolas alegres e aqueciam-se sombriamente mendigos de calças rasgadas e sapatos velhos e rasgados.

No ar, também revestidos de escarcha, precipitavam-se em diversas direções, em raios largos e brancos, os fios do telégrafo, esse transmissor dos eventos mais agudos, que mais agitam a humanidade – mortes, nascimentos, casamentos, vitórias, incêndios, desgraças e alegrias da vida humana. Esses fios revestidos cortavam de modo especialmente abrupto, em diversas direções, o céu escuro, distante, de estrelas enregeladas, também embaçadas pela escarcha espalhada pelo ar infinito.

E pareceu a Sacha que aquela beleza da noite de inverno celebrava junto com ela o sucesso do gênio do homem que ela amava. Mas não era o sentimento de seu amor terreno por ele, porém o triunfo da arte musical que agora, na impressão de Sacha, iluminava com todo o seu brilho, transbordando pelo mundo inteiro, a prata daquela escarcha festiva, e era tão puro, grandioso, eterno e belo como a própria natureza.

14. CIÚME

Os amigos músicos de Ivan Ilitch convenceram-no a ir a Petersburgo e lá reger a mesma sinfonia. Sacha ficou sabendo disso e angustiou-se muito por não ver Ivan Ilitch em lugar nenhum. Apaixonadamente, como tudo que fazia na vida, entregou-se à música, tocava seis horas por dia, obtinha grandes êxitos, mas uma desesperada angústia interna apossara-se dela. Emagrecera e definhara de modo tão visível que Piotr Afanássievitch começou a se inquietar, a sério, e chamou médicos, que ficaram em extrema perplexidade. Tudo no forte e belo organismo de Sacha estava plenamente direito e saudável, havia apenas esgotamento, nervos e uma expressão sinistra nos olhos grandes, sérios, negros. Prescreveram-lhe tranquilidade de espírito, bromo, passeios diários, banhos e distração. Se não melhorasse, então que fosse para a Crimeia e para o exterior.

– Mamãe, cadê o velhote Tíkhonytch, que morava na datcha com Ivan Ilitch? – Aliocha perguntou certa vez à mãe.

– Está aqui, em Moscou, continua morando com Ivan Ilitch.

– Ah, mamãe, querida, vamos visitá-lo – implorou Aliocha –, eu amo esse velhote querido de barbicha amarela repartida.

– Está bem, Aliocha, vamos – concordou Sacha, sabendo que Ivan Ilitch estava em Petersburgo, e inconscientemente aspirando a dar uma olhada no lugar em que o homem amado morava e criava suas obras.

Sacha tinha medo e alguma vergonha de prorromper assim no apartamento de um homem solteiro, mas justificou-se para si mesma dizendo que tinha uma criança consigo, e Ivan Ilitch não estava em casa. Aliocha levou tabaco de presente para Tíkhonytch, e ficou extasiado quando, depois de tocar a sineta, a primeira pessoa que viu foi Aleksei Tíkhonytch.

– Alióchenka, querido, é o senhor, que bom que se lembrou desse velhote aqui – Tíkhonytch saudou o menino.

– Para o senhor, Tíkhonytch – disse Aliocha, entregando solenemente o presente.

– Obrigado, Alióchenka, entre, anunciarei agora a Ivan Ilitch.

– Ivan Ilitch? Mas ele voltou? – perguntou Sacha, com horror. – Não precisa, não precisa, está na hora de voltar para casa, e Aliocha vai passar calor de peliça.

Sacha apressou-se para ir embora, mas, nessa mesma hora, Ivan Ilitch assomou à porta e, ao avistar Sacha, ruborizou-se todo. Ambos ficaram longamente em silêncio, desajeitados. Nessa hora, Tíkhonytch, depois de tirar o casaco de Aliocha, conduziu-o para os aposentos, prometendo-lhe chocolate.

– Eu não sabia que o senhor tinha voltado, Ivan Ilitch – Sacha foi a primeira a falar, dando-lhe a mão.

– Olá, Aleksandra Aleksêievna, estou muito feliz por vê-la – disse Ivan Ilitch, com sua voz tranquila.

– Aliocha há tempos pedia que viéssemos visitar Tíkhonytch, eu concordei, mas...

– Entendi, a senhora achava que eu estava em Petersburgo, e veio atrás de Tíkhonytch. Claro que eu não ousava esperar tamanha honra para mim – disse Ivan Ilitch, novamente com certa ironia.

– Não é uma honra, mas...

– Mas o quê?

Ivan Ilitch tomou a mão de Sacha e a reteve longamente em sua mão bela, quente.

– Vai entrar, Aleksandra Aleksêievna?

– Sim, agora já não há o que fazer. Já que vim, vou entrar – disse Sacha, tirando a blusinha e entrando nos aposentos de Ivan Ilitch. – Não o vejo desde aquela noite em que o senhor obteve tamanho sucesso, Ivan Ilitch. E como foi em Petersburgo?

– Agradeço; em Petersburgo não tive uma ovação daquelas. Em Moscou, os amigos inflaram meu sucesso.

– Mas é muito boa sua sinfonia...

Sacha estava artificial e tímida. Sentia que para ela, uma mulher jovem, não era absolutamente decoroso ficar na casa de Ivan Ilitch; mas a embriaguez de alegria ao vê-lo era tão forte que ela não conseguia sair. No aposento vizinho, soavam as vozes animadas de Aliocha e Tíkhonytch.

– O velho e o pequeno se uniram – disse Ivan Ilitch. – Como estão se divertindo.

– Queria perguntar-lhe, Ivan Ilitch, onde passou aquela noite em que tocaram sua sinfonia aqui, em Moscou? – Sacha disse, de forma repentina e inesperada. – Com certeza jantou com amigos músicos?

– Não, disso eu não gosto, e evito; queria chegar cedo a casa e dormir, mas daí, na entrada principal, Anna Nikoláievna arrastou-me para acompanhá-la até sua casa. Não gosto de acompanhar damas... Mas tive de ir com ela.

Anna Nikoláievna era uma cantora itinerante de ópera de província, que certa vez coqueteara com Ivan Ilitch. Sacha sabia disso. Dizia-se que ele tinha sido muito atraído por ela na primeira juventude. Um ciúme louco, o enfado por ter sido justamente naquela noite de seu triunfo, em que ela vivenciara com ele todas as agitações e alegrias do sucesso, apoderou-se de Sacha com tamanha força que ela ficou sem fôlego. Na hora em que ela teria dado metade da vida para estar com ele, ele se sentara ao lado daquela jovenzinha careteira e fora com ela, ouvindo suas falas desconexas e indecorosas.

– O senhor não gosta de acompanhar damas? Isso é uma alusão, Ivan Ilitch, ao fato de que o senhor às vezes também me acompanhou na saída de concertos, e que para o senhor isso foi duro e insuportável – Sacha disparou, de repente, sem tato, e com franqueza.

– Mas não, Aleksandra Aleksêievna, eu não pensava...

– O senhor não pensava, mas me ofendeu – disse Sacha, com lágrimas na voz, sem se dar conta de si –, não preciso de cavalheiros acompanhantes, teria muitos deles se quisesse – prosseguiu Sacha, orgulhosa. – Considerava-o um amigo, uma pessoa próxima, gostava das conversas com o senhor, tive-o na mais alta conta, como ninguém no mundo... e o senhor me faz essas alusões... – disse Sacha, com voz abafada, agitando-se cada vez mais e reluzindo os olhos bem abertos, agora já não ingênuos, mas loucamente apaixonados, cheios de lágrimas.

– Aleksandra Aleksêievna, perdoe-me se lhe causei desgosto – disse Ivan Ilitch, calmo –, não queria isso em absoluto. Sempre foi muito agradável estar com a senhora, e isso que a senhora me disse agora...

– Não me lembro do que lhe disse – voltando de repente a si, Sacha justificou-se, curta e grossa –, e está na hora de ir para casa. Chame Aliocha.

Ivan Ilitch levantou-se e, olhando com os olhos fugidios para Sacha, quis dizer-lhe algo, mas se deteve.

Aliocha, com os lábios borrados de chocolate e um pacotinho na mão, radiante de êxtase, trocou beijos com Tíkhonytch, despediu-se de Ivan Ilitch e saiu com a mãe à antessala.

Ivan Ilitch tirou do cabide a blusinha de Sacha e pôs-se a vesti-la nela, desajeitado. Por um instante, suas mãos pararam em volta dos ombros de Sacha; ela não entendeu se aquele gesto estranho era de propósito ou por acaso, virou o rosto para ele, seus olhos se encontraram, e o rosto de Sacha manifestou um espanto assustado. "Será?", ela pensou. Os dedos de Sacha tremiam tanto que ela não conseguia fechar os ganchos da blusinha.

– Deixe que eu fecho – disse Ivan Ilitch.

Sacha, novamente submissa, amorosa e meiga, curvou todo o seu talhe flexível para Ivan Ilitch, que, roçando desajeitado com as mãos o queixo de Sacha, finalmente fechou os ganchos da blusinha. Era como se uma corrente elétrica percorresse todo o corpo de Sacha com o toque das mãos de Ivan Ilitch. Ela ficou toda corada, mais uma vez alçou os olhos para Ivan Ilitch e se calou.

– Até a vista – disse Ivan Ilitch. – Posso ir à sua casa?

– Adeus – disse Sacha, em voz baixa.

Sacha tomou Aliocha pela mão e, sem estar em condições de ir a pé, tomou uma sege de aluguel e foi para casa.

"E pode ser que ele também me ame", faiscou, por um minuto, em sua cabeça. "Mas eu não ficaria contente. Por que não estou experimentando agora a felicidade com que sonhei se acreditasse na reciprocidade dele? Não, não quero, não ouso, não posso iniciar um romance desgraçado com esse homem. Acima de tudo, amo sempre a pureza. Que ele permaneça um sacerdote puro de sua arte, que a sirva, que conserve sua alma virginal, tranquila, toda embebida da arte elevada à qual ele serve. E que minha vida pereça, mas que não pereça manchada por um amor ilegítimo, nem pelo pecado do amor dele, que pode transtornar, arruinar a vida desse compositor genial. Pode ser que ele tenha se assustado com a possibilidade de amor por mim... Basta, basta de desejo aflitivo do amor dele. Não preciso disso, está na hora de acordar, na hora de entender que isso é impossível e nocivo para nós dois..."

15

Passou-se mais de um mês. Chegou março, com ofícios magníficos em todas as igrejas de Moscou, com uma calmaria na louca e eterna festividade da cidade, com a poesia da expectativa da primavera, com a agitação dos exames iminentes dos estudantes, com tudo que todo ano se repete em cada mês dado.

Mas para Sacha o mundo não existia. Tendo decidido suplantar seu sentimento de amor por Ivan Ilitch, e a qualquer custo separá-lo do amor pela música, Sacha passou a evitar vê-lo. Tocava dias inteiros, estudando peças difíceis, arrumou uma professora no conservatório e obtinha êxitos espantosos.

Na Grande Quaresma, os concertos recomeçaram, e Sacha frequentava-os com assiduidade. Avistava Ivan Ilitch ao longe, porém nunca mais pediu que a acompanhasse até em casa, ou que fosse com ela, ou que viesse tocar em sua casa. Estabeleceram-se entre eles relações frias, distantes; desaparecera aquela simplicidade, confiança, aquela intimidade na qual um estava tão seguro do outro, e na qual não se teme nada e exibe-se a própria alma, até o fundo. Ivan Ilitch ia raramente à casa de Sacha e estava perplexo, e talvez também adivinhasse por que Sacha de repente mudara tanto para com ele. Não sofria com isso, era demasiado ocupado e valorizava a tranquilidade para suas atividades musicais. Às vezes, algo lhe faltava, faltava-lhe aquela carinhosa, bela atmosfera de poesia de amor com que Sacha o rodeava, e com a qual ele se deliciava quase inconscientemente.

Já para Sacha, a vida sem aquela expectativa de que logo logo viria Ivan Ilitch e se sentaria com ela, ou lhe tocaria algo, tornou-se absolutamente insuportável, e perdera qualquer sentido. Ela caminhava por seus aposentos agoniada, sofrendo: chorava, gritando, às vezes, com voz enlouquecida, palavras da romança dele: "Venha, venha para mim...". Sentava-se ao piano, conversava com suas obras: "Aqui você sofreu, aqui é uma oração, e quando você escreveu essa obra maravilhosa você estava orando por algo... E aqui o seu amor... Mas por quem?... E essa contemplação tranquila, racional de um processo espiritual interno... ou da natureza, talvez... Nisso a música é boa, para cada um nela vive um sonho. Toda, toda a sua alma musical eu estudei, e a conheço tão bem, e a amo...".

Sacha erguia-se de um salto, e recordava-se de seu olhar estranho, e suas mãos buscavam em vão os abraços que tão loucamente desejava seu ser jovem, apaixonado.

– Sáchenka, uma carta para você – disse Piotr Afanássievitch, vindo da antessala, onde acabara de pegar um envelope postal.

– Ah, meu Deus, é de Kurlínski. Onde está esse coitado?

Sacha começou a ler a carta:

> A senhora se lembra, Aleksandra Aleksêievna, daquele dia em que apareceu em minha prisão como um anjo consolador, e tentou me persuadir a não me opor ao rumo geral, e ir voluntariamente para o serviço militar? Refleti muito desde então. Sei que a senhora quis me visitar outra vez, mas que não a admitiram mais. Isso foi até melhor. Na solidão, sopesei tudo que indubitavelmente surgiria em ambos os casos: se eu renunciasse em absoluto, e se eu fosse como voluntário para o serviço militar. E entendi que em minha renúncia havia mais mal, que a senhora estava certa, que eu devia me resignar e submeter-me ao inevitável – ainda que fosse o mal. Já estou há um mês inteiro de uniforme de soldado, em alguns dias vão nos enviar à fronteira da Pérsia, e diante da partida quis me despedir da senhora, ainda que por escrito, quis agradecer-lhe e dizer que, ao partir, levo

na memória sua imagem luminosa e abençoo o destino pela felicidade que me foi dada ao conhecê-la.

E que o mesmo destino envie-lhe essa felicidade que deve sempre iluminar seu caminho claro e puro na vida.

Seu Kurlínski

"Felicidade – para mim? E o caminho da minha vida já não é claro nem puro!", pensou Sacha.

– Bem, graças a Deus! – ela disse, em voz alta.

– Que foi? – perguntou Piotr Afanássievitch.

– Kurlínski finalmente virou soldado, e está partindo com o regimento para a Pérsia. Verá muita coisa interessante e criará juízo.

– Não vejo em sua decisão nada de tão alegre – disse Piotr Afanássievitch, triste. – Sua renúncia heroica era melhor.

– Melhor o pesar da mãe, o suplício, o sofrimento – retrucou Sacha, com enfado –, vocês, homens, são sempre assim, quanto mais violência e mal, mais ficam contentes...

Nos últimos tempos, entre Sacha e o marido sempre havia um tom de irritação e de um pesar não dito, oculto. Ambos sofriam e esperavam alguma solução; mas ela não vinha, e sua vida em comum tornava-se cada vez mais insuportável.

Piotr Afanássievitch foi até a janela e pôs-se a transplantar de uma caixa para outra plantas jovens, cujas folhas tenras haviam desabrochado. Seu rosto estava pensativo, não havia a despreocupação alegre de antes, e Sacha ficou com pena dele. Levantou-se e se aproximou do marido.

– O que foi, Sacha?

– Nada, quero ficar com você.

– Muito bom, queridinha. Veja como minhas verbenas saíram. É uma variedade rara. No verão serão uma maravilha!

Sacha pôs-se, em silêncio, a ajudar o marido em seu trabalho; e algumas de suas lágrimas grandes verteram nas plantas jovens.

"Homem feliz, querido e ingênuo!", pensou Sacha, a respeito do marido. "E eu? Vou colher essas verbenas, admirá-las, enfeitarei com elas meus cabelos e vestes, para agradar a um outro, que nem quer saber de mim."

Sacha não podia mais se conter, foi para seu quarto e, depois de se trocar, saiu à rua, sem dizer palavra a ninguém.

Era o feriado da Anunciação.[36] A primavera chegara cedo, e o gelo no rio Moscou acabara de se romper. Zeladores, com vassouras, enxotavam da rua a água que, em torrentes largas, corria ao lado, pelas calçadas, e desaparecia no subterrâneo. Sacha foi até a ponte, para olhar o rio. Inclinada no batente da ponte Kámenny, aguardava a passagem dos blocos de gelo que, empinados, rachavam nas laterais da ponte. A multidão de trabalhadores livres e festivos a assistir comprimia-a, fazendo suas observações e cuspindo cascas de semente de girassol. Essas cascas, formando uma camada contínua no gradil da ponte e na saliência de pedra, turvavam os olhos.

Sacha ficou muito tempo contemplando os blocos de gelo que passavam, sua cabeça rodava, ora parecia-lhe que a ponte flutuava, ora novamente, voltando a si, ela via como o gelo deslizava. Mas começou algo inédito: quem flutuava já não era o gelo, e sim a ponte inteira, ela mesma, e todo o povo da fábrica que assistia, e tudo era levado rapidamente para aquele sol intenso de primavera. O céu azul refletia-se na água efervescente, turva, poluída pela cidade, e a cabeça de Sacha pôs-se a rodar.

36 Feriado do dia 25 de março, em que se comemora o anúncio do anjo Gabriel a Maria, dizendo-lhe que ela daria à luz o Cristo.

"Estou flutuando... estou indo... para onde?... Sim, para onde? E há muito, muito tempo, quando Ivan Ilitch tocou a sonata, surgiu-me a mesma pergunta, essa aspiração a ir a algum lugar. Não seria essa aspiração aquela que nos leva à eternidade, resolvendo essa questão de 'para onde iremos?' – para sempre? Se a questão existe, então deve ser a mesma região misteriosa, para a qual sem dúvida vamos, e que amamos, pois essa questão 'para onde?' sempre, sem dúvida, nos deixa contentes."

A ideia da morte de repente apresentou-se a Sacha de forma tão clara e alegre, que ela não se jogou no rio por um triz. Mas a água suja do rio Moscou pareceu-lhe horrível. O amor de Sacha pela pureza mesmo aí a deteve. "Terei tempo!", ela pensou, como pensam todos que ainda não estão prontos nem para a morte nem para o suicídio.

Quanto tempo Sacha ficou parada, ela não reparou. Quando voltou a si, já escurecera. O longo dia de primavera passara, quando e como – ela não sabia. De ir para casa não tinha vontade, mesmo agora. Lembrou-se de que lá perto morava sua jovem amiga, Katússia, e decidiu ir à casa dela. Katússia, ao olhar para Sacha, exclamou:

– O que tem, tia Sacha? Está doente?

– Não, estou cansada, e hoje não comi nada.

– Por quê? Brigou com o marido?

– Com o marido? – Sacha esquecera completamente que havia um marido, que havia uma criança e uma casa, e não entendeu de imediato a pergunta da amiga. – Não, estou muito, muito cansada... Katússia, por quê, por que tudo no mundo é tão poluído? Tudo, tudo...

– O que está dizendo, tia Sacha? Melhor comer, está sem cor. Espere, vou lhe trazer um pedaço de galinha.

– Sim, depois. Mas você me escute, é muito curioso. Repare, há sujeira por toda parte, paixões humanas por toda parte... Você ama música e se apaixona por um homem – e a música se perde, está manchada pela paixão humana. Kurlínski ama as pessoas, ama a vida – mandam-no matar, fazem-no soldado... A água do rio é suja, a terra pura é oprimida pela pedra e pela sujeira das pessoas, o céu puro – pela fuligem e pela fumaça –, o amor puro das pessoas – pela traição dos próximos, e não há saída, não, não, e eu mesma sou suja, abjeta, arruinada...

Sacha caiu no choro, até perder os sentidos. Katússia fitou-a com horror, de repente ficou-lhe claro que Sacha estava doente do espírito. Acalmou-a e levou-a para casa, onde Piotr Afanássievitch, que procurara a esposa, aflito e em vão, o dia inteiro, recebeu-as com um grito de contentamento. Mas, ao olhar para Sacha, entendeu seu estado e imediatamente se calou, em preocupação triste.

16. OS ÚLTIMOS SUSPIROS DA CANÇÃO

De manhã, Sacha levantou-se, pelo visto tranquila, e Piotr Afanássievitch saiu para o serviço, beijando-a na testa, em silêncio. Na hora do almoço, voltou e surpreendeu Sacha tocando piano. Mas, à tarde, tinha alguma reunião, e voltou a sair. Sacha ficou calada o dia inteiro e, assim que o marido saiu, trocou-se e dirigiu-se, correndo, diretamente para onde Ivan Ilitch morava. Havia tempos não o via e, ao se aproximar de sua casa, pôs-se a andar para a frente e para trás, diante do portão, esperando, sem nenhum fundamento, que ele saísse para ir a algum lugar. Mas nas janelas surgiram luzes de lâmpadas acesas; cintilaram algumas vezes sombras de gente passando, e alguém abriu uma janela. Sacha gelou por um minuto, depois sua agitação tornou-se tão insuportável que ela se sentou no banco do zelador, em uma cavidade da cerca. Tremia toda, aguçava o ouvido e receava que alguém a visse. Mas, de repente, pela janela aberta, ouviram-se os sons de seu querido *Noturno em fá sustenido menor*, de Chopin. No inverno, ouvira-o em um concerto sinfônico, maravilhosamente tocado por um professor do conservatório francês, e aprendera-o ela mesma. Mas como Ivan Ilitch o tocava, ninguém no mundo podia tocar. Se a agitação mata as pessoas, com Sacha isso aconteceu exatamente nesse momento. Algo nela arrebentou para sempre. Confrangendo os dentes, estreitando os braços, petrificada e louca, Sacha aspirava a Ivan Ilitch com todo o seu ser. Parecia-lhe que com toda a alma, com todo o seu ser ela devia agora mesmo partir para algum lugar, sair de si mesma, parecia-lhe que a força vital que ela tinha não bastava para contê-la dentro de si; levantou e saiu correndo pela rua com tamanhos gemidos e berros que os transeuntes se detinham para observá-la.

Quando ela chegou correndo a casa, Piotr Afanássievitch já regressara, e Katússia viera visitá-la. Sacha, sem olhar nem reparar neles, passou correndo e se sentou ao piano. No início, tocou a sonata de Beethoven que Ivan Ilitch tocara no dia de seu aniversário, na datcha. Solene e baixo, soou o primeiro acorde, em *arpeggio*, e silenciou. Mas veio o *allegro*, o jeito de tocar dela era cada vez mais enérgico, belo e melhor. Ela copiava de um jeito tão bom e inquestionável a forma de tocar de Ivan Ilitch que, em algumas passagens, saía extraordinariamente parecido. Mas não terminou a sonata, e de repente passou para o noturno de Chopin. Quando chegou ao final, olhou ao redor, não disse nada e se pôs a tocar a *Canção sem palavras* em sol maior, de Mendelssohn. De repente ela parou e gritou, com voz selvagem:

– Não há música, não, ela está toda turva, suja, arruinada, ela pereceu... – E pálida, de cara deformada, Sacha desabou da cadeira...

Sacha delirou e sofreu aflitivamente a noite inteira, repetindo que tudo no mundo perdera a pureza, que apenas Ivan Ilitch pairava ao alto, em algum lugar, e ele não permitia que ela se aproximasse dele... Ela estendia as mãos, pedia que ele tocasse para ela.

Mandaram buscar um médico, que encontrou esgotamento do coração e forte excitação nervosa.

Sacha passou o dia inteiro deitada, pálida e em silêncio, e apenas seus dedos se mexiam, como se tocando piano, seus olhos negros exprimiam um sofrimento tão inescapável que, sem querer, todos evitavam fitá-los.

Piotr Afanássievitch não saiu de perto de Sacha e, na manhã seguinte, a loucura de Sacha tornou-se ainda mais evidente. Ficava o tempo todo sentada ao piano, e começava a tocar ora uma, ora outra peça. Empregou grande tensão ao analisar o manuscrito da sinfonia de

Ivan Ilitch. Extenuada, começou a falar, em voz alta, não se sabe para quem:

– É bonito? Não é verdade que é uma coisa espantosa?... Mas basta, ah, como estou cansada... Parem de tocar, não há música, ela foi afogada na sujeira... Meu Deus, os sons me atormentam...

E Sacha deitou-se, prostrada, e adormeceu.

Na manhã do terceiro dia, ao ver o marido dormindo, esgotado por aqueles três dias, ela se levantou de mansinho, trajou seu roupão branco, revestido de penas de cisne, e saiu para a antessala. Pegando na mesinha o lenço branco de Oremburgo, envolveu a cabeça nele e, apressada, sem ser notada por ninguém, saiu à rua.

– Cocheiro! Para a clínica! – gritou.

– São 30 copeques – disse-lhe o cocheiro, calmo.

– Vamos logo – apressou-o Sacha, olhando ao redor. – Pago a mais.

– Para que clínica, patroa?

– Para a de nervos.

Indo pela rua Pretchístenka, Sacha ponderou com bastante justeza sobre sua situação. Sua energia estava concentrada em não dizer e não fazer nada de indecoroso. Mas sua vontade enfraquecia, ela o reconhecia com clareza, e um parafuso espiritual interno estava desatarraxando, e em sua cabeça entravam, sem ser chamadas, as ideias mais selvagens.

"Sim, estou perdendo o juízo", Sacha entendeu, de repente. "E agora vou dizer ao cocheiro para ir à casa de Ivan Ilitch, ficarei de joelhos diante dele, e vou beijar-lhe as mãos e pedir seu amor, e que toque... Não, nunca! Ao contrário, isso não pode ser..."

– Rápido, cocheiro, rápido, pelo amor de Deus...

Eis o campo de Dévitche e, à esquerda, um edifício grande, detrás de uma cerca. O cocheiro aproximou-se dos portões de ferro fundido. Sacha apeou da caleche e de repente lembrou-se de que não tinha dinheiro.

– Espere, vou lhe dar um bilhete agora, você vai levá-lo à casa de onde me trouxe, e lá vão pagá-lo.

O cocheiro resmungou algo, insatisfeito, e Sacha aproximou-se do portão e leu, junto à lanterna: "Clínica universitária para doentes nervosos" e, abaixo, à direita, em uma tabuleta, havia, por algum motivo, uma inscrição em francês: "*Clinique des maladies nerveuses*".

Aproximando-se da entrada principal, Sacha pôs-se a empurrar uma porta grande. Um soldado coberto de condecorações abriu para ela e, com espanto, olhou para toda a sua figura branca e excitada.

– Que deseja? – perguntou.

Sacha, sem responder, precipitou-se para a frente, examinando o interior do edifício. Detrás da porta de vidro havia um grande corredor iluminado, todo repleto de plantas verdes e frescas. Ao lado, uma ampla escada ascendente. À esquerda, mais um corredor longo, que terminava na sala de recepção. O soldado-vigia barrava o tempo todo o caminho de Sacha, mas ela examinava com curiosidade o lugar onde fora morar de livre e espontânea vontade.

– Por favor, vá à sala de recepção, senhora, aqui é proibido...

– Sim, está bem, cadê o médico?

– Já vamos anunciar.

Na sala de recepção não havia ninguém além de sofás escuros de madeira contornando a parede. Da sala de recepção, abria-se uma porta para o gabinete do médico. Em um dos sofás estavam sentadas duas mulheres, uma das quais soluçava baixo, e a outra tranquilizava-a.

Sacha cobriu o rosto com o lenço e, fechando os olhos, pôs-se a recordar com clareza o rosto, as mãos e todo o ser de Ivan Ilitch.

Voltou a si apenas quando alguém a tocou de leve e perguntou:

– Não desejaria passar para o meu gabinete?

– Mas ele está lá? – perguntou Sacha, olhando para o médico de forma enlouquecida. – Ah, desculpe-me, eu estava perdida em pensamentos. Sim, agora mesmo.

Sacha passou para o grande gabinete do doutor, ele lhe apontou uma poltrona perto de uma vasta escrivaninha verde, à qual ele mesmo se sentou.

– A senhora quer se tratar ou internar alguém? – perguntou o médico, examinando, desconfiado, o roupão branco de Sacha, seus olhos sombrios e sua beleza, naquele minuto, trágica.

– Peço-lhe que me aceite, estou completamente doente: não durmo, não como e perdi o controle de mim mesma, atormento minha família, preciso de descanso e de seus conselhos... – Sacha disse, apressada, fazendo um esforço inacreditável para ser lógica e não deixar o médico adivinhar sua loucura.

– Como assim? Por acaso a senhora não tem parentes, marido...

– Sim, esqueci. É preciso escrever a ele; por favor, me dê um pedaço de papel e lápis...

– Aqui, pegue. Mas me diga, o que a fez vir para cá? É infeliz?

– Não, não. Em algum momento explico melhor, agora não consigo. Tudo aqui é limpo?

– Obviamente. Quer ir para onde, para os pagantes?

– O quê?

– A senhora pode pagar 60, 90 rublos por mês?

– Sim, claro. Meu marido pagará tudo. O senhor vai me curar? O senhor pode fazer com que minha alma não se angustie com a sujeira que há nela e por toda parte, por toda parte?... Meu Deus, é horrível!...

Sacha começou a soluçar. O médico tocou a sineta. Entrou o soldado com as medalhas.

– Chame Mária Prókhorovna. Abra o quarto pago número 2. Acalme-se, agora vamos lhe dar um aposento e mandaremos buscar seu marido. Escreva o endereço.

Sacha começou a se tranquilizar, pensou por alguns segundos e, voltando a fazer um esforço terrível para se controlar, sentou-se à mesa e começou a escrever ao marido:

> Pague 80 copeques ao cocheiro. Entrei na clínica para doentes dos nervos, pois não tenho mais vontade e força para me controlar. Venha acertar com o médico minha manutenção. Mande-me roupa de baixo limpa, vestes limpas e tudo, tudo limpo...
>
> Ontem eu li o *Purgatório*, de Dante, e de repente entendi que estou totalmente suja, e assim não posso ser aceita no Conservatório do Céu. Você sabe, Ivan Ilitch não está mais em Moscou. A água do rio Moscou está muito suja, e há muita sujeira no Conservatório de Moscou. Ele não conseguiu aguentá-la, e agora ele ensina e toca no Conservatório do Céu, para onde me está chamando.
>
> Mande fazer para mim, o mais rápido possível, mais um roupão branco; hoje salpicou sujeira no meu, e estou em desespero – mais uma mancha supérflua...
>
> Queria limpar minha alma, mas, aliás, nem você, nem ninguém mais pode tomá-la em mãos, ninguém tem as mãos limpas, e minha alma é livre...
>
> Por favor, perdoe-me pela perturbação; quando estiver limpa e saudável, voltarei para casa...

– Chega de escrever – o médico dirigiu-se a Sacha, com algum enfado –, anote o endereço.

Quando Sacha terminou, ele chamou a auxiliar de enfermagem e encarregou-a de despachar a carta pelo cocheiro, e conduzir Sacha ao quarto pago que lhe fora designado, por 60 rublos ao mês.

Quando Sacha viu-se sozinha no quarto vazio com cama, mesa e cadeiras, sacou do bolso o bloquinho de notas e tirou, do bolso lateral do bloquinho, um pequeno retrato fotográfico amador de Ivan Ilitch, que ela lhe pedira quando ele lhe mostrara.

Olhou para ele com olhar de êxtase, apertando-o contra o peito.

– Agora ninguém me impede de estar com você! Querido! Sinto sua alma, sua presença, nunca mais me separarei de você...

Aproximou-se da cama, deitou-se, fechou os olhos e voltou a ver com clareza, diante de si, Ivan Ilitch ao piano, com seu olhar sério, inspirado, sem fitar ninguém, e ouviu-o tocar, enchendo de felicidade todo o ser de Sacha.

A partir desse dia, Sacha terminou com tudo em sua vida. Emagreceu, empalideceu, seu belo rosto tornou-se absolutamente translúcido. Seus dedos finos quase não paravam de se mexer, como se tocassem piano; os imensos olhos negros manifestavam, loucamente, ora beatitude, ora sofrimento.

A *canção* de seu amor por Ivan Ilitch foi cantada até o fim, sem palavras, e isso destruiu sua vida.

Tendo tocado em seu coração toda essa canção, com todas as suas frases meigas e apaixonadas, Sacha tinha pela frente os três últimos suspiros com que se encerra a *Canção sem palavras* em sol maior, de Mendelssohn, e com os quais devia também se encerrar sua vida jovem e bela... O primeiro suspiro, o amor desesperado, o segundo, o descanso da alma purificada, e, o terceiro, a alegria eterna e quieta. Depois *pianissimo, morendo* – e tudo se extingue para sempre...

17. ESQUECIMENTO

No final de abril, junto a uma janela aberta, Ivan Ilitch estava sentado a uma escrivaninha, com as provas do manual de música que ele acabara de concluir e publicar.

Sua cabeça grande, de cabelos rareando no cocuruto e ficando grisalhos nas têmporas, estava curvada sobre o papel pautado, e seu rosto era sério e concentrado. O complexo manual com novas descobertas de leis musicais seria espantosamente útil para o ensino no conservatório, e Ivan Ilitch estava contente por ter feito algo de útil. Todo dia, com extraordinária precisão e pedantismo, ele trabalhava exatamente duas horas antes de passear, depois exercício ao ar livre, almoço, noite de concerto, visita à casa de conhecidos ou ocupação com os alunos.

Como tudo era regrado, tranquilo e bom... Uma plena satisfação com o cumprimento das tarefas a que se propusera, a utilidade às novas gerações, a companhia apenas de homens, sobretudo jovens, e predominantemente músicos. Nem inquietude nem agitação...

Ivan Ilitch às vezes lembrava-se de Sacha, e seu amor-próprio lisonjeava-se com o amor dela e, em especial, com a elevada valorização de seu talento. Mas agora estava contente por tudo ter acabado.

Depois de trabalhar pelo período marcado, Ivan Ilitch começou a se preparar para o passeio. Aleksei Tíkhonytch, entregando-lhe o casaco, começou a lhe narrar, com voz monótona, tranquila:

– E aquela senhora, Aleksandra Alekseievna, que morava perto de nós, na datcha, está em uma clínica. Recentemente o zelador deles veio ao nosso quintal, mandaram-no buscar carvão, e disse que ela se exauriu por completo, botaram-na para se tratar.

– Mas o que ela tem?

– Deus é que sabe, foi sozinha à clínica para nervos.

"Foi sozinha!", pensou Ivan Ilitch. "Brava mulher, enérgica até o fim!"

Faiscou por um minuto em sua lembrança a noite em que tocaram sua sinfonia, ele mesmo regeu aquele apaixonado poema de amor... Teria sido ele a compô-la? A melodia surgiu em sua cabeça: e imediatamente ressaltou em sua lembrança a imagem de Sacha, como, em uma poltrona da primeira fileira, toda de branco, com diamantes nos cabelos e nas orelhas, alegre e triunfante, ela acompanhara, com trepidação apaixonada, a sinfonia e o sucesso de Ivan Ilitch.

E estaria aquela florescente Sacha agora trancada em uma clínica, desaparecendo da vida dele sem deixar traços?

Ivan Ilitch saiu à rua, e algo perturbou seu equilíbrio espiritual. Caminhava rápido, seus olhos fugiam, ele fazia um esforço para se esquecer de Sacha e se interessar pelo manual.

Na curva de uma travessa, ele encontrou seu alegre aluno favorito, Tsvetkov, de faces vermelhas. Eles se cumprimentaram. Os olhos de Ivan Ilitch fugiam, exprimiam contentamento quando ele apertou a mão de Tsvetkov e combinou com ele que naquela noite iriam corrigir e tocar uma pequena abertura que ele escrevera.

No final do mês, o manual foi publicado, e Ivan Ilitch recebeu um bom dinheiro por isso, o que lhe propiciou imensa alegria. Podia realizar seu sonho e ir para o exterior com Tsvetkov.

Na época em que Sacha vivia e se extinguia na clínica, Ivan Ilitch deleitava-se com a viagem e a companhia do amado jovem. Esquecera-se de Sacha e do mundo inteiro em sua beatitude epicurista!

Só uma vez na vida, passando, na Suíça, por uma casinha pequenina, lembrou-se de Sacha. Dessa casinha, vinham os sons da *Canção sem palavras* em sol maior, de Mendelssohn, ao violino. Ivan Ilitch se deteve, e o sangue afluiu-lhe às faces. Mas ele logo se acalmou, e às pressas prosseguiu seu passeio. Ele mesmo nunca mais tocou essa *Canção* na vida. "Esquecer, esquecer de tudo, exceto da música; apenas ela será minha causa, minha vida, meu interesse...", pensava Ivan Ilitch.

E ele se esqueceu de tudo, exceto de sua amada arte, à qual serviu até a morte.

Posfácio a *Sonata Kreutzer*
Lev Tolstói

Já recebi e ainda recebo muitas cartas de pessoas que me são desconhecidas, pedindo-me para explicar em palavras simples e claras o que penso sobre o tema descrito em meu conto de título *Sonata Kreutzer*. Tentarei fazer isso, ou seja, tentarei em breves palavras manifestar, o quanto possível, a essência do que quis dizer neste conto, e as conclusões que, na minha opinião, podem ser tiradas dele.

Eu quis dizer, *em primeiro lugar*, que, na nossa sociedade, se formou uma firme convicção, comum a todas as classes, e amparada na ciência mentirosa, de que a relação sexual é uma coisa indispensável para a saúde, e de que, como o casamento nem sempre é uma coisa possível, a relação sexual fora do matrimônio, que não obriga o homem a nada além de pagamento em dinheiro, é uma coisa absolutamente natural e, portanto, que deve ser estimulada. Essa convicção tornou-se tão geral e firme a um ponto em que os pais, por conselho dos médicos, organizam a depravação de seus filhos; os governos, cujo único sentido consiste em se ocupar do bem-estar moral de seus cidadãos, instituem a depravação, ou seja, regulam toda uma classe de mulheres que devem perecer corporal e espiritualmente para a satisfação das supostas exigências dos homens, e gente solteira se entrega à depravação com a consciência absolutamente tranquila.

Então eu quis dizer que isso não é bom, pois não pode ser que, pela saúde de algumas pessoas, seja possível arruinar o corpo e a alma de outras, assim como não pode ser que, pela saúde de algumas pessoas, seja necessário beber o sangue de outras.

A conclusão que, parece-me, é natural extrair disso é que se entregar a essa diversão e a esse engano não é necessário. E para não se entregar é necessário, em primeiro lugar, não acreditar em doutrinas imorais, por mais que estejam amparadas na suposta ciência, e, em segundo lugar, entender que ingressar nesse tipo de relação sexual, na qual as pessoas ou se liberam de sua consequência possível – filhos –, ou despejam todo o peso dessas consequências na mulher, ou previnem a possibilidade de nascimento dos filhos, esse tipo de relação sexual é um crime contra a mais simples exigência da moral, é uma vileza e, portanto, gente solteira que não quer viver de forma vil não precisa fazer isso.

Para poderem se abster, eles devem, além disso, levar um modo de vida natural: não beber, não se empanturrar de comida, não comer carne e não evitar o trabalho (não a ginástica, mas um trabalho exaustivo, que não é de brincadeira), não admitir em seus pensamentos a possibilidade de relações com as mulheres dos outros, assim como todo homem não admite tal possibilidade entre si e sua mãe, irmãs, parentes, esposas de amigos.

Já a prova de que a abstinência é possível e menos

perigosa e nociva para a saúde do que a não abstinência, qualquer homem encontrará centenas ao seu redor.

Esse é o primeiro ponto.

O *segundo* é que, na nossa sociedade, em consequência de se ver a relação amorosa não apenas como uma condição indispensável de saúde e prazer, mas também como um bem poético, elevado da vida, a infidelidade conjugal tornou-se, em todas as classes da sociedade (especialmente na camponesa, graças ao alistamento militar), o fenômeno mais comum.

E creio que isso não é bom. A conclusão que decorre disso é que tal coisa não precisa ser feita.

Para não fazê-lo, é preciso modificar a visão do amor carnal, a fim de que homens e mulheres sejam educados em família e na opinião pública para que, antes e depois do casamento, não encarem o apaixonamento e o amor carnal ligado a ele como um estado poético e elevado, como hoje encaram, mas como um estado animal humilhante para o ser humano, e que o rompimento da promessa de fidelidade dada no matrimônio seja punido pela opinião pública pelo menos na mesma medida em que é punido o rompimento de obrigações monetárias e engodo nos negócios, e não seja celebrado, como se faz agora, em romances, versos, canções, óperas etc.

Esse é o segundo ponto.

O *terceiro* é que, em nossa sociedade, em consequência do próprio significado mentiroso que é conferido ao amor carnal, o nascimento de filhos perdeu seu sentido e, em vez de ser o objetivo e a justificativa das relações conjugais, tornou-se um empecilho para o prosseguimento agradável das relações amorosas e, por isso, fora do matrimônio e dentro do matrimônio, por conselho dos servidores da ciência médica, passou a se disseminar o emprego de métodos que privam a mulher da possibilidade de procriação, ou passou a virar hábito e costume o que antes não havia, e hoje ainda não há nas famílias camponesas patriarcais: o prosseguimento das relações conjugais na gravidez e amamentação.

E creio que isso não é bom. Não é bom empregar métodos contra o nascimento de filhos, em primeiro lugar, porque isso libera as pessoas das preocupações e dos trabalhos com os filhos, que servem como redenção do amor carnal e, em segundo lugar, porque é algo bastante próximo do ato mais repulsivo à consciência humana – o assassinato. E não é boa a não abstinência na época de gravidez e amamentação, pois isso arruína as forças corporais e, principalmente, espirituais da mulher.

A conclusão que decorre disso é que isso não precisa ser feito. E, para não o fazer, é preciso compreender que a abstinência, que consiste em uma condição indispensável da dignidade humana em estado de celibato, é ainda mais obrigatória no matrimônio.

Esse é o terceiro ponto.

O *quarto* é que, em nossa sociedade, na qual os filhos apresentam-se ou como um empecilho para o prazer, ou como um acaso infeliz, ou como um certo tipo de prazer, quando nascem na quantidade definida de antemão, esses filhos são criados tendo em vista não as tarefas da vida humana que nos aguardam como seres racionais e amorosos, mas apenas tendo em vista a satisfação que podem propiciar aos pais. E, em consequência disso, os filhos de seres humanos são criados como filhos de animais, de modo que a principal preocupação dos pais consiste não em prepará-los para uma atividade humana digna, mas (e nisso os pais são amparados pela ciência mentirosa chamada medicina) em alimentá-los o melhor possível, aumentar-lhes o tamanho, fazê-los limpos, brancos, saciados, belos (se as classes baixas não fazem isso, é apenas por carência, mas a visão é a mesma). E nas crianças mimadas, como em todos os animais superalimentados, manifesta-se artificialmente cedo uma sensualidade invencível, que constitui a causa dos terríveis tormentos dessas crianças na adolescência. Trajes, leituras, espetáculos, música, danças, alimentos doces, todo o ambiente da vida, de quadros em caixas a romances, novelas e poemas, excitam ainda mais essa sensualidade e, em consequência disso, os vícios e doenças carnais mais horríveis tornam-se as condições habituais de crescimento de crianças de ambos os sexos, e com frequência permanecem na idade madura.

E creio que isso não é bom. A conclusão que se pode extrair disso é que é preciso parar de criar os filhos de seres humanos como filhos de animais, e, para a educação de crianças humanas, é preciso estabelecer outros objetivos, além de um corpo belo, bem tratado.

Esse é o quarto ponto.

O *quinto* é que, em nossa sociedade, o enamoramento entre um homem e uma mulher jovem, que tem como base, de qualquer forma, o amor carnal, foi erigido a um objetivo poético elevado das aspirações das pessoas, servindo de testemunho toda a arte e poesia de nossa sociedade, ao qual os jovens consagram o melhor tempo de suas vidas: os homens, no exame, busca e conquista dos melhores objetos de amor na forma de ligações amorosas, ou casamento, e as mulheres e moças, na atração e engajamento dos homens para uma ligação ou casamento.

E, com isso, as forças das pessoas são gastas em um trabalho não apenas improdutivo, como nocivo. Disso decorre a maior parte do luxo insano de nossa vida; disso, o ócio dos homens e a sem-vergonhice das mulheres, que não desdenham, segundo a moda tomada de empréstimo de mulheres notoriamente depravadas, exibir partes do corpo que despertam a sensualidade.

E creio que isso não é bom.

Não é bom porque a obtenção do objetivo de união, no casamento ou fora do casamento, com o objeto de amor, por mais que tenha sido poetizado, é um objetivo indigno do ser humano, assim como é indigno do ser humano o objetivo, que se apresenta como o mais elevado bem para muitas pessoas, da aquisição de alimentação doce e abundante.

A conclusão que se pode extrair disso é que é preciso parar de pensar que o amor carnal é algo especialmente elevado, e é preciso entender que um objetivo digno do ser humano – seja o serviço à humanidade, à pátria, à ciência, à arte, para não falar do serviço a Deus –, seja qual for, desde que apenas o consideremos digno do ser humano, não é obtido por meio da união com o objeto de amor, no casamento ou fora dele, e que, pelo contrário, o enamoramento e a união com o objeto de amor (por mais que se esforcem em demonstrar o contrário em verso e prosa) jamais facilitam a obtenção de objetivos dignos do ser humano, e sempre a dificultam.

Isso é o quinto.

Essa é a essência do que eu quis dizer, e achei que o tinha dito em meu conto. E pareceu-me que era possível tanto discutir como corrigir o mal que indicam essas colocações, mas que não concordar com elas não era possível, de jeito nenhum. Pareceu-me que não concordar com essas colocações não era possível, em primeiro lugar, porque essas teses estão em pleno acordo com o progresso da humanidade, que sempre vai da licenciosidade para uma castidade cada vez maior, e com o sentido moral da humanidade, com a nossa consciência, que sempre condenou a licenciosidade e valorizou a castidade; e, em segundo lugar, porque essas colocações são apenas a essência das conclusões inescapáveis da doutrina do Evangelho, que pregamos ou, pelo menos, ainda que inconscientemente, admitimos como o fundamento de nossas noções de moral.

Mas o resultado não foi esse.

É verdade que ninguém discute abertamente que não se deve cometer depravação antes do casamento, assim como também depois do casamento, que não se deve aniquilar artificialmente a procriação, que não se deve transformar os filhos em diversão e não se deve pôr a união amorosa acima de todo o resto – em uma palavra, ninguém discute que castidade é melhor do que licenciosidade. Mas dizem: "Se o celibato é melhor do que o casamento, é evidente que as pessoas devem fazer o que é melhor. Se as pessoas o fizerem, o gênero humano vai se interromper, e o ideal do gênero humano não pode ser a sua aniquilação".

Mas já sem falar que a aniquilação do gênero humano não é um conceito novo para as pessoas de nosso mundo, porém é um dogma de fé para pessoas religiosas e, para gente de ciência, uma conclusão inescapável do resfriamento do Sol, nessa objeção há um mal-entendido grande, disseminado e antigo.

Dizem: "Se as pessoas atingirem o ideal de plena castidade, vão se aniquilar e, por isso, esse ideal não é correto". Porém, os que dizem isso confundem, de forma propositada ou não, duas coisas heterogêneas – regra, prescrição e ideal.

A castidade não é uma regra ou prescrição, mas um ideal, ou melhor – uma de suas condições. E um ideal só é um ideal quando sua existência é possível apenas na ideia, no pensamento, quando ele se apresenta como alcançável apenas no infinito e quando, por isso, a possibilidade de aproximação dele é infinita. Se o ideal não apenas pudesse ser alcançável, mas pudéssemos imaginar sua existência, ele cessaria de ser um ideal. Tal é o ideal de Cristo – o estabelecimento do reino de Deus na Terra, um ideal predito ainda pelos profetas, de que chegará o tempo em que todas as pessoas serão instruídas por Deus, transformarão as espadas em arados, as lanças em foices, o leão se deitará com o cordeiro, e quando todos os seres serão unidos no amor. Todo o sentido da vida humana encerra-se no movimento em direção a esse ideal, e, portanto, a aspiração ao ideal cristão em toda a sua totalidade e na direção da castidade, como uma das condições desse ideal, não apenas não exclui a possibilidade de vida como, pelo contrário, a ausência desse ideal cristão aniquilaria o movimento para a frente e, consequentemente, a possibilidade de vida.

O juízo de que o gênero humano irá se interromper se as pessoas aspirarem com todas as forças à castidade é similar a outro que teriam feito (e fazem), de que o gênero humano perecerá se as pessoas, em vez da luta pela existência, aspirarem com todas as forças à realização do amor pelos amigos, pelos inimigos, por tudo que vive. Tais juízos decorrem da incompreensão da diferença de dois modos de orientação moral.

Como há duas formas de indicação de caminho a quem procura, de indicação ao viajante, há também duas formas de orientação moral para quem procura a verdade do homem. Uma forma consiste em indicar à pessoa os objetos que deve encontrar, e ela se orientará por esses objetos.

Outra forma consiste em dar à pessoa apenas o direcionamento segundo a bússola que a pessoa leva consigo, e na qual ela sempre vê uma direção imutável e, portanto, qualquer desvio em relação a ele.

A primeira forma de orientação moral é a forma de determinações exteriores, de regras: dão-se à pessoa sinais determinados de conduta, o que ela deve e o que ela não deve fazer.

"Guarda o sábado, faz a circuncisão, não roubes, não tomes bebida alcoólica, não mates o que é vivo, dá dízimo aos pobres, não cometas adultério, lava-te e reza cinco vezes ao dia, batiza-te, comunga etc." Tais são as deliberações exteriores das doutrinas religiosas: bramanista, budista, maometana, judaica, da igreja mentirosamente chamada de cristã.

Outra forma é a indicação aos homens da perfeição jamais alcançável para eles, a aspiração à qual a pessoa reconhece em si: indica-se à pessoa o ideal com relação ao qual ela sempre pode ver o grau de seu afastamento dele.

"Ama teu Deus de todo coração, e de toda alma, e de todo o teu entendimento, e ao teu próximo como a ti mesmo. Sê perfeito como vosso pai celestial."

Assim é a doutrina de Cristo.

A verificação do cumprimento dos ensinamentos religiosos exteriores é a coincidência das condutas com tais ensinamentos, e essa coincidência é possível.

A verificação do cumprimento da doutrina de Cristo é a consciência do grau de não correspondência com a perfeição ideal. (O grau de aproximação não é visível: é visível apenas o desvio da perfeição.)

O homem que professa a lei exterior é um homem que está à luz de uma lanterna pendurada em um poste. Fica à luz dessa lanterna, está iluminado por ela, e não tem para onde ir adiante. O homem que professa a doutrina de Cristo é similar àquele que leva a lanterna diante de si, em uma vara mais ou menos longa: a luz sempre está à sua frente, e sempre o incita a ir atrás dela e volta a lhe revelar, à frente, um espaço novo e iluminado, que atrai para si.

O fariseu agradece a Deus por cumprir tudo.

O jovem rico também cumpriu tudo desde a infância e não entende o que pode lhe faltar. E eles não podem pensar diferente: à frente deles não há nada a que poderiam continuar a aspirar. O dízimo foi dado, o sábado foi guardado, os pais são honrados, adultério, roubo, assassinato não há. O que mais? Já para quem professa a doutrina cristã, a obtenção de qualquer grau de perfeição suscita a exigência de subir a um grau elevado, a partir do qual se abre um outro ainda mais elevado, e assim segue, sem fim.

Quem professa a lei de Cristo está sempre na posição do publicano. Sempre se sente imperfeito, sem ver atrás de si o caminho que percorreu; porém vê sempre à frente de si o caminho pelo qual ainda precisa ir, e que ainda não percorreu.

Nisso consiste a diferença entre a doutrina de Cristo e todas as outras doutrinas religiosas, diversas, que consiste não em uma diferença de exigências, mas na diferença da forma de orientação das pessoas. Cristo não deu nenhuma determinação de vida, nunca estabeleceu qualquer instituição, nunca estabeleceu também o casamento. Mas as pessoas, sem compreenderem a peculiaridade da doutrina de Cristo, acostumadas aos ensinamentos exteriores e desejosas de se sentirem justas, como sente-se justo o fariseu, em oposição a todo o espírito da doutrina de Cristo, de sua letra fizeram uma doutrina exterior de regras, chamada doutrina eclesiástica cristã, e com essa doutrina substituíram o ensinamento do verdadeiro ideal de Cristo.

Os eclesiásticos que se intitulam cristãos, com relação a todos os fenômenos da vida, puseram, no lugar da doutrina do ideal de Cristo, determinações exteriores e regras contrárias ao espírito da doutrina. Isso foi feito com relação ao poder, ao tribunal, às tropas, à corte, à missa, e foi feito também com relação ao casamento: embora Cristo não apenas nunca tenha estabelecido o casamento, mas até, se formos buscar determinações exteriores, antes o denegou ("deixa a esposa e segue-me"[1]), as doutrinas da Igreja, intitulando-se cristãs, estabeleceram o casamento

1 Alusão a Mt 19: 29: "E todo o que deixar, por amor do meu nome, a casa, ou os irmãos, ou as irmãs, ou o pai, ou a mãe, ou a mulher, ou os filhos, ou as fazendas, receberá cem por um, e possuirá a vida eterna".

como uma instituição cristã, ou seja, determinaram as condições exteriores segundo as quais o amor carnal pode, para um cristão, ser sem pecado, plenamente legítimo.

Mas como na verdadeira doutrina cristã não há base alguma para a instituição do casamento, resultou que as pessoas de nosso mundo afastaram-se de uma margem e não atracaram em outra, ou seja, não acreditam, na realidade, na definição eclesiástica de casamento, sentindo que essa instituição não tem base na doutrina cristã e, com isso, não veem diante de si o ideal de Cristo de aspiração à plena castidade, oculto pela doutrina da Igreja, e ficam, com relação ao casamento, sem qualquer orientação. Disso também decorre o fenômeno, que no início parece estranho, de que entre judeus, maometanos, lamaístas e outros que aceitam doutrinas religiosas de nível muito mais baixo do que a cristã, mas possuem definições exteriores precisas de casamento, o princípio familiar e a fidelidade conjugal são incomparavelmente mais firmes do que entre os assim chamados cristãos.

Estes têm concubinato, poliginia definida, circunscrita em determinados limites. Já entre nós existe plena licenciosidade e concubinato, poliginia e poliandria, não sujeitas a quaisquer definições, ocultas sob o ar de monogamia imaginária.

Só porque o clero realiza, por dinheiro, em uma parte dos que se unem, uma certa cerimônia chamada de casamento na igreja, as pessoas de nosso mundo imaginam, ingênua ou hipocritamente, que vivem em monogamia.

Casamento cristão não pode haver e nunca houve, como nunca houve nem pode haver missa cristã (Mt 6: 5-12; Jo 4: 21), nem professores e pais cristãos (Mt 23: 8-10), nem propriedade cristã, nem tropas cristãs, nem tribunal, nem Estado. Isso sempre foi entendido pelos verdadeiros cristãos, dos primeiros e dos últimos séculos.

O ideal do cristão é o amor a Deus e ao próximo, é a renúncia de si para o serviço a Deus e ao próximo; já o amor carnal, o casamento, é um serviço a si mesmo e por isso é, em todo caso, um obstáculo ao serviço a Deus e aos homens e, por isso, do ponto de vida cristão, uma queda, um pecado.

Contrair matrimônio não pode contribuir para o serviço a Deus e aos homens, mesmo no caso de que se tenha contraído matrimônio com o objetivo de continuação do gênero humano. Para essas pessoas, em vez de contraírem matrimônio para a produção de vidas infantis, seria muito mais simples amparar e salvar os milhões de vidas infantis que perecem ao nosso redor por falta de alimento, nem vou dizer espiritual, mas material.

Um cristão só poderia contrair matrimônio sem consciência de queda, de pecado, apenas no caso de ver e saber que todas as vidas infantis existentes estão providas.

É possível não aceitar a doutrina de Cristo, essa doutrina da qual está impregnada toda a nossa vida, e na qual está baseada toda a nossa moral; porém, aceitando essa doutrina, não é possível não reconhecer que ela indica o ideal de plena castidade.

Pois no Evangelho está dito com clareza, e sem possibilidade de qualquer interpretação errada, em primeiro lugar, que o casado não deve se separar da esposa para tomar outra, e deve viver com aquela à qual se uniu de uma vez (Mt 5: 31-32; 19: 8); em segundo, que, para o homem em geral, e, consequentemente, tanto casado quanto solteiro, é um pecado olhar para a mulher como um objeto de prazer (Mt 5: 28-29) e, em terceiro, que para o solteiro é melhor não se casar em absoluto, ou seja, ser plenamente casto (Mt 19: 10-12).

Para muitos e muitos, essas ideias parecem estranhas, e até contraditórias. E elas, de fato, são contraditórias, mas não entre si, porém essas ideias contradizem toda a nossa vida, e sem querer surge a dúvida: quem está certo? Essas ideias, ou a vida de milhões de pessoas, e a minha? Eu também experimentei esse sentimento, e no grau mais forte, quando cheguei às convicções que agora manifesto: não esperava de jeito nenhum que o curso de minhas ideias fosse me levar aonde me levou. Horrorizei-me com minhas conclusões, quis não acreditar nelas, mas era impossível não acreditar. E, por mais que essas conclusões contradissessem todo o regime de nossa vida, por mais que contradissessem o que eu antes pensava e até manifestara, eu devia aceitá-las.

"Mas tudo isso são considerações gerais que, talvez, sejam até justas, mas se referem à doutrina de Cristo e são obrigatórias para os que a professam, mas vida é vida, e não dá para, depois de indicar, à frente, o ideal inalcançável de Cristo, deixar as pessoas, em uma das questões mais candentes, gerais e que causam as maiores desgraças, sozinhas com esse ideal, sem qualquer orientação.

"O homem jovem, apaixonado, inicialmente se arrebata pelo ideal, mas não aguenta, falha e, sem conhecer nem admitir quaisquer regras, cai na plena depravação!"

Assim normalmente se raciocina.

"O ideal de Cristo é inalcançável porque não pode servir-nos de orientação para a vida; dele é possível falar, sonhar, mas para a vida ele é inaplicável, e por isso é preciso abandoná-lo. Precisamos não de um ideal, mas de uma regra, orientação que esteja de acordo com nossas forças, com o nível médio de forças morais de nossa sociedade; o honrado casamento na igreja, ou mesmo o casamento não completamente honrado, no qual um dos que se casam, como entre nós o homem, já se uniu a muitas mulheres, ou ainda o casamento com possibilidade de divórcio, ou ainda o civil ou (seguindo pelo mesmo caminho) o casamento japonês, com prazo – por que não chegar também às casas de tolerância?"

Dizem que isso é melhor do que a depravação na rua. A desgraça é que, permitindo-se rebaixar o ideal à medida de nossa fraqueza, não é possível encontrar o limite no qual é preciso se deter.

Pois esse raciocínio é incorreto desde o início; é incorreto, antes de tudo, que o ideal de perfeição infinita não possa ser orientação para a vida, e que seja preciso, olhando para ele, ou fazer um gesto com a mão, dizendo que ele não me é necessário, já que nunca o alcançarei, ou rebaixar o ideal ao grau em que minha fraqueza quiser estar.

Raciocinar assim é a mesma coisa que um navegador dizer a si mesmo que, como não pode seguir a linha indicada pela bússola, vai jogar fora a bússola ou parar de olhar para ela, ou seja, repelir o ideal ou grudar a seta da bússola no ponto que corresponderá, em um dado momento, ao rumo de sua embarcação, ou seja, rebaixar o ideal à sua fraqueza. O ideal de perfeição dado por Cristo não é um sonho ou objeto de sermões retóricos, é a orientação mais indispensável da vida moral das pessoas, alcançável a todos, como uma bússola – um instrumento indispensável e alcançável de orientação do navegante; apenas é preciso acreditar em um como no outro. Seja qual for a situação em que a pessoa se encontra, é sempre suficiente a doutrina do ideal dado por Cristo para receber a indicação mais precisa das condutas que devem e não devem ser cometidas. Mas é preciso acreditar nessa doutrina plenamente, nessa única doutrina, parar de acreditar em todo o resto, exatamente como o navegante acredita na bússola, parando de olhar em volta e se orientar pelo que vê ao lado. É preciso saber orientar-se pela doutrina cristã, como saber orientar-se pela bússola, e para isso, principalmente, é preciso entender sua posição, é preciso saber não ter medo de determinar com precisão seu desvio da direção ideal dada. Esteja a pessoa no grau que for, sempre há para ela a possibilidade de aproximação desse ideal, e nenhuma posição pode ser aquela em que ela poderia dizer que o atingiu, e não pode aspirar a uma aproximação maior. Assim é a aspiração da pessoa ao ideal cristão, em geral, e assim à castidade, em particular. Se, com relação à questão sexual, você for imaginar cada grau das duas situações mais diferentes – da infância inocente ao casamento, em que não se observa a abstenção –, a doutrina de Cristo, com os ideais estabelecidos por ele, servirá sempre como orientação clara e definida para o que a pessoa deve e não deve fazer em cada um desses graus.

O que deve fazer um jovem, uma moça pura? Guardar-se, puro, das tentações e, para estar em condições, consagrar todas as forças a servir a Deus e aos homens, aspirar a uma cada vez maior castidade de pensamentos e desejos.

O que deve fazer o jovem e a moça que caíram em tentação, que estão absortos em pensamentos em um amor sem objeto, ou amor por uma determinada pessoa, e perderam por causa disso, em certa parte, a possibilidade de servir a Deus e aos homens? Sempre a mesma coisa: não tolerar a queda, sabendo que essa tolerância não liberta da tentação, mas apenas a reforça, e assim mesmo aspirar à castidade cada vez maior, pela possibilidade de um serviço mais pleno a Deus e aos homens.

O que devem fazer as pessoas quando não superaram a luta e caíram? Encarar sua queda não como um prazer legítimo, como encaram hoje, quando a justificam pela cerimônia de casamento, nem como uma satisfação casual, que é possível repetir com outros, nem como uma desgraça, quando a queda se consumou com alguém que não é do mesmo nível, e sem cerimônia, mas encarar essa primeira queda como única, como a contração de um matrimônio indissolúvel.

Contrair esse matrimônio, com as consequências dele decorrentes – o nascimento dos filhos –, define, para quem contraiu o matrimônio, uma forma nova, mais limitada de serviço a Deus e aos homens. Antes do casamento, a pessoa pode servir a Deus e aos homens espontaneamente, das formas mais variadas; já a contração do matrimônio delimita seu campo de atividade, e exige dele a nutrição e educação da descendência produzida pelo casamento, futuros servos de Deus e dos homens.

O que devem fazer o homem e a mulher que vivem em matrimônio e cumprem esse serviço limitado a Deus e às pessoas, além da nutrição e educação dos filhos, que decorre de sua situação?

Sempre a mesma coisa: aspirarem juntos à libertação da tentação, à purificação de si mesmos e à interrupção do pecado, com a substituição das relações que obstaculizam o serviço geral e particular a Deus e aos homens, a substituição do amor carnal pelas relações puras de irmã e irmão.

E portanto não é verdade que não podemos nos orientar pelo ideal de Cristo por ele ser tão elevado, perfeito e inalcançável. Não podemos nos orientar por ele apenas porque mentimos para nós mesmos e nos enganamos.

Pois se dizemos que precisamos ter regras mais exequíveis do que o ideal de Cristo e que, de outra forma, sem alcançar o ideal de Cristo, cairemos na depravação, não dizemos que para nós o ideal de Cristo é demasiado elevado, mas apenas que não acreditamos nele e não queremos determinar nossas condutas por esse ideal.

Dizendo que, uma vez caídos, tombaremos na depravação, com isso dizemos apenas que já decidimos de antemão que a queda com quem não é do mesmo nível não é um pecado, mas uma diversão, uma distração, que não é obrigatório corrigir com o que chamamos de casamento. Mas se entendemos que a queda é um pecado, que deve e pode ser redimida apenas pelo casamento indissolúvel, e toda aquela atividade que decorre da educação dos filhos nascidos no casamento, então a queda não pode ser de jeito nenhum motivo para que se caia em depravação.

Seria como se um proprietário de terras não considerasse uma semeadura aquela que não deu certo e, semeando em outro e em um terceiro lugar, considerasse uma semeadura de verdade aquela que deu certo. É evidente que um homem assim estragaria muita terra e semente, e nunca aprenderia a semear. Apenas estabeleçam o ideal de castidade, considerem que qualquer queda, seja qual for, com quem quer que seja, é um casamento único, indissolúvel, para toda a vida, e será claro que a orientação dada por Cristo é não apenas suficiente, como a única possível.

"O homem é fraco, é preciso dar-lhe uma tarefa de acordo com suas forças", dizem as pessoas. É o mesmo que dizer "minhas mãos são fortes, e não posso traçar uma linha que seria reta, ou seja, a mais curta entre dois pontos, e por isso, para me aliviar, eu, querendo traçar uma linha reta, tomarei como exemplo uma curva, ou quebrada". Quanto mais fraca minha mão, mais necessário é para mim um modelo perfeito.

Não é possível, depois de conhecer a doutrina cristã do ideal, fazer de conta que não a conhecemos e trocá-la por determinações exteriores. A doutrina cristã do ideal foi revelada à humanidade exatamente porque pode orientá-la na era atual. A humanidade já viveu o período de determinações religiosas, exteriores, e ninguém acredita mais nelas.

A doutrina cristã do ideal é a única doutrina que pode orientar a humanidade. Não se pode, não se deve trocar o ideal de Cristo por regras exteriores, e é preciso apoiar fortemente esse ideal diante de si em toda a sua pureza e, principalmente, acreditar nele.

Para quem navega perto da margem, seria possível dizer: "Aferre-se àquele outeiro, promontório, torre" etc.

Mas chega o tempo em que os nautas afastaram-se da margem, e para sua orientação devem e podem servir apenas os astros inalcançáveis e a bússola, que mostra a direção. Precisamos de um e de outro.

Três relatos marcados pela dor

Mário Luiz Frungillo

"Todas as famílias felizes são parecidas, cada família infeliz é infeliz a seu próprio modo."[1] A famosíssima abertura do romance *Anna Kariênina* se aplica também à família do próprio autor. Desde o início as relações entre o conde Lev Tolstói e sua esposa Sófia foram conturbadas, os sentimentos de ambos se alternando entre o amor e o ressentimento, que não raro se convertia numa explosão de ódio. Os problemas só aumentaram com as sucessivas crises morais que acometeram o grande escritor, sua atitude conflituosa e contraditória em relação à sexualidade, seu progressivo afastamento da literatura em prol de seus escritos doutrinários. Há uma vasta bibliografia dedicada

1 Lev Tolstói, *Anna Kariênina*. Trad. de Irineu Franco Perpetuo. São Paulo: Editora 34, p. 27.

ao tema, que parece inesgotável.[2] As três obras reunidas neste volume são um momento da sofrida vida em comum desse casal extraordinário.

A *Sonata Kreutzer* é possivelmente a obra mais controversa de Tolstói. Desde antes de sua publicação, quando circulava em cópias manuscritas, produziu sobretudo repulsa e críticas exacerbadas. No relato de Pózdnychev, desde sempre, se costuma ver uma exposição virulenta das doutrinas de Tolstói tanto sobre o amor, o casamento e a sexualidade, como sobre o papel e o lugar da arte na sociedade, além de um ataque frontal à sonata de Beethoven, interpretada de maneira alucinada. O próprio Tolstói se encarregou de colaborar para isso, reafirmando, no posfácio escrito em resposta aos questionamentos que recebera, as coincidências entre suas próprias ideias e as de seu personagem antipático ao extremo. E sua esposa Sófia, que costumeiramente se encarregava de copiar em caligrafia legível os quase indecifráveis manuscritos do marido, sentiu-se diretamente atingida pela exposição sem rebuços de sua infeliz vida conjugal, o que, por outro lado, não a impediu de trabalhar de forma intensa para que a novela, ameaçada pela censura, fosse publicada, chegando mesmo a apelar pessoalmente ao tsar para obter sua liberação. Desde então, o relato de Pózdnychev vem causando um misto de admiração e desconforto em sucessivas gerações de leitores.

Contudo, se fosse apenas a exposição ficcional de uma doutrina abstrusa, que o próprio autor não conseguia seguir à risca, é bem provável que a novela de Tolstói já tivesse caído no esquecimento, servindo quando muito

---

2 No Brasil foram publicados: William L. Shirer, *Amor e ódio: O casamento tumultuado de Sônia e Leon Tolstói*. Trad. de Milton Camargo Motta. Rio de Janeiro: Paz e Terra, 1996; Rosamund Bartlett, *Tolstói: A biografia*. Trad. de Renato Marques. São Paulo: Biblioteca Azul, 2013; Pável Bassínski, *Tolstói: A fuga do paraíso*. Trad. de Klara Gourianova. São Paulo: LeYa, 2013.

de fonte secundária de informação sobre um aspecto de sua vida para o qual seus diários, e os de Sófia, fornecem material mais direto e confiável.

Ocorre que, se muito do que Pózdnychev diz pode também ser lido nos escritos doutrinários de Tolstói, as diferenças entre ambos são do mesmo modo importantes, e raramente se atenta para elas.[3] Em primeiro lugar, cabe perguntar por que, se seu objetivo ao escrever a novela fosse mesmo reafirmar seus pontos de vista, Tolstói colocaria seus argumentos na boca de um homem que, por causa deles, se tornou um assassino. É preciso lembrar que o sexto mandamento – "não matarás" – tem um papel central em toda a sua doutrina. Para além disso, é preciso ver que esse homem conta sua história e se autojustifica num estado de extrema excitação causado, como se pode deduzir do que ele vai dizendo ao longo da narrativa, tanto pelas circunstâncias em que ela é feita, ou seja, durante uma viagem de trem, cujo ritmo antinatural tem "esse efeito tão estimulante nas pessoas" [p. 100], quanto pelo consumo em grandes quantidades de um chá fortíssimo e de cigarros fumados em série, algo que sempre o impede de ver com clareza, como ele mesmo diz ao recordar uma briga com a esposa: "Vejo que me confundo, que não penso direito, o necessário, mas, para não me dar conta de que não penso direito, fumo" [p. 78]. O próprio Tolstói, num ensaio escrito na mesma época em que a novela, afirmou que o estado de embriaguez permanente causado por drogas socialmente sancionadas, como o álcool e o tabaco,

3 Procurei demonstrar num ensaio a distância que me parece existir entre o relato de Pózdnychev e as ideias de Tolstói. Nele desenvolvo mais detalhadamente as diferenças que aponto aqui. Cf. M.L. Frungillo, "Tolstói vs. Tolstói: Sobre a *Sonata a Kreutzer*". *Olho d'Água*, São José do Rio Preto, v. 13, n. 1, pp. 11-25, 2021. Disponível em: <http://www.olhodagua.ibilce.unesp.br/index.php/Olhodagua/article/view/807>.

era responsável por uma boa parte das tolices humanas: "De fato, desde quando seria possível que pessoas sóbrias fizessem, com toda tranquilidade, tudo aquilo que se faz neste nosso mundo, da Torre Eiffel à obrigatoriedade do serviço militar extensiva a todos os cidadãos?"[4].

Além disso, o julgamento que Pózdnychev faz de toda sua vida conjugal e das atitudes de sua esposa é tanto o fruto de suas ruminações moralizantes sobre a sexualidade quanto de seu ciúme incontrolável, e este último é o elemento essencial que o levará ao homicídio. Assim, o que pode haver de doutrina tolstoiana no pensamento de seu personagem é contaminado pela irracionalidade própria dos acessos de ciúme. O ciúme, de fato, é até mesmo a causa de sua apreciação controversa da sonata de Beethoven. Pois tudo indica que a "forma terrível" pela qual a audição da obra atua sobre ele é sobretudo positiva: "O que era essa novidade da qual eu ficara sabendo, eu não conseguia dar-me conta, mas a consciência desse novo estado era muito afortunada. Todas as pessoas, dentre as quais minha esposa e ele, apresentavam-se sob uma luz absolutamente outra" [pp. 94-95]. É só posteriormente, ao receber uma carta na qual a esposa lhe conta que tem recebido visitas de Trukhatchévski – o que ela jamais faria caso o estivesse traindo com o músico –, que ele passa a ver na música que ambos tocam a consumação de seu adultério. Essa música, aliás, nem é a de Beethoven: "Só então me lembrei da cara deles naquela noite quando, depois da *Sonata Kreutzer*, tocaram uma pecinha apaixonada, não me lembro de quem, uma peça obscena de tão sensual" [p. 97].

4 Lev Tolstói. "Perché la gente si droga?". In: *Perché la gente si droga? e altri saggi su società, politica, religione.* Igor Sibaldi (Org.). Milão: Mondadori, 1988, p. 53.

O relato alucinado de Pózdnychev não é coerente. E das brechas dessa incoerência emerge um confronto crítico de Tolstói com suas próprias ideias, como se ele espreitasse nelas o perigo de uma explosão de irracionalidade assassina.

As duas obras de Sófia Tolstaia reunidas aqui guardam relação com a controversa novela de seu marido. *De quem é a culpa?* se refere mesmo a ela no subtítulo e é parte de uma longa série de "respostas" à *Sonata Kreutzer* que surgiram, não apenas na Rússia, após sua publicação.[5] Entre elas se encontra outra novela surgida no âmbito familiar, *Prelúdio de Chopin*, de Lev Lvovitch Tolstói, filho do casal.

Motivada pelo golpe sentido por Sófia quando do surgimento da *Sonata Kreutzer*, *De quem é a culpa?*, sem reproduzir a mesma história narrada na novela de Lev, a acompanha de perto. Narrada em terceira pessoa e descrevendo os fatos em ordem cronológica, inicia-se com a decisão do conde Prozórski de pedir a jovem Anna, que ele conhece desde criança, em casamento, termina com o assassinato dela pelo marido como desfecho de uma violenta cena de ciúme. Assim como na *Sonata Kreutzer* – e na própria vida do casal Tolstói –, na obra de Sófia a diferença de idade e vivência entre marido e mulher tem um papel decisivo. Os protagonistas de ambas as histórias são homens com uma vida pregressa dissoluta e uma moral sexual marcada por ela, assim como o próprio Tolstói. A descoberta desse fato, que inclui a existência de uma antiga amante do marido entre as servas da propriedade e de um filho ilegítimo de ambos, perturba o relacionamento entre os personagens desde o início. Na vida real,

5 Ursula Keller, "Nachwort" [Posfácio], em Sofja Tolstaja, *Eine Frage der Schuld; Kurze Autobiographie der Gräfin Sofja Andrejewna Tolstaja*. Trad. Alfred Frank e Ursula Keller. Munique: BTB, 2010, p. 312.

Tolstói entregou seus diários para que a noiva os lesse antes de seu casamento; na novela de Sófia, ela o sabe pelos mexericos de uma outra serva. E já na noite de núpcias começam os problemas: "Fora cometida uma violência com uma criança; aquela menina não estava pronta para o casamento; momentaneamente despertada pelo ciúme, a paixão feminina voltava a adormecer, oprimida pela vergonha e pelo protesto contra o amor carnal do príncipe" [pp. 152-153]. Anna, que ao se casar renunciara a suas incursões pela filosofia, literatura e pintura, sente desde o início que a sensualidade exacerbada e rude do marido a assusta e desagrada, fazendo-a sentir-se rebaixada à condição de simples objeto. É nesse ambiente de desolação crescente que entra em cena Bekhmétiev, amigo do conde recém-chegado do exterior, e que representa o oposto do conde. Sensível, atencioso, delicado. Aquilo que na *Sonata Kreutzer* não passa de suposição, fruto dos ciúmes de Pózdnychev, em *De quem é a culpa?* acontece inevitavelmente. Anna e Bekhmétiev se apaixonam, mas ao contrário do que supõem os maridos em ambas as novelas, não há a consumação do adultério. Apesar disso, o desfecho é similar: a esposa supostamente adúltera é morta pelo marido ciumento.

A origem de *Canção sem palavras* não deixa de conter um certo grau daquilo que se costuma chamar de "ironia do destino". No início do ano de 1895 o filho mais novo dos Tolstói, Vanetchka, morreu aos 6 anos de idade. Sófia encontraria consolação na música, apegando-se muito ao músico Serguei Tanêiev, amigo do casal que se hospedava na casa deles. Dessa forma, cinco anos depois da publicação da *Sonata Kreutzer*, ocorria com Sófia algo que guardava certa semelhança com a relação amorosa imaginada por Pózdnychev entre sua esposa e o músico Trukhatchévski. É esse episódio de sua vida que aparece transfigurado na novela de Sófia. Tal como na ficção, também na vida real não haveria adultério.

Assim, *Canção sem palavras*, embora não seja diretamente uma resposta à *Sonata Kreutzer*, permanece na mesma temática. A protagonista Sacha, já casada e mãe de um menino, abalada pela morte da mãe (como Sófia pela perda do filho), apaixona-se por um músico que passa o verão no campo, numa casa vizinha à da família. De início sente-se atraída pela forma como ele interpreta uma das versões de *Canção sem palavras* de Mendelssohn, e também se interessa pela música que ele compõe. Aos poucos, porém, sua paixão pela música se transfere para o homem que a executa. Ao contrário do que acontece na primeira novela, o marido de Sacha é bondoso e compreensivo a ponto de perdoar à esposa ter se apaixonado por outro homem. Contudo, é algo trivial e excessivamente preocupado com a jardinagem que pratica como um passatempo. Nada sabemos dos antecedentes da vida do casal e das circunstâncias em que se deu o casamento deles, mas, assim como Anna, a vida de Sacha ao lado do marido foi marcada por renúncias. Dotada de talento para a música, mas casada com um homem que não tem nenhum apreço por ela, e mesmo a detesta, Sacha pouco a pouco vai deixando-a de lado. É essa antiga aspiração artística que o encontro com Ivan Ilitch vem reavivar. O músico, porém, vive apenas para si e para sua arte e, embora de início se sinta lisonjeado pelo interesse demonstrado por Sacha, mantém-se frio e distante. Ao contrário do que acontece com Anna em relação a Bekhmétiev, o sentimento de Sacha por Ivan Ilitch pouco a pouco deixa a esfera puramente espiritual para adquirir uma clara dimensão erótica. Ao contrário, porém, de ter como consequência a consumação do adultério, esta passagem a leva a um beco sem saída, a um conflito insolúvel entre sua aspiração por pureza e castidade, semelhante à de Anna, e o desejo pelo homem amado, que termina por fazê-la mergulhar na loucura.

Em ambas as novelas, as consequências da insatisfação que as protagonistas sentem no casamento não é trivial. O amor por outro homem, para Anna, é no fundo o mesmo amor que sentiu um dia pelo marido:

"Toda mulher só ama de verdade uma vez. Ela ama o seu amor, que conserva até a ocasião. Mas, uma vez que o entregou, valoriza-o, guarda-o e fecha os olhos para os defeitos daquele ao qual o entregou. A repetição desses sentimentos sempre brota do antigo, dos antigos ideais, e, se acontece de uma mulher casada amar outro homem, o culpado quase sempre é o marido; ele não soube satisfazer as exigências poéticas manifestadas por uma natureza feminina jovem, pura, e destruiu-as, dando em troca apenas o lado rude do matrimônio. Desgraça se um outro soube ocupar o lugar vazio que o marido não ocupou, quando é sempre aquele primeiro amor, idealizado, transferido para um outro" [p. 237].

Esse amor de Anna parece mesmo desprovido de envolvimento erótico, já antecipado, aliás, ainda antes de seu casamento, por sua profunda religiosidade e seu anseio por pureza e castidade.

Sacha, por sua vez, mostrando tendências semelhantes, ultrapassa essa linha quando seu amor espiritual pela música se transforma em atração erótica por Ivan Ilitch. Mas ela o sente como uma degradação:

"Repare, há sujeira por toda parte, paixões humanas por toda parte... Você ama música e se apaixona por um homem – e a música se perde, está manchada pela paixão humana. Kurlínski ama as pessoas, ama a vida – mandam-no matar, fazem-no soldado... A água do rio é suja, a terra pura é oprimida pela pedra e pela sujeira das pessoas, o céu puro – pela fuligem e pela fumaça –, o amor puro das pessoas – pela traição dos próximos, e não há saída, não, não, e eu mesma sou suja, abjeta, arruinada...”[pp. 390-391]

Deste modo, as novelas de Sófia apresentam os sentimentos da mulher de um modo que seria inimaginável para Pózdnychev: ou a atração erótica é elidida, como no caso de Anna, ou é de antemão vista como queda, e é rejeitada da mesma forma. A autora claramente rejeita a solução tradicional de levar a personagem feminina a buscar no adultério uma saída para sua vida conjugal infeliz. Suas personagens se caracterizam por um decidido antibovarismo, que também se manifesta pela ausência de mundanidade em suas aspirações. Não será mero acaso a preferência de ambas pela leitura de filósofos estoicos – Epiteto, Sêneca, Marco Aurélio.

Há muitos motivos para lermos com interesse essas obras de Sófia Tolstaia além do inevitável contraponto à novela de seu marido. Poucas criações da literatura do século XIX sobre a infelicidade conjugal nos oferecem uma perspectiva tão decididamente feminina e tão capaz de nos surpreender por recusar lugares-comuns sobre o tema.

MÁRIO LUIZ FRUNGILLO (1960) é mestre em Teoria Literária pela Universidade de Heidelberg, na Alemanha, e doutor em Teoria e História Literária pela Unicamp. Atualmente é professor do Instituto de Estudos da Linguagem da Unicamp. Traduziu, entre outros, *Munique 1919 – Diário da revolução*, de Victor Klemperer (2021); *Effi Briest*, de Theodor Fontane (2013); *Tonio Kröger* (2015) e *Confissões do impostor Felix Krull* (2018), de Thomas Mann; e *Conversações com Goethe nos últimos anos de sua vida*, de Johann Peter Eckermann (2016).

Lev e Sófia: o tenso dueto dos Tolstói

Irineu Franco Perpetuo

Era um serão agradável, em março de 1888. A família Tolstói encontrava-se não na legendária propriedade rural de Iásnaia Poliana, mas em sua residência moscovita. Reunia-se a nata artística e cultural da época: além do célebre anfitrião, estavam presentes nomes como o ator Andrêiev-Burlak (1843-1888) e o pintor Iliá Répin (1844-1930) – que, por sinal, produziu mais de vinte retratos, esboços e estudos de Tolstói. Conta Pável Biriukov, primeiro biógrafo do escritor, que o conheceu pessoalmente:

> Nesse serão, estava presente também o violinista Lassoto, professor de música dos filhos de L. Nikoláievitch. Conhecedor e amante de música, Serguei Lvóvitch Tolstói[1] tocou com o violinista Lassoto a *Sonata Kreutzer*. L. N. havia tempos

1 Filho mais velho do escritor, Serguei (1863-1947) tornou-se compositor e etnomusicólogo, pesquisador da música da Índia.

conhecia e amava essa obra: tocaram-na para ele ainda na época de sua juventude, em serões musicais, em Moscou. Nesse serão, a *Sonata Kreutzer* produziu em L. N. uma impressão especialmente forte. E ele traduziu essa impressão da língua musical para a literária e, dirigindo-se a Répin e Andrêiev-Burlak, disse: "Vamos representar a *Sonata Kreutzer* com as artes ao alcance de nossas capacidades. Eu escrevo um conto, Andrêiev-Burlak recita-o para o público, e o senhor pinta sobre esse tema um quadro, que ficará em cena enquanto Andrêiev-Burlak lê minha novela".[2]

Burlak era a escolha natural não apenas por seu talento dramático, mas ainda por ter sugerido ao escritor o tema da novela: no ano anterior, narrara-lhe o episódio de uma viagem ferroviária em que um companheiro de vagão compartilhara com ele seu pesar por ter sido traído pela esposa. Infelizmente, o falecimento precoce do ator, apenas dois meses depois do sarau na casa de Tolstói, impediu a realização do projeto conjunto. O escritor, porém, levou adiante a redação da obra, que se tornaria uma de suas mais célebres e controversas novelas. Afinal, nela Tolstói tratou de duas das obsessões mais recorrentes de sua carreira literária: as demandas imperiosas da carne (e seu conflito com as normas do casamento) e o poder aparentemente incontrolável (e, por isso, ao mesmo tempo tão atraente e assustador quanto o do sexo) das artes em geral – e da música em particular.

Como vimos pelo exemplo citado, Tolstói era extremamente musical. Pianista amador, fã de Mozart e Chopin, até deixou à posteridade uma singela *Valsa em fá menor* – criação de juventude, anotada em 1906 por dois

2 Citado por Vitáli Riémizov no prefácio da edição de 2010 da *Sonata Kreutzer* pelo Museu Tolstói, de Moscou, p. 8.

pianistas e compositores que frequentavam sua casa e o ouviram executá-la ao teclado: Aleksandr Goldenweiser (1875-1961) e Serguei Tanêiev (1856-1915). Em seus diários, Tolstói chamou a música de "estenograma dos sentimentos", e a paixão pelas artes de Euterpe constituía um dos traços de união entre ele e sua mulher, Sófia.

A questão é que o escritor, com os anos, foi se pautando por uma defesa cada vez mais intransigente do caráter utilitarista da arte. E a música (sobretudo a instrumental, com a indeterminação semântica que a caracteriza) parece, então, perigosa – como lemos nas passagens de *Sonata Kreutzer* em que ele descreve a célebre obra para piano e violino de Beethoven que deu origem à novela.

O mestre de Bonn talvez fosse o exemplo mais perturbador de compositor para Tolstói. Em um ensaio posterior à *Sonata Kreutzer* (*O que é a Arte?*, de 1897), ele chega ao ponto de afirmar que a *Nona sinfonia* de Beethoven não é uma boa obra de arte:

> Essa obra transmite o sentimento religioso mais elevado? Respondo na negativa, já que a música em si mesma não pode transmitir aqueles sentimentos e, portanto, eu me pergunto o seguinte: se essa obra de arte não pertence à espécie mais elevada de arte religiosa, tem ela a outra característica da boa arte de nosso tempo – a qualidade de unir todos os homens num único sentimento comum –, ela se apresenta como arte universal cristã? E mais uma vez não tenho escolha senão responder na negativa; pois não só não vejo como os sentimentos transmitidos por essa obra possam unir as pessoas não treinadas especialmente para se submeter a seu completo hipnotismo, como não sou capaz de imaginar a mim mesmo numa multidão de pessoas normais que poderiam compreender qualquer coisa dessa produção longa, confusa e artificial, exceto por curtos trechos

que estão perdidos num mar do que é incompreensível. E, portanto, goste ou não disso, sou compelido a concluir que essa obra pertence à lista de má arte.

Ao final do ensaio, ele crava, peremptório: "O destino da arte em nosso tempo é transmitir do domínio da razão ao domínio do sentimento a verdade de que o bem-estar dos homens consiste em que eles estejam unidos uns aos outros e erigir, no lugar do reinado da força existente, aquele reino de Deus – isto é, do amor –, que todos nós reconhecemos ser o objetivo mais elevado da vida humana"[3].

A mesma contradição entre extrema atração e medo do descontrole que Tolstói tem com a música parece reger sua relação para com a sexualidade. Embora, aparentemente, jamais tenha traído Sófia, sabe-se que, antes do casamento, ele levou uma juventude devassa, incluindo uma relação com uma camponesa casada, Aksínia Bazíkina, com a qual teve um filho ilegítimo (de cuja existência Sófia sabia). A história foi ficcionalizada por Tolstói na novela *O diabo*, escrita um pouco depois da *Sonata Kreutzer*, em um fluxo criativo de dez dias, em dezembro de 1889. O autor não quis publicá-la; escondeu-a no forro da poltrona de casa. Consta que Sófia descobriu a obra vinte anos depois, e ficou possessa. Publicada apenas postumamente, *O diabo* tem dois finais alternativos. Em um, Ievguêni (alter ego de Tolstói), o proprietário rural que, mesmo depois de casado, não consegue se esquecer de Stiepanida, a camponesa com a qual se envolvera na juventude, suicida-se. No outro, ele mata Stiepanida. Dois finais. Nenhum feliz. Ambos com morte.

---

3 *O que é a Arte?* Trad. de Yolanda Steidl de Toledo e Yun Jung Im. São Paulo: Experimento, 1994, pp. 133 e 160.

Sófia ficou sabendo dos pecados de juventude de Tolstói ainda na época de seu noivado, quando o futuro marido lhe deu seus diários para ler. Incluído na *Sonata Kreutzer*, o episódio já entrara no célebre romance sobre infidelidade conjugal que o autor redigira na década anterior: *Anna Kariênina*. E aqui a relação entre ambas as obras não se resume ao fato de o trem, símbolo de uma modernização russa da qual Tolstói era crítico, ter papel-chave em ambas as obras, ou de as duas gravitarem em torno do adultério. Não devemos esquecer que toda a relação entre Lióvin (alter ego do escritor) e Kitty (que aparece como o modelo oposto à ligação adúltera, ruinosa e condenada entre Kariênina e Vrônski) traz diversas passagens autobiográficas, extraídas do início da relação entre Lev e Sófia.

Kitty é "forte em música", ela e Lióvin tocam a quatro mãos, mas as semelhanças entre os livros vão muito além disso. Aversão a métodos anticoncepcionais ("não é imoral", pergunta Dolly, em francês, a Kariênina, ao saber da existência destes), diatribes contra médicos que apalpam as pacientes (o médico que foi examinar Kitty "insistiu, com satisfação particular e aparente, que o pudor de donzela era apenas um resquício de barbárie, e que não havia nada mais natural que um homem que ainda não era velho apalpar uma jovem moça nua"), desencanto com a lua de mel (a de Lióvin e Kitty "não apenas não foi de mel, como ficou na memória de ambos como a época mais dura e humilhante de suas vidas"), dificuldade de Lióvin em amar o filho recém-nascido ("o que experimentava por aquela pequena criatura não era absolutamente o que esperara. Não havia nada de feliz e alegre nesse sentimento; pelo contrário, era um novo medo, aflitivo"), crises de ciúmes e tiradas misóginas (Sierpukhovskói, amigo de Vrônski, afirma que "a mulher é o principal obstáculo à atividade do homem", e que "as mulheres são mais materialistas do que os homens") – para não falar da descrição da primeira noite de amor entre Kariênina e Vrônski, em que ela "sentia-se tão criminosa e culpada que lhe restava apenas se humilhar e pedir perdão", enquanto ele "sentia o que devia sentir o assassino ao contemplar o corpo que privara de vida": os paralelos entre as duas obras são tantos que podemos ver vários trechos de *Kariênina* como antevisão da *Sonata Kreutzer* – ou, talvez, essa novela como uma revisão amargurada das esperanças de felicidade conjugal esboçadas no romance que a antecede.[4]

Em sua biografia do escritor, Pável Bassínski assinala que "foi difícil escrever *Sonata Kreutzer*. Suas numerosas variantes não satisfaziam Tolstói e, até o último momento, ele não tinha certeza se a história de ciúme terminaria como terminou – com o assassinato da esposa"[5]. Antes mesmo de ser publicada, a obra já era conhecida e comentada, circulando em manuscrito e leituras públicas. A primeira delas foi promovida por Tolstói em Iásnaia Poliana, em 31 de agosto de 1889. Em outubro do mesmo ano, o autor permitiu que a obra fosse lida em São Petersburgo, na casa dos pais da esposa do escritor Kuzmínski, diante de uma audiência seleta, na voz de seu amigo, o eminente advogado Anatóli Koni. O crítico Nikolai Strákhov, em carta, assim descreveu a ocasião a Tolstói: "O senhor não escreveu nada mais forte do que isso, nem tampouco mais sombrio"[6]. Ela devia aparecer no 13º volume das obras completas do escritor, porém a publicação foi proibida pela censura. Para resolver a questão, Sófia viajou a São Petersburgo, em abril de 1891, para uma audiência com o tsar.

---

4 Lev Tolstói, *Anna Kariênina*. São Paulo: Editora 34, 2021, pp. 515, 514, 666, 145, 511, 746, 341 e 177.

5 Pável Bassínski, *Tolstói: A fuga do paraíso*. Trad. de Klara Guriánova. São Paulo: LeYa, 2013.

6 Riémizov, *op. cit.*, p. 8.

"O resultado dessa conversa com Alexandre III foi que ela conseguiu a permissão para a venda do volume e que o imperador concordasse em ser o censor pessoal de Tolstói", conta Bassínski. "Para Sófia Andrêievna, isso era uma vitória. O marido, porém, ficou profundamente indignado. A confiança entre ele e a esposa em tudo que se referia às questões de sua obra foi então definitivamente minada."[7]

Na época, Tolstói era uma celebridade internacional, e suas obras eram instantaneamente traduzidas e lidas em todo o planeta. Nos Estados Unidos, a *Sonata Kreutzer* foi proibida já em 1890, e houve caso de prisão de vendedores do livro em Nova York e na Filadélfia. Em entrevista ao *New York Herald*, o escritor francês Émile Zola (1840-1902) classificou a obra de "pesadelo [...] nascido de uma imaginação doentia"[8].

Na Rússia, a Igreja Ortodoxa viu a *Sonata Kreutzer* como "motim contra o casamento na igreja, rejeição da simbólica cristã, noção deturpada do amor"[9]. Nikolai Leskov (1831-1895) chegou a escrever o conto "A propósito da *Sonata Kreutzer*", publicado postumamente, em 1899, no qual o narrador, em primeira pessoa, é um escritor que recebe uma mulher que enganou o marido e o visita em busca de conselhos, e manifesta sua posição a respeito do tema de modo claro:

> Se a mulher é um ser humano exatamente como o homem, se tem os mesmos direitos como membro da sociedade e se lhe são permitidas essas mesmas sensações, esse mesmo sentimento humano que se permite ao homem – como Cristo nos

---

7 Bassínski, *op. cit.*, p. 321.

8 Martin Katz, na introdução a *The Kreutzer Sonata Variations*. Londres: Yale University Press, 2014.

9 Riémizov, *op. cit.*, p. 8.

dá a entender, como diziam as melhores pessoas de nosso século, como diz hoje Lev Tolstói, e no que eu percebo uma verdade incontestável –, então por que o homem que viola o preceito do pudor perante a mulher à qual deve fidelidade cala-se, cala-se sobre isso, consciente da própria falta, e às vezes consegue reparar a indignidade de suas paixões, e por que a mulher não pode fazer o mesmo? Estou convencido de que pode.[10]

Diante de toda essa repercussão, Tolstói escreveu o "Posfácio" incluído na presente edição. Mas e em sua casa, qual o efeito da obra? Bassínski contextualiza:

> Os anos de 1890 e 1891, quando foi escrita e publicada *Sonata Kreutzer*, foram dos mais terríveis na história da família. Tolstói caiu numa profunda e prolongada depressão, inexplicável pela medicina. Macha queria se casar com Biriukov, o que não desejavam nem a mãe nem o pai, apesar de todo o seu amor pelos tolstoístas. Com os pais ainda vivos, o egoísta Iliá[11] exigia sua parte dos bens. Finalmente, a partilha foi feita. Logo depois, Tolstói exigiu a renúncia aos direitos autorais, e com isso levou Sófia Andrêievna primeiro a fazer ameaças de apelar contra essa renúncia ("pelos interesses dos filhos") e depois a tentar o suicídio, deitando-se nos trilhos do trem. E, nesse período, ele escreveu *Sonata Kreutzer* e o "Posfácio" para ela, nos quais declara sua terceira "renúncia". Era a renúncia à família, essa instituição multissecular, na base da qual ele agora só via luxúria e exploração sexual legitimada da mulher, enquanto as mulheres, em vez de se oporem a essa exploração, recorrem desde a

10 Nikolai Leskov, *A fraude e outras histórias*. São Paulo: Editora 34, 2012, p. 176.
11 Macha e Iliá são filhos de Tolstói e Sófia.

mocidade aos meios mais sofisticados para atraí-la, como o desnudamento dos ombros e seios nos bailes, as nádegas postiças, o jérsei colante e outras "porcarias". O que podia Sófia Andrêievna pensar sobre essa novela depois de trinta anos de vida conjugal com o autor e do nascimento de treze filhos com ele? É fácil adivinhar.[12]

Fácil adivinhar o sentimento e, em uma família de literatos, a reação. Lev Lvóvitch (1869-1945), também ele escritor, e quarto filho do casal, redigiu *Prelúdio de Chopin*, em cujo prefácio, datado de 6 de maio de 1900, escreveu: "*Prelúdio de Chopin* foi escrita há muitos anos e, devo dizer, inicialmente não foi redigida em absoluto como réplica à *Sonata Kreutzer*, mas apenas como manifestação das ideias que me ocupavam ardentemente nessa época. O conto assumiu a forma de antítese da *Sonata Kreutzer* já em sua última redação".

Se o filho urdiu uma antítese da obra do pai, a esposa realizou duas. Sófia retrucaria a Tolstói com as novelas aqui publicadas: *De quem é a culpa?* e *Canção sem palavras*.

Em seus diários, ela não podia ser mais clara a respeito de seus sentimentos com relação à *Sonata Kreutzer*: "Não sei como e por que ligaram *Sonata Kreutzer* à nossa vida conjugal, porém isso é um fato. [...] Mas por que buscar nos outros – eu mesma sinto em meu coração que essa novela foi dirigida a mim, que ela imediatamente me infligiu uma ferida, humilhou-me aos olhos de todo o mundo e destruiu o último amor entre nós".

Em outra passagem: "Quando peguei as provas da *Sonata Kreutzer* [...] novela que nunca me agradou pela rudeza do tratamento de Lev Nikoláievitch às mulheres, veio-me à mente a ideia de escrever um romance a

12 Bassínski, *op. cit.*, p. 321.

propósito da *Sonata Kreutzer*. Essa ideia me ocorria com frequência cada vez maior, e apoderou-se de mim de tal modo que já não pude me conter e escrevi essa novela, que não viu a luz e agora se conserva entre meus papéis"[13].

Assim, em 1892-1893, ela redigiria *De quem é a culpa?*, com o conspícuo subtítulo de *A respeito da* Sonata Kreutzer, *de Lev Tolstói*. Posteriormente, entre 1895-1900, criaria ainda *Canção sem palavras*. Ambas as obras teriam publicação póstuma. *De quem é a culpa?* só foi editada em 1994, na revista russa *Oktiabr* [*Outubro*], enquanto *Canção sem palavras* teria de esperar até 2010, na edição de apenas mil exemplares do Museu Tolstói que serviu de base à presente tradução.

Além de refutarem a *Sonata Kreutzer*, ambas as obras, curiosamente, parecem remeter a uma novela de juventude de Tolstói: *Felicidade conjugal*, publicada em 1859 – portanto, na esteira de *Madame Bovary*, de Flaubert, que saíra na França no final de 1857, e antes do casamento de Lev e Sófia, que ocorreria em 1862.

Felicidade conjugal refletiria os dois anos e meio de "namoro" de Tolstói e Valéria Arsênieva, então com 20 anos, filha de um proprietário de terras que morava a 8 verstas de Iásnaia Poliana. Após o falecimento de Arsêniev, Tolstói foi designado tutor de sua prole, e assim conheceu a moça.

O surpreendente é que a novela é narrada em primeira pessoa da perspectiva da garota, que – após uma corte embalada por execuções ao piano de obras de Mozart e Beethoven – conhece os ciúmes do marido e os desencantos da vida de casal. Aqui Tolstói passa bem longe da misoginia, e permite a sua narradora-personagem reflexões

---

13 Riémizov, *op. cit.*, p. 9.

como: "Ah! Então é este o poder do marido – pensei. – Ofender e humilhar uma mulher sem nenhuma culpa. Nisso é que consistem os direitos do marido, mas eu não me submeterei a eles"[14].

A Macha de *Felicidade conjugal* pode ser vista não apenas como um elo entre Emma Bovary e Anna Kariênina, mas ainda como uma precursora de outra Anna, a protagonista de *De quem é a culpa?*. O príncipe, marido que a faz padecer, parece o Pózdnychev, da *Sonata Kreutzer*, visto de fora, mas não faltam elementos autobiográficos, como a diferença de idade entre os cônjuges, os ciúmes, o romance anterior dele com uma camponesa, e até mesmo a destilaria a que Tolstói chegou a se dedicar. Soa como uma alfinetada maldosa a ridicularização dos dotes literários e intelectuais do príncipe, inversamente proporcionais à sua vaidade.

Dmítri Bekhmétiev, o amor platônico e idealizado de Anna, teve como protótipo não o poeta Afanássi Fet (1820-1892), como já chegou a se afirmar, mas o príncipe Leonid Dmítrievitch Urússov, chamado por Serguei Lvóvitch, filho do escritor, de "primeiro tolstoísta", vice-governador de Tula, e querido por toda a família, incluindo a criadagem. Urússov era casado, mas sua mulher residia em Paris. Ele traduziu tratados religiosos de Tolstói para o francês, e o escritor acompanhou-o em sua última viagem à Crimeia, onde ele morreu de tuberculose, em 1885.[15]

Se *De quem é a culpa?* cheira a acerto de contas, *Canção sem palavras* surge em um momento bastante difícil da vida do casal. Vánietchka, o pequeno Ivan, último de seus sete filhos, morreu aos 7 anos, em 23 de fevereiro de 1895.

---

14 Lev Tolstói, *Fidelidade conjugal*. Trad. de Boris Schnaiderman. São Paulo: Editora 34, 2009, p. 86.

15 Bassínski, *op. cit.*

Lev e Sófia sofreram indizivelmente com a perda, e esta última, arrasada, voltou suas energias para a música.

Foi então que Iásnaia Poliana passou a ser frequentada por um dos mais brilhantes pupilos de Tchaikóvski: o pianista e compositor Serguei Tanêiev (1856-1915), que, como vimos, legou à posteridade a *Valsa* que Tolstói tocava na intimidade.

Tanêiev, ao que parece, não se interessava por mulheres. Tolstói mantinha um relacionamento amistoso com o instrumentista, jogando xadrez com ele, conversando sobre música e ouvindo-o tocar. Mas seu ciúme da esposa era irrefreável. Segue o trecho de um diálogo do casal, conservado pelo escritor:

> Eu: Não, o sentimento exclusivo de uma velha mulher casada por um homem de fora é um sentimento ruim.
> Ela: Não tenho sentimento pelo homem, tenho sentimento pela pessoa.
> Eu: Mas essa pessoa é um homem.
> Ela: Para mim, ele não é um homem. Não há nenhum sentimento exclusivo, o que há é que, após o meu pesar, tive consolo na música, mas pelo homem não há nenhum sentimento especial.
> Eu: Para que dizer inverdades?[16]

Canção sem palavras parece a continuação dos argumentos de Sófia nessa discussão com o marido. Aqui, Tolstói não é ridicularizado como escritor e pensador, e merece citação nominal, com referências a *Guerra e paz* e *Sobre a vida*. Mas nem por isso o marido do conto, Piotr Afanássievitch, deixa de ter traços em comum com Lev,

16 Riémizov, *op. cit.*, p. 142.

como o vegetarianismo, a condenação do serviço militar e o amor por atividades agrícolas.

Tendo inspirado, como caricatura, o Trukhatchévski da *Sonata Kreutzer*, e, como artista na torre de marfim, o Ivan Ilitch da *Canção sem palavras*, Tanêiev só saiu da vida dos Tolstói no começo do século XX, como conta Riémizov: "A história teve sua conclusão apenas em 1904. A duas cartas de conteúdo desconhecido enviadas por Sófia Andrêievna a Tanêiev (pelo visto, destruídas pelo destinatário), ele respondeu com duas missivas secas. Pôs-se um ponto-final em suas relações". Segundo o mesmo autor, "os diários e cartas de Sófia Aleksêievna, Lev Tolstói e Tanêiev reconstituem um mundo complexo das relações que se formaram entre eles. À sua maneira, elas encontram seu reflexo no texto da novela *Canção sem palavras*"[17]. Um mundo que permaneceu velado por mais de um século, e que apenas no terceiro milênio vem à tona em toda a sua riqueza.

IRINEU FRANCO PERPETUO (1971) é jornalista especialista em música erudita, tradutor e colaborador da revista *Concerto*. Publicou, entre outras, as seguintes traduções: *Meninas* (2021), de Liudmila Ulítskaia; *Lasca*, de Vladímir Zazúbrin (2019); *Arquipélago Gulag*, de Aleksandr Soljenítsyn (com outros tradutores, 2019); *Os dias dos Turbin* (2018), de Mikhail Bulgákov; *Pequenas tragédias* (2006) e *Boris Godunov* (2007), de Aleksandr Púchkin; *Anna Kariênina* (2021) e *A morte de Ivan Ilitch* (2016), de Lev Tolstói; *Memórias do subsolo* (2016), de Fiódor Dostoiévski; e *Vida e destino*, de Vassíli Grossman (2015). É, ainda, autor de *Como ler os russos* (2021).

---

17 *Ibid.*, p. 143.

Primeira edição

Esta edição

Títulos originais
Kréitzerova sonata
[Moscou, 1891]
Tchiá viná?
[Moscou, 1994]
Piésnia bez slov
[Moscou, 2010]

Preparação
Silvia Massimini Felix

Revisão
Ricardo Jensen de Oliveira
Huendel Viana
Tamara Sender
Tomoe Moroizumi

Projeto gráfico
Bloco Gráfico

CIP-BRASIL. CATALOGAÇÃO NA PUBLICAÇÃO / SINDICATO NACIONAL DOS EDITORES DE LIVROS, RJ /
T598s / Tolstói, Lev, 1828-1910/
Sonata Kreutzer / Lev Tolstói.
De quem é a culpa; *Canção sem palavras* /
Sófia Tolstaia / tradução Irineu Franco Perpetuo. [2. ed.] São Paulo: Carambaia, 2022.
448 p.; 20 cm. [Acervo Carambaia, 24]
Tradução de: *Kréitzerova sonata*; *Tchiá viná?*; *Piésnia bez slov*
Conteúdo: "Posfácio do autor à *Sonata Kreutzer*"; "Três relatos marcados pela dor", de Mário Luiz Frungillo; "Lev e Sófia: o tenso dueto dos Tolstói", de Irineu Franco Perpetuo
ISBN 978-85-69002-87-1
1. Ficção russa. 2. Novela russa.
I. Tolstoi, S. A. (Sofia Andreievna), 1844-1919. II. Perpetuo, Irineu Franco.
III. Título: De quem é a culpa. IV. Título: Canção sem palavras. V. Título. VI. Série.
22-79557 / CDD 891.73 / CDU 82-3(470+571)

Meri Gleice Rodrigues de Souza
Bibliotecária – CRB-7/6439

Diretor-executivo Fabiano Curi

Editorial
Diretora editorial Graziella Beting
Editora Livia Deorsola
Editora de arte Laura Lotufo
Editor-assistente Kaio Cassio
Assistente editorial/direitos autorais Pérola Paloma
Produtora gráfica Lilia Góes

Relações institucionais e imprensa Clara Dias
Comunicação Ronaldo Vitor
Comercial Fábio Igaki
Administrativo Lilian Périgo
Expedição Nelson Figueiredo
Atendimento ao cliente Meire David
Divulgação/livrarias e escolas Rosália Meirelles

Fontes
Untitled Sans, Serif

Papel
Pólen Soft 70 g/m²

Impressão
Geográfica

Editora Carambaia
Av. São Luís, 86, cj. 182
01046-000 São Paulo SP
contato@carambaia.com.br
www.carambaia.com.br

ISBN
978-85-69002-87-1